女巫之冬

The Winter of The Witch

［美］凯瑟琳·艾登/著
Katherine Arden

兰莹/译

天地出版社 | TIANDI PRESS

图书在版编目（CIP）数据

女巫之冬 /（美）凯瑟琳·艾登著；兰莹译. —成都：天地出版社，2023.10
（冬夜三部曲）
ISBN 978-7-5455-7261-2

Ⅰ.①女… Ⅱ.①凯…②兰… Ⅲ.①长篇小说—美国—现代 Ⅳ.①I712.45

中国版本图书馆CIP数据核字（2023）第075701号

THE WINTER OF THE WITCH
Copyright © 2017 by Katherine Arden
All rights reserved including the rights of reproduction in whole or in part in any form.
Simplified Chinese language edition © Beijing Huaxia Winshare Books Co., Ltd.

著作权登记号　图字：21-2019-560

NÜWU ZHI DONG
女巫之冬

出 品 人	杨　政
作　　者	［美］凯瑟琳·艾登
译　　者	兰　莹
策划编辑	陈文龙
责任编辑	陈文龙
责任校对	杨金原
装帧设计	挺有文化
责任印制	王学锋

出版发行	天地出版社
	（成都市锦江区三色路238号　邮政编码：610023）
	（北京市方庄芳群园3区3号　邮政编码：100078）
网　　址	http://www.tiandiph.com
电子邮箱	tianditg@163.com
经　　销	新华文轩出版传媒股份有限公司
印　　刷	河北鹏润印刷有限公司
版　　次	2023年10月第1版
印　　次	2023年10月第1次印刷
开　　本	880mm×1230mm　1/32
印　　张	13.75
字　　数	330千字
定　　价	258.00元（全三册）
书　　号	ISBN 978-7-5455-7261-2

版权所有◆违者必究

咨询电话：(028)86361282（总编室）
购书热线：(010)67693207（营销中心）

如有印装错误，请与本社联系调换。

风暴欲来,乌云蔽日,
大海如此美丽,
阴沉的天空令人惊奇。
但请相信我:
岩石上的那位少女
胜过波涛、长空和暴风雨。①

——A.S. 普希金

---

① 引文节选自《风暴》。——译者注

第一部分

第一章　玛丽亚·玛列芙娜／003

第二章　清算／019

第三章　夜莺／027

第四章　所有女巫的命运／033

第二部分

第五章　诱惑／057

第六章　尸骨无存／063

第七章　恶魔／070

第八章　为城市挡住恶魔／076

第九章 走上午夜之路 ／093

第十章 火炉里的恶魔 ／104

第十一章 蘑菇 ／111

第十二章 讨价还价 ／128

第十三章 雅加婆婆 ／137

第十四章 河王沃迪诺伊 ／147

第十五章 更遥远陌生的国度 ／161

第十六章 严冬之王的锁链 ／168

第十七章 回忆 ／185

第十八章 在神马背上 ／199

第十九章 盟友 ／211

第二十章 金笼头 ／222

第二十一章 城门口的敌人 ／243

第二十二章　亲王妃和战士／251

第二十三章　信仰和恐惧／266

第五部分

第二十四章　转折／287

第二十五章　黑暗中的路／305

第二十六章　金帐汗国／309

第二十七章　梁赞大公／317

第二十八章　波扎尔／330

第二十九章　冬天与春天之间／336

第三十章　我敌人的敌人／344

第三十一章　罗斯土地上的所有生灵／361

第三十二章　库利科沃／383

第三十三章　初冬／389

第三十四章　光明使者／395

第三十五章　星光下的路／406

第三十六章　三人之师／410

第三十七章　死亡之水，生命之水／417

后记／427

致谢／429

第一部分

第一章

玛丽亚·玛列芙娜

冬末的傍晚,两个男人穿过被大火烧过的宫殿前院。院里的积雪都已融化,满是污水的地面被无数双脚踩得稀烂,淤泥没过两人的脚踝。他们正把头凑在一起专注地交谈,没注意到脚下湿乎乎的地面。他们后面的那座宫殿里满是被毁的家具,墙壁被烟熏得乌黑,楼梯上的细格栅栏也被撞得粉碎。他们面前这块地方本来有座马厩,但现在只余一片废墟。

"切鲁贝[①]趁乱跑了,"打头的男人恨恨地说,"当时我们正忙着保命。"他的脸颊被煤烟熏黑,胡子上结着血痂,灰色双眼下挂着的眼袋好像蓝色的拇指印。这个身强体壮的年轻人看上去已经超过体能极限,现在纯靠意志力硬撑着保持清醒。院子里所有人的目光都随

---

① 俄罗斯编年史家称其为切鲁贝,其族人则称他为帖木尔-穆尔扎。他是库利科沃战役中鞑靼阵营中的精英战士,败于亚历山大·佩列斯韦特手下。

他移动，他就是莫斯科的大公。

"除了保住我们的命，还保住了点儿别的东西。"另一个人说。这是位修士，讲起话来带着点儿冷酷的幽默感。因为虽然眼前的惨象是大家都不愿看到的，但这座城市基本完好无损，也没有落入敌人手中。前一天晚上，大公差点儿被废黜并杀掉，但知道这一点的人不多。多亏一场神奇的暴风雪，他的城市才没被烧为平地。这一点大家都心中有数。一条黑色小径从城市中心穿过，仿佛上帝之手曾在深夜挟带着烈焰落下。

"这还不够，"大公说，"我们保住了自己的性命，但还没有教训叛乱分子。"在难熬的白天，大公安慰见过的每个人，还平静地下令让人把幸存的马匹赶到一起，再把马厩烧焦的横梁拖走。但修士很了解他，能看出他的疲惫和内心的怒火。"明天我要亲自带所有能带的人手出城，"大公说，"我要找到那帮鞑靼人，宰了他们。"

"在现在这个时候离开莫斯科吗，季米特里·伊凡诺维奇？"修士问，声音中带着一丝不安。

季米特里已经一天一夜没合眼了，脾气更加暴躁。"那你说呢，亚历山大兄弟[①]？"他问，那种声调吓得随从畏缩不前。

"城里没您不行。"修士说，"我们要哀悼死者，粮仓、家畜和其他仓库也损失惨重。孩子们得填饱肚子，复仇能养活他们吗，季米

[①] 据史料记载，亚历山大·佩列斯韦特是谢尔盖·拉多涅日斯基创立的圣三一修道院中的修士。他与切鲁贝的阵前单挑决斗是库利科沃战役的序幕，后两人同归于尽。但据俄罗斯相关资料记载，首先落马的是切鲁贝。

特里·伊凡诺维奇？"修士和大公一样没休息好，说起话来也是咄咄逼人。昨夜曾有支箭穿透他的左臂，而现在那箭已被拔出来，伤口也用细麻布裹好了。

"我诚心诚意地欢迎鞑靼使节，他们却闯进宫来袭击我。"季米特里反驳，根本不掩饰熊熊怒火，"他们与篡位者勾结，放火烧我的城市。这口气我忍得下吗，亚历山大兄弟？"

其实放火烧城的不是鞑靼人，但亚历山大兄弟没说话。就让大家这样误会这事再把它忘记吧，因为它已无可挽回。

大公冷冷地补充道："你妹妹在骚乱中生下个死婴，对不对？有王室后裔死了，城中还有一片建筑被烧为平地，如果正义得不到伸张的话，大家很快就会开始抱怨。"

"洒再多的鲜血也换不回我妹妹的孩子。"萨沙不由得尖锐地指出这一点。他清楚地记得妹妹那欲哭无泪的哀伤样子，比任何哭泣都更让人揪心。

季米特里的手放在剑柄上："怎么，修士，你在对我说教吗？"

从大公的声音中，萨沙听出两人间的感情裂痕虽已结痂，但还未愈合。"在下不敢。"萨沙说。

季米特里费力地松开缠绕着蛇形图案的剑柄。"您打算怎么去找切鲁贝那伙鞑靼人？"萨沙努力找理由，"我们之前追踪过他们，但连骑了两个星期的马也没能瞥见他们哪怕一眼。而且当时还是深冬，积雪上很容易留下马蹄印。"

"但我们最后还是找到他们了。"季米特里眯起灰眼睛，"你的小妹昨晚没事吧？"

"没事，"萨沙疲倦地说，"奥尔加说她的脸烧伤了，还断了根肋骨，但她还活着。"

现在季米特里看上去很为难。在他身后正在清理废墟的人中，有个人把折断了的房梁的一端扔下来，同时骂骂咧咧。"要不是她，我不会及时赶到，"萨沙对表弟那阴郁的侧影说，"是她的血拯救了你的王位。"

"是千万人的血拯救了我的王位。"季米特里厉声说，并不回头，"她撒谎，还迫使你这个再正直不过的人撒谎。"

萨沙什么也没说。

"问问她，"季米特里转过身来，"问她当时是怎么找到鞑靼人的。她不可能只是靠眼神好，我手下眼神好的人多的是。问她是怎么办到的，我会赏赐她的。我觉得莫斯科没人会愿意娶她，但说服某个乡下波雅尔应该没问题。或者多塞点儿金子，会有修道院愿意收下她。"季米特里像机关枪一样越说越快，神情不安，"或者我可以派人送她安全回家。她想跟姐姐一起待在内宫①里也行。我会赏她足够的钱，让她舒舒服服地过日子。你去问她是怎么做到的，我会为她安排好一切。"

萨沙瞪着他，心里有千言万语，却说不出口。昨天瓦西娅救了你

---

① 这个词可以指在旧俄国的贵族妇女的实际居处（宅子的楼上、单独一侧厢房，甚至是一座独立的建筑物，与宫中男子的居处以一条步道相连），但更多情况下是指莫斯科人隔离贵族妇女的做法。"Terem"一词被认为源于希腊语的teremnon（住宅），与阿拉伯语中的"harem"（后宫）无关。由于缺乏中世纪莫斯科人的书面记录，这种做法的起源尚无法追溯。"Terem"的做法在16及17世纪达到顶峰，直至被彼得大帝结束——他使妇女们可以出现在公共场合。从字面意义上讲，该词指出身高贵的俄罗斯女性完全不与男子见面。女孩儿在内宫中长大，直到嫁人时才能离开。俄罗斯童话中，常常会见到"公主的父亲把她锁在三九二十七道锁后"等类似比喻，很可能就是源于这种做法。

的命，杀死一个邪恶的魔法师，在莫斯科放火，又拯救了整座城市。所有这些都在一夜之间完成。你觉得她会愿意销声匿迹，就为了换取一份嫁妆，或是别的任何奖赏吗？你了解我妹妹吗？

当然，季米特里肯定不了解。他只认识瓦西里·彼得罗维奇，那个她冒充过的小伙子，虽然他们是同一个人。气势汹汹地说完那一番话后，季米特里其实也能意识到这一点，因为他脸上那种不安的神情出卖了他。

马厩那边有人大喊一声，使萨沙免于马上回答这个问题。季米特里转过身，看上去也松了口气。"来。"他说，大步走过去。萨沙沉着脸跟在后面。有两根烧焦的梁柱交叉着躺在地上，人群正围着它们。"让开！圣母呀，你们跟春天草场上的羊一样悠闲吗？这是什么？"他的声音铿锵有力，人群向后退去。"哎呀！"季米特里说。

其中有个家伙终于能说出话了。"那里，大人，"他说，指着两根柱子之间的某处空隙。又有人伸过去一根火把，立刻有个东西在火光下射出光芒。大公和他的表哥盯着看，眼花缭乱，满腹疑云。

"那个，"季米特里说，"是金子吗？"

"肯定不是，"萨沙说，"如果是金子早就熔化了。"

那东西被几根巨大的原木压在地上，三个男人正把木头拖开，第四个人把它扯出来呈给大公。

确实是金子——纯金，而且没熔化。那是沉重的链环和僵硬的马齿龈，两者以古怪的方式联结在一起。金属泛着油腻的光泽，在周围凝视它的面孔上投下红白的微光，使萨沙感到不安。

季米特里拿着它翻来覆去地看，说："啊！"接着他换只手，抓住顶部把它拎起来,把缰绳绕在手腕上。那是个马笼头。"我之前见过这个。"季米特里说,眼睛亮起来。由于强盗和火灾,这位大公的钱匣子马上就要见底,他当然非常欢迎这捧金子。

"昨天卡西扬·鲁托维奇的那匹牝马戴着它。"萨沙说。他很讨厌这玩意儿,因为它使他想起昨天的那些事。他厌恶地看着那个带尖刺的马嚼子。"就算她为这个把他甩下来,我也不会怪她的。"

"好吧,这东西就是战利品啦。"季米特里说,"要是那匹漂亮的牝马还在就好了。那些该死的鞑靼人都是偷马贼。大家听着:热饭菜和酒都准备好啦,好好干。"人们大声欢呼,季米特里把马笼头交给管家。"把它擦干净,"大公说,"拿去给我夫人看。她会开心的。之后再把它锁好。"

"你不觉得奇怪吗?"萨沙警惕地说,同时那管家毕恭毕敬地抱着那金笼头转身走开,"如果这笼头一直躺在起火的马厩里,它怎么会毫发无伤呢?"

"不,"季米特里严厉地看了表哥一眼,"这有什么奇怪的?之前有暴风雪把我们从火里救出来,现在这东西就是神迹。谁要问你,你就把这话说给他听。上帝赐下这个金子做的东西,因为他知道我们急需这个。" 季米特里明白人言可畏,有时即使是凶兆,经过口口相传后也会变成吉兆。"金子就是金子。现在,修士——"但他突然住口。萨沙之前一动不动,此刻抬起了头。

"那吵闹声是怎么回事?"

外面传来嘈杂的低语声,不时有人怒吼或厉声说话,就像浪头拍在岸边的岩石上。季米特里皱起眉头:"听起来像——"

门卫的喊叫打断了他。

***

克里姆林距离小山顶只有几步路，因此这里的黄昏降临得更早些。冰冷厚重的黑影笼罩在另一处更小也更安静的宫殿上。大火当时没烧到这里，只有几处地方被落下的火星燎焦了。

整个莫斯科城充斥着谣言、呜咽、咒骂、争吵和疑问，但这里仍秩序井然。宫里灯火通明，仆人们把一时用不着的物资收集起来以救济穷人。马在马厩里打瞌睡，袅袅炊烟从烘烤房和厨房、酿酒厂和宫殿自己的烟囱里冒出来。

维持秩序的功臣是个女人。她挺直腰板坐在自己的工作室里，脸色苍白，仪态却无懈可击。她虽然还不到三十岁，但嘴角已有了绷紧的皱纹，黑眼圈可以和季米特里的媲美。头天晚上她进了浴室，生下了第三个孩子，但孩子没能活下来。而与此同时，她的长女被人偷走，几乎死在那个恐怖的深夜里。

虽然有这一连串的事情发生，但奥尔加·弗拉基米罗芙娜没有休息。她要做的事太多了。她坐在工作室的火炉边，接连不断地有人过来见她：管家、厨子、木匠、面包师和洗衣妇都从她这里得到指令，还有几句感谢的话。

在见这些人的间隙中，奥尔加佝偻着腰坐回扶手椅上，双臂环抱小腹——她的胎儿之前待过的地方。几个小时前她已解散侍女，现在她们正在内宫更高处的房间里睡觉，好从前夜的震惊中恢复过来。但有一个人肯定不会走。

"你应该上床休息，亲爱的奥尔加。即使没有你，这一家人也能对付着熬到天亮。"说话的姑娘僵硬而警惕地坐在炉边的长凳上，她和那位骄傲的谢尔普霍夫①亲王妃都有着长长的黑发和粗大的发辫。细看会发现她们的五官也有相似之处,只是王妃更纤弱雅致,这女孩儿却个头儿高挑,十指修长,脸盘棱角分明,一双大眼睛也格外引人注目。

"您确实该去休息。"另一个女人说。她刚端着面包和炖卷心菜走回房间。现在是大斋节,她们不能吃肥肉。这个女人看上去和另外两人一样疲倦。她的发辫是黄色的,刚刚泛起银光,双眼明亮而机灵。"晚上府里会很安全。你们俩吃这个吧,"她用勺子轻快地把汤舀出来,"然后上床睡觉。"

筋疲力尽的奥尔加慢慢地说:"府里倒是安全,但城里怎么样呢?你们以为季米特里·伊凡诺维奇或他那可怜的蠢太太会派人送面包给昨晚变成孤儿的孩子们吃吗?"

坐在长椅上的姑娘脸色变白,用力咬住下唇。她说:"我确定季米特里·伊凡诺维奇正精心制订计划,打算报复鞑靼人,穷人们只能等待。但这并不是说——"

头上传来一声尖叫,打断了她的话,接着传来匆忙的脚步声。三个女人带着同样的惊慌表情瞪着门。又出什么事了?

全身发抖的保姆冲进房间,两个侍女喘着气跟在她后面。"玛丽亚,"保姆大声喘息,"玛丽亚不见了。"

---

① 谢尔普霍夫是位于莫斯科以南约96千米的城镇。它最初成立于季米特里·伊凡诺维奇统治时期,目的在于从南方拱卫莫斯科,被封给季米特里的堂兄弗拉基米尔·安德列耶维奇(本书中奥尔加的丈夫)。谢尔普霍夫直到14世纪末才成为城镇。在这部小说中,尽管奥尔加被封为谢尔普霍夫亲王妃,但她仍住在莫斯科,因为当时的谢尔普霍夫只有树林、一处堡垒和几间小屋。在本书中,她的丈夫经常不在家,为大公管理这个重要的据点。

奥尔加噌地站起来。玛丽亚是她唯一的女儿,头天晚上曾被人从床上抱走。"来人。"奥尔加厉声说。

但那年轻姑娘侧过头,好像正听谁说话。"不,"她说,"她出去了。"房间里的所有人都转过头来,侍女和保姆互相交换阴郁的眼色。

"那么就——"奥尔加开口,但被另一个人打断。

"我知道她在哪儿。我去找她吧。"

奥尔加久久地看着那年轻姑娘,对方也镇定地迎上她的目光。如果是在前一天,奥尔加可能会说自己再也不会把亲生孩子交给这疯疯癫癫的妹妹。

"在哪儿?"奥尔加问。

"马厩里。"

"很好,"奥尔加说,"但是,瓦西娅,你要在上灯前把玛丽亚带回来。还有,如果她不在那儿,马上告诉我。"

那姑娘点点头站了起来,看上去很沮丧。她走起来时,人们才能看出她的身体向一边歪——她断了根肋骨。

***

瓦西丽莎·彼得罗芙娜果然在她说的地方找到了玛丽亚。这孩子蜷缩在一匹枣红牡马畜栏里的稻草堆上睡着了。畜栏门是开着的,但那匹马没被拴上。瓦西娅走进来,没去叫醒小姑娘,而是靠在那匹高头大马的肩膀上,把脸颊贴在他光滑的皮毛上。

枣红马转过头,急不可耐地用鼻子去嗅她的衣袋。她笑了。度过那漫长的一天后,这是她第一次真心微笑。她从袖子里掏出块面包壳喂他。

"奥尔加不去休息，"瓦西娅说，"她让我们大家都很不好意思。"

"你也没休息呀。"马回答，对着她的脸喷出温暖的鼻息。

瓦西娅连连后退，把他推开，因为那热乎乎的气息弄痛了她头皮和脸颊上的烧伤。"我不配去休息，"她说，"是我引起了火灾，我必须尽力补救。"

"不，"索洛维一边说一边跺脚，"是札尔彼蒂萨造成的火灾，但你在把她放开之前，也该听我的话。她当时被人囚禁，气得发疯。"

"她是从哪里来的呢？"瓦西娅问，"卡西扬有什么本事，能给那样的生灵戴上笼头呢？"

索洛维看上去很困惑，前后晃着耳朵，甩着尾巴拍打侧腹。"我不知道他是怎么做到的。我记得有人在喊，有人在哭泣。我记得翅膀，还有深海中的血。"他又跺跺脚，甩着鬃毛，"我只能记得这些。"

他看上去垂头丧气的，于是瓦西娅挠挠马肩隆。"没关系。卡西扬已经死了，他的马也跑掉了。"她换了个话题，"多毛沃伊说玛丽亚在这里。"

"她当然在这儿啦，"马回答，看上去得意扬扬，"虽然还没学会跟我说话，但她也明白我会把任何胆敢伤害她的人踢飞。"

这匹牡马身高十七拃，他这话可不是在虚张声势。

"我不会怪她来找你的。"瓦西娅说，又开始搔马肩隆，使马快活地扑扇耳朵，"我小时候只要一惹麻烦，就会跑去马厩里。但这里不是列斯纳亚辛里亚①。奥尔加发现她失踪时吓坏了,我必须带她回去。"

稻草堆上的小女孩儿动了动,呜咽出声。瓦西娅小心翼翼地跪倒在地,竭力不震到自己疼痛的那侧身体。孩子的头撞到瓦西娅的肋骨,她勉强忍住尖叫,但痛得眼前发花。

"嘘——玛丽亚,"瓦西娅勉强地说,"别出声,是我。没事了。你没事了。你安全了。"

孩子平静下来,僵硬地躺在瓦西娅怀里。那匹大马低下头,用鼻子嗅嗅她的头发。她抬起头来。他轻轻地舔舔她的鼻子,玛丽亚咯咯地笑起来,接着把脸埋在瓦西娅的肩窝里,哭了。

"我什么都想不起来了,"她抽泣着低声说,"我只知道自己当时吓坏了……"

瓦西娅也记得自己有多怕。孩子的话使头天晚上的一幕幕像流星般重又闪过她的脑海:一匹浑身是火的马用后腿立起来;魔法师像枯萎的花朵一样瘫在地板上;一脸茫然的玛丽亚乖乖屈服于魔法的力量。

还有严冬之王的声音:我尽我所能地爱着你。

瓦西娅摇摇头,像要把记忆甩得无影无踪。

"你不用记住这些,不用的。"她温柔地对孩子说,"都结束了。你现在是安全的。"

"但好像还没结束,"孩子低声说,"我记不起来了!我怎么能

---

① 列斯纳亚辛里亚的字面意思为"森林之境",是瓦西娅、萨沙和奥尔加的故乡,也是《熊与夜莺》中故事的主要发生地,在《笼中少女》和本书中也多有提及。

知道这些到底结没结束?"

瓦西娅说:"相信我,而且就算你不相信我,也该相信妈妈和舅舅。没人会再来伤害你。现在来吧,我们必须回屋。妈妈在担心你。"

玛丽亚立刻挣开瓦西娅的手,手脚并用地抱住索洛维的前腿,瓦西娅几乎拉不住她。"不!"玛丽亚喊,脸贴在马身上,"我不回去!"

这么滑稽的举动如果发生在某匹普通的马身上,马就会用后腿立起来,或是向后躲开,至少也会用膝盖去顶玛丽亚的脸。但索洛维站在那儿一动不动,看起来半信半疑。他小心翼翼地低下头,凑近玛丽亚。"如果你喜欢,就待在这儿。"他说。但这孩子听不懂他的话。她又哭起来,发出孩子忍无可忍时的那种微弱而疲惫的哭声。

瓦西娅同情这女孩儿,也为她感到愤怒,心里很不舒服。她明白玛丽亚为什么不想回屋去。小姑娘之前被从那里偷走,吓得够呛——虽然现在她已经记不太清经过了。高大而自信的索洛维至少可以安抚她。

"我之前一直在做梦,"小姑娘抱着马的前腿咕哝着,"我什么都记不起来,只能记得我一直在做梦。梦里有个骷髅在嘲笑我,而我一直在吃蛋糕,一直一直吃,吃到想吐。我不想再做梦,也不想再回房间。我要住在马厩里,和索洛维在一起。"她手上加力,紧紧地抱住牡马。

瓦西娅看出除非自己能把玛丽亚的手强行掰开,把她拖走,否则小姑娘是哪儿也不会去的,但自己断了根肋骨,肯定做不到这一点,而且索洛维也会坚决反对。

好吧,那就让别人来向这匹暴躁的牡马解释为什么玛丽亚不能待在这里吧。"非常好,"瓦西娅用快活的声调说,"你要不愿意回去，就不用回去。我给你讲个故事好吗？"

玛丽亚放松手，不再死死抱着索洛维："什么故事？"

"你喜欢听的'伊凡努什卡和阿廖努什卡'怎么样？"瓦西娅潜意识里觉得有些不安。姐姐，亲爱的姐姐，小山羊说。游出来，游出来，到我这里来好吗？他们开始生火、烧水又磨刀。我要死啦。

但他姐姐没法儿帮他，因为她已经淹死了。

"算了，换一个吧，"瓦西娅匆匆说，同时拼命思索，"'傻子伊凡'的故事怎么样？"

孩子沉思着，仿佛这是个重大的、能改变对那痛苦一天的记忆的选择。为了她好，瓦西娅也希望能如此。

"我想，"玛丽亚说，"我想听听玛丽亚·玛列芙娜的故事。"

瓦西娅犹豫了。小时候她喜欢听美人瓦西丽莎的故事，因为女主人公与自己重名。但头天晚上的所有事情发生之后，玛丽亚·玛列芙娜的故事会深深刺入人心。不过玛丽亚还没有说完。"讲讲伊凡[①]吧，"她说，"故事里关于马的那部分。"

瓦西娅明白了。她笑起来，甚至不在意这个小动作牵动了脸上被烧伤的皮肤。

"很好，我就讲讲那部分。你放开索洛维的前腿好不好？他又不是根柱子。"

玛丽亚不情愿地放开索洛维，于是那牡马在稻草堆上伏下身子，让两个姑娘蜷缩着靠在他温暖的侧腹上。瓦西娅把玛丽亚和她自己裹

---

① 这里提到的童话《玛丽亚·玛列芙娜》讲伊凡被邪恶的魔法师劈成两半，但他的大舅子青鸟王子带来死亡之水（使他骨肉复生）和生命之水（为他注入生命力），将他复活。

在斗篷里，抚摸着玛丽亚的头发，开始讲。

"伊凡王子三次试图从邪恶的巫师科谢伊手中救出他的妻子玛丽亚·玛列芙娜，"她说，"但每次都以失败告终，因为科谢伊骑着世上最快的马，而且这马还能听懂人类的语言。无论伊凡起跑时领先多少，都会被他追上。"

索洛维得意扬扬地打个响鼻，喷出一股干草味。"那马跑不过我。"他说。

"最后，伊凡让妻子玛丽亚问科谢伊，他是怎样得到这匹无与伦比的马的。

"'有座长着鸡脚的房子'，科谢伊答道，'就在海岸上。里面住着一位名叫雅加婆婆的老巫婆，能养出全世界最棒的马。你必须蹚过一条燃烧的河流才能找到她，但我有块魔法手帕能分开火焰。如果你找到那栋房子，必须请求雅加婆婆，为她干上三天活儿。如果你的服务让她满意，她就会送你一匹马；但如果你失败了，她会吃掉你。'"

索洛维若有所思地侧过一只耳朵。

"于是玛丽亚，那个勇敢的姑娘，"说到这里，瓦西娅扯了扯外甥女的黑辫子，使后者咯咯地笑起来，"偷了科谢伊的魔法手帕，秘密地交给伊凡。他去找雅加婆婆，去赢得那匹全世界最棒的马。

"那条燃烧的河宽阔而可怕，但伊凡挥舞科谢伊的手帕从火焰中间飞奔而过。在河对岸，他在大海岸边找到一座房子，那里住着雅加婆婆，还有全世界最棒的马群——"

玛丽亚插嘴："他们会讲话吗，就像你跟索洛维讲话一样？你真的能和索洛维说话吗？他也会跟别人说话吗，就像雅加婆婆的马群一样？"

"他会讲话。"瓦西娅举起一只手,止住小姑娘一连串的问题,"只要你懂得如何听他讲就行。现在保持安静,让我讲完。"

但是玛丽亚已经在问下一个问题了:"你是怎么学会听的?"

"我……马厩里的那个人教我的。"瓦西娅说,"是瓦兹拉。当时我还小。"

"我能学吗?"玛丽亚说,"马厩里的那个人从来不跟我说话。"

"因为你们府里的瓦兹拉不够强壮,"瓦西娅说,"在莫斯科城里,他们的力量会变得衰弱。但我认为你可以学习。他们说,你外祖母——就是我母亲——懂得一点儿魔法。我听人讲过,说你的外曾祖母曾骑着一匹骏马来到莫斯科。那匹马是灰色的,仿佛清晨的天空。也许她和你我一样也能看到精灵①。也许在什么地方还有其他同索洛维一样的马,也许我们都——"

畜栏之间的过道上传来坚定的脚步声,打断了她的话。"也许我们都需要吃晚饭。"瓦尔瓦拉干巴巴的声音说,"你姐姐信任你,让你来带她的女儿回去。我却在这里发现你们两个像乡下男孩儿一样在稻草堆上打滚。"

玛丽亚笨拙地爬起来站好。瓦西娅也痛苦地跟着她站起来,同时尽量不碰到受伤的那半边身体。索洛维猛地站起来,耳朵指向瓦尔瓦拉,而后者用奇怪的眼神看了他一眼。有那么一刻,她脸上现出遥远的憧憬,就像看着自己渴望很久的东西一样。她不再理那匹牡马,而是

---

① 精灵即恶魔。在这里是个集合名词,指俄罗斯民间神话中的各种妖精,或是"不洁的力量"。

说："来吧,玛丽亚。回头瓦西娅可以把这故事讲完。汤要凉了。"

***

瓦西娅给玛丽亚讲故事的这段时间里,马厩里已经暗下来。索洛维一动不动地站着,支棱着耳朵。"怎么了?"瓦西娅问。

"你能听到吗?"

"什么?"瓦尔瓦拉说。瓦西娅奇怪地看她一眼,当然她刚才没有……

玛丽亚看上去像被突然吓到:"索洛维听到有人来吗?有坏人吗?"

瓦西娅拉起女孩儿的手:"我说过你已经安全了,我是认真的。如果有危险,索洛维会驮着我们逃得远远的。"

"好吧。"玛丽亚小声说,但仍然紧紧地抓着瓦西娅的手。

她们走出来,发现外面天已经快黑了。索洛维和她们一起出来,不安地喷气,把鼻子贴在瓦西娅的肩膀上。如血的夕阳消失在西边模糊的云雾中。空气凝滞了,那种感觉很奇怪。在厚实的马厩墙壁外面,瓦西娅也能听到索洛维之前听到的声音了——那是许多人急促的脚步声,还有人群低声交谈的嗡嗡声。

"你是对的,出事了。"瓦西娅低声对马说,"还有,妈的,萨沙不在。"她大声补充,"别担心,玛丽亚。府门关着,我们很安全。"

"来吧。"说着,瓦尔瓦拉向外面的门走去。穿过前厅,再走上**楼梯**,她们就能回到内宫。

第二章

清算

忙碌的一天过去了,院子里安静得出奇。瓦尔瓦拉紧抓住玛丽亚的手,从内宫的外门溜进去。瓦西娅在楼梯脚下转过身,把前额贴在索洛维光滑的脖子上。她不明白为什么院子里那么安静。奥尔加有不少守卫在大公庭院中的战斗中死去或受伤,但她姐姐的马夫呢?她的奴隶呢?门外的喊声一阵高过一阵。"在这儿等我,"她对马说,"我上楼去找姐姐,很快就回来。"

"快点儿,瓦西娅。"牡马说,浑身上下透着不安。

上楼去奥尔加工作间的路上,瓦西娅觉得断掉的那根肋骨痛得要命,活像有只燃烧的爪子从身侧一路抓下来。低矮的大工作间里有座取暖的火炉,墙上还开着一扇狭窄的窗户用于透气。这里现在挤满了人:奥尔加的仆人们已被喧闹声惊醒。保姆抱着奥尔加的儿子丹尼尔坐在炉边——那孩子正在吃面包。他是个沉着的男孩儿,但现在看上去很迷茫。女人们正窃窃私语,好像怕人听见。不安的气氛在谢尔普霍夫亲王的宫殿里弥漫。瓦西娅觉得自己起了水泡的掌心在流汗。

奥尔加正站在窄窗边望着外面的院子。玛丽亚径直朝母亲跑过去，王妃单手搂住女儿的肩膀。

吊灯投下不祥的阴影。瓦西娅进门时带起一阵轻风，阴影随之抖动。但她不去看别人，只盯着雕像般立在窗边的姐姐。

"亲爱的奥尔加，"瓦西娅问，"出什么事了？"房间里的说话声渐渐低下去，大家都在听她讲话。

"有很多人，举着火把。"奥尔加说，仍然没转过身来。

瓦西娅见女人们惊恐地面面相觑，但仍然搞不清楚发生了什么事："他们在做什么？"

"你自己看吧。"奥尔加的声音很镇定，但她头饰上的重重金链垂在胸前，在吊灯的光下闪个不停，表明主人的呼吸相当急促。

"我会派人去喊守卫，"奥尔加补充说，"昨晚我们失去了不少卫兵。有人死在火场里，有人被鞑靼人杀了，其余的都在守城门。我交代奴隶们去城里帮助受灾的人，他们都还没回来。我们再也派不出人手了。也许有的人在半路上耽搁了，不能回来；也许其他人听到了些我们不知道的消息。"

丹尼尔的保姆紧紧抱住孩子，吓得他哇哇大叫。玛丽亚正满怀希望和盲目的信任望着瓦西娅：我的小姨有匹神马。瓦西娅穿过房间走到窗边，尽量不一瘸一拐的。她经过时有几个女人看向别处，同时在胸前画十字。

谢尔普霍夫宫殿大门前的街道上挤满了人。许多人举着火把，所有人都在高喊。在敞开的窗边，瓦西娅终于能清晰地听到他们的喊声。

"女巫！"他们喊道，"把女巫交给我们！火！是她放的火！"

瓦尔瓦拉冷冷地对瓦西娅说："他们是来找你的。"而玛丽亚说："小姨，小姨，他们指的是你吗？"奥尔加用僵直的胳膊把女儿紧紧搂在身边。

"是的，玛丽亚，"瓦西娅觉得口干舌燥，"他们指的是我。"门前的人越聚越多，像江河准备冲击岩石。

"我们得把门闩上，"奥尔加说，"他们会把大门砸坏的。瓦尔瓦拉——"

"你派人去找萨沙了吗？"瓦西娅打断她，"向萨沙求救。"

"你觉得她还能派谁去？"瓦尔瓦拉说，"现在所有的男人都在城里。要不是我整天都筋疲力尽地待在内宫里，我早就自己去叫人了。"

"我能去。"瓦西娅说。

"别傻了，"瓦尔瓦拉厉声说，"你觉得他们不会认出你吗？你还想骑那匹枣红大马去，是不是？城里的男女老少一眼就能看出来。还是我去吧。"

"谁也去不了。"奥尔加冷冷地说，"看，我们被包围了。"

瓦西娅和瓦尔瓦拉再次转向窗户——是真的，火炬已经汇成了海洋。

恐惧的女人们窃窃私语，声音越来越尖。

人越聚越多，人流仍不断从小巷中会聚到宫门前。他们开始砸门。瓦西娅认不出其中的任何人，因为火把晃花了她的双眼。塔楼下，庭院寒冷，悄然无声。

"别紧张，瓦西娅。"奥尔加说，脸色十分平静，"别怕，玛丽亚，去火炉那边坐，跟你弟弟一起。"之后她转向瓦尔瓦拉，"带些侍女帮你，无论找到什么东西，都往门上堆。如果他们把门打破，这可以拖延时间。塔楼很坚固，甚至能抵御鞑靼人。我们会没事的。萨沙和大公会得到消息，男人们会及时赶到。"

但链条上闪烁的光说明她心里仍然没底。

"如果他们想要的是我——"瓦西娅开口说。

奥尔加打断她："牺牲自己吗？你昏头了吗？"她猛地向群情激昂的暴民做个手势。瓦尔瓦拉已经把女人们从长椅上轰下来。木椅很结实，能为她们争取些时间，但能争取多少呢？

就在这时，又有个声音说话："死亡。"他低语道。

瓦西娅转过头，看到奥尔加家里的多毛沃伊正待在火炉口。他的声音微弱，仿佛火灭后灰烬塌陷时发出的声音。

瓦西娅只觉得毛骨悚然，因为多毛沃伊能为他所在的家庭预言未来。她蹒跚地迈出两大步，穿过房间走到火炉前。女人们瞪着她。玛丽亚惊恐地看着瓦西娅的眼睛，因为她也听到了多毛沃伊的话。

"噢，会发生什么事呢？"玛丽亚大喊，同时夺过丹尼尔的面包，那孩子大声哭叫起来。她跪在火炉边，跪在瓦西娅身边。

"哎呀，玛丽亚——"保姆开口说。但瓦西娅说："别管她。"她的声调使整个屋子里的人惊恐地退缩，甚至奥尔加也在咬牙切齿地喘气。

玛丽亚把面包塞给衰弱的多毛沃伊。"别那样说，"她说，"别说死亡。你把我弟弟吓坏了。"

她弟弟既听不见也看不见多毛沃伊，但骄傲的玛丽亚不会承认被吓坏的是自己。"你不能保护这房子吗？"瓦西娅问多毛沃伊。

"不能。"多毛沃伊声音微弱，外表看起来像快熄灭的火光投射出的影子，"魔法师死去，老妇人在黑暗中徘徊。人们转而崇拜其他神。能支撑我坚持下去的东西已经不剩什么了，我们都撑不下去了。"

"我们还在这里，"瓦西娅恐慌而暴躁地说，"我们能看见你。帮帮我们。"

"我们能看见你。"玛丽亚轻声附和。瓦西娅拉住这孩子的手，紧紧抓着。经过昨天晚上的种种磨难，她身上有数不清的伤口。瓦西娅再次解开其中一处的绷带，把血淋淋的手放在炉口的热砖块上。

多毛沃伊全身颤抖。刹那间他看上去像个活生生的生灵，而不是一道会说话的阴影。"我能争取时间，"他喘着气，"一点儿时间，我尽力吧。"

一点儿时间？瓦西娅仍握着外甥女的手。女人们聚在她们背后，神色各异，但脸上都带着恐惧和谴责的表情。

"黑魔法，"其中一个说，"奥尔加·弗拉基米罗芙娜，您肯定看见——"

"今晚我们中会有人死去。"瓦西娅没理其他人，而是对姐姐说。

奥尔加沉下脸："只要我还能做主就不会。瓦西娅，搬长椅的这头，帮瓦尔瓦拉闩上门。"

有个声音在瓦西娅脑海中急促地反复回响：他们要的是我。

外面的院子里，索洛维长声嘶鸣，大门颤抖着。瓦尔瓦拉站得离门最近，一言不发，双眼好像在说话。瓦西娅觉得自己能懂她的意思。

瓦西娅僵硬地跪下来平视外甥女的脸。"你得一直照看多毛沃伊，"她对玛丽亚说，"包括这里的，或者无论你在哪里遇到的。你必须尽量使他强壮，他会保护这座房子。"

玛丽亚庄严地点头,说:"可是,亲爱的瓦西娅,你呢?我懂得的还不够——"

瓦西娅吻了吻她,站起来。"你会学到的,"她说,"我爱你,玛丽亚。"她转向奥尔加,"亲爱的奥尔加,你必须送玛丽亚去列斯纳亚辛里亚,找阿廖沙。他会明白的,他知道我的事。玛丽亚不能永远待在这塔楼里。"

"瓦西娅——"奥尔加开口说。玛丽亚迷惑地紧抓住瓦西娅的手。

"原谅我吧,"瓦西娅说,"为我所做的一切。"她放开玛丽亚的手,溜出门去——瓦尔瓦拉为她打开门。有那么一瞬,两人的目光相遇,眼神阴沉,心有灵犀。

***

索洛维正在宫门旁等瓦西娅,看上去很镇定,但瞳孔因恐惧而缩小,露出一圈眼白。院子里很暗,喊叫声越来越响,门那边传来劈裂的声音,从裂口处依稀可见火把的光。她的脑子疯狂地转动:该怎么办?很明显,索洛维处于危险之中。他们都有危险:她自己、她的马、她的家人。

她和索洛维藏在马厩里再闩上门,这样行不行?不行,发疯的人群会直奔内宫脆弱的门,去找里面的孩子。

牺牲她自己怎么样?她直接走出去投降可以吗?也许他们会满足,也许他们就不会破门而入。

但索洛维怎么办?他们会怎样对他呢?她的马兼忠诚的朋友绝不会愿意离开她。

"来吧,"她说,"我们躲到马厩里。"

"我们最好还是逃跑,"马说,"最好打开一扇门逃出去。"

"我不会为那些暴徒打开任何一扇门。"瓦西娅厉声说,尽量哄劝他,"我们必须尽可能地拖延时间,等我哥哥带着大公那边的人过来。大门能支撑足够的时间。来,我们得藏起来。"

马不安地跟着她,周围的喊叫声一阵高过一阵。

马厩高大的双开门是用厚重的木材做的。瓦西娅打开门,马跟在她后面,对着阴暗的马厩不安地喷鼻子。

"索洛维,"瓦西娅虚掩上门,"我爱你。"

他用鼻子擦着她的头发,小心不碰到烧伤的地方:"别怕。如果他们冲进来找到这里,我们逃跑就好。没人能找到我们。"

"照顾好玛丽亚,"瓦西娅说,"也许某天她也能学会和你说话。"

"瓦西娅。"索洛维说,突然警惕地高昂起头。但她已经把他的头推开,从狭窄的门缝里挤出去,把牡马安全地关在马厩里。

她听到身后愤怒的马嘶声,也听到他的蹄子踹在坚实的木头上发出的劈裂声,但声音淹没在周围人群的喊叫声中。即使是索洛维也无法冲破那扇巨大的门。

她艰难地向大门走去,又冷又怕。

门上的裂缝越来越大。夜幕中有个声音督促人群向前,于是声浪又一次高涨起来。

那声音再次响起,轻柔如丝绸,仿佛在歌唱,纯净的音色划破喧嚣。瓦西娅觉得身侧的钝痛加剧。上方内宫里的灯光熄灭了。

索洛维又在她身后嘶鸣。

"女巫!"那个有力的声音第三次响起来。这是召唤,也是威胁,瞬间大门崩裂的速度加快。

这次她认出了那声音。她屏住呼吸,声音毫不颤抖:"我在这里。你们想要什么?"

就在此时,大门被撞成碎片,缓缓倒下;与此同时,索洛维在她身后破门而出,飞奔而来。

第三章

夜莺

  人群比索洛维离瓦西娅更近,但枣红马全速向她冲来。瓦西娅看到最后一个机会:引诱这些暴徒追赶自己,把他们从姐姐门前引开。于是索洛维飞奔到她身边时,她掐着时间贴着他跑,迅速跳到他背上。

  在这紧急关头,她不再感到身体疼痛无力。索洛维直直地向被撞破的大门冲去。瓦西娅大声喊叫,把暴徒们的注意力从塔楼上引开。索洛维仿佛杀意全开的战马,从人群中直冲出去。人们徒劳地伸手想抓住他,但纷纷被撞开。

  大门近了,她现在一心只想逃跑。在开阔的地面上没有什么能追得上枣红马。她可以把他们引开,争取时间,再同萨沙和季米特里的守卫会合,一起回来。

  没有什么能跑过索洛维。

  没有。

她没看见是什么击中了他,也许不过是根圆木,是本来要送进壁炉里烧的木柴。她只听到它破空而来的呼啸声。那一击落在马背上,她感到他的身体猛地抖了一下。索洛维有条腿拐向一边,接着他栽倒下去——此时他刚刚迈出被毁的大门。

人群尖叫起来。瓦西娅觉得那一击就像落在自己身上。本能使她清醒,她跪在马头前。

"索洛维,"她低声说,"索洛维,起来。"

人群逼近。一只手抓住她的头发,她猛地转过身来去咬它,于是手的主人咒骂着退回去。马挣扎着、踢腾着,但它的后腿扭成可怕的角度。

"索洛维,"瓦西娅低声说,"求你了,索洛维。"

马带着淡淡的干草味的气息喷到她脸上。他似乎打了个寒战,鬃毛像羽毛一样披散在她手上,仿佛另一个陌生的他——她从未见过的那只鸟终于要挣脱出来,振翅高飞。

一把剑落下。

它砍在马的脖根处。马发出一声悲鸣。

瓦西娅感到刺穿牡马身体的那一剑仿佛割破了自己的喉咙。她无意识地尖叫,像要保护自己幼崽的母狼一样团团转。

"杀了她!"人群中有人喊道,"她在那儿,那个邪恶的婊子。杀了她!"

瓦西娅把自己的生命置之度外,不顾一切地扑向他们。有个男人一拳打在她身上,接着是另一拳,最后她完全失去知觉。

***

她跪在星光灿烂的森林里。万籁俱寂,世界只有黑、白两色。有只棕色的鸟在雪地里扑扇翅膀，她伸出手却够不到它。面色苍白如骷髅的黑发人影跪在它旁边，双手合拢成碗状，伸向那只鸟。

她认得那只手，也知道这个地方，她觉得自己甚至能从死神那苍老冷漠的眼神中读出他的情感。但是他在看那只鸟，而不是她。他比以往任何时候都更加陌生和遥远，他的全部注意力集中在雪地里的夜莺身上。

"带我们一起走吧。"她低声说。

他没有转身。

"让我和你们一起走吧，"她又试一次，"我不想失去我的马。"在很远的地方，她还能感觉到身体在被人拳打脚踢。

夜莺跳到死神的手里。他小心翼翼地合上手指，把它拢在手里拿起来，用另一只手抓起一把雪。雪在他手中融化成水，滴在那只鸟身上，它立刻一动不动。

最后他抬起眼睛望着她。"瓦西娅，"他用熟悉的声音说，"瓦西娅，听我说。"

但她无法回答。

因为在现实世界中有个男人在用洪亮的声音说话，于是人群后退。她被强行拉回深夜的莫斯科，躺在被践踏得乱七八糟的雪地里流血，但还活着。

也许这不过是她想象出来的。她睁开被鲜血模糊的双眼，发现死神那黑色的身影还在身边，比正午时分的阴影还要淡。他的眼神急切而又相当无助。他用最温柔的手势单手握住夜莺僵硬的尸体。

他走了，就像从未来过这里一样。她卧在马的尸体上，身上沾满他的血。有个金发男人正以胜利者的姿态俯视她。他穿着祭司的法衣，眼睛蓝得像仲夏的天空，眼神冷静而坚定。

***

康斯坦丁·尼科诺维奇这一生走过漫长的道路，经历过无数苦难，但有个天赋技能屡试不爽——他开口说话时，民众听到他的声音就会俯首帖耳。

那天午夜，暴风雪肆虐，他为垂死的人施涂油礼，同时安慰伤者。在黎明前的黑暗时刻，他对莫斯科的人民开口说话。

"我不能保持沉默。"他说。

起初他用低沉而温柔的声音，时而对着这个人，时而又对着那个人说话。他们开始聚集在他周围，就像他掬起的一捧水，于是他提高声音："你们犯了大错。"

"我们做了什么？"被煤烟熏得脏兮兮的人们吓坏了，"我们犯了什么错？"

"这火灾是上帝的惩罚，"康斯坦丁说，"但罪过不是你们犯下的。"

"罪过？"他们不安地抱着孩子问。

"你们觉得为什么这座城市会被烧毁呢？"康斯坦丁问，声音低沉，含着真正的悲哀。孩子们被烟熏死在母亲怀里。他难过得心情激动，声音嘶哑。"火是上帝降下的惩罚，因为你们庇护了女巫。"

"女巫？"他们问，"我们窝藏了女巫吗？"

康斯坦丁提高声音："你们肯定还记得那个你们以为叫瓦西里·彼得罗维奇的男孩儿，对不对？他实际上是个女孩儿。你们还记得亚历山大·佩列斯韦特吗？世人都以为他是圣洁的，他却被自己的妹妹诱惑犯罪。还记得她是如何欺骗大公的吗？就在当晚，这座城市陷入了火海。"

康斯坦丁一边说，一边感到愤怒、悲伤和恐惧的情绪正在他们心中酝酿。他有意以巧妙的手法挑起他们的情绪，就像铁匠给剑开刃一样。

群情激昂，成为他的武器。

"正义必须得到伸张，"康斯坦丁说，"但我不知道该怎么做。也许上帝知道。"

***

现在她躺在姐姐宫殿的前院里，手上的马血已经干了。她自己的血染红了嘴唇和面颊，泪水盈满眼眶。她喘着粗气，但发现自己仍然活着，于是笨拙地爬起来。

"巴图席卡，"她嘴唇上的伤口又裂开了，血往下流，"让他们回去。"她痛苦地说，呼吸急促，"让他们住手。你已经杀了我的马。别碰我姐姐，别碰孩子们。"

人群在他们面前分开，从他们身边走过。杀戮的欲望没有得到满足，暴民开始敲谢尔普霍夫宫殿的门。门仍然关着，康斯坦丁犹豫不决。

她低声补充："我救过你的命，两次。"她几乎站不住。康斯坦丁知道自己的力量，因为他能驾驭民众的愤怒，就像能骑在野马上驯服它。他突然握住缰绳。"回来！"他对追随者喊道，"回来！女巫在这里。我们已经抓到她了。必须伸张正义，上帝不愿久等。"

她如释重负地闭上眼睛——也许是出于虚弱。她没有伏在他脚下，也没有对他的仁慈感恩戴德。他恶狠狠地说："你要跟我来，承担上帝正义的怒火。"

她又睁开眼睛盯着他,但似乎视而不见。她动动嘴唇,只说了一个词。那不是他的名字,也不是乞求怜悯,而是"索洛维"。她突然像中箭一般弯下腰——由于悲伤,而不是疼痛。

"那匹马死了。"他说,同时开心地看见这句话给了她重重一击,"也许现在你该想想女人应该关心的事。你的时间不多了。"

她什么也没说,两眼茫然地睁着。

"你的命运已被决定。"康斯坦丁弯下腰,仿佛要把这话硬塞进她的脑袋,"人民无辜受难,他们想要公平。"

"什么命运?"她嚅动瘀伤的嘴唇小声说,面白如雪。

"我劝你,"他轻声说,"祈祷。"

她像只受伤的动物一样扑向他,但旁边有个男人一拳把她打倒在地。她蜷在他脚边,他没想到自己居然差点儿开心得笑出声。

第四章

所有女巫的命运

"那是什么声音?"季米特里问。经过动荡的一夜后,他的门卫中只有寥寥几人没受伤,而这几个人似乎都在大喊大叫。宫殿的墙外传来嘈杂的人声,还有人群踩在雪地里的脚步声。他的前院里唯一的光源是火把。城市里的吵闹声越来越大,突然传来一声震耳欲聋的撞击。"圣母呀,"季米特里说,"还嫌我们遇到的麻烦不够多吗?"他转过头去,厉声下令。

接着门在喧闹声中打开,一个黄头发的仆人毫不畏惧地大步走到大公面前,身后跟着季米特里迷惑不解的近卫士兵。

"怎么回事?"季米特里瞪着眼睛问。

"那是我妹妹的贴身侍女,"萨沙说,"瓦尔瓦拉,怎么……"

瓦尔瓦拉的脸颊青肿,脸上的表情使他毛骨悚然。

"你听,"瓦尔瓦拉厉声说,"那些人已经打破谢尔普霍夫宫殿的大门。他们杀死了瓦西丽莎喜爱的枣红马。"听到这里,萨沙感觉到血全涌到脸上。"他们还把那个女孩儿拖走了。"

"在哪里？"萨沙的声音仿佛从遥远的地方传来，听上去非常可怕。

他旁边的季米特里已经在叫人牵马来，同时召集士兵："是的，就算他们受伤了也要上马，不能再等了。"

"下……"瓦尔瓦拉气喘吁吁地说，"下到河边去了。恐怕他们想要她的命。"

***

暴徒的拳打脚踢使瓦西娅几乎失去知觉，她的衣服被撕破，身上流着血。最后她被半拖半架地带走。整个世界闹哄哄的，但有个冰冷动听的声音在指挥人群，大家无休无止地喃喃低语：祭司。巴图席卡。

他们向山下走，她在已经干硬的泥泞街道上磕磕绊绊地前行。有许多手在她身上摸索。她的斗篷和外套被扯走，身上只剩下长袖内衣，头巾也不见了，头发披散在脸上。

她几乎意识不到这些，脑海里只有一个场景：棍棒、刀、晴天霹雳般的震惊。索洛维。圣母呀，索洛维。狂怒的人群中，她只能看到那匹马一动不动地躺在雪地里，全身裹满污泥，曾经的爱、优雅和力量全都随风而逝。

更多的人撕扯她的衣服，她把几只摸索的手推开。一只带鱼腥味的拳头打在她脸上，使她咬紧牙关。疼痛像星星一样在嘴唇上爆开，她内衣的领口也被撕裂了。直到这时康斯坦丁才用平静的声音责备人群，于是他们退回去，多少收敛了一些。

他们拖她下山。四周都是火把，火星溅到她脸上。"终于害怕了吗?"康斯坦丁低声对她说,眼睛炯炯有神,仿佛终于战胜了她。

她再次扑向他,盛怒之下忘记了疼痛。

也许她是有意的,就是想激怒他们来杀她。他们几乎要了她的命。康斯坦丁袖手旁观,让暴民惩罚她。灰色的雾悄悄漫上来,偷偷蒙住她的眼睛,但她仍然没死。她苏醒过来时,发现自己已被抬出了克里姆林的大门。现在他们走过波萨德①——这里位于城墙外,但仍是莫斯科城的一部分。他们匆匆向河边走去。一座小教堂隐约出现在前方,他们在那里停下来讨论什么。康斯坦丁在发言,但她只能偶尔听到几个字飘过来。

女巫。

圣父。

拿木柴来。

她没有认真听,她的感觉已经麻木了。他们没有伤害她的姐姐,也没有伤害玛丽亚。她的马死了,因此她不在乎他们要对她做什么。她什么都不在乎。

她感觉周围的光线变了,自己被从闪烁刺眼的火炬光中推进仅有蜡烛照明的阴暗教堂。她摔倒在离圣障不远的地方,牙齿磕到了破裂的嘴唇。

她躺在那儿,闻着积满灰尘的木头气味,思维还没从打击中恢复过来。然后她想:至少该勇敢而骄傲地站起来,因为如果索洛维在这种情况下,他一定会这样做。索洛维……

---

① 波萨德与罗斯城镇的坚固城墙毗连,但不在其内,通常扮演贸易站的角色。几个世纪以来,它经常演变成独立的行政中心或城镇。

"索洛维……"

她摇摇晃晃地站起来。

她发现自己隔着半个教堂中殿,与康斯坦丁·尼科诺维奇面对面。祭司背靠着门看着她。

"你杀了我的马。"她低声说。他微微一笑。

***

一道伤口横过鼻梁,她有只眼肿得睁不开。在教堂半明半暗的烛光下,她瘀青的脸比平时看上去更神秘,也更脆弱。先前的欲望之火又伴着对自己的恨熊熊燃烧起来。

但他为什么要感到羞耻呢?上帝不关心凡人的事,他自己的意志最重要,而她就在他的手心里。这个想法同样使他热血沸腾,就像外面人群的崇拜一样使他飘飘然。他的目光又扫过她的身体。

"你是注定要死的,"他对她说,"因为你有罪。还有几分钟的时间,你可以祈祷。"

她神色不变,也许没有听到。于是他提高声音:"这是上帝的律法,也是你所戕害之民的意志!"

她的脸白得像盐,以至于鼻子上每个淡淡的雀斑都像血点一样显眼。"那就杀了我吧,"她说,"你有勇气亲手杀我吗?别借那群乌合之众做刀,还打着正义的旗号。"

"那么你能否认火灾是你造成的吗?"他轻轻向她走去。"摆脱了。"他对自己说。他终于摆脱她对自己的控制了。

她的表情没有变,她也不说话。他抬起她的下巴,把她的脸凑到自己面前,但她一动不动。"你无法否认,"他说,"因为这是实情。"

他把拇指按在她嘴上那如花朵般绽放的伤口上,她没有退缩。她眼里没有他。

她真的很丑：大眼睛，大嘴，突出的骨头。但是他无法把目光移开，他永远也无法把目光移开，除非她闭上双眼死去，但也许她死后也会一直缠着他。

"你夺走了我所有重要的东西，"他说，"你用恶魔诅咒我。你该死。"

她没有回答。眼泪从她脸上流下，但她似乎没有知觉。

他突然暴跳如雷，一把抓住她的肩膀，把她死死地按在圣障上。圣障上的众位圣徒都吓得发抖。她屏住呼吸，脸上没有一丝血色。他掐住她苍白而脆弱的喉咙，发现自己呼吸急促："看着我，该死的。"

慢慢地，她目光的焦点集中在他脸上。

"求我饶你一命，"他说，"求啊，也许我会答应你。"

她慢慢地摇头，眼神空洞而游移。

他感到仇恨涌上心头，于是把嘴唇凑近她的耳朵，用自己都几乎听不出的声音低声说："你会被烧死的，瓦西丽莎·彼得罗芙娜。死之前，你会尖叫着吻我。"他用力地吻她，紧捏住她的下巴，品尝着她裂开的嘴唇上的血味。

她咬他，于是他的嘴唇也流出血来。他后退，两人双眼喷火，怒视对方。

"愿上帝与你同在。"她充满恨意地低声嘲弄他。

"找你的魔鬼去吧。"说完，他走了。

***

康斯坦丁离开后，到处积满尘土的教堂里一片寂静。也许他们正在搭起火葬柴堆；也许他们在准备什么更糟的东西；也许瓦西娅的哥哥最终会赶到，结束这场噩梦。但瓦西娅不在乎。死亡有什么好怕的呢？也许在死后，她会再次找到父亲、母亲，还有她深爱的保姆顿娅。

索洛维。

但是她又想到了火、鞭子、刀子和拳头。她还没有死，她吓坏了。也许她可以就这么走开，走进活人世界之外的灰色森林，永远离开这个世界。因为她认识死神。

"摩罗兹科，"瓦西娅低声叫出那个更古老的名字，那个只属于死神的名字，"卡拉淳。"

没人回答。冬天已经结束，他已经离开人间。她颤抖着瘫倒在地，靠在圣障上。外面的人叫喊、大笑、咒骂，但在教堂里只有圣像屏上沉默的圣徒们目不转睛地盯着下方。瓦西娅没有勇气祈祷。相反，她仰起头，闭上眼，数着心跳，计算自己还有多长时间可活。

她不可能就此睡着，然而不知怎的，世界消失了，她发现自己又一次走在满天星斗下的黑森林里。她隐隐感到震惊的宽慰：一切都结束了，上帝听到了她的恳求，这正是她所渴望的。她跌跌撞撞地向前走，大声喊叫。

"爸爸。"她大喊，"妈妈。顿娅。索洛维。索洛维。"他肯定在这儿。他肯定已经在等她，如果他能的话。

摩罗兹科会知道的，但摩罗兹科不在。她叫了半天也没人回应，只好艰难地摸索着往前走，觉得四肢沉重，每次喘气肋骨都越来越痛。

"瓦西娅，"他连叫她两声，她才听到，"瓦西娅。"

她想转过身来,却倒向一边,跪在雪地上,再也没力气爬起来。星河横天,但她没抬头看。她只能看见死神——他不比光和影清晰多少,比遮住月亮的云朵还要脆弱,但她能认出他的眼睛。他正在这灰色的森林里等她。她不孤单。

她一边喘气一边勉强问:"索洛维呢?"

"死了。"他说。死神不会安慰人。他的浅色眼睛里有了然的神情,因为他明白她失去了什么。

她不知道自己喉咙里会发出这样痛苦的声音。她控制住自己,低声说:"求求你,带我一起走吧。他们今晚要杀了我,而我不能……"

"不行。"他说,"瓦西娅,我……"带着松香味的微风轻拂她有瘀伤的脸。他用冷漠的表情武装自己,但这面具正摇摇欲坠。

"求你了。"她说,"他们杀了我的马,现在又要烧死我。"

他向她伸出手来,同时她也伸出手,穿过横亘在他们当中的记忆、幻觉、高墙和所有的一切。但她觉得好像只摸到一片薄雾。

"听我说,"他控制住自己,"听着。"

她费力地抬起头来。为什么?听?为什么她就不能死去呢?但她与他的羁绊在召唤她,她无法摆脱。圣像们的脸似乎想闯进她的视野,插到他们中间。"我不够强大,"他说,"我已经尽力。我希望也许这能成功。你不会再见到我。但你会活下去。你必须活下去。"

"什么?"她低声说,"怎么活?为什么要活?我正要——"

但眼前的圣像比那模糊的死神还要真实。"活下去。"他又对她说,再次离开。她醒来,发现自己仍然孤零零地躺在教堂那积满灰尘的冰冷地板上,仍然活着——这太可怕了。

她孤零零的，旁边站着康斯坦丁·尼科诺维奇。他正俯视她，在她的头上方说话："起来，你已经没机会祈祷了。"

※※※

她的双手被粗暴地绑在背后。几个男人来到康斯坦丁面前，把她围在中央。从外表来看，他们面色红润，意志坚定，不像士兵，而像农民和商人。有个人拿着斧头，还有一个拿着镰刀。

康斯坦丁的脸色苍白而阴沉。他和她的目光每相遇一次，看上去都想撕碎对方。然后他安详地把目光移开，严肃地抿起嘴唇，就像对自己的信仰尽忠职守的人。

人群挤在教堂周围，沿着蜿蜒的道路一直排到河边，手里拿着火把，身上散发出焦煳味、血腥味和汗味。夜间的风刮过。他们把她的鞋子拿走，说要让她悔罪。她赤着脚踩在雪里。他们看上去得意扬扬，脸上是不加掩盖的对祭司的崇拜以及对她的憎恨。他们向她吐口水。

"女巫。"她听到他们反复这么说，"她在城里放火。女巫。"

瓦西娅从没这么害怕过。她哥哥在哪里？也许暴民太多，他挤不过来；也许他怕这些疯狂的人；也许他觉得牺牲她来平息城里的民愤是件划算的事。

她被人推着，脚步踉跄地向前走。康斯坦丁走在她身边，虔诚地垂着头。火把的红光在她眼前跳跃，使她看不清东西。

"巴图席卡。"她说。

康斯坦丁打断她。"现在想求我了吗？"他轻轻说。人群的怒吼声盖过他的声音。

她没说话，尽量控制自己不被吓疯。然后她说："不要这样。不要用火。"

他似笑非笑地摇摇头,仿佛对她的秘密了如指掌:"为什么?难道不是因为你的诅咒,莫斯科才起火的吗?"

她什么也没说。

"是那些恶魔小声告诉我的。"祭司说,"你的诅咒至少还能有点儿好处。恶魔说的是真话。他们小声说起一个有女巫天赋的姑娘,还有一个浑身是火的怪物。于是我能把你的罪行公之于众,甚至用不着撒谎。你在诅咒我能听懂恶魔说话之前早该想到这一点。"

他显然费了很大劲才转过身去继续祈祷。他的脸色灰黄,脚步却很稳健。他似乎被人群的愤怒吓到了,被他自己召唤出来的东西吞噬了。

瓦西娅的眼中只有黑、白两色,清晰、冷酷且令人震惊。冰凉的空气扑在她脸上,她的脚在雪地里冻得要命,仿佛被烧伤了一样。每次她恐惧地呼吸,都会吸进莫斯科那还带着烟味的空气,它像水银一样在她的血管里流动。

在她面前,在莫斯科河的冰面上,有一片由人类面孔汇成的海洋。有的面孔在咆哮,有的在哭泣,还有的只是在旁观。下游竖起一个柴堆,被两侧的火把照亮。人们在这里匆匆搭建起火葬柴堆,顶上的笼子在天幕的映衬下分外醒目。这只笼子由无数条绳子扎牢木头而成,是用来囚禁火刑犯的。人群不断发出低沉的声音,就像动物在吼叫。

"笼子就不用了吧。"瓦西娅对康斯坦丁说,"我走到那里之前,他们就会把我撕成碎片。"

他几乎是怜悯地看她一眼,她突然明白他为什么要走在她身边,为什么要以那种装模作样的优雅风度祈祷。显然这一套他在列斯纳亚辛里亚用过。他曾让悲伤而恐惧的人们聚在一起,用优美的嗓音和金发控制他们，使他们成为他手中的武器、复仇的工具和对自尊的小小补偿。他和她在一起的时候，他们不会攻击她，因为他想看到她被烧死，毕竟前一天深夜他上过当。一直以来，她都低估了祭司。"魔鬼。"她说。他几乎笑出来。

他们走到了冰面上。一声尖叫爆发，好像十几只垂死的兔子发出的声音。人们步步向她逼近，向她吐唾沫，还动手打她。她身边的守卫几乎没法儿把他们挡回去。一块石头呼啸着飞来，深深划伤她的脸颊。她用一只手捂住脸，鲜血从她的指缝里滴下。

她开始觉得眩晕，又转头去看莫斯科。哥哥还没来。虽然天色很黑，但她还是看见了那些精灵的剪影，他们站在房顶和墙头上：多毛沃伊、德沃罗伊和班尼克①——都是莫斯科城里虚弱的宅神。但他们在那里也只能看着，除此之外什么也做不了。精灵们从人类的思想中诞生，和人类一同生活，但无法插手干涉任何事。

其中只有两个例外，但一个是她的敌人，另一个则远隔万里，而且被春天的到来和她自己做的好事害得几乎法力全无。她最想从他那里得到的是安详的死亡。人们喊叫着把她推向柴堆时，她还绝望地紧抓住这根稻草。她穿过冰面，从人群给自己让出的一条狭窄通道中走过去。她泪流满面，因为真正感觉到自己的无助，也因为所有人对她的仇恨。

也许从某个角度来看，这也是在伸张正义。她看到了跛着脚的人和烧伤的人，还有人胳膊上或脸上扎着绷带。但我不是有意放走火鸟

---

① 班尼克直译为"浴室住民"，是俄国民间传说中的浴室守护者。

的,她想,我不知道会发生什么事。我不知道。

冰面仍然很硬,厚度差不多等于高个男人的身高。有的地方的积雪被风吹走或是被雪橇划破,能看见下面的冰在闪光。还要过很长时间河面才会解冻。我还能活着见到河开吗?瓦西娅不知道。我还能再次感到阳光照在身上吗?我想不会了,我想……

人群围住柴堆,好像起伏的波涛。火光把康斯坦丁的金发映成银灰色。他的神情变幻不定:一会儿得意扬扬,一会儿显得极度痛苦。他的声音和风姿依旧,但现在他手中的力量已不像是修行之人该拥有的。瓦西娅突然希望自己能警告哥哥和季米特里。萨沙,你知道他对玛丽亚做了什么,别相信他,别……

她想:萨沙,你在哪儿?

但她哥哥不在,而康斯坦丁·尼科诺维奇正俯下身来,最后一次盯着她的眼睛看。他已经赢了。

"当你进入那永恒的黑暗时,"瓦西娅低声说,恐惧使她的呼吸又急又轻,"你将对你所藐视的上帝说些什么呢?人终有一死。"

康斯坦丁只是又对她笑笑,举起手画十字,提高深沉的嗓音开始吟诵祷文。人群静下来听着。他俯身向前,在她耳边低声说:"没有上帝。"

他们把她拖上柴堆。她拼命挣扎,好像落入陷阱的野兽一样纯粹凭本能行事。但那些男人比她更强壮,而且她的胳膊被绑着。绳子勒进手腕,鲜血从指尖滴落。他们强迫她爬上去。瓦西娅想:圣母啊,终于开始了。

死亡,她想,总该有些仪式感,让人觉得一段旅程就要结束。但她好像突然就被从现实生活中拖到这里,满身是汗,满脸是泪,怕得要命,眼看就要被投入火中。她还有没能实现的希望,还在为自己犯的错而感到后悔。

笼子很小,仅够她蹲在里面。有把刀戳在她的后背上,顶着她向前。栅栏门被猛地关上,然后被结结实实地闩好。

由于恐惧,瓦西娅的视野支离破碎。这世界变成一连串杂乱的图像:火光下黑压压的人群、投向天空的最后一瞥、童年的森林、家人和索洛维。

人们把火炬向柴堆上投去。烟雾翻腾,第一根木柴被点着,烧得噼啪作响。有那么一瞬,她瞥见康斯坦丁·尼科诺维奇板着苍白的脸。他举起手,眼神中的欲望、悲伤和欢喜只有她看得懂。一股烟飘过,把他遮住了。

她双手握住笼子的木条。木刺扎进手指,烟刺痛她的脸。她开始咳嗽,好像听到模糊的马蹄声从某个遥远的地方传来,还有人在远方叫喊。但它们都在另一个世界,她的世界里全是火。

许多人都说"还不如死了呢",但死到临头,他们就不这样说了,摩罗兹科曾这样告诉她。他是对的。温度已经高到无法忍受,但到处都看不见他。她没法儿躲在那座尘世之外的森林里避难。

她无法呼吸。

我外祖母来到莫斯科,再也没离开。现在轮到我了。我再也没法儿离开这个笼子。我会化为灰烬,随风而去,再也见不到我的家人……

她突然怒火中烧,睁开双眼,后退并蹲下。再也见不到吗?所有过去的时光、那些珍贵的记忆都要被那个疯狂的祭司偷走了吗?他做这一切不过是要借机报复。他们还会讲起她吗?说她再也没离开,说她的故事在冰面上讲到了尽头。还有玛丽亚该怎么办？勇敢的玛丽亚也会在劫难逃。也许康斯坦丁接下来就会去对付她，因为这个小女巫知道他犯了什么罪。她无路可逃。她蹲在笼子里，而笼子被锁上了。火焰从四周升起，烤着她已经起了泡的脸。无路可逃，唯有一死。笼子是打不碎的。不可能。

不可能。

当她强行把摩罗兹科拖进莫斯科这个地狱中时，他这么说过。

魔法就是忘记这个世界曾经是什么样子，以你的意志重塑它。

瓦西丽莎·彼得罗芙娜凭着一股蛮劲，握住那被烤得滚烫的粗栅栏，用力拉。

粗木头断了。

瓦西娅吓了一跳，对着自己刚弄出的豁口发呆，觉得眼前发灰。笼子开始燃烧，外面是重重火焰，她就算能弄断栏杆又有什么用呢？她会陷入火海。而且就算奇迹出现，她能冲出去，也会被人群撕成碎片。

但她还是爬出笼子，先是将手伸进火里，最后站起来。她全身颤抖着站在那里，忘记了恐惧，火舌碰不到她。她已经忘了自己会被火烧死。

她跳下来。

她穿过火葬柴堆上的熊熊大火，跳下来，落到雪地上打滚儿，汗流浃背，满身烟灰和鲜血。所有观望的精灵一齐发出无声的大喊。她身上起了泡，但没被火烧着。

她还活着。

瓦西娅爬起来，疯狂地环顾四周，但没有人叫喊。康斯坦丁和所有人仍注视着火堆，仿佛她根本没有从上面跃下来。这种感觉就像自己成了鬼魂。她已经死了吗?她是落进另一个世界了吗?她已经变成不能接触大地,只能在地面之上或之下生存的恶魔了吗?她隐隐听到马蹄声由远而近,越来越响,好像还听到有个熟悉的声音在高喊自己的名字。

但她没注意听,因为有另一个低沉的声音在讲话,好像觉得眼前的一切都很有趣。这声音仿佛就在她耳边。"好啊,"它说,"真是大大出乎我的意料。"

它哈哈大笑。

***

瓦西娅猛地转过头,摔倒在被火烤化的泥浆里。烟雾呛得她透不过气。高温中的空气在抖动,围观人群的影子开始变形。他们还是没看到她。也许她已经死了,或者已经堕入了恶魔的世界。她感觉不到伤口疼痛,只觉得浑身无力,似乎一切都是虚幻的,只除了那个站在她旁边的男人。

那不是男人,是个精灵。

"是你。"她低声说。

他站得离火那么近,本应被烤焦,但他并没有。他的独眼在布满蓝色伤疤的脸上闪闪发光。

她上次见到他时,他杀了她父亲。

"瓦西丽莎·彼得罗芙娜。"那个名叫梅德韦季[①]的精灵说。

瓦西娅跟跟跄跄地站起来,站在恶魔和火焰之间:"不。这不是

---

① 梅德韦季意为"熊"。——译者注

真的,你不可能在这里。"

他没有说话,只是用手托住她的下巴,把脸凑到她的脸上。那只空眼窝的眼睑被缝合,粗壮的手指有腐肉和热金属的味道,非常真实。他低头朝她咧嘴一笑:"是吗?"

她猛地往后一缩,眼睛睁得大大的。他的手指上有从她的嘴唇流出来的血。他把血迹舔掉,信心十足地补充道:"告诉我,你觉得自己刚获得的力量能撑多久?"他打量着这群暴徒,"他们会把你撕成碎片。"

"你已经被封印了。"瓦西娅低声说,听起来好像一个做噩梦的小姑娘。也可能眼前就是一个噩梦,因为自从父亲死后那头熊就在梦里缠着她。但现在他们面对面地站着,四周是浓烟和火光。"你不该在这儿。"

"封印?"熊说,那只灰色的独眼闪着愤怒的光,好像回忆起某些事。他脚下的影子在咆哮,那根本不是人类的影子。"噢,是的。"他用讽刺的口气补充道,"你和你爸爸,帮着我那个偷偷摸摸的孪生弟弟封印我。"他露出牙齿,"我自由了,你不觉得幸运吗?因为我是来救你的。"

她目瞪口呆,现实世界就像火周围的热空气一样摇曳不定。

"也许我不是你盼的那个救星啦,"熊又俏皮地说,"但我那高尚的弟弟不能亲自来。你把他那块蓝宝石打碎,同时也粉碎了他的力量。然后春天就到啦,他现在还不如一个鬼魂呢。所以他把我放出来,派我来。不过说实话,这一趟麻烦可够多的。"那只独眼扫过她的皮肤,他撇撇嘴,"看起来一点儿也不好吃。"

"不,"现在她只能说出这些,"他不能这样做。"她又惊又怕，同时被人群散发出的动物般的臭味熏着，觉得十分难受。浓烟中，周围的人若隐若现。

那精灵伸手到褴褛的袖子里，厌恶地把一只手掌大小的木鸟塞给她："他让我把这个给你。这是个信物。他用自由换你活着。现在我们得走啦。"

他的话一股脑儿地涌进她脑海，但她搞不懂它们的意义。那只木鸟雕成夜莺的样子，仿佛一千把尖刀刺进她的心。她见过严冬之王，也就是那头熊的弟弟用木头刻一只小鸟，当时他们正坐在雪中的云杉下。她紧紧握住它，但嘴里说："你在撒谎。你没救我的命。"她想喝水，她想从噩梦中醒来。

"确实还没有，"熊一边说，一边打量燃烧的笼子，嘲弄的表情从脸上消失了，"但你要是不跟我走，是逃不出这座城的。"他突然抓住她的手，紧紧地握着，"这交易换的是你的命。我发过誓，瓦西丽莎·彼得罗芙娜。来吧，快点儿。"

这不是梦。这不是梦。他杀了我爸爸。她舔舔嘴唇，勉强说："如果你已经自由，那么救了我的命后，你会做什么呢？"

他带伤疤的嘴扭曲了："跟我待在一起，你就会知道。"

"不可能。"

"非常好。那么我就把你安全地救出来，这是我承诺过的，接下来的事你就不用操心了。"

他是个魔鬼，但她认为他没说谎。为什么严冬之王要这样做呢？难道她现在就要欠这个魔鬼一条命吗？那会给他带来什么后果？又会给她自己带来什么后果？

死亡迫近，瓦西娅犹豫不决。人群中突然爆发出尖叫，她不禁向后退。但他们并不是在向她尖叫,而是向正挤过人群的一队骑兵尖叫。人们的注意力从火堆上转移到骑兵身上,甚至梅德韦季也抬头看去。

瓦西娅猛地挣脱他的手开始飞奔。她没回头看,因为如果她这样做,就会停下来,会因绝望而向敌人的承诺屈服,或是向迫在眉睫的死亡屈服。她拼命跑,尽量让自己像个鬼魂、像个精灵。魔法就是忘记这个世界曾经是什么样子,以你的意志重塑它。也许这有用,因为没人叫出声,也没人朝她的方向看。

"傻瓜。"熊说。尽管有一大群人隔开他们,但他的声音仍然在她耳边响起。 他那种懒洋洋的、像是在忍着笑的声调比愤怒更可怕。"我说的都是真的,所以你怕了。"她仍然在人群中飞快地穿行,像个散发着火焰气味的幽灵,竭力不去听那干巴巴的、铿锵的声音。"我要让他们杀了你。"熊说,"你无法离开这里,除非同我一起。"

这点她是相信的。她仍在飞奔,在人群中越陷越深。恐惧和臭味使她恶心,她觉得自己下一刻就会被人看见,被人揪住。木雕夜莺被攥在她汗湿的拳头里,冰冷而坚实,这是一个她无法理解的承诺。

熊的声音再次拔高,但不是冲着她说话。"看哪!看——那是什么?幽灵?不,是她,是那女巫!她逃过了火堆!魔法!黑巫术!她在那儿!她在那儿!"

瓦西娅惊恐地意识到:人群能听见他说话。有个人转过头来,接着是另一个人——他们能看见她。有个女人尖叫起来,有只手抓住瓦西娅的胳膊。她拼命扭着,试图抽出胳膊,结果却让那只手握得更紧。接着有件斗篷披在她肩上,遮住她被熏黑的内衣。一个熟悉的声音在她耳边响起,同时那只手把她拖入人群。"这边走。"对方说。

瓦西娅的救星猛地拉下兜帽,盖在女孩儿烧焦的头发上。她现在只有脚露在外面。他们躲在拥挤的人群中。大多数人正在保护自己以免被别人踩踏。天太黑,人们看不见她红色的脚印。在她身后,熊再次提高声音,野蛮地大叫:"在那里!那里!"但现在即使是他也无法指引如此混乱的人群。萨沙、季米特里和大公的骑兵们终于赶到,一路大喊着冲开暴民到达火葬柴堆。他们把燃烧的木头扯开,被烧到手时就大声咒骂。有人身上起了火,尖叫起来。人们在瓦西娅周围互相推搡、奔逃,叫喊着说自己看见了女巫的鬼魂,看见女巫本人从火里逃了出来。没有人注意到那个穿斗篷的瘦女孩儿。

她哥哥的声音在喧闹中仍清晰可闻,她仿佛听到了季米特里·伊凡诺维奇刺耳的声调。人群在骑兵面前纷纷后退。我必须去找哥哥,瓦西娅想。但她无法转身。她全心全意地想逃跑。还有那熊,就在她身后的某个地方……

那只手仍抓着她的手臂,拖着她向前走。"来,"那熟悉的声音说,"快点儿。"

瓦西娅抬起头,不解地盯着瓦尔瓦拉那阴沉而布满瘀伤的脸。

"你怎么知道?"她低声说。

"有人捎信。"瓦尔瓦拉急急地说,仍然拖着她走。

她没明白。"玛丽亚,"瓦西娅艰难地说,"奥尔加和玛丽亚——"

"还活着。"瓦尔瓦拉说。瓦西娅开心得快要哭出来。"也没受伤。来,"瓦尔瓦拉拉着瓦西娅继续走,半架着她穿过退却的人群,"你得离开这座城市。"

"离开?"瓦西娅低声说,"怎么离开?我已经……我没有……"

索洛维。她说不出那个词,因为悲伤已带走她的最后一丝气力。

"你不需要那匹马,"瓦尔瓦拉严厉地说,"来。"

瓦西娅没再说话,而是拼命挣扎着保持清醒。她断裂的肋骨末端碾在一起;她的光脚在冰上冻得麻木了,不再疼痛,但也不能很好地履行职责。因此她一再绊倒,只能紧紧抓住瓦尔瓦拉的手臂。

人群在她们身后涌动。季米特里的士兵把鞭子抽过来,他们四散奔逃。有人向瓦尔瓦拉喊叫,问她身边的那个女孩儿是不是病了。瓦西娅感到新的恐惧袭上心头。

瓦尔瓦拉冷冷地回答,解释说自己的侄女有点儿晕血。与此同时,她把瓦西娅的胳膊抓得更紧,捏出更多青紫瘀伤。她把瓦西娅拖离河岸,拖进波萨德旁黑暗的小树林中。瓦西娅很想搞明白这是在干什么。

瓦尔瓦拉突然在一棵小橡树前停下来。时值冬末,树还是光秃秃的。"普鲁诺奇尼萨。"① 她向黑暗中说。

瓦西娅认识某人——某个恶魔——就叫作普鲁诺奇尼萨,即"午夜婆婆"。但她姐姐的贴身侍女怎么会知道?

那头熊隐隐出现在阴影中,道道火光映在他脸上。瓦西娅不禁往后退。瓦尔瓦拉顺着她的视线看过去,茫然地盯着黑暗,好像个瞎子。"你觉得这样就能甩掉我吗?"那熊听起来半是恼怒,半是觉得

---

① "普鲁诺奇尼萨"的字面意义即"午夜婆婆",是俄罗斯童话中,只在半夜时才出现,会让孩子们做噩梦的恶魔。在民间传说中,她住在沼泽地里。很多故事中,父母们会念着咒语送她回沼泽地。在本书中,这个民间传说中的人物常在深夜出现。在童话《美人瓦西丽莎》中,她是雅加婆婆的仆人。

有趣,"你的恐惧散发出臭气,无论你在哪里我都能找到你。"

瓦尔瓦拉看不见他,但她的手痉挛着握紧瓦西娅的胳膊。瓦西娅意识到她也能听见他讲话。"吞食者,"瓦尔瓦拉喘着气,"在吗,午夜?"暴民们四散,他们的声音隐隐从下方的河面传来。

那熊疑惑地看了瓦尔瓦拉一眼:"你是另一个,对不对?我差点儿忘了,那老太婆生的是双胞胎。你怎么能活这么久?"

瓦西娅觉得这些话很值得琢磨,但她没法儿集中精力去好好理解。那熊对瓦西娅补充道:"她想把你从午夜之路送走。如果我是你,我就不干。你会死在那里,就像肯定会死在火里一样。"

人声越来越近,他们正抄小道穿过树林回波萨德。不久就会有人看到她们。火把在稀疏凌乱的树间闪着光,有个男人看到了这两个女人:"你们在那里偷偷摸摸地干吗?"

"两个姑娘!"另一个声音说,"看她们,身边没别人。我想找个姑娘,刚才看完那个……"

"你可以死在他们手上,或是现在跟我走。"熊对瓦西娅说,"这对我来说是一样的,这是我给你的最后一次机会。"

瓦西娅的一只眼睛肿得睁不开,另一只则视线模糊。也许正是因为如此,她没能马上发现还有第四个人正从阴影里往外看。这人的皮肤是墨紫色的,头发银白,双眼好像两颗星星。她看看两个女人,又看看那头熊,一句话也不说。

那就是名叫午夜的恶魔。

"我不明白。"瓦西娅低声说。她身体僵直地站在瓦尔瓦拉和熊之间。前者明显在保守什么秘密,而后者能庇护她——虽然这庇护并不容易接受。

午夜在不远处一言不发地站着。这恶魔背后的树林好像开始变化了，变得更浓密、更荒凉、更黑暗。

瓦尔瓦拉在瓦西娅耳边暴躁地低声说："你看见什么了？"

"熊，"瓦西娅喘着气，"那个叫午夜的恶魔，还有一团黑暗。她身后是一团黑暗，黑得不得了。"她全身都在抖。

"跑到黑暗里去，"瓦尔瓦拉对瓦西娅低声说，"我得到的消息和承诺就是这样说的。你摸一下那棵小橡树，跑进黑暗中。那是条路，能通到湖边的那棵橡树。那条通过午夜王国的路每天深夜都会开放，只有那些有天眼的人才能看见。在湖边你能找到避难所。记住那是一片闪闪发亮的水，有棵巨大的橡树生长在弯曲的岸边。跑进黑暗里去，勇敢些。"

该相信谁呢？男人们的声音越来越大，他们已经开始小跑，踩得积雪咯吱响。她的选择只有火堆、黑暗或两者之间的恶魔。

"去吧！"瓦尔瓦拉喊道，把瓦西娅血淋淋的手掌放在树皮上，用力一推。瓦西娅不由自主地蹒跚着向前走去。黑暗渐渐逼近，就在它吞噬她之前的一瞬，熊抓住她的胳膊。她转过身来面对他，麻木的双脚踩在雪地上。"如果你走进黑暗中，"他喘着气说，"你就会死的。"

她说不出话来，觉得勇气全部消失了，也不想反抗。她根本无话可答。她心里有种欲望：想逃开他，逃开喧闹的人声，逃开火堆的气味。这种欲望驱使她集中全部力量挣脱他，冲进黑暗中。

她挣脱他的手，一头扎进黑暗中。莫斯科的灯光和喧闹声立刻消失。她独自待在森林里，头上是一片干净的天空。她向前迈一步，又迈一步，却绊了一跤，跪倒在地，再也没有力气站起来。她最后听到的是一个似曾相识的声音："就这样死了吗？好吧，也许那老太太错了。"

在她身后的某个地方，熊似乎又在大笑。

瓦西娅一动不动地躺着，失去了知觉。

***

现实世界中，熊咬牙切齿地喘着气，好像马上就要愤怒地大笑起来。他对瓦尔瓦拉说："好吧，你已经杀了她。我甚至都不用打破对我弟弟的承诺。真是谢谢你了。"

瓦尔瓦拉什么也没说。吞食者懂得人类的欲望和弱点，他最强大的力量也来源于此。瓦尔瓦拉的母亲教给过她许多关于精灵的事，她曾尽量忘记这些。那些跟她有什么关系呢？她没有天眼，看不到他们，而且姐姐也很喜欢提醒她这一点。

现在吞食者重获自由，但母亲和姐姐都不在了。

那两个喝醉酒的年轻男人晃晃悠悠地走上前，眼里闪着饥渴的光。"好吧，你虽然又老又丑，"其中一个说，"但你也能伺候男人。"

瓦尔瓦拉一言不发，抬腿踹在第一个男人的两腿之间，又用肩膀顶翻第二个。他们痛苦地尖叫着摔在雪地上。她听到熊在满意地叹息。首先，她母亲说过，他热爱军队、战争和暴力。

瓦尔瓦拉拎着裙子，跑回火光下，没入从波萨德一直延伸到山顶克里姆林的混乱人群中。虽然熊没有跟上来，但她仍能听到他在她耳边说话。"我真得再次谢谢你，你这'睁眼瞎'[①]。小女巫死了，而我又不必食言。"

"先别着急谢我，"瓦尔瓦拉咬牙切齿地低声说，"还不到时候。"

[①] 这里指瓦尔瓦拉能听到精灵讲话，但看不见他们。——译者注

第二部分

第五章

诱惑

萨沙和季米特里左冲右突,驱散人群,同时用冒着烟的矛柄去拆那柴堆。这时,笼子被烧塌了,溅起一大簇火花。混乱的人群情绪达到了高潮。

康斯坦丁·尼科诺维奇把兜帽拉下来盖住金发,趁乱溜掉了。空气中弥漫着烟雾,疯狂的人群推挤着他,但没有人认出他。等士兵们拆散柴堆时,康斯坦丁已经悄悄走过波萨德,蹑手蹑脚地向修道院走去。

她甚至没有否认自己的罪行,他想。他匆匆踩着结冰的污水走着。是她放火烧了莫斯科,是民众的义愤使她一命呜呼,谁会责备他这样圣洁的人呢?

她死了,他的复仇已大获全胜。

她死在十七岁。

他一走进自己的小房间并关上门,就开始流着泪狂笑。他嘲笑莫斯科所有低垂、仰慕和咆哮的面孔，因为他们把他说出的每一个字都当作真理。他嘲笑记忆中的她的脸，还有她眼中的恐惧。他甚至嘲笑墙上的圣像，嘲笑它们的刻板和沉默。接着他发现笑声化作眼泪，痛苦的声音艰难地从他的喉咙里挤出来，自己完全控制不住。最后他只好把拳头塞进嘴里，才把那声音压住。她已经死了，一切都那么容易。也许恶魔、女巫和女神只存在于他的脑海中。

他试图让自己镇定下来。民众在他的手中就像泥土一样柔软，随他捏圆捏扁。但事情并不会一直这么容易。如果季米特里·伊凡诺维奇发现是康斯坦丁煽动暴徒，那么这位大公就算不追究祭司杀了自己的表妹，至少也将觉得此人会威胁自己的权威。康斯坦丁不知道自己新建立起来的威信对上大公的愤怒结果会怎样。

他忙于哭泣、踱步、思考，再把思绪赶出脑海，因此没注意到墙上的影子，直到它开口说话。

"像个姑娘一样哭？"一个声音低声说，"只在今晚，还是每晚？你在干什么，康斯坦丁·尼科诺维奇？"

康斯坦丁跳起来，发出近乎尖叫的一声喊。"是你，"他说，像个怕黑的孩子一样喘着气，"不。"

最后，他问道："你在哪里？"

"在这儿。"那声音说。

康斯坦丁转过身，但除了灯下自己的影子，什么也没看到。

"不对，这里。"这次那声音好像来自他的圣母像。那女人在金色的圣像罩下面朝他抛媚眼。

她根本不是童贞圣母，而是瓦西娅。她那黑红的长发披下来，脸上满是烧伤，只有一只眼睛。康斯坦丁咬紧牙关，忍下另一声尖叫。

那声音从他的小床上第三次传来，同时哈哈大笑："不，这里，可怜的傻瓜。"

康斯坦丁看过去，看到了一个男人。

男人？他床上的那个家伙看上去像个男人，这人他以前从未在修道院里见过。这个男人笑着，懒洋洋地躺在床上，头发乱蓬蓬，一双赤脚很扎眼。但是他的影子长着利爪。

"你是谁？"康斯坦丁问，呼吸急促。

"你以前从没见过我的脸吗？"那人问，"啊，不，在冬至那天，你看见的是野兽和阴影，而不是我的人形。"他慢慢地站起来，个子几乎和康斯坦丁一样高。"没关系。你能凭我的声音认出我。"他像个女孩儿一样垂下眼睛，"我能使你满意吗，神的仆人？"他那没有伤疤的那边嘴角扭曲着，似笑非笑。

康斯坦丁紧紧地靠在门上，拳头抵着嘴巴："我记得，你是那个魔鬼。"

那个人——那个精灵——抬起头来，独眼闪亮："我吗？人们叫我'熊'或'梅德韦季'——如果他们一定要给我起个名字的话。难道你从来没有想过天堂和地狱都比想象的要近吗？"

"天堂？更近？"康斯坦丁说，感到木墙上的每一道棱都硌着他的背，"上帝抛弃了我，把我交给魔鬼。没有天堂。只有这个到处是泥巴和黏土的世界。"

"没错，"魔鬼张开双臂，"那就按照你的喜好塑造它吧。你对这个世界有什么要求呢，祭司？"

康斯坦丁四肢发抖："你问这个是什么意思？"

"因为我需要你。我现在需要一个人类来帮忙。"

"做什么?"

梅德韦季耸耸肩:"人类也能干恶魔的活儿,不是吗?一直都是如此。"

"我不是你的仆人。"他的声音颤抖。

"不是啦,谁想要仆人?"熊越走越近,压低声音,"敌人、爱人、热情的奴隶——你可以随便选,但仆人嘛,用不着。"他的红舌头正好碰到上唇,"看,我出的价可是很慷慨的。"

康斯坦丁咽口唾沫,觉得口干舌燥。他呼吸急促,既热切又绝望,感觉四面墙壁正朝自己逼过来:"如果我效忠,能得到什么回报?"

"你想要什么呢?"那精灵反问。他离祭司是那么近,几乎是在对方耳边低声吐出这个问题。

祭司的灵魂在歇斯底里地哀鸣。我祈祷过,我一生都在祈祷。但主啊,您一直沉默。如果我与魔鬼交易,只能怪您抛弃了我。这个恶魔似乎能看穿他心中所想,眼里带着轻松而又隐秘的快乐。

"我想要人们为我不顾一切地献身。"这是他第一次把这个想法大声说出来。

"成交。"

"我想像王公贵族那样过舒适的日子,"康斯坦丁觉得自己快在那只独眼中淹死了,"要有美味佳肴和舒服的床,还有……"他轻轻吐出最后那个词,"女人。"

熊大笑起来:"也没问题。"

"我还要俗世中的威望。"康斯坦丁说。

"就像你的双手、你的心和你的声音所能指引的那样,"熊说,"世界就在你脚下。"

"但你又想要什么呢？"康斯坦丁低声问。

那恶魔的手握成拳头，指尖上还长着利爪。"我想要的不过是自由。我那混蛋弟弟把我关在冬日王国尽头的一处空地上，关了那么久。在这段日子里，人世间一代代人出生又死去。但最终他对某样东西的渴望终于超过监禁我的决心，于是他把我放了出来。我已经看过星星，闻过烟雾，还尝过人类的恐惧。"

那恶魔用更温柔的声音补充道："我发现精灵们正在像幻影一样衰亡，现在人们按照该死的钟声安排自己的生活。所以我要把那些钟扔掉，要推翻大公的统治，再给这个罗斯人的小世界放把火，看看从灰烬中能长出什么东西。"

康斯坦丁瞠目结舌，心醉神迷而又心怀恐惧。

"你喜欢，对不对？"熊问他，"那会让你的神忽略你。"他停顿一下，淡淡地补充道，"就眼前来说，我想让你今夜去某个地方，按我的吩咐做事。"

"今夜吗？城里很乱，现在已经过了午夜，而且我——"

"你怕别人看见你半夜出来与邪恶的东西打交道吗？好吧，这事交给我。"

"为什么？"康斯坦丁说。

"为什么不？"另一个反问。

康斯坦丁没回答。

那恶魔就在他耳边喘气："还是说你更愿意留在这里，反复想着她的死？在黑暗中坐在这里，在她死后仍然想要她？"

康斯坦丁咬紧牙关，甚至咬破了腮帮的内侧。他尝到了血腥味："她是个女巫。她罪有应得。"

"那也并不意味着你不享受这个过程哟。"恶魔喃喃低语,"你觉得我为什么先来找你?"

"她很丑。"康斯坦丁说。

"她野蛮得像大海一样,"他反驳,"而且也像大海一样,满是神秘感。"

"她死了。"康斯坦丁用平板的声调说,好像说出这句话就能剪断回忆一样。

恶魔露出神秘的笑容:"她死了。"

康斯坦丁觉得空气那么凝重,就好像自己正在呼吸烟雾一样。

"我们不能磨蹭,"熊说,"这第一刀必须在今夜挥下去。"

康斯坦丁说:"你之前耍过我。"

"而且我可能会再耍你一次,"对方回答,"你怕吗?"

"不,"康斯坦丁说,"我什么也不信,什么也不怕。"

熊大笑起来:"本该如此。因为只有这样,战斗时你才不会害怕失去任何东西。"

第六章

尸骨无存

季米特里和手下把河边的火葬柴堆拆散。萨沙和其他人一起干活儿,心情已经沮丧绝望到极点。最后,他们把那堆木柴在坑坑洼洼还冒着热气的冰面上摊开。它们仍在烧,热得烫手。那笼子看上去跟其他已烧成黑炭的木柴一样,人们几乎分不清哪些才是木笼的碎片。人群已经逃散。现在正是夜里最冷、最黑暗的时刻,他们站在渐渐熄灭的火场中央,脚下是冰冷的土地,头上是春天的星空。

在此之前,萨沙的四肢中曾涌出一股可怕的力量,但现在这力量已经消散,他只好靠在牝马散发着烟味的肩上。什么也没有,她没留下任何遗骸。他全身颤抖,止也止不住。

季米特里把额头上蓬松的头发拨开,画个十字,低声说:"愿上帝让她的灵魂安息。在我的城中,谁也不能不经我的许可就审判他人。我会为你复仇的。"他搭上表哥的肩膀。

萨沙什么也没说,但大公对表哥脸上的表情很是惊讶。有悲伤——这是自然——还有愤怒，以及困惑。

"亚历山大兄弟？"季米特里说。

"看。"萨沙低声说，同时踢开一根木柴，接着又踢开一根，指着笼子烧剩下的部分。

"什么？"季米特里茫然地说。

"尸骨无存。"萨沙咽了口唾沫。

"烧成灰了，"季米特里说，"火的温度很高的。"

萨沙摇摇头："但烧的时间不够长。"

"来吧。"季米特里现在看上去有些担心，"表哥，我知道你希望她活着，但她确实被关进笼子里了，不可能再逃出来。"

"是的，"萨沙说，深吸一口气，"是的，不可能。"但他还是又向河面上那红黑相间的人间地狱瞥了一眼，突然转身向马走去，"我要去我妹妹那里。"

震惊的沉默。然后季米特里明白过来。"很好，"他说，"请转告谢尔普霍夫亲王妃，我为她的，还有你的悲伤感到难过。她是个勇敢的姑娘。愿上帝与你同在。"

不过说说而已。萨沙知道季米特里并没有全心全意地为瓦西娅哀悼。她曾是个棘手的问题，他不知道该如何解决。但是火堆里找不到尸骨。而且，你永远也无法预料到瓦西娅要做什么。萨沙掉转马头，猛踢马腹，全速向山上飞奔，穿过莫斯科的城门。

季米特里转过身，闷闷不乐地下令让士兵们整队，觉得非常疲惫。在莫斯科曾先后烧起两把火，从某种意义上来说，第二把火和第一把的破坏力不相上下。

***

萨沙发现奥尔加的大门已被砸得粉碎，院子里也被践踏得不成样子。但季米特里之前派出所有能派出来的武装士兵多少起了些作用，使外围的建筑物免于被洗劫。院子里寂静无声。

萨沙温和地向季米特里的手下说了句话，于是他们放他进去。暴民们到河边后，零星有几个马夫回到宫里。萨沙在马厩里叫醒其中一个，把牝马的缰绳塞给他，转身就走。

院子里的积雪被踩得乱七八糟，上面还溅着血，通向内宫的门上还有靴印和刀痕。他敲了半天门，终于有个吓坏了的侍女来应门。他只好哄她放自己进去。

奥尔加仍然醒着，衣饰整齐地坐在卧室里热烘烘的火炉旁。火光中她的脸苍白而憔悴，疲惫使她温柔美丽的面容失色。玛丽亚伏在母亲膝上，歇斯底里地大哭，乌黑的头发瀑布一样披下来。屋里只有她们两个人。萨沙在门口停下，奥尔加看见他的脏脸起了泡，全身上下被煤烟熏黑，不禁脸色发白。

"如果你有消息，等等再说。"她看了一眼孩子。

萨沙几乎不知道该说什么。面对血迹斑斑的庭院和悲痛的玛丽亚，他觉得自己那渺茫而可怕的希望简直愚蠢得可笑。"玛丽亚还好吗？"他一边说，一边穿过房间，跪在妹妹身边。

"不好。"奥尔加说。

玛丽亚抬起头，眼睛湿漉漉的，眼皮上还有类似瘀伤的痕迹。"他们杀了他！"她抽泣着说，"他们杀了他。除了那些坏人，他谁也没伤害过。他喜欢粥，他们不能杀他！"她的眼里喷出怒火，"我要等瓦西娅回来，我们要去杀了所有伤害他的人。"她环顾房间，泪如泉涌。愤怒使她精疲力竭，怒火来得快去得也快。她跪倒，缩成小小一团，伏在母亲膝头哭泣。

奥尔加抚摩着女儿的头发。从近处看，萨沙能看出奥尔加的手在颤抖。

"有一伙暴徒，"萨沙低声说，"瓦西娅——"

奥尔加把手指竖在嘴唇前，扫了一眼哭泣的孩子，但她的黑眼睛随即闭上。"愿上帝与她同在。"她说。

玛丽亚又抬起头："萨沙舅舅，瓦西娅和您一起回来了吗？她需要我们，她会伤心的。"

"玛丽亚，"奥尔加温和地说，"我们必须为瓦西娅祈祷。我恐怕她还没回来。"

"可她——"

"玛丽亚，"奥尔加说，"嘘。我们不知道事情是怎么回事，必须等待他们查清楚。现在太晚了，明早我们的头脑会更清醒些。去吧，睡觉去，好吗？"

玛丽亚反抗地站起来。"她必须回来！"她喊道，"如果她不回来，她会去哪儿？"

"也许她和上帝在一起。"奥尔加坚定地说，她从不对孩子们撒谎，"如果是这样，让她的灵魂安息吧。"

那孩子瞪大眼睛，看看母亲，又看看舅舅，恐惧地张着嘴。她转过头，就好像屋子里还有别人在说话一样。萨沙随着她的目光看去，只看到墙角的火炉——那里没人。一股寒气顺着他的脊梁往下爬。

"不，她没有！"玛丽亚大喊着从母亲怀中挣扎出来，擦着泪眼，"她没和上帝在一起。你搞错了！她在哪里？"玛丽亚问靠近地板的那块空地,"'午夜'又不是个地名。"

萨沙和奥尔加面面相觑。"玛丽亚……"奥尔加开口说。

门口突然有动静,他们都跳起来。萨沙转过身,一只脏手按在剑柄上。

"是我。"瓦尔瓦拉说。她金色的发辫乱成一团,衣服上有煤烟和血迹。

奥尔加瞪着她:"你去哪儿了?"

瓦尔瓦拉没有行礼,而是直截了当地说:"瓦西娅还活着,至少我离开她时她还活着。他们要烧死她。但她弄断了笼子的栏杆,跳下了柴堆。没人看见她,于是我把她带出城了。"

萨沙之前还抱着这个希望,但他实在想不出瓦西娅是如何……"没人看见?"他想起更重要的事,"在哪里?她受伤了吗?她在哪里?我必须——"

"是的,她受伤了,那些暴徒打她。"瓦尔瓦拉尖刻地说,"她也快被魔法搞疯了,因为她在绝望时突然掌握了法力。但她还活着,而且伤也不致命。她逃脱了。"

"她现在在哪儿?"奥尔加一针见血地问。

"她从午夜之路走的,"瓦尔瓦拉说,神情既惊奇又怨恨,看上去真是奇怪极了,"也许她甚至能走到湖边。我尽全力了。"

"我必须去找她。"萨沙说,"午夜之路在哪儿?"

"无处可寻,"瓦尔瓦拉说,"而又处处皆是,但只能在午夜出现。现在那个时刻已经过了。不管怎样,你没开天眼就无法独自走那条路,你现在已经帮不到她了。"

奥尔加皱眉看着玛丽亚和瓦尔瓦拉两人。

萨沙满脸不相信，说："你指望我能相信你，放着我妹妹不管？"

"这不是管不管的问题，关键在于你没那个本事。"瓦尔瓦拉一屁股坐在小凳上，完全没有女仆的样子。她的举止中有些细节起了微妙的变化，她的眼神专注而不安。"吞食者被放出来了，"她说，"就是那个人称'梅德韦季'的家伙。那头熊！"

莫斯科先是失火，后来烈火又被一场大雪压熄。即使在发生了上述事件的几个小时后，即使瓦西娅已经把实情和盘托出，萨沙也很难相信妹妹讲的关于恶魔的故事。他正要命令瓦尔瓦拉告诉自己瓦西娅到底在哪儿，奥尔加插嘴："什么意思？什么叫熊被放出来了？谁是熊？放他出来做什么？"

"我不知道，"瓦尔瓦拉说，"熊是所有精灵中法力最强的，是大地上所有不洁力量的主宰。"她说得很慢，好像正在回忆很久以前上过的课程。"他主要的天赋是能读出人类的想法，然后控制他们为己所用。他尤其喜欢毁灭和混乱，会尽量促成这种局面。"她摇摇头，突然又变回那个聪明而务实的贴身侍女瓦尔瓦拉，"必须等到早上再说，我们都快累死了。来吧，那个野姑娘还活着，无论朋友还是敌人现在都找不到她。你们不睡觉吗？"

寂静。而后萨沙严肃地说："不，如果我不能去找她，至少我还要去祈祷，为我妹妹，也为这个疯狂的城市。"

"这城市没疯。"玛丽亚抗议。她一直听着他们的对话，黑眼睛喷着怒火。然后她转过头去，听附近地上什么看不见的东西说话。"是那个金发男人命令人们做的。他向他们演讲，挑起他们的怒火。"她开始发抖，"昨天晚上就是他过来，强迫我跟他走。他说话时人们就专心听他说，他的声音非常好听。他恨瓦西娅小姨。"

奥尔加把女儿搂过来。玛丽亚又开始哭，精疲力竭地抽泣。"嘘——亲爱的。"她对女儿说。萨沙沉下脸。"那祭司有头金发，"他说，"康斯坦丁·尼科诺维奇。"

"我们的父亲庇护过他。你曾救他回莫斯科。我还在这儿帮过他。"奥尔加说。虽然她的仪态还是那么镇定，但掩饰不了眼中的神情。

"我现在要去祈祷。"萨沙说，"如果有恶魔来过城里，那么我唯一对抗他的方式就是祈祷。但明天我要去找季米特里·伊凡诺维奇。我要看那祭司接受审判，看到正义得以伸张。"

"你必须用你的剑杀了他，萨沙舅舅，"玛丽亚说，"因为我觉得他非常邪恶。"

萨沙亲了她们俩，一言不发地离开了。

"谢谢你救了我妹妹的命。"萨沙走后，奥尔加对瓦尔瓦拉说。

瓦尔瓦拉什么也没说，两个女人的手握在一起。她们相识、相知已有很长时间。

"现在，多告诉我一些关于那个来到莫斯科的恶魔的事吧，"奥尔加补充说，"如果这与我家人的安全有关的话，我可等不到明天早上。"

第七章

恶魔

在莫斯科城中的某个角落,在黎明前的某个黑暗寒冷的时刻,有对农民夫妇躺在兄弟家的火炉顶上彻夜难眠。他们在头天晚上的火灾中失去了伊斯巴①、所有财产和长子,自从那时起两人就再没睡着过。

窗户那边传来轻轻的敲击声。

啪。啪。

睡在下方地板上的亲戚一家惊醒了。稳定单调的敲击声响个不停,令人厌烦——先是敲窗,再是敲门。"会是谁呢?"丈夫喃喃低语。

"也许是来求救的人。"他妻子说,因为那天哭得太多而嗓音嘶哑,"去看看吧。"

男人不情愿地滑下炉子,跌跌撞撞地走在地板上,跨过不断抱怨的亲戚们的身体。他打开里间门,又拉开外间门的门闩。

---

① 伊斯巴是木建农舍,通常以木雕装饰,复数形式是"伊斯比"。

他的妻子听见他带着哭腔倒吸一口气，之后就不出声了，于是赶紧也过去看。

有个小小的人站在门口，发黑的皮肤剥落，白色的骨头从衣服上的破洞中露出来。"妈妈？"他低声说。

死孩子的母亲尖叫起来，声音足可以唤醒死人。然而死人已经醒了，于是这声叫喊惊动了他们的邻居。火灾刚过，幸存的人们睡得并不踏实。他们有的拉开百叶窗，有的打开家门。

那孩子没进屋，而是转过身，开始沿着街道走，身体东倒西歪，好像喝醉了酒。月光下，他的眼神困惑、恐惧而专注。"妈妈？"他又说。

被惊醒的邻居们推开窗户和门，瞠目结舌，指指点点。

"圣母啊。"

"那是谁？"

"那是什么？"

"是个孩子？"

"哪个孩子？"

"哎呀，上帝保佑我们，那是小安德鲁沙，但他已经死了……"

孩子的母亲提高声音。"不要！"她喊道，"不要，对不起，我在这里。孩子，别离开我。"

她跟在死去男孩儿的后面跑，一再绊倒在结冰的地面上，她丈夫也跟跄着跟在后面。街上惊恐的人群中有位祭司，那做丈夫的抓住他，拖着他走。"巴图席卡，想想办法！"他大喊，"赶走他！快祈祷……"

"吸血僵尸[①]！"

那个来自传说、噩梦和童话里的可怕的词渐渐在人们心中醒来。它从这栋房子传到那栋房子，被人们一路低声传下去。低语声越来越大，最后变成一声悲叹、一声尖叫。

"那个死去的男孩儿，他在走路。死人在走路。我们被诅咒了，被诅咒了！"

每过一刻，骚乱就加剧一分。陶灯被点起来。朦胧的月光下，火把看上去像金色的光点。到处都有人在喊叫。人们或昏倒，或哭泣，或祈求上帝的帮助。有些人打开门，跑出去看是怎么回事。还有人紧锁房门，让家人一起祈祷。

那死去的孩子仍然摇摇晃晃地走着，爬上克里姆林所在的小山。

"儿子！"他妈妈气喘吁吁，跟在那东西身边跑。她还是不敢碰他。他手脚不协调，走路姿势不像活人，但她确定能从他眼中看出属于自己孩子的某些东西。"我的孩子，发生了什么可怕的事？是上帝派你回来找我们的吗？你是来警告我们的吗？"

死去的孩子转过身来，又说了一次："妈妈？"声音柔和而高亢。

"我在这里。"那女人低声说，伸出一只手。她一碰，他脸上的皮肤就剥落下来。她丈夫把祭司推向前："想想办法吧，看在上帝的面上。"

那祭司抖着唇，蹒跚着向前，举起一只颤抖的手："幽灵，我警告汝……"

[①] 斯拉夫版的吸血鬼比西欧版本的更可怕，也不那么优雅。

那孩子抬起头，双眼呆滞。人群后退，纷纷画起十字。孩子眼神游移，扫过周围的人群。

"妈妈？"孩子最后轻声说了一句，突然冲向前。

他的速度不快，因为伤口和死亡削弱了他的力量，小小的四肢动作相当笨拙。但那女人毫不抵抗。吸血鬼把脸埋在她布满皱纹的喉咙上。

她痛苦而饱含爱意地大喊一声，人们能听到血正汩汩流出。她紧抱住那东西，痛苦地喘着粗气，同时还对他温柔地低声说话。"我在这里。"她又低声说了一句。

那小小的死亡生物猛地抬起头。他的动作仍然像个小孩子，但他的脸上全是血。

人们在奔逃、尖叫。

接着，有人在街道上方说话。康斯坦丁祭司怒气冲冲地快步走来，神态庄严，金发被月光映成银色。

"上帝的子民呀，"他说，"有我在此，不惧黑暗。"他的声音好像黄昏时教堂的钟声。他的长袍在身后飘动，哗啦啦地响。他穿过人群走向那农民，后者双膝跪地，无助地伸出一只手。

他干净利索地画了个十字，好像武士拔剑出鞘。

那小吸血僵尸咝咝地叫着，脸上全是黑血。

康斯坦丁身后有个独眼的黑影，快活地观看这令人恶心的血腥一幕。没人能看见它，就连康斯坦丁本人也看不见，或许他根本没去看。此时此刻，他可能已经忘记能命令逝者安息的并非他自己，而是另有其人。

"退下，恶魔，"康斯坦丁说，"从哪里来，回哪里去。别再打扰活人。"

小吸血鬼嗞嗞地叫着。无所适从的人群已经停下奔逃的脚步。离他们最近的人入了迷,一动不动地看着这一幕。吸血僵尸和祭司对视良久,好像在通过目光做意志的较量。人们只能听见那垂死的女人的呼吸,还有鲜血流出的汩汩声。

旁观者可能会发现:那死去的孩子并没看向祭司,而是看向他身后的某个地方。康斯坦丁身后,那独眼的黑影猛地竖起大拇指,动作专横,就像人要撵走一条狗一样。

吸血鬼再次咆哮,不过声音柔和下来,因为那股赋予他生命、呼吸和行动的力量已经逐渐流逝。他蜷缩在母亲胸前。没人能知道最后断气的是谁,是他,还是他的母亲?

那做丈夫的看着家人的尸体,表情茫然、震惊而平静,但人群并没注意他。"回去,"熊低声在康斯坦丁耳边说,"他们以为你是圣徒。你别闲站着了,过犹不及。"

康斯坦丁·尼科诺维奇被满怀敬畏的人群围在中央,但他对熊提醒的这点也心知肚明。于是他再次在人群上方画个祈福的十字,转身沿着狭窄的街道一路向上走回去,大步穿过黑暗,同时小心躲开冻住的车辙,免得被绊倒。所过之处人群纷纷后退为他让出路,同时还在低声哭泣。

康斯坦丁全身的血汹涌澎湃,为那执掌权力的感觉歌唱。他曾祈祷多年,曾苦苦追寻,却被上帝抛弃,但这恶魔能使他获得人们的崇拜。他脑海里有个声音低语:熊会拿走你的灵魂。但康斯坦丁毫不在意,灵魂对他又有何好处呢?他不由自主地喃喃低语:"因为你要做戏,才害死那个女人。"

那恶魔耸耸肩,伤痕累累的半边脸掩在黑暗中。如果不是那双走起路来全无声息的赤脚,他现在看上去不过是个普通人。他不时看着星星。"不能算是死了。我在时,死人没法儿安静地躺着。"康斯坦丁不由得抖了一下。"晚上她会穿过大街小巷,喊她的儿子。但这都是好事,能为他们的恐惧火上浇油。"他斜眼看着那祭司,"后悔了?悔之晚矣啊,神的仆人。"

康斯坦丁没说话。

那恶魔低声说:"这世上除了力量再无其他。人只分为两类:拥有力量的和没有力量的。你想成为哪类人呢,康斯坦丁·尼科诺维奇?"

"至少我是个人,"康斯坦丁厉声说,"而你不过是个恶魔。"

梅德韦季的牙白得像野兽的牙,他笑时它们就闪闪发光:"没有恶魔。"

康斯坦丁嗤之以鼻。

"没有,"熊说,"世上没有恶魔,也没有圣人。只有不同颜色的毛线编织成同一幅挂毯。这个人的恶魔就是那个人的挚爱。聪明人都明白。"

他们已经快走到修道院门口。"那么,你是我的恶魔吗?"康斯坦丁问。

梅德韦季嘴角的阴影加深。"我是,"他说,"同时也是你的挚爱啦。你不用分那么清楚。"他双手捧住康斯坦丁长着金发的头颅,拖过来吻对方的嘴唇。

他大笑着消失在黑暗中。

第八章

为城市挡住恶魔

亚历山大兄弟离开妹妹的宫殿时,太阳还没升起,天空一片灰蓝,城市正闷闷不乐地醒来。头天莫斯科人表现出来的狂怒和野蛮的一面已变为深深的不安情绪。季米特里把能派出的手下都派到街上去。士兵们站在克里姆林、大公宫殿和波雅尔们的府第门前,但他们似乎只会加剧人们的恐慌。

虽然天色未明,而且萨沙还戴着兜帽,但还是有几个人认出了他。他们以前曾求他赐福,但现在他们只是阴沉地盯着他,同时把孩子拽到身边。

他是女巫的哥哥。

萨沙大步向前走,紧紧抿着嘴。也许一位更合格的修士在此情境下会抬头看着天空,宽恕一切、遗忘一切,而不是像他现在这样,为妹妹的痛苦或自己被毁掉的名声而悲伤。但如果他是位"更合格的修士",此时他就会待在圣三一修道院了。

萨沙走进大公的宫殿大门时,太阳已从地平线上冒头,看上去好像铜币的边缘。积雪开始融化,水从雪下面流出来。他看见季米特里正低声与三个波雅尔交谈。"愿上帝与你们同在。"萨沙对他们四人说。波雅尔们画了个十字,胡须下是几乎一模一样的愁容。萨沙很理解他们。

"那些大家族不喜欢这样,"等波雅尔们鞠躬告退,侍从们也退到听不见自己说话的地方后,季米特里这样说,"无论哪件事都不招他们喜欢。要杀我的鞑靼叛徒近在咫尺,我昨晚对城里的骚乱束手无策,还有,"季米特里顿了顿,手中玩弄着剑柄,"有传言说,人们在莫斯科城里看到了恶魔。"

萨沙想起瓦尔瓦拉的警告。也许季米特里想让他对这种说法嘲弄一番。他却小心地问:"什么样的恶魔?"

季米特里瞥他一眼:"我不知道。但一大早这三个人就心神不宁地来找我,为的就是这事。他们也听说了传言,害怕这个城市被诅咒了。他们说现在人们全在谈论恶魔和灾难。他们说这个城市昨晚没有落入恶魔之手,全亏了一位名叫康斯坦丁·尼科诺维奇的祭司,是此人驱逐了那恶魔。他们说他是位圣徒,说他是唯一能为这座城市挡住恶魔的人。"

"撒谎。"萨沙说,"就是这个康斯坦丁祭司昨天挑起城里的暴乱,把我妹妹送上了柴堆。"

季米特里眯起眼。

"他让暴民撞碎我妹妹宫殿的大门,"萨沙接着说,"他还——"萨沙打住话头。他把我外甥女从床上偷走,交给那个叛徒。他本想这么说,但是不行,奥尔加说过,不许告诉别人说她女儿那天晚上离开了内宫。萨沙可以为瓦西娅伸张正义,但人们会怎么看玛丽亚呢?

"你有证据吗?"季米特里问。

从前如果萨沙说:我的话就是证据,您觉得这样足够吗?季米特里就会回答:是的,足矣。争论就结束。但现在有个谎言使两人间产生了隔膜,所以萨沙只好说:"我有目击证人,可以指认康斯坦丁祭司那晚就躲在谢尔普霍夫宫门前的暴民中,也在火堆旁出现过。"

季米特里并没正面回答,而是说:"我今早听到谣言后,就命人去天使长修道院①把那祭司护送过来。但他不在修道院里,而是在圣母升天大教堂②里。半个城的人都去那里看他,还边哭边祈祷。他们说他唱起颂歌来像个天使。莫斯科城里到处都在传颂他的俊美容貌、虔诚和把城市从恶魔手里解救出来的壮举。就算他不是你口中的那个恶棍,从这些谣言来看,他也是个危险人物。"

"既然如此,为什么你还不把他抓起来?"

"你刚才没听我说话吗?"季米特里问,"我不能当着半城人的面,把一个圣人拖出大教堂。今天我要悄悄请他来,再决定该怎么办。"

"他煽动暴民打破谢尔普霍夫宫殿的大门,"萨沙说,"他只能有一种下场。"

"正义会得到伸张的,表哥。"季米特里回答,同时用眼神警告

---

① 天使长修道院的全称是"阿列克谢的米迦勒天使长修道院",也被人亲切地称为"丘多夫修道院",源于俄语中的"奇迹"一词,以此纪念天使长米迦勒在歌罗西创造的奇迹。据说他在那里使一个哑巴女孩儿开口说话。都主教阿列克谢于1358年建立此修道院。

② "圣母升天大教堂"又称圣母安息大教堂,坐落于今天的莫斯科克里姆林宫内,其最早的石灰岩建筑始建于1326年。它于1327年成为神址,目前该遗址上的建筑可追溯到16世纪。

对方,"但是,这是我的责任,不是你的。"

萨沙什么也没说。院子里到处是锤子敲击声、大喊小叫声和马的嘶鸣,墙外苏醒的城市正在低语。"我已经命令他们唱圣歌,"季米特里补充道,声音听起来很疲惫,"我已经让所有的主教开始祈祷。我不知道我们还能做什么。妈的,我不是个圣人,回答不了关于诅咒和恶魔的问题。就算没有这些关于恶魔的谣言,城里也已是人心浮动了。而且城市还需要重建,同时我们还要去找那些鞑靼强盗。"

***

康斯坦丁从大教堂走到大公的宫殿,觉得好像全莫斯科的人都跟在自己后面。他们的声音追着他,身上的臭味包围着他。"我会回来的。"进大门之前他对人群说。他们等在外面,手里举着圣像大声祈祷——这比一百个卫兵都管用。

尽管如此,穿过院子时康斯坦丁还是冷汗直流。季米特里的亲兵全副武装,神色警惕。自从那个早上以来,恶魔始终紧跟康斯坦丁左右,现在他就满不在乎地走在祭司身边。除了祭司没人能看见他,而他正饶有兴味地看着祭司。康斯坦丁的心沉下去,因为他意识到对方觉得这事非常有趣。

院子里站满小恶魔和宅神,看上去像一缕缕轻烟。看到他们,康斯坦丁起了一身鸡皮疙瘩:"他们想干什么?"

那熊向聚集起来的恶魔们得意地笑。"他们在害怕。年复一年,钟声使他们衰弱。炉台被毁掉会使他们更快地衰亡。他们知道我要做什么。"熊带着挖苦的神情向他们鞠躬,"他们劫数难逃。"他快活地补充道,就像要确保他们都能听见一样。然后他继续大步向前走。

"真是大解脱。"康斯坦丁低声说,同时紧走几步跟上对方。宅神们的目光似乎还钉在他后背上。

亚历山大兄弟和季米特里·伊凡诺维奇在觐见厅里等着他。季米特里的侍从木然地站在大公身后。这地方仍能闻到烟味，有堵墙上布满剑痕，上面的油漆被划得七零八落的。

季米特里坐在他那把雕花椅里，亚历山大兄弟则警惕地站在他身边。

"如果有机会的话，那个人会宰了你的。"熊评论说，同时对萨沙扬起下巴。萨沙眯起眼。难道是康斯坦丁的想象吗，还是说那修士果真飞快地瞟了他身边的恶魔一眼？有那么一刹那，祭司感到恐慌。

"别紧张，"熊仍盯着萨沙，"他和那女巫血缘很近，能感觉到双眼看不到的东西，但仅此而已。"他停顿一下，"顾好你自己的小命吧，上帝的仆人。"

"康斯坦丁·尼科诺维奇，"季米特里冷冷地说，康斯坦丁咽口唾沫，"一个姑娘，也是我的亲戚昨天被火烧死了，是受了私刑。他们说是你煽动莫斯科的暴民干的。对此你有什么要说的吗？"

"我没有。"康斯坦丁迫使自己的声音镇定下来，"当时我试着约束人们，不让他们犯下更糟糕的暴行，不让他们闯进谢尔普霍夫的内宫，杀掉里面的女眷。我做了那么多，但我救不了那个女孩儿。"他不必控制声音里的悲伤，而是任其从混乱的情绪中自然地浮出水面，"我为她的灵魂祈祷，但我无法平息人们的愤怒。她坦白说是自己放的火，烧死了许多人。"

他遗憾地说完这一番话，声调恰到好处，十分完美。熊在他旁边嗤之以鼻，康斯坦丁差点儿转过身去怒目而视。

台上，萨沙站在表弟身边一动不动。

熊突然说："那修士知道火是怎么烧起来的。逼他，他不会对大公说谎。"

"撒谎，"季米特里正对康斯坦丁说，"是鞑靼人放的火。"

"问亚历山大兄弟吧，"康斯坦丁提高声音，让全屋人都能听见，"问问站在那儿的神圣的修士，是不是那姑娘放的火。以上帝的名义，我请他说真话。"

季米特里转身去看萨沙，修士愤怒得眼睛发亮，但康斯坦丁震惊地发现对方果然不会说谎。"是个意外，"话刚出口，萨沙就紧紧闭上嘴，"季米特里·伊凡诺维奇。"季米特里旁若无人地盯着他看，一脸震惊的神情。

季米特里沉下脸，一言不发地回头面对康斯坦丁。祭司立刻高兴起来，同时看到熊也在咧嘴笑。他们心有灵犀地交换一个眼神。康斯坦丁想：也许我一直都被诅咒，是因为我居然能明白这个恶魔在想什么。

"她也救了这座城市，"熊喃喃自语，"但她哥哥要说出这一点，就不可避免地要承认妹妹会巫术。疯姑娘，她简直是个闯祸精。"他的口气听上去几乎是在赞美。康斯坦丁紧紧抿住嘴。

季米特里平静地说："我还听说你昨晚和恶魔搏斗，并把它赶走了。"

"也许是恶魔，也许是个可怜的迷途灵魂，我也不知道。"康斯坦丁说，"但它当时气势汹汹地现身吓唬活人，于是我祈祷，"他现在把声音控制得更好了，"上帝觉得该出面干预。就是这样。"

"是吗？"亚历山大兄弟用慎重而低沉的声音说，"如果我们不相信你呢？"

"我可以从城中找出十几位目击证人。"康斯坦丁答道,感觉更加自信了。现在那修士黔驴技穷了。

季米特里倾身向前。"所以,这是真的喽?"他说,"莫斯科有个恶魔吗?"

康斯坦丁画个十字,低下头说:"是真的,是个僵尸。我亲眼所见。"

"那你觉得,为什么在莫斯科会出现这么个东西,巴图席卡?"康斯坦丁注意到对方使用了敬语,于是觉得呼吸轻松了许多:"是上帝的惩罚,因为我们窝藏女巫。但她现在死了,也许上帝会宽恕我们。"

"不见得。"熊说,但只有康斯坦丁能听见。

***

妈的,这祭司真会说话,萨沙想,还有该死的瓦西娅——不管她现在在哪儿。他可以为妹妹辩护,说她很善良,说她的本意是好的,但他的良心不允许他否认这一切与妹妹有关。实际上他不能否认她是女巫,也不能说出玛丽亚曾被劫持。现在他必须站在这凶手面前听他歪曲事实,而自己还没法儿戳穿他。此外,他难以置信地看到季米特里正专心听那祭司讲话,因此气得脸发白。

"那僵尸还会再来吗?"季米特里问。

"只有上帝才知道。"康斯坦丁回答,同时向左侧瞟了一眼。虽然现在那里空无一物,但萨沙觉得背上汗毛竖起。

"既然如此——"季米特里开口说。但就在这时,楼梯上的一阵喧闹吸引了他们的注意,随后觐见厅的门开了。

他们一起转过身,看见季米特里的管家跌跌撞撞地走进来,后面跟着个衣饰华贵、风尘仆仆的男人。

季米特里站起来，所有侍从都躬身为礼。新来者的个头儿比大公高，长着同大公一样的灰眼睛。所有人都一眼就认出了他：大公之外莫斯科大公国[①]最高贵的男人，也是拥有自己封地的封授权，不必臣服于他人的唯一一位王公——弗拉基米尔·安德列耶维奇[②]，即谢尔普霍夫亲王。

"好久不见呀，堂兄。"季米特里开心地说。他们是一道成长起来的兄弟。

"城里到处都是火烧过的痕迹，"弗拉基米尔答道，"但莫斯科还在，还没被烧毁，真不错。"他眼神凝重，因为在冬天赶路而身体消瘦，"出什么事了？"

"你也看到了，是场火灾，"季米特里说，"还有一场暴乱。我会把一切都告诉你。但你为什么这么匆忙地过来？"

"马迈开始为军队筹集粮草。"

屋里一片寂静，弗拉基米尔又在火上浇了一勺油。"我在谢尔普霍夫听到消息，"他接着说，"马迈在南方的对手日渐强大。为了对抗这个威胁，他需要莫斯科大公国的效忠，还要从我们手里得到更多贡银。为此他正在北上，这一点确定无疑。季米特里·伊凡诺维奇，如果你不给他纳贡，秋天时他就会到达莫斯科。你要么就开始筹集贡

[①] 莫斯科大公国指大公国或莫斯科公国。数百年来，"莫斯科大公国"一直是西方国家称呼俄罗斯的最常用方式。最初莫斯科大公国的疆域相对较小，只包括从莫斯科向北方及东方延伸的土地。但14世纪末至16世纪初它迅速扩张，1505年时面积几乎达到259万平方千米。

[②] 弗拉基米尔·安德列耶维奇人称"无畏者"，是历任谢尔普霍夫亲王中最著名的一位。他在季米特里领导的顿河战争中表现出的勇气为他赢得了这个绰号，同时他也是季米特里的堂兄和亲密顾问。本书中他是瓦西娅的姐姐奥尔加的丈夫。

银,要么就开始召集军队。没时间了。"

季米特里脸上显出奇怪的表情——既愤怒,又渴望。"把所有你知道的都告诉我。"他说,"来,我们喝一杯,而且……"萨沙怒气冲冲地看到表弟一脸解脱之色,因为他终于可以把所有这些关于恶魔、死人,以及谁该为暴动和火刑负责的问题抛开。战争和政治问题更加紧迫,也不那么令人困扰。

暴怒和沮丧的情绪交织在一起,使萨沙觉得自己的心沉到了冰水里。但在这一片混乱中,萨沙可以发誓自己听到屋里有人在大笑。

***

"不惩罚那祭司就把他打发走吗?"不久后萨沙问道。在弗拉基米尔·安德列耶维奇来到之后,萨沙就找不到与表弟独处的时间。最后他终于在院子里抓住季米特里,当时后者正要骑马去视察莫斯科被火焚毁的地区。"你觉得弗拉基米尔·安德列耶维奇会接受这个结果吗?瓦西娅可是他小姨子。"

"我已经把暴民中那个领头的抓住了,"季米特里说,从马夫手中接过缰绳,一只手放在马肩隆上,"他们会被判死刑的,因为他们毁坏了谢尔普霍夫亲王的财物,还敢动他的亲戚。但我不会去碰那祭司——不,听我说。那祭司可能是个招摇撞骗的家伙,但肯定是个高手。你没看见外面的人群吗?"

"我看见了。"萨沙不情愿地说。

"如果我杀了他,他们就会暴动。"季米特里继续说,"我再也禁受不起暴动了。他能控制暴民,而我能控制他。虽然他自命虔诚,但他是那种渴求金子和荣誉的家伙。南方来的消息改变了一切,你知道的。我要么就得去逼着所有波雅尔、亲王和诺夫哥罗德那些可怜的显贵拿出钱来，要么就得走那条更艰难的路，去召集全罗斯[①]的大公，就是那些能听命而来的人，再装备一支军队。既然我为人民着想，要选前一条路，那么就不能在这事上与全城的人对着干。那个人也许我用得着。我已经决定了，萨沙。另外，他的故事听起来很真实，也许他说的是实话。"

"那就是说你觉得我在说谎喽？那我妹妹呢？"

"是她放的火，"季米特里的声音突然变冷，"也许她被火烧死才是伸张正义呢。你肯定没跟我说过这些。现在好像我们又回到起点了。你说谎，还隐瞒事实。"

"那是个意外。"

"还不是一样。"季米特里说。

他们面面相觑。萨沙知道自己重新获得的这份脆弱的信任又一次受到了打击。两人一时都没说话。

"我还有件事想要做。"大公松开缰绳，把萨沙拉到一边，"我们仍然是亲戚，亚历山大兄弟，对不对？"

***

"我没法儿说服季米特里，"萨沙疲倦地对奥尔加说，"那祭司自由地离开了。季米特里准备筹集钱财来安抚鞑靼人。"

他妹妹正在织补长筒袜。针线和灵巧的手指与膝上华丽的刺绣

[①] 从13世纪到15世纪，俄国并非统一的政体。相反，在罗斯的土地上，大公们各自为政，互相敌对，但都臣服于蒙古君主。"俄罗斯"这个词直到17世纪才开始被广泛使用。因此在中世纪的语境中，"罗斯"一词或其形容词"罗斯的"指的是拥有共同文化和语言的大片领土，而非拥有统一政府的国家。

很协调，但手指急促而磕绊的动作泄露了她内心的感情。"那我的妹妹、女儿和那扇被撞坏的门就这么算了吗？"她问。

萨沙慢慢地摇头："现在还谈不上伸张正义，还不是时候。但你丈夫回来了，至少你现在安全了。"

"是啊，"奥尔加的声音像夏天的尘土一样干巴巴的，"弗拉基米尔回来了。他会来找我的，也许是今天，也许是明天。因为在这之前他得把所有该捎的消息捎到位，再把计划制订完，还要洗澡吃饭，再跟大公痛饮狂欢。然后我就可以告诉他，说他盼望已久的次子是个女儿，而且还没活下来，并且有个恶魔被放出来啦，还有，你觉得这仗会打起来吗？"

萨沙犹豫不决，奥尔加那张板着的脸使他很同情，于是他随着她改变话题："如果季米特里不纳贡，就得打仗。马迈不会真心想跟我们打一场，因为他在萨莱以南有个对手。他想要的只是钱。"

"我猜他想要一大笔钱吧，"奥尔加说，"因为他不辞辛苦召集大军前来敲诈。一整个冬天强盗都在骚扰莫斯科大公国，莫斯科城不久前还刚失过火。季米特里能筹到钱吗？"

"我不知道。"萨沙承认，之后顿了顿，"亲爱的奥尔加，他把我打发走了。"

这句话打破了她的镇定："打发你去哪儿？"

"回圣三一修道院，回谢尔盖那里去。季米特里明白召集人手和军队麻烦不小，但大家现在都在说邪恶、纵容、恶魔什么的，他想听听谢尔盖关于这些事的建议，派我去请他。"萨沙起身，焦躁不安地踱步。"因为瓦西娅，全城人都在反对我。"他费了很大劲才承认这一点，"他说我留下来是很不明智的。这是为你好，也是为我好。"

奥尔加眯起眼盯着他："萨沙，你不能走。现在这里有邪恶的东西被放出来了。玛丽亚有和瓦西娅一样的天赋，而那个想杀了我们妹妹的祭司也知道这一点。"

萨沙停下脚步："会有人来保护你的。我跟季米特里和弗拉基米尔谈过这事。弗拉基米尔正从谢尔普霍夫调人过来，而玛丽亚待在内宫里会很安全。"

"像瓦西娅一样安全吗？"

"她是自己主动离开的。"

奥尔加一动不动地坐着，没说话。

萨沙过去跪在她旁边："亲爱的奥尔加，我必须走。谢尔盖是罗斯最神圣的人。如果有恶魔被放出来，谢尔盖就会知道该怎么做，而我不知道。"

他妹妹还是没说话。

萨沙压低声音："是季米特里让我这么做的，这是赢得他信任的代价。"

他妹妹揉皱了手里的长筒袜："不管你发不发誓，我们都是你的家人，我们需要你留下来。"

萨沙咬住嘴唇："全罗斯现在都被押上赌桌了，奥尔加。"

"所以，比起我的孩子，你更担心那些不知名的孩子吗？"对刚刚过去的那紧张的几天的回忆重又开始折磨他们俩。

"这就是我出家的原因，"他回答，"因为我可能会心怀天下，而不是把自己拴在一个小角落里。如果我只能守护一小块地方、守护千万人中的几个，而不能守护全罗斯，那我所做的一切还有什么意义呢？"

"你和瓦西娅一样差劲,"奥尔加说,"觉得自己可以摆脱家人,就像一匹马挣脱缰绳一样。看看她现在落了个什么下场。你对罗斯又没有责任,但你能保护外甥女和外甥。别走。"

"这是你丈夫的任务——"萨沙说。

"他会在这里待一天或是一周,然后就又离开去履行他亲王的职责,一直如此。"奥尔加狂怒地说,声音有些哽咽,"我不能告诉他玛丽亚的事。你觉得他会拿这么一个女儿怎么办?他会马上安排她去女修道院,再奉上一大笔钱,还认为这是明智的做法。哥哥,求你了。"

奥尔加持家很有一套,但刚过去的几天里发生的事也暴露出她的局限性:她对墙外的世界无能为力。现在这位无力保护家人安全的王妃正放下身段来恳求他。

"亲爱的奥尔加,"萨沙说,"你的丈夫会在大门外安排足够的人手,你会安全的。我不能……我不能拒绝大公。我会尽快带着谢尔盖回来。他知道该怎么对付恶魔,还有康斯坦丁·尼科诺维奇。"

他说话时她按捺住怒火,重新变回完美的谢尔普霍夫亲王妃。"那就去吧,"她厌恶地说,"我不需要你了。"

他向门口走去,在门槛处犹豫。"愿上帝与你同在。"他说。

她没回答,但他走进早春湿漉漉的暗淡光线中时,听到她的呼吸哽住,好像在努力忍住不哭。

***

又是深夜,除了在潮湿的春天里试图取暖的乞丐,莫斯科城的大街上再没有东西移动。虚弱的宅神们感觉到空气中、冰下的流水中和湿润的风中起了某种变化,于是激动地走来走去,交头接耳。精灵们像城里的居民一样，低声传递流言。

熊脚步轻柔地走在街上，冰冷的雨点打在他脸上。那些低等的精灵在他面前后退。他没留意他们，而是陶醉于声音和气味，陶醉于流动的空气，陶醉于自己的聪明才智取得的成果。突如其来的关于鞑靼军队的消息真是吉兆，他打算充分利用它。

他必须成功，必须。他与其回到冬日王国边缘那片阴森森的空地上，在梦中煎熬，一天天地数着日子过，还不如毁灭这个世界——或者也许毁灭他自己会更好些。但事情再也不会发展到这一地步，因为他弟弟被深深封印在很远的地方再难出头。

熊朝着冷漠的星星微笑。让春天来吧，让夏天来吧，让我一手造就并结束这个地方。我要让那些钟哑口无声。每当它们按修道院的礼拜时间报时，他都要稍稍退缩。但无论追随的是什么神，人类终究是脆弱的。难道他没有诱惑新神的仆人为自己效劳吗？

前方的黑暗中响起马蹄声，有个女人骑着匹黑马从阴影中走出来。

熊抬头向她打招呼，看上去一点儿也不惊讶。"有什么消息吗，普鲁诺奇尼萨？"他说，声音带着点儿乏味的幽默感。

"她没死在我的地盘上。"午夜恶魔用平板的口气说。

熊的眼神锐利起来："你帮她了？"

"没有。"

"但你一直在看着她。为什么？"

午夜恶魔耸耸肩："我们都在看着呢，我指所有的精灵。她拒绝了你们两个，摩罗兹科和梅德韦季，这样在你们伟大的战争中，她就凭自己的本事成为第三股力量。精灵们正再次选边站。"

熊大笑起来，但目光专注："你们觉得她比我强吗？她还是个孩子呢。"

"她之前打败过你。"

"因为有她哥哥帮忙，还有她父亲牺牲性命。"

"她已经通过三次火的考验，不再是孩子了。"

"告诉我这个做什么？"

午夜恶魔又耸耸肩："因为我还没选好该站哪边，梅德韦季。"

熊微笑着说："最好早点儿下决心，否则你会为自己的优柔寡断后悔。"

午夜恶魔的黑马惊慌地后退，同时生气地瞪熊一眼。她用一只手捋平他的鬃毛。"也许吧，"她只是说，"但你看，现在我也帮过你，所以整个春天你都可以随心所欲地做事。如果你不能保住自己的地位，那么也许精灵们就该转而去评估某个半大女孩儿的力量。"

"我能在哪儿找到她？"

"夏天，当然。在水边。"午夜恶魔骑在马背上低头看他，"到时候我们会看着的。"

"那时候我有空。"熊说，又抬起头看向荒凉的星空。

第 三 部 分

第九章

走上午夜之路

瓦西娅醒来时发现眼前一片漆黑，还以为自己被撞瞎了。她抬起头，又发现周围空无一物。她的身体冰冷僵硬，颈部和背部稍一活动就引起剧痛。她迷迷糊糊地思考，想知道自己为什么没死，也想知道自己身下为什么是蕨类植物而不是雪地。四周一片寂静，只有头顶上的树枝发出微弱的咯吱声。她小心翼翼地用颤抖的手去摸眼睛——有一只肿得睁不开，另一只似乎没问题，只是睫毛粘在一起。她仔细地将它们分开。

四周仍是一片黑，但她现在能看见了。暗淡的月牙在陌生的森林上空投下摇曳的光。到处都是雪堆，薄雾笼罩着树木，在月下发出朦胧的光。瓦西娅闻着寒冷而潮湿的泥土味，跌跌撞撞地站起来转了个圈。四周一片黑暗。她试图回忆起昏倒前的最后几个小时，但只能模糊地想起自己曾恐惧地奔逃。她做过什么？她在什么地方？

"好吧，"有个声音说，"你终究还是逃得一命。"

声音是从上方来的。瓦西娅本能地退回来去找说话的人。她那只好眼睛流着泪。最后在头顶的一根树杈上，她看见那如星光的浅色头发和明亮的双眼。她调整眼睛的焦距，模糊地辨认出午夜恶魔的轮廓。后者待在一棵橡树的树枝上，靠着树干坐着。

树下的阴影里有块更深的黑影在移动。瓦西娅眯着眼看，好容易才认出那是匹黑骏马，正就着月光吃草。他抬起头看她。瓦西娅感觉心脏受到重重一击，在耳朵里引起洪亮的回响。瞬间记忆的洪流涌出：她手上沾着的血、康斯坦丁祭司的脸、火刑……

她站着一动不动。如果动一动，或是发出哪怕半点儿声音，她可能就会奔逃、尖叫，可能会被记忆或这隔开自己与莫斯科的黑暗逼疯。什么是真实的呢？她的马死了？她本人靠魔法逃过一劫？她颤抖着跪下，把脸贴在冰冷潮湿的土地上。她无法理解这些，就像无法抓住雨水。在相当长的一段时间里，她所能做的就是呼吸，同时感觉到放在地面上的手渐渐恢复知觉。

她费了好大劲才抬起头来，慢慢地说："我在哪儿？"

恶魔轻轻叹口气："看来你脑子没坏。"她的口气听上去稍有些惊讶。"这是我的地盘，这个国度叫作午夜。"她的嘴唇抿出冷酷的线条，"是我准你进入的。"

瓦西娅试着放慢呼吸："莫斯科呢？"

"谁知道呢？"普鲁诺奇尼萨从树杈上滑下来，轻轻地落在地上，"在相当远的地方吧。构成我领地的不是日月和季节，而是午夜。只要你要去的地方正是午夜，你就可以在瞬间穿越世界。但更有可能的是你在这样尝试时会死去，或是发疯。"

"有人告诉我说，"瓦西娅一边沙哑地说，一边回忆，"我必须找到一个湖，岸边有棵橡树。"

普鲁诺奇尼萨挑起一条浅色的眉毛："哪个湖？我的领地上有许多湖，足够你花上一千代人的时间去搜寻。"

搜寻？瓦西娅快站不住了："你能帮帮我吗？"

那匹黑马扑扇着耳朵。

"帮你？"午夜回答，"其实我已经帮过你啦。我让你在我的领地上自由行动，甚至刚才你失去知觉时还让你待在这儿。这还不够吗？"普鲁诺奇尼萨的头发像冷雨一样落在黑色的皮肤上，"我们上次见面时，你可是很没礼貌的。"

"求你了。"瓦西娅说。

午夜似笑非笑地走近，压低声音，好像要吐露一个秘密。"不行，"她说，"你自己找吧，或者就死吧，就在此时，就在此地。我会把这消息告诉那老太太，她甚至不会为你哀悼——但我怀疑这一点。"

"老太太？"瓦西娅说。黑暗似乎正从四面八方向她逼近，看上去非常可怕。"求你了。"她又说。

"我可是很记仇的，瓦西丽莎·彼得罗芙娜，"说着，午夜恶魔转身走开，接着把一只手放在黑马的马肩隆上。她上马，掉转马头走进林中，再没回头看。瓦西娅孤零零地待在黑暗中。

***

瓦西娅可以躺在落叶堆里等天亮，但在由午夜组成的国度里，怎么可能有黎明呢？她可以走，但她站起来时双腿就已发抖。她能去哪里呢？她身上只有瓦尔瓦拉的斗篷，还有自己血迹斑斑、臭气熏天的褴褛内衣。她的赤脚被磨破了。吸气时她觉得肋骨痛，痛得全身发抖。这里的夜晚比莫斯科的夜晚暖和，但也只是暖和一点儿。

难道她冲出烈火，不顾熊的威胁用魔法逃出莫斯科，最后却会在黑暗中死去？到湖边去，瓦尔瓦拉当时说，你在那里会很安全的。湖岸上长着一棵橡树。

好吧，如果瓦尔瓦拉认为她能找到它，也许她还有机会。瓦尔瓦拉大概以为午夜会帮助她。瓦西娅搞不清方向，但就算死，她也要死在寻找避难所的路上，而且至死仍是站着的。瓦西娅攒起最后一点儿力气，走进黑暗中。

***

瓦西娅不知道自己走了多久，但体力应该已经超越极限。尽管如此她还是磕磕绊绊地向前走。光线从未改变，太阳从未升起，瓦西娅开始渴望光明。她身后留下血淋淋的脚印。

普鲁诺奇尼萨说得没错，这是个由午夜组成的国度。瓦西娅看不出其中的规律。上一刻她还走在冰冷的枯草上，头顶上挂着月牙；下一刻她就在树下的阴影里冷得直哆嗦，发现头上的月亮消失，脚下一片泥泞。这里好像一直是早春时节，但每走几步就会发生变化，果然是疯狂的、拼凑起来的国度。

我还在这里，瓦西娅一遍又一遍地对自己说，我还是我自己。我还活着。她紧抱住这个念头不放，继续往前走。狼在远处嗥叫，她抬起头来倾听，然后觉得风像冰水一样打在脸上。她看见远处的一座小山上突然出现亮光——是火光。她急忙向它走去，但最后只能眼看着它消失。

她发现自己正走在苍白的桦树林中。鲜红的月光下，树枝白得像死人的手指。

这就像在噩梦中行走。她不知道自己的方位，也辨不出南北，只能咬紧牙关跌跌撞撞地走。大地吸住她的脚,她发现自己掉进了泥坑里,到处都是泥浆,她没有力气挣脱。最纯粹的疲惫使她流出眼泪。

放手吧,她想,够了,放手吧。至少我去见上帝时,那里不会有嘲笑我的暴徒。

沼泽里正把她吸下去的黑色泥浆似乎也同意这一点,因为它咕噜地冒着泡,好像在咯咯地笑。

有双邪恶的眼睛正从水下注视她,仿佛两盏绿色的灯。它们属于住在沼泽里的精灵波罗尼克。他呼出阵阵恶臭的沼气。如果她放弃抵抗,他可以迅速杀死她。他也许会把她拉到寒冷的黑暗中去,这样她就不必再拖着受伤的脚走路,不必再忍痛呼吸,也不必再想起刚刚过去的两天。

可是玛丽亚,瓦西娅模模糊糊地想,玛丽亚在莫斯科,我的哥哥和姐姐对熊毫无防备。

所以,她又能怎么办呢?萨沙和大公能……

能吗?他们看不见。他们不明白。

我弟弟用自由换了你的命,熊当时是这么说的。那只木雕夜莺还在内衣袖子里。她用肮脏的手摸索它,紧紧地捏住那只木鸟,冰冷的四肢似乎感到一丝温暖。

严冬之王,你为什么要做这么可怕的事?

摩罗兹科有理由这样做。他不是个傻瓜。难道她不应该找出原因,而不是让他的交易白做吗?但是她太累了。

索洛维会说她很蠢,会让她骑在他的背上,愉快地扇动耳朵,驮着她稳步走向任何地方。

她热泪盈眶。凭着一股突然燃起的怒火,她猛地从泥里爬出来,爬上岸。她绝望地把手伸进水里,用被烟呛得沙哑的声音说话。"老大爷,"她对潜伏在下面的沼泽恶魔说,"我在找一个湖,湖的岸边长着一棵橡树。您能告诉我它在哪儿吗?"

波罗尼克的眼睛刚刚露出水面,她能辨认出他那长满鳞片的四肢在水下翻腾。他看上去几乎有些惊讶。"还活着?"他低声说,声音好像沼泽的吮吸声。他呼出腐烂的气味。

"求您了。"瓦西娅说。她用手指划破臂上一处已结着血块的伤口,让血滴在水面上。

波洛尼克的舌头一动一动,尝着味道,眼睛突然明亮起来。"好吧,你是个有礼貌的姑娘,"他舔着上颌说,"看那边。"

她顺着他那双水汪汪的眼睛看过去,看见黑色的树间闪过一道淡红色的光。那不是阳光,也许是火?她感到恐惧,猛地站起来,觉得浸透泥水的斗篷沉重地向下坠。

但那不是火。那是一只活生生的动物。

那是匹高大的牝马,光线勾出她的轮廓。她站在沼泽地里,萤火虫般的火星从鬃毛和尾巴上落下来,被金银相间的皮毛映成白色。她抬起头看着瓦西娅,一动不动,只有尾巴甩个不停,在侧腹上甩出如长虹般的光线。

瓦西娅不由自主地向牝马跌跌撞撞地走去,怒气冲冲,同时又不禁为这奇景惊叹。"我记得你,"她对马说,"在莫斯科,是我放了你。"

那匹牝马什么也没说,只是扇扇金色的大耳朵。

"你本来可以直接飞走的,"瓦西娅说,声音变了调,觉得喉咙刺痛,"但你在木头建起的城市上空撒下火星。他们……他们……"

她说不下去了。

如果能的话，我会把他们都杀了，她想说，我会杀死世界上的所有人。他们竟敢骗我，把我绑起来。马鞍和马刺造成的伤疤破坏了这匹牝马的完美外表，那金笼头在她脸上留下白色伤疤。我会杀掉全城人。

瓦西娅什么也没说。悲伤如同她嘴里含着的冰球。她只能无言地、仇恨地瞪着牝马。

牝马转身跑开。

"跟着她，傻瓜。"沼泽恶魔咝咝地说，"还是你更愿意就待在这儿，让我吃掉你？"

瓦西娅恨那匹牝马，但是她不想死。于是她接着迈动流血的双脚，跟着金色的光点在树林中行走，一直走到确信自己再也走不动为止。

但她随后就发现自己不必再走了。

她已走出树林，站在草地斜坡上，而斜坡一直延伸到巨大的冰湖边。这里的春天刚刚降临。草地开阔，星星在长草上投下淡淡银光。她能看见四周高大的树木的影子被银色的天空衬托得黑黝黝的。这片土地上只有零星的积雪，她依稀能听到冰面下的水声。

草地上有更多马在吃草，三——六——十二匹。夜色中，除了那匹金色的牝马，他们看上去都是灰色的。她在马群中像坠落的星星一样闪闪发光，挑衅地昂着头。

瓦西娅停下来，觉得痛苦而又惊讶。她半信半疑，觉得自己的马一定在这里，在他的亲人中间，过会儿他就会向她飞奔而来，一路溅起积雪。到那时她就不再会孤单。

"索洛维，"她低声说，"索洛维。"

有匹深色马昂起头，随后是匹浅色马。突然马儿们一起转头奔跑。起先他们四蹄着地，朝她发出声音的相反方向飞奔，直直地冲下去，奔到湖边。但就在踩到水面之前的那一刻，马蹄化为翅膀。他们变成鸟儿飞上天空，在星光照耀的水面上翱翔。

瓦西娅热泪盈眶地目送他们，全心全意为这美景惊叹。他们飞越湖面，没有哪两只完全相同。其中有猫头鹰、老鹰、鸭子，还有体形更小的鸟。这些无邪而神奇的鸟儿啊！最后飞离地面的是那匹金色的牝马。她的翼展很宽，身后拖着烟雾，华丽的尾羽呈现火焰所有的颜色：金色、紫罗兰色和白色。她跟在同类后面飞翔，大声鸣叫。片刻之间他们都消失在黑暗中。

瓦西娅盯着马群刚刚吃草的地方，感觉就像在梦中。她很疲倦，觉得天地仿佛都在旋转。她的脚和脸失去了知觉，觉得全身发冷。刚才的震惊使她的思维和身体都麻木了。*索洛维，*她模模糊糊地想，*当时你为什么不飞走呢？*

湖边有棵巨大的橡树，枝干在月光般雪白的冰面映衬下显得黑乎乎的，像烧焦的骨头。她右边的树丛中有个矮胖的黑影。

那是栋房子。

或者更确切地说，是栋被废弃的房子。为防止雪花堆积，屋顶建得很陡。窗户和门缝中都没有火光透出来。万籁俱寂，树枝发出微弱的咯吱声。湖面结了冰，不时能听到冰面较薄处爆裂的声音。这块水边的空地上虽然没人，但她总是觉得有人在看着自己。

房子建在两棵树之间，使它看起来仿佛正用强壮的双腿警觉地站立。它的窗户像黑色的眼睛向下凝视。一时间这所房子似乎有了生命，正在注视她。

这种令人恐惧的幻觉消失了。那只是一栋无人住的房子，台阶腐朽，摇摇欲坠。房子里会有枯叶和老鼠，会和外面一样黑。

但里面也可能会有座能用的炉子，甚至有上一任主人留下的一把谷物。至少它可以挡风。

瓦西娅的意识已经模糊不清。她穿过草地，在岩石上一再绊倒，一步一滑地走在雪地上。她咬紧牙关爬上台阶，唯一能听到的声音是树枝的呻吟声，还有自己沙哑的呼吸声。

台阶顶上立着两根柱子，上面雕刻着星星、熊、太阳和月亮，还有些图案可能是精灵的奇怪小脸。门楣雕成两匹站立的马的形状。

门歪歪斜斜地挂在合页上，下面有堆腐烂的树叶。瓦西娅停下来倾听。

没有声音，一片沉寂。也许这里有野兽出没，但她根本不在乎。那扇半倒的门上的生锈铰链发出吱吱声。瓦西娅跌跌撞撞地走进去。

她看到灰尘和落叶，闻到腐烂的气味，感到令人疲惫的寒冷潮气扑面而来。屋里面并不比外面暖和，不过至少房子的四壁可以挡住湖面吹来的寒风。房间的大部分空间被一座摇摇欲坠的砖砌炉子占据，黑暗中的炉口像个无底洞。对面本该放圣像的角落里空空如也，只有个黑色的大东西靠在墙上。

瓦西娅小心翼翼地摸到那个角落，发现那是一只包着铜皮的木头箱子，锁得很牢。

她颤抖着，转身走向炉子，希望自己最好能在黑暗中瘫倒在地板上失去知觉，因为这样她就不会觉得冷了。

她咬紧牙关爬到炉子顶上，小心翼翼地触摸粗糙的砖头——这里可能是某人咽气的地方。可炉顶上什么也没有，没有毯子，当然也没有尸骨。是什么悲剧使这栋奇怪的房子被遗弃呢？外面的夜色笼罩着房子，仿佛无声的威胁。

她摸到炉子旁边有几根沾满灰尘的柴火，足够生一堆火。但她不想看到火，因为她的记忆中充满火焰和呛人的烟味，还有把她的脸烧到起泡的灼热。

但是对一个披着斗篷又受了伤的女孩儿来说，寒冷足够置她于死地，而她想活下去。

被这渺茫的愿望鼓舞，瓦西娅开始动手生火。她觉得嘴唇和指尖都已经麻木。她忙乱地摸索着，把柴和松针收集到一起引火。黑暗中她的小腿被各种东西擦伤。

一番近乎盲目的努力后，她终于颤抖着收集起一堆柴火。它们堆在炉口，看上去少得可怜。她翻遍整栋房子去找火石、铁器和烧黑的布，但什么也没找到。

只需一块木板、足够的耐心和有力的手臂她就能生火，但现在她的力气和耐心都已快耗尽。

好吧，动手吧，否则就会被冻死。她双手握住一根棍子。小时候，在秋天的树林里，她很轻松就能生起火来。她只需要木棍、木板和敏捷有力的动作，她熟练地操作，先起烟，再生火。瓦西娅仍然记得自己第一次不用别人帮助就生起火时，哥哥阿廖沙露出开心的笑容。

这次尽管她累得汗流浃背，两膝间的木板上却始终没有烟冒出来，槽里的灰烬也没有发出红光。最后瓦西娅像泄气的皮球，颤抖着放下木棍。没用的，她终究是要死在灰尘中的。

她不知道自己在寂静和酸臭味中坐了多久。她没有哭泣，也没有任何感觉,而是在昏迷的边缘徘徊。

她不知道是什么促使自己再次抬起头,同时紧紧咬住下唇。她一定要生火,她必须做到。在她的脑海里和心中有团可怕的火焰,比她记忆中的任何东西都要清晰,仿佛她的灵魂也充满火焰。荒谬的是,她憎恨的那团火在记忆中烧得如此明亮,她眼前却没有一线光亮。如果那火能在这里燃烧反倒能帮她的忙。

为什么火只能在她心里烧?她闭上眼睛,有那么一瞬记忆变得如此鲜明,以至于她还以为那是真正的火,就在眼前烧。

瓦西娅闻到烟味,于是睁开眼睛,发现柴堆突然燃烧起来。

她目瞪口呆,几乎被自己的成功吓坏了,急忙往火里添柴。阴影退却,房间里亮起来。

火光下,这小屋的样子显得更糟:齐踝深的树叶、摇摇欲坠的墙壁、霉斑、飞扬的尘土。但现在她看见墙角有几根干木头垒成的小柴堆。现在屋里暖和起来,大火驱散了黑夜和寒意,她会活下来。瓦西娅向炉火伸出颤抖的双手。

一只手突然从炉子里伸出来,抓住她的手腕。

第十章

火炉里的恶魔

瓦西娅惊得倒吸一口气,但没把手抽回来。那只手小得像孩子的手,手指细长,被火光映成红色和金色。它紧紧抓住她不放,于是瓦西娅从炉子里拉出一个小人儿来。

这个小女人还不到瓦西娅的膝盖那么高,眼睛是泥土的颜色。她正贪婪地舔着一根木柴末端的余烬,停下来抬头看着瓦西娅说:"哎呀,我肯定是睡过头了。你是谁?"这精灵看到周围破败的景象,突然惊慌地提高声音问:"我的女主人呢?你在这儿做什么?"

瓦西娅筋疲力尽,一屁股坐在火炉边摇摇欲坠的长凳上,感到十分惊讶。多毛沃伊不会住在废弃的屋子里,如果一家人离开,他们也会离开房子。"这里没人,"瓦西娅说,"只有我。这地方已经被抛弃了。你在这里做什么?"

那多毛沃伊(不,是位女士,那么就是多毛沃娅)瞪着她:"我不明白。这房子怎么会死呢?我就是这房子,而我还活着。你一定是在说谎,你对它们做了什么?你对它做了什么?站起来回答我!"她的声音因恐惧而变得尖厉。

"我站不起来。"瓦西娅低声说。这是实话,生火的过程耗尽了她最后一丝力气。"我只是个过路人。我只想生堆火,在这里过夜。"

"但你……"那多毛沃娅再次打量一圈破败的房间,惊慌地瞪大眼睛,"我确实睡过头了!看看这堆垃圾。不经女主人允许,我不能让流浪汉留宿。你得离开。我得收拾这里等她回来。"

"我觉得你的女主人不会回来了,"瓦西娅说,"这房子已被抛弃。我不知道你是怎样在那座冰冷的火炉里活下来的。"她的声音变了调,"求你了,让我留下来吧。我撑不住了。"

短暂的沉默。瓦西娅能感到多毛沃娅在眯着眼打量自己。"那好吧,"她说,"你今晚能住在这里。可怜的孩子。我的女主人会同意的。"

"谢谢你。"瓦西娅低声说。

多毛沃娅低声自言自语,随即走到墙边的箱子那里,用胸前挂着的一把钥匙咔嗒一声打开铁搭扣——听上去锁头应该是生了锈。

瓦西娅震惊地看着多毛沃娅从箱子里取出亚麻布和一只陶碗,放在炉边的地面上。之后她拎着一只桶去外面装雪,又拎回来在火上加热。最后她拿出一束小松针,撒在雪水里。

瓦西娅看着水蒸气从天花板的洞口冒出去。多毛沃娅过来剥掉她身上那件几乎成为裹尸布的内衣。她没想到对方的动作会这么娴熟。多毛沃娅轻快地搓掉她身上的汗、泥、煤烟和鲜血,又把那只受伤的眼睛流出的黏液洗掉——最后这个动作弄痛了她。但当那层结痂被去掉后,瓦西娅好歹能透过那条细缝看见东西了。她没瞎,但她太累了,以至于都没太在意这件事。

多毛沃娅又从大箱子里拿出件羊毛衬衫给瓦西娅穿上，但她几乎感觉不到这一切。随后瓦西娅躺在火炉顶上盖着兔毛毯子，完全想不起自己是怎样来到这里的。砖暖乎乎的。睡过去之前，她听到多毛沃娅微弱的声音："休息一晚，你会没事的，但你脸上会留道疤。"

***

瓦西丽莎·彼得罗芙娜不知道自己睡了多久。她模模糊糊地记得自己做过噩梦，在梦里尖叫着让索洛维快逃。她梦见午夜恶魔在说话。必须这样做，普鲁诺奇尼萨说，看在我们的分儿上，把她送走吧。还有多毛沃娅悲痛地提高声音说话。但还没等瓦西娅说什么，黑暗就如潮水般冲过来，重又淹没她。

不知过了多久，她睁开眼睛时天已经亮了。度过如此漫长的黑夜后，阳光使她目瞪口呆。也许那条纠结的午夜之路不过是在梦里出现的，也许她不过做了个梦。清晨朦胧的灰色光线中，她可能躺在任何地方、任何一座火炉顶上。"顿娅？"她叫道，儿时的记忆鲜明地出现在脑海中。那时候如果她做了噩梦，醒来时总会有保姆安慰她。

回忆如洪水般涌来，她口齿不清地痛苦呻吟，一个小脑袋立刻出现在她身边。但瓦西娅没看到多毛沃娅，因为记忆扼住她的咽喉，使她全身颤抖。

多毛沃娅看着她，皱起眉头。

"原谅我。"瓦西娅终于控制住自己，把乱蓬蓬的头发捋到脑后。她的牙齿咯咯打架。炉子很热，但屋顶上有个洞，而且回忆比外面的空气还要冷。"我……我叫瓦西丽莎·彼得罗芙娜。谢谢你招待我。"

多毛沃娅的神情几乎称得上悲伤。"这不是在招待你，"她说，"我睡在火里，而你唤醒了我。你现在是我的女主人了。"

"但这不是我的房子。"

多毛沃娅没有回答。瓦西娅龇牙咧嘴地坐起来。她睡觉时多毛沃娅曾尽力干活儿，灰尘、死老鼠和腐烂的树叶现在都不见了。"现在这里更像家了。"瓦西娅小心地说。天已经亮了，她看到大部分梁木和桌子上都有外面门楣上一样的雕花。由于长期使用，它们已被磨得很光滑。这所房子有着与宅神相得益彰的高贵，那是一种岁月也无法磨灭的、古老而微妙的美。

多毛沃娅看起来很高兴："你不能总躺在床上。水开了，你的伤口得再洗一遍，重新包扎。"她消失了，瓦西娅听见她正往火里添柴。

光是下到地面这个动作就使瓦西娅气喘吁吁，让她觉得自己好像刚刚退烧的病人。更糟糕的是她饿了。"有……"瓦西娅嘶哑地说，咽口唾沫，再试一次，"有什么可吃的吗？"

多毛沃娅噘着嘴，摇摇头。

怎么会有呢？这所房子的女主人消失已久，如果还要指望她贴心地留下面包和奶酪就太过分了。"你把我的内衣烧了吗？"瓦西娅问。

"是的。"多毛沃娅打个寒战，"它有恐惧的气味。"

那是肯定的。瓦西娅全身僵硬："有个信物，是个木雕，我把它揣在内衣里了。你……"

"别担心，"多毛沃娅说，"它在这儿。"

瓦西娅抓住那只木雕小夜莺。它很像一个护身符，也许是吧。它很脏，但没坏。她把它擦干净后塞进袖子里。

炉上烧着雪水，多毛沃娅轻快地说："脱掉那件衬衫，我要再给你洗一遍伤口。"

瓦西娅不愿去想她的伤口，她甚至不再想要这具身体。她内心深处潜藏着无比强烈的悲哀，那是关于死亡和强暴的记忆。如果再看到自己的身体，她会再次回忆起那些痛苦的往事。

多毛沃娅并不同情她："你的勇气呢？你不想死于伤口感染吧？"

至少这话没错，感染会带来可怕而漫长的折磨，最终置人于死地。瓦西娅不再迟疑，二话不说就把衬衫从头上脱下来了。她站起来，在从摇摇欲坠的屋顶漏下的阳光中瑟瑟发抖。

她低头看着身体上五颜六色的瘀伤：红色、黑色、紫色和蓝色。躯干上到处是划伤。她庆幸看不到自己的脸。有两颗牙齿松动了，嘴唇也裂开了，一只眼睛肿得睁不开。她举起手，摸到颊上有道很深的伤口已经结痂。

多毛沃娅从屋角的柜子里拿出散发着灰尘味的草药、用于包扎的蜂蜜和干净的亚麻布，同时瓦西娅瞪着眼睛看她："谁会把这些东西留在废弃的房屋里，还给箱子上了锁？"

"我不知道。"多毛沃娅简短地说，"它们在这里，就这样。"

"你肯定能想起点儿什么。"

"我想不起来！"多毛沃娅生起气来，"你问这个做什么？它在这里，还救了你的命，这难道还不够吗？坐下。不，坐那里。"

"对不起，"她说，"我只是好奇。"

"操心多，老得快。"多毛沃娅厉声说，"不要动。"

虽然包扎的过程很痛，但瓦西娅尽量不动。有几处伤口已自行愈合，于是多毛沃娅没去碰它们。但在昨夜的紧急状况中，有许多伤口曾再次裂开。她只有火光照明，很难把伤口里所有的煤烟和木屑都清理出来。

但最后所有伤口都被处理并包扎好了。"谢谢你。"瓦西娅说，觉得自己的声音在颤抖。她匆匆穿上衬衫，不想再看自己的身体。接着她用两根手指捻捻烧焦的头发：臭烘烘、乱蓬蓬、一股烟火气。她真不知道该怎么把它洗干净。

"你能把我的头发剪下来吗？剪得越短越好。"瓦西娅说，"我不想再做瓦西丽莎·彼得罗芙娜了。"

多毛沃娅只有一把用来干活儿的刀，但她一言不发地拿起它。一缕缕黑发像雪一样无声无息地飘落下来。随后它会被风刮走，被鸟儿叼去筑巢。剪完后，瓦西娅觉得有风从耳边呼啸而过，直接吹到自己脖子上。这种感觉很是陌生。不久以前，瓦西娅会为失去黑发而哭泣，但现在她开心地把它剪掉。那又长又亮的辫子属于另一个女孩儿，另一个生命。

多毛沃娅闷闷不乐地回到包铁皮的箱子那里。这一次她拿出的是男孩儿的衣服：宽松的裤子、腰带、土耳其长衫，甚至还有不分左右脚的圆头短皮靴（皮质还不错）。它们皱得很厉害，旧得泛黄，但还没有磨损。瓦西娅皱眉。药草是一回事，但这个呢？用亚麻和厚羊毛缝制的结实的衣服，做工细致……它们是从哪里来的？

它们甚至很合身。

"那个……"瓦西娅难以置信地低头看看自己：暖和、干净，休息得很好，衣饰整齐，而且还活着。"有人知道我要来吗？"这个问题很荒谬，但这些衣服比她的年纪都要大。然而……

多毛沃娅耸耸肩。

"你的女主人是谁？"瓦西娅问，"这房子以前是谁的？"

多毛沃娅只是茫然地看着她："你确定不是你吗？我觉得好像就

是你。"

"我以前从未来过这里,"瓦西娅说,"你不记得了吗?"

"我记得我一直待在这里,"多毛沃娅回答说,好像觉得受到了冒犯,"我记得这些墙、这把钥匙,还有火中的名字和影子。仅此而已。"她看上去很苦恼,因此瓦西娅出于礼貌就此打住了这个话题。

瓦西娅咬紧牙关,集中精力,把羊毛长筒袜和短靴穿在被划伤和烧伤的脚上,然后小心翼翼地把脚放在地面上,龇牙咧嘴地站起来。"现在我要是能像魔鬼一样飘起来就好了,这样就不用踩在地上走路了。"她说,试着一瘸一拐地走了几步。

多毛沃娅把一只芦苇编的旧篮子塞到瓦西娅手里。"如果你想吃晚饭,就得出去采集食物。"她用奇怪的声调说,同时指向树林。

瓦西娅觉得以自己目前的身体状况很难胜任这项任务,但拖到第二天的话,情况只会更糟,因为伤口到那时会结痂。

"很好。"她说。

多毛沃娅突然焦急起来。"小心森林,"她跟着瓦西娅走到门口,"它不喜欢陌生人。天黑前回来比较安全。"

"晚上会发生什么事?"瓦西娅问道。

"会换季。"多毛沃娅说,双手扭在一起。

"那是什么意思?"

"如果换了季,你就回不来了。或者回来时发现自己在另一个完全不同的地方。"

"怎么个不同法?"

"完全不同!"多毛沃娅大喊着跺脚,"现在赶紧去!"

"好的,"瓦西娅安慰她,"我会在天黑前回来。"

第十一章

蘑菇

在森林里，冬末那段日子最难找到食物，而且瓦西娅的手起了泡，几乎不敢碰任何东西。但她必须试一试，否则就会饿死，于是她走出门。

这是个凉爽的早晨，晨光白得像珍珠，蓝灰色的冰面上弥漫着缕缕薄雾。古老的树木环绕着冰冻的湖面，黝黑的枝条似乎要戳破天空。霜冻给大地穿上银白色的外衣。冰面融化，到处可以听到流水的低语。一只画眉在树林里叫，马群不在房子周围。

瓦西娅忘记了悲伤。她本可以站在朽坏的台阶上，沉浸在这纯洁而原始的美景中直到身体冻僵，但咕咕叫的肚子提醒她必须活下去，为了生存她必须吃东西。于是她毅然走进森林。

瓦西娅一年四季都在列斯纳亚辛里亚的森林中游荡，而这些回忆现在都像是上一辈子的事。她曾走在春天的田野里，让阳光照在头发上，有时还大喊着向好朋友——刚从漫长睡眠中醒来的水泽仙女致意，但现在瓦西娅的脚步不再轻盈。她一瘸一拐地向前走，每走一步都能觉得身体的某个部位开始疼痛。她父亲会伤心的，因为自己那个脚步轻快、无忧无虑的女儿已经一去不复返了。

房子消失在视野中。这一路上瓦西娅都没见到人，也没看到人类留下的痕迹。独自一人走在寂静中，瓦西娅心中那种愤怒、恐惧和悲伤的压抑渐渐消失。她开始研究地形，想知道哪里会有食物。

一阵风吹来，吹乱了她的头发，暖得出人意料。她现在已经完全看不见那栋房子了。阳光照耀下，一片蒲公英在林间盛开。瓦西娅吃了一惊，弯下腰去拔叶子。蒲公英这么早就长出来了？她一边走，一边小心翼翼地用酸痛的下巴咀嚼花朵。

又是一片蒲公英，还有野生洋葱。现在太阳已经升过树梢，在那儿，有刚长出来的叶片卷曲的酸模[①]，还有野生浆果？瓦西娅停下脚步。"这么早就长出来了。"她低声说。

确实，还有那边——是蘑菇吗？是牛肝菌吗？它们浅色的小脑袋从枯叶中钻出来。她开始流口水，于是走过去把它们采下来，然后又往四周看，发现有一朵蘑菇带着斑点，在阳光下似乎闪着奇怪的光。

那不是斑点，而是眼睛。那朵最大的蘑菇正抬头盯着她看，气得眼睛通红。那根本不是蘑菇，而是个精灵，几乎和她的前臂一样长。蘑菇精瞪着她，从枯叶堆中挣出来。"你是谁？"他尖声说，"为什么要进入我的树林？"

他的树林？

[①] 一种北欧阔叶野草，用以揉擦被荨麻刺伤的皮肤，可止痛。——译者注

"入侵者!"他尖叫道。瓦西娅看出对方被自己吓坏了。

"我不知道这是你的树林。"她把空空的双手伸给精灵看,同时僵硬地跪下,让他把自己看得更清楚些。透过长筒袜,她的膝盖能感觉到冰冷的苔藓。"我没有恶意。我只是在采集食物。"

那蘑菇精眨眨眼。"准确地说,这也不是我的树林,"他匆匆加上一句,"但那不重要,你不能来这儿。"

"我献上供品也不行吗?"瓦西娅问,把一朵完好无损的蒲公英花放在他面前。

那精灵用一根浅灰色的手指碰碰花,于是他的轮廓变得更清晰。现在他更像是个小人儿,而不是一朵蘑菇。他低头看看自己,又看看她,很是困惑。

他一把扔了花朵。"我不相信你,"他喊道,"你想让我服从你的命令吗?休想!我不管你给我多少供品。熊挣脱了封印,他说现在我们要为自己而战。如果我们加入他的军队,人类会再次信奉并礼拜我们,我们不需要再跟女巫做交易。"

瓦西娅没有回答,而是匆忙站起来。"你们究竟要怎样为自己而战呢?"她警惕地环顾四周,但发现一切都很安静,只有鸟儿轻快地掠过,还有强烈的阳光从头顶稳稳地照下来。

短暂的寂静。"我们要做大事,可怕的大事。"那蘑菇精说。

瓦西娅尽量耐心地跟他交流:"具体要怎么做呢?"

蘑菇精骄傲地昂起头,但没回答。也许他也不知道。

可怕的大事?瓦西娅看看沉默的森林。几天以来她一直处于失落、伤痛和恐惧中,没时间停下来仔细想想在莫斯科度过的最后那个夜晚意味着什么。摩罗兹科为什么要放出那头熊?这一举动对她自己、对她的家人,以及对罗斯有什么意义?

他为什么要这么做?

她脑海里有个声音在低语:*他爱你,所以才放出熊来救你。*但那不是唯一的理由。她还没有那么自负,会以为严冬之王能为一个人类姑娘把长期以来守卫的东西置于险境。

而且,比起找出原因,更重要的是:她能为此做些什么?

*我必须找到严冬之王,*她想,*必须再次把熊封印起来。*但这两件事她都无从下手。她仍然遍体鳞伤,而且很饿。

"你怎么会认为我要命令你做事?"瓦西娅问那蘑菇精,"谁告诉你的?"这时他已经躲在一根原木下,她只能看见他用闪亮的眼睛偷偷瞄着自己。

蘑菇精探出头来,脸色阴沉:"没人告诉我。我又不是傻瓜。女巫不就想要这个吗?不然你为什么要走午夜之路呢?"

"我在逃命,"瓦西娅说,"我是因为饿坏了才进森林的。"为证明这一点,她从篮子里拿出一捧云杉芽,坚定地咀嚼。

蘑菇精看上去还是满腹疑云,他站起来说:"我能告诉你哪里有更好的食物,如果你是真的饿了的话。"他仔细地观察她。

"我很饿,"瓦西娅马上说,"如果有人能领我去,我会很高兴的。"

"好吧,"那精灵说,"跟我来吧。"他冲进灌木丛里。

瓦西娅想了一下才跟上去,但注意一直不让那湖泊离开自己的视野。这森林的沉静中含着敌意,使她心里没底,而且她也不相信这小蘑菇精。

＊＊＊

瓦西娅的怀疑很快就变为惊讶，因为她发现这是片神奇的土地。云杉芽翠绿柔嫩；微风吹过，湖边的蒲公英轻轻摇曳。她吃啊，采啊，然后突然发现脚下有一大片蓝莓果，沼泽边的草丛中还有更多的浆果。现在已不再是春季，而是夏天。

"这地方叫什么名字？"瓦西娅问蘑菇精，她已开始暗自叫他蘑菇爷爷。

他奇怪地看她一眼："这块地方在正午和午夜之间，在冬天和春日之间。这个湖就在中央，所有国家的疆域在此相接。在这里你可以在不同国度间来往。"

魔法国度，正是她之前梦想过的那种。

瓦西娅怀着敬畏之情沉默片刻，问："如果我走得足够远，能到达严冬之国吗？"

"是的，"精灵说，但看上去满腹疑云，"但要走很远。"

"严冬之王在那里吗？"

蘑菇爷爷又奇怪地看她一眼："我怎么知道。我又不能在雪里生长。"

瓦西娅皱着眉头想啊想，最后还是决定先填满篮子和肚子。她找到了水芹、樱草、蓝莓、醋栗和浆果。

她在夏天的森林中越走越深。索洛维曾经生活得多快乐呀，她踩在柔嫩的青草上想道，也许我们可以一起去找他的同胞。她想到这里时，悲伤袭来，即使是照在背上的阳光和嘴里成熟的草莓都不能使她重新振作。但她一直在采集，让温暖的绿色世界安抚自己受伤的心灵。蘑菇爷爷有时出现，有时消失。他喜欢躲在木头下面。但她总能感觉到他用好奇和不信任的目光注视自己。

太阳高挂在头顶时，她觉得还是谨慎些好，同时想起了对多毛沃娅的承诺。她还没有恢复体力，但无论接下来发生什么，她都需要恢复体力。"这些够啦，"她说，"我得回去了。"

蘑菇爷爷从树桩后面钻出来。"你还没有走到最棒的那块地方，"他指着远处闪着猩红色和金色光芒的树林抗议——那边好像是秋季，和夏天一样也是片可以进入的土地，"再走远点儿就到啦。"

瓦西娅对此非常好奇，而且她还想吃栗子和松子，但谨慎占了上风。"我已经吃过莽撞的苦头。"她告诉蘑菇爷爷，"食物已经够多啦，今天就这样吧。"

他看上去很不高兴，但什么也没说。瓦西娅不情愿地顺原路往回走。夏天的国度很热，但她身上的羊毛衫和长筒袜是适合早春的装束。她挽着装满东西的篮子，觉得双脚打战，肋骨也开始隐隐作痛。

在她左边，森林低语着，注视着她；在她右边则是盛夏的蓝色湖水。从树林中望出去，她瞥见一个小沙湾。瓦西娅觉得渴，于是迷迷糊糊地走到水边跪下喝水。水像空气一样清澈，冰得她牙痛。她觉得绷带里很痒，早上那通搓洗丝毫没有减轻心头那种深及骨髓的污秽感。

瓦西娅突然站起来开始脱衣服。多毛沃娅会生气的，因为瓦西娅把她小心翼翼缠上的所有绷带都解开了。但瓦西娅顾不上这些。她的手急切地颤抖，仿佛她认为那干净的水既能洗去皮肤上的污垢，也能洗去心中的记忆。

"你在做什么？"蘑菇爷爷问。他躲在离沙湾和岩石很远的地方，藏在阴凉处。

"我要游泳。"瓦西娅说。

蘑菇爷爷张开嘴,又闭上。

瓦西娅顿了顿:"有什么不妥吗?"

蘑菇爷爷慢慢摇头,紧张地看了一眼水面。也许他不喜欢水。

"好吧。"瓦西娅说。她犹豫了一下,但圣母啊,她真想剥掉自己的皮,变成另外某个人。一个猛子扎进水里至少能让她的脑子平静下来。"我不会游太远。也许你能帮我看着篮子。"

***

她走入水中。起先她咬着牙走在岩石上,然后湖底变成稀滑的泥。她扎进水里又冒出头来,大声欢呼。冰冷的湖水淹过她的肺,又激活她的感官。她背对湖岸向更深处游去,还不太适应炎热的阳光。湖水使她开心,然而水还是太凉,最后她停下来准备往回游,在阴凉处擦洗身体,再在阳光下晒干……

但当她转过身来时,眼前还是一片茫茫的湖水。

瓦西娅转了个圈,发现还是什么也没有,就像整个世界突然沉入了水中。她目瞪口呆地踩着水,开始害怕。

也许她不是一个人在这儿。

"我没有恶意。"瓦西娅大声说,尽量不让自己的牙齿打架。

没有反应。瓦西娅又游了一圈,还是没有反应。在冰冷的水里待下去就等于死亡,她必须开动脑筋想想是怎么回事,然后祈祷。

有个生物在她面前倏地钻出水面,溅起水花,仿佛一声叫喊。它的眼睛鼓得像青蛙,中间是两道细缝般的鼻孔,和礁石颜色相同的獠牙像钩子一样弯在狭窄的下巴上。它呼出蒸汽,油腻的液体从脸上流下来。

"我要淹死你。"它低声说，猛扑过来。

瓦西娅没回答，而是用手掌猛击水面，发出晴天霹雳般的一声响。那精灵猛地缩回去。瓦西娅厉声说："不死的魔法师杀不了我，莫斯科全城人都爱戴的祭司也拿我没办法，你怎么觉得自己就做得到呢？"

"你闯进我的湖里了。"那精灵龇着黑色的牙齿回答。

"我是来游泳的，不想死在这里！"

"这得由我来决定。"

瓦西娅忍着肋骨的疼痛，镇定地说："如果说我擅自进入，那我承认做错了，但罪不至死。"

精灵把滚烫的蒸汽喷到瓦西娅脸上。"我是班吉尼克[①]，"他低沉地咆哮，"我宣布你犯了死罪。"

"那你来杀我吧，"瓦西娅厉声说，"但我不怕你。"

精灵低下头搅着蓝色的湖水，直到搅出白色泡沫来："你不怕吗？你说不死的魔法师也杀不了你，是什么意思？"

瓦西娅觉得腿马上要抽筋了："在谢肉节的最后一天，我在莫斯科杀掉了不死的科谢伊。"

"你说谎！"那班吉尼克厉声说，再次猛冲过来，差点儿撞沉她。

瓦西娅没有退缩，把大部分力气都用来踩水，好浮在水面上。"我撒过谎，"她说，"也曾为此付出代价。但在这件事上我说的是实话：我杀了他。"

---

① 斯拉夫神话中，浴室小鬼班尼克的近亲。——译者注

班吉尼克突然紧紧闭上嘴。

瓦西娅转身寻找湖岸。

"我现在认出你了,"班吉尼克低声说,"你和你家人长得真像。你是沿着午夜之路进来的。"

瓦西娅没时间听班吉尼克的推断。"是的,"她勉强说,"但你什么时候见过我的家人?他们离这里很远。我说过了,我没有恶意。岸在哪儿?"

"很远吗?几乎近在咫尺。你既不理解你自己,也不明白这地方是怎么回事。"

她开始往下沉:"老大爷,岸在哪边?"

班吉尼克的黑牙在水里闪光。他滑得更近些,动作像条水蛇:"来吧,会很快的。淹死吧,喝了你的血,我能再活一千年。"

"不行。"

"不然你还有什么用?"班吉尼克仍在逼近,"淹死吧。"

瓦西娅用最后一丝力气,强迫失去知觉的四肢在水里继续舞动:"我有什么用?没用。我犯的错数也数不过来,这世界上没有我的立足之地。但我之前说过了,我不会就这样死去好让你开心。"

班吉尼克凑近她的脸,啪的一声合上满口的牙齿。瓦西娅不顾自己满身的伤口,捏住他的脖子。他拼命挣扎,差点儿把她甩开,但最后还是失败了。在莫斯科她曾用双手折断笼子上的木条。"你威胁不了我。"瓦西娅在这精灵的耳边补充说。她猛吸一口气,带着他一头扎进水中。等两人再次浮出水面时,女孩儿的双手仍然没松开。"我可能明天就会死去,或是无聊地活到年纪老大。但你不过是湖里的幻影,你不能指挥我。"她喘着气说。

班吉尼克一动不动。瓦西娅放开手,一边咳嗽一边吐水,觉得断掉肋骨的那侧身体的肌肉酸痛。她的鼻子和嘴里都是水,几处伤口又流出血来。班吉尼克用鼻子试着嗅嗅她的血。她没动。

令人惊奇的事情发生了。班吉尼克温和地说:"也许你终究不是个废物。我已经好久没有感受过这样的力量了,会带你回岸上。"他没再说下去,突然之间他表现得很热心。

瓦西娅贴在他蜿蜒滑动的热乎乎的身体上,全身颤抖,感到四肢重又恢复了力量。她警惕地问:"你刚才说我长得像我家人是什么意思?"

班吉尼克的身体随着波浪起伏。"你不知道吗?"他的声音里隐含着奇怪的热切,"那位老太太曾和双胞胎女儿一起住在橡树下的房子里,照看在湖岸上吃草的马群。"

"什么老太太?我去过橡树下的那房子,但它已被遗弃了。"

"因为魔法师来了,"班吉尼克说,"那是个男人,年轻又帅气。他说他想驯服一匹马,但最后征服了塔玛拉,就是继承了母亲天赋的那个。仲夏时他们一起从湖里游过;在秋天的暮色中,他低声与她山盟海誓。最后塔玛拉听他的话,给那匹金色牝马套上笼头,就是札尔彼蒂萨。"

瓦西娅认真地听着。这是她自己的来历,却被遥远国度里的湖妖信口说出。她的外祖母名叫塔玛拉,来自远方,骑着匹骏马。

"那魔法师离开湖边,带走了金色牝马,"班吉尼克继续说,"塔玛拉哭着骑马跟在后面,发誓要重新带回那匹马,还说她同样爱他。但她再也没回来,那魔法师也一样。他拥有大片人类的土地,没人知道塔玛拉的下落。那老太太悲伤地关闭了所有通向这里的路,还派人看守,只有午夜之路除外。"

一百个问题涌进瓦西娅的脑海,其中某个冲口而出。"其他马呢?"瓦西娅问,"我昨晚见过其中几匹,但没人照顾他们。"

湖妖沉默地游了一会儿,她以为他不会回答,但最后班吉尼克用低沉而野蛮的声音说:"你看到的是现在活下来的所有的马。魔法师把所有离开湖边的马都杀掉了。他偶尔会逮到匹小马驹,但无法控制他们太久——他们要么死,要么就逃走。"

"圣母呀,"瓦西娅低声说,"他怎么做到的?为什么要这样?"

"走遍世界也找不到比他们更了不起的生物,我说的是那些从这片土地上走出去的马。魔法师无法驯服或利用他们,于是就把他们杀掉。"班吉尼克用低得几乎听不见的声音说,"老太太让剩下来的马留在这里,这里很安全。但现在她走了,马也每年都在减少。奇迹不再出现。"

瓦西娅没说话。火焰在她的记忆中燃烧,索洛维的血在她的脑海里翻腾。

"他们从哪里来?"她低声说,"我指那些马。"

"谁知道呢。他们从大地中产生,本身就是魔法的产物。当然啦,人类和精灵都想驯服他们,而有些马心甘情愿地把骑手驮在身上,"班吉尼克又说,"比如天鹅、鸽子、猫头鹰、渡鸦。还有夜莺——"

"我知道夜莺的下落,"瓦西娅几乎说不出话来,"他是我的朋友,他死了。"

"马认主时,都经过明智的选择。"班吉尼克说。

瓦西娅什么也没说。

漫长的沉默后,她抬起头问:"你能告诉我熊把严冬之王囚禁在哪里吗?"

"在记忆之外,比远还远,比久还久,在永不变化的黑暗深处。"湖妖说,"难道你还觉得熊会冒这个险,让他的孪生弟弟有重获自由的机会吗?"

"不,"瓦西娅说,"不,我觉得他不会。"她突然觉得疲惫得要命。世界如此广阔,如此陌生,如此疯狂,一切看上去都那么不真实。她不知道该做什么,也不知道该如何去做。她用头抵着那精灵温暖的背,再没说话。

***

她没注意到日光的变化,直到听到湖水在铺满卵石的小湾中低语。

在湖妖游向岸边的过程中,太阳已经西斜,温度下降,云彩变成黄绿色。正是夏天的黄昏时分,美好的一天已经消逝,就像湖泊本身把它吞了进去。瓦西娅翻身落入浅滩,溅起一片水花,跌跌撞撞地向岸边走去。树荫拉长,落在水面上的影子变成了灰色的。她的衣服还堆在树荫里,湿乎乎的。

湖中的班吉尼克变成一团模糊不清的黑影,没入水下。瓦西娅突然恐惧地向他转过身来。"白天怎么这么快就过去了?"她盯着班吉尼克沉在水面下的眼睛和一排排闪亮的牙齿,"你是故意把我带进黄昏的?为什么?"

"因为你杀了魔法师;因为你不让我杀你;因为消息在精灵的圈子里都传开了,而我们都很好奇。"班吉尼克的回答从阴影中飘过来,但她看不清他,"我劝你先生堆火。我们会看着你的。"

"为什么?"瓦西娅又问,但班吉尼克已经消失在水下。

瓦西娅站着不动,气得要命,尽量压下心头的恐惧。日光飞快地从她身旁溜过,森林仿佛下定决心要把她困在黄昏里。她足足走了半天的路,才从橡树下的房子来到这里。

季节会变换,多毛沃娅说过。那是什么意思?她能冒这个险吗?她应该冒这个险吗?她抬起头,看着暮色渐渐围拢过来,知道天黑前自己无论如何都回不去了。

那就待在这儿吧,她打定主意,而且也打算采纳班吉尼克那讨厌的提议,借最后一缕光线收集柴火。无论这里会有什么样的危险东西出没,都可以用一堆烧得旺旺的火来迎接它们。当然,同时她还要吃得饱饱的。

她开始收集柴火,同时对自己爱轻信的缺点生着闷气。从前列斯纳亚辛里亚的森林对她很友善,虽说这个地方没有理由对她友善,但那种信任仍在起作用。辉煌的落日映红湖水,风在松树间呼啸而过,平静无波的湖水被夕阳映成金色。

正当她从倒下的枯树上砍枝条时,蘑菇爷爷又出现了。"难道你不知道吗?你不能在新的季节里睡在湖边。"他说,"否则就不能回到原来的季节里去了。如果你明天回到橡树下的房子,就会发现正值夏天,春天再也不会回来啦。"

"是班吉尼克故意让我耽搁在湖边的。"瓦西娅阴沉地说。她正回忆在冷杉林中摩罗兹科的小屋里度过的那些洁白闪亮的日子。"等你回到家时,会发现不过是离开时的次日黎明。"当时他对她说。确实是这样,虽然她在他家里度过了好几天、好几周,但她确实能在离开的次日清晨回到家里。那现在呢?当她在夏日之国里度过一晚的同时,在那个更广大的世界里,月亮会不会几经盈亏?如果她能在湖边的几分钟内过完一天的话,那还有什么事不可能发生呢?这个想法吓坏了她,甚至班吉尼克当时的威胁都没达到这种效果。对她来说,日夜交替和冬夏轮回的规律仿佛呼吸一样自然,难道在这里自然规律都不再可靠了吗?

"我之前还以为你会死在湖里呢,"那精灵坦白,"我知道有些法力更强大的精灵正筹划什么事来针对你。而且班吉尼克恨人类。"

瓦西娅正抱着一束柴火。听到这话,她愤愤地把它们扔在地上:"你早该告诉我!"

"为什么?"蘑菇爷爷问,"我力量不够,不能插手他们的计划。还有,你害死了其中一匹马,对不对?也许让班吉尼克杀你也算是伸张正义,因为他很爱那些马。"

"正义?"她问,过去几天里所有的愤怒、内疚和受困时的无助感似乎都爆发出来,"难道这几天我受的报应还不够吗?我来这里只是想找食物。对你,还有这片森林,我什么也没做。可是你们,你们所有人还是——"她说不出话来,怒气冲冲地抓起一根棍子,扔在小蘑菇精的头上。

他的反应吓了她一跳——他的头和肩膀上的肉碎了。他缩成一团,发出痛苦的尖叫。瓦西娅惊恐地站在那里,而蘑菇爷爷从白色变成灰色,最后变成棕色。整个过程中他一滴血也没流,就像被粗心的孩子踢翻的蘑菇一样。

"不,"瓦西娅惊恐地说,"不,我不是故意的。"她不假思索地跪下,把手放在他的头上。"对不起,"她说,"我不是故意要伤害你的。我很抱歉。"

他保持灰色,不再改变,而她意识到自己在哭。之前她没发现:

这几天中自己遭受的暴力已经深深植根于内心，盘踞在心中，随时准备在恐惧和愤怒中爆发。"原谅我。"她说。

那精灵眨眨红眼睛。他还在呼吸，他没有死，他看上去比刚才更加真实，他那破碎的身体已经自行愈合。

"你为什么要那样做？"蘑菇爷爷问。

"我不是有意要伤害你的，"瓦西娅捂住眼睛，"我从来没想过要伤害任何人。"她浑身发抖，"但你是对的。我确实……我确实……"

"你……"蘑菇爷爷迷惑不解地看着自己灰乎乎的手臂，"你在为我哭吗？"

瓦西娅摇摇头，勉强说出话来。"为我的马，"她艰难地说，"为我的姐姐，甚至摩罗兹科。"她擦擦眼睛，强颜欢笑，"也为了你，有一点儿吧。"

蘑菇爷爷严肃地盯着她。瓦西娅挣扎着站起来，默默地开始为过夜做准备。

***

她正把柴火铺在一块光秃秃的空地上时，蘑菇精又说话了。他用一堆叶子半掩住他的身体："为摩罗兹科，你刚才说的。你是在找严冬之王吗？"

"是的，"瓦西娅马上说，"我是在找他。如果你不知道他在哪里，会有别人知道吗？""他用自由交换你的生命，"熊说的话字字句句打在她心上。他为什么这么做？为什么？在她记忆的更深处，摩罗兹科的声音在说："我尽我所能，我……"

她把柴火堆在一块整洁开阔的正方形空地上，把引火物放在比较粗壮的枝条间。她一边说话,一边整理松针当引火物。

"午夜知道,"蘑菇爷爷说,"哪里有午夜,哪里就是她的王国,但我怀疑她不会告诉你。至于说谁还会知道……"蘑菇爷爷停下来,明显正在苦苦思索。

"你是要帮我吗?"瓦西娅惊讶地问,退回原处蹲下来。

蘑菇爷爷说:"你为我哭泣,还送我一朵花。我会追随你,而不是追随熊。我是第一个。"他把胸脯挺得老高。

"第一个什么?"

"站在你这边的人。"

"我这边?做什么?"瓦西娅问。

"你说呢?"蘑菇爷爷答道,"你拒绝了严冬之王和他哥哥,对不对?在他们的战争中,你已经成为第三股力量。"他皱起眉头,"还是说你找严冬之王,是想加入他那边?"

"至于所有这些关于选哪边的问题,我想找到严冬之王,是因为我需要他的帮助。"瓦西娅说,"我不知道这有什么区别。"这只是部分原因,但她不打算把其他原因也解释给蘑菇精听。

蘑菇爷爷把这个问题放到一边:"好吧,就算他也加入你这边,我也是第一个,永远是。"

瓦西娅向那堆柴火皱眉:"如果你不知道怎么找到严冬之王,那么你能帮我什么忙呢?"她小心地问。

蘑菇爷爷认真思考:"我认识所有蘑菇,也能让它们生长。"

瓦西娅大喜过望。"我爱蘑菇,"她说,"你能帮我找到鸡油菌吗?"

她没去听蘑菇爷爷的回答,因为下一秒她猛吸一口气,让自己的灵魂重又充满那记忆中的灼热火焰,于是那堆木柴燃烧起来。她满意地往火里添小树枝。蘑菇爷爷的嘴巴大张。四周传来一阵低语,好像树木正彼此交谈。"你要小心些。"蘑菇爷爷过了一会儿才说出话来。

"为什么?"瓦西娅说,仍然扬扬自得。

"魔法会让人们发疯,"蘑菇爷爷说,"因为你能改变现实,所以你会忘记什么是真实的。但说不定还会有几个精灵要追随你呢。"

就像在证实他的话一样,有两条鱼从湖面跃起,沉重地坠在湖边,躺在地上喘气。瓦西娅的营火把它们的鳞片映成金红色。

"追随我做什么?"瓦西娅有些恼怒地问,起身去抓鱼,"谢谢你。"她朝湖的方向不情愿地补充一句。没有回答,不知班吉尼克听到了没有,但她觉得他没走,而是在等待。

他在等待什么呢?她不知道。

第十二章

讨价还价

瓦西娅取出鱼的内脏，用泥土把鱼裹好，放在火中的木炭上烤。蘑菇爷爷说到做到。他蹦跳着离开又回来，给她带回几捧蘑菇。可惜的是，他不仅不知道哪些是鸡油菌，也不知道哪些可以吃。瓦西娅只好心惊胆战地把毒蘑菇从里面挑出来，再把那些能吃的塞进鱼肚子里，撒上香草和野葱。鱼烤好后她开始大吃，手指被烫到也顾不上。

美食使人开心，但夜晚并不会。刺骨的风从湖上吹来，瓦西娅总觉得有人在监视自己，总觉得有看不见的眼睛在掂量自己。她摆脱不掉这种感觉，觉得自己像个误闯进童话里的女孩儿，更糟糕的是这个童话自己还完全看不懂。人们把她围在中间，等着她扮演自己还不清楚的某个角色。索洛维不在身边，痛苦反复啃噬着她的心，她无法平息。

最后瓦西娅打了个盹儿，但噩梦仍然缠着她。她梦见拳头和愤怒的脸，还梦见自己喊着让索洛维快逃。他却变成夜莺，被一个男人一箭射下来。瓦西娅猛然惊醒,发现自己正叫着马的名字。这时她听见黑暗中传来深一脚浅一脚的马蹄声。

***

她挺直身子,赤脚站在清凉的夏日草地上。火堆已经快要熄灭,只剩下几块边缘还燃着的木炭。月亮低低地挂在地平线上,一团光晕从林间飘来。她以为那是人们举着的火把,本能的第一反应就是要逃。

但她眯起眼睛,发现那不是火把,而是那匹金色的牝马。她孤零零地走着,发出的光比头天晚上的要暗淡。她的某条前腿好像出了问题,走起来磕磕绊绊。她的胸前溅满白沫。瓦西娅隐约听到从马身后的树林中传来低语声。风送来一股臭味。

瓦西娅赶紧往小火堆里添柴。"这里。"她喊道。

牝马想跑过来,却凭空绊了一下,然后她垂着头,转身向瓦西娅走去。火苗重又蹿起来,火光中可以清楚地看到她前腿上有一道很深的伤口。

瓦西娅拿起斧头和一根燃烧的木头。她看不见是什么东西在追赶那匹牝马,但弥漫在她们四周的气味越来越浓,像在高温中腐烂的肉散发出来的臭石油味。她拿着可怜的武器向水边退去。瓦西娅对这匹曾在莫斯科放火的马毫无感情,但是她已经让自己的马失望,就不会让那一幕重演。"这边走。"她说。

牝马没有回答,但全身上下每一块肌肉都呈现出恐惧。她仍然向瓦西娅走来。

"蘑菇爷爷。"瓦西娅喊。

一小片蘑菇从黑暗中长出来,微微颤抖,颜色是令人恶心的碧绿:"你最好能挺过这一次。否则我第一个站到你这边还有什么用呢？大家都看着呢。"

"什么？"

她不知道他是否回答了，因为那头熊已走出树林，轻柔地走到水边的月光中。

***

在莫斯科，梅德韦季看上去像个男人。现在他仍然像个男人，但是个长着尖牙、目光狂野的男人。她能看见他体内的那只野兽正在他背后伸懒腰，好像一道影子。他看上去更奇怪、更苍老了，而这片不可思议的森林就好像他的家一样。

"我猜班吉尼克就是为了这个才想让我在森林里过夜，"她紧张地站着，听到灌木丛中传来沙哑混乱的呼吸声，"他终究是想让我死的。"

熊没有伤疤的那一侧的嘴角上扬："也许是，也许不是。别像只猫一样炸毛啦。我不是来杀你的。"

那根燃烧的木柴已经快烧到她的手，于是她把它扔在两人之间的空地上："那么你是来猎杀火鸟的？"

"还没到那一步。但我的手下总得有点儿事做。"他对那牝马发出嘘声，咧嘴一笑。马惊恐地后退，后蹄已踩在水里。

"离她远点儿！"瓦西娅厉声道。

"很好，"熊出乎意料地说，同时坐在火旁的一根原木上，"不过来和我一起坐坐吗？"

她没动。他笑起来时尖利的犬齿在黑暗中白得发光。"说实话，我不想要你的命，瓦西丽莎·彼得罗芙娜。"他张开空空如也的手，"我想给你出个价。"

这话使她很惊讶:"你已经出过价要救我的命,而我没同意,最后自救成功。无论你再出什么价,难道还能高过它吗?"

熊没有正面回答,反而抬头去看从树叶间漏下的星光,深深呼吸夏日晚的空气。她能看见星光映在他眼中,仿佛经历过漫长的黑暗后,他要以天空为酒,痛饮一醉。她并不想理解那种欢喜。"我被封印在我弟弟的王国的这段日子里,这世上已换了无数代人。"熊说,"你觉得当我睡着时,他把这世界打理得怎么样?"

"至少摩罗兹科走过时,身后留下的不是废墟。"瓦西娅说,"这段时间你在莫斯科都做了什么?"在她身边,那匹牝马的血滴进湖水里。

"取乐呗,"熊实事求是地说,"我弟弟也曾经干过同样的事,但他现在喜欢装圣人。我们曾经是那么相像,毕竟是孪生兄弟嘛。"

"如果你是想骗取我的信任,还是省省吧。"

"但是,"熊继续说,"我弟弟认为人类和精灵可以和平共处。但就是这些人类像病毒一样蔓延,还敲起教堂的钟,把我们抛在脑后。我弟弟是个傻瓜。如果不再给人类一个教训,总有一天将不再有精灵,也不再有午夜之路,世上也不再会有奇迹。"

瓦西娅不愿去想为什么熊会惊喜地抬起眼睛望着夜空,也不愿赞同他的观点。但这是实情:全罗斯境内的精灵虚弱得像烟雾一样。他们守卫着水面、森林和人类的家庭,但他们的手虚弱无力,记忆也衰退得厉害。她什么也没说。

"人们害怕他们不理解的东西。"熊喃喃地说,"他们伤害你,打你,向你吐口水,把你扔进火里。人们会闹哄哄地挤满世界,直到女巫无处藏身。他们会烧死你和所有同类。" 他一定知道这是她内心深处最痛苦的恐惧。"但事情不必非要这样发展下去。"熊继续说,"我们可以拯救精灵,拯救正午和午夜之间的这片土地。"

"我们可以吗?"瓦西娅问,声音微微颤抖,"该怎么做?"

"跟我到莫斯科去。"他又站起来,没有伤疤的半边脸被火光映得通红,"帮我推倒钟楼,打碎大公们的枷锁。与我结盟你就能报复敌人,再也不会有人敢蔑视你。"

梅德韦季是精灵,跟蘑菇爷爷一样并没有真实的肉体。然而在这片空旷的地方,原始的生命力似乎在他的脉搏中跳动。"你杀了我父亲。"瓦西娅说。

他摊开双手。"是你父亲扑到我爪子上的。我弟弟用谎言骗你效忠,不是吗?他在黑暗中窃窃私语、歪曲事实,还有,那双蓝眼睛就那么能吸引少女吗?"她竭力控制自己,不动声色。他撇撇嘴,继续说下去:"但我现在带着真相来这里,只希望你能效忠。"

"如果你是带着真相来的,那就告诉我你想要什么。"瓦西娅说,"说实话,别花言巧语。"

"我想要一个盟友。跟我一起去复仇吧。我们作为旧日的神灵将再次统治这片土地。这就是精灵想要的,这就是班吉尼克带你到这里的原因,这就是他们都在观望的原因。他们想让你听我阐述观点,并表示赞同。"

他在说谎吗?

她恐惧地发现自己居然觉得他讲得有理,居然想通过暴力发泄内心的愤怒。她冲动地想要附和面前这独眼人,因为他能明白她的罪孽、悲伤和发泄在蘑菇爷爷头上的那股怒火。

"是的,"他低声说,"我们心有灵犀。我们要创造一个新世界，就必须首先打破旧的世界。"

"打破？"瓦西娅几乎辨认不出自己的声音，"在创造这个新世界的过程中，你将打破什么？"

"要知道，万物皆可修复。想想那些女孩子，那些不愿受火刑的女孩子。"

她想以魔法之力重返莫斯科，把那座城市砸个稀巴烂。他的野性和被长期囚禁的悲哀召唤着她。金色的牝马一动不动地站着。

"我能报仇吗？"她低声说道。

"是的，"他说，"完美的复仇。"

"康斯坦丁·尼科诺维奇会尖叫着死去吗？"

她觉得他在回答之前犹豫了一下："他会死。"

"还有谁会死呢，梅德韦季？"

"每天都有男人和女人死去。"

"他们是按上帝的旨意死去的，又不是因我而死。"瓦西娅那只没拿武器的手的指甲划破掌心，"人命不值得我悲伤。你以为我是个傻瓜，想把甜言蜜语像毒药一样滴到我耳朵里吗？我不做你的盟友，恶魔，永远不。"

她觉得周围的树林里传来窃窃私语，但她不知道这代表高兴还是失望。

"啊，"熊说，声音里似乎有货真价实的遗憾，"小瓦西丽莎·彼得罗芙娜，她有时很聪明，有时又很愚蠢。当然，如果你不追随我，就死定了。"

"有人用你的自由交换我的生命，"瓦西娅说，"你杀不了我。"湖冷冷地横在她背后，金色牝马仍然站在她旁边，颤抖而温暖的身体。

"我曾向你伸出援手,"熊说,"但你没接受。你是个顽固的傻瓜,这又不是我的错。我已经不欠谁的了。另外,我不会杀你,你可以活着加入我这一边,或者可以做我的仆人," 他的嘴角不由自主地翘起来,"半死不活的那种。"

***

瓦西娅听到柔和的脚步声,好像有人在拖着脚走路。又一声。瓦西娅觉得耳朵里的血管在搏动,发出轰鸣。过去听过的警告又在她脑海里回响:熊挣脱了。当心死人。

"那我就开心地看戏啦,"梅德韦季说,"想好后告诉我。"他向后退,"无论你选哪条路,我都会把你的悔意转达给我弟弟。"

她的左边有个长着红眼睛、脸脏兮兮的男人,正偷偷摸摸地走进火光中;她的右边有个女人咧嘴笑着,嘴唇上还沾着血,几缕腐烂的头发贴在雪白的头骨上。死人的眼睛仿佛无底的地狱火坑,鲜红又漆黑。他们张开嘴,尖牙映着快要熄灭的最后一线火光闪闪发亮。他们向瓦西娅和牝马包抄过来,扇形的包围圈不断缩小。

牝马用后腿立起来——瞬间好像有巨大的火焰之翼在她背上展开。但她放下前蹄,仍然还是匹受伤的马——她飞不起来了。

瓦西娅放下那柄无用的斧头,记忆中的大火重又燃起。她捏紧拳头,忘记了那些死人是烧不起来的。

但效果比她希望的要好。两只吸血僵尸变成两个火炬,尖叫起来,四处乱冲乱撞,大声哭叫。她只好抓起一根树枝把它们挡开。她的赤脚踩在水里。金色牝马后退几步,狂乱地用前蹄向外踢去。

"噢,不,"熊的声音变了,"是莫斯科把那场火塞进你的灵魂里的，对不对？真的，你真是个闯祸精。你会愿意与我结盟的。你再考虑一下好不好？"

"你就不能把嘴闭上吗？"瓦西娅问。她现在汗流浃背——不过是冷汗。另一只吸血僵尸一下子烧起来，现实世界开始摇曳。现在她明白了：魔法使你发疯。他们忘记了什么才是真实的，因为魔法有太多可能。

但还有四只吸血僵尸，她没有选择。死人再次逼上前来。

熊死死地盯着她的眼睛，好像能从其中发现疯狂的迹象。"是的，"他喘着气，"放松精神，野姑娘。你将是我的。"

她深吸一口气。

"够了。"一个陌生的声音说。

这声音似乎要把瓦西娅从黑暗的梦中唤醒。一位手阔肩宽的老妇人大步从林间走出，恼怒地开口说话，仿佛这可怕的一幕是世界上最自然的事似的："梅德韦季，你不应该在午夜王国里做这种事。"

与此同时，湖中涌过来一个浪头，几乎淹没瓦西娅。班吉尼克龇着牙齿漂浮在浅水上："吞食者，你之前可没说过会伤害到马。"

这位老妇人可能以前个子很高，但由于上了年纪而脾气暴躁。她衣饰粗糙，指甲很长，两腿弯曲，背上有个篮子。

瓦西娅站在湖里，觉得现实世界像雾气一样捉摸不定。她看见熊吓了一跳，面带警惕。"你已经死了。"他对老妇人说。

老妇人咯咯地笑起来："在午夜？在我自己的土地上？你之前真该好好打听一下。"

瓦西娅仿佛在梦中，觉得自己看见午夜恶魔那闪光的头发和星辰般的眼睛半掩在树林里，正注视着这一切。

熊平静地说："之前我确实想错了。但你为什么要插手？为什么要关心你那忘恩负义的家人？"

"我至少关心那匹牝马，你这贪婪的家伙，"老妇人回答，同时跺着脚，"回莫斯科去吓唬人吧。"

一只僵尸悄悄摸到老妇人后面。她没有看，甚至动都没动，但那死人身上突然燃起白色的火焰，尖叫着倒在地上。

"我猜，"熊说，"得等很长时间你才会发疯。"他的声音里充满敬意。瓦西娅惊奇地听着。

"我疯了好多年了，"老妇人说。"但到了午夜时，这里仍然由我做主。"当她大笑时，瓦西娅觉得毛发直竖。

"这姑娘不会留下来跟你在一起的。"熊说，向瓦西娅扬起下巴，"不管你怎么劝她，她都不会留下来的。她会像其他人一样离开你，我会等着她离开。"他又对瓦西娅补充道，"你的选择仍然有效。无论选择哪条路，你都会成为我的盟友。"

"你赶紧走吧。"老妇人厉声说。

令人难以置信的是，熊向她俩鞠了一躬，接着消失在黑暗中。他的仆人跟跟跄跄地跟在后面，眼中的地狱之光也熄灭了。

第十三章

雅加婆婆

夜晚的各种声音又渐渐响起来。瓦西娅的脚在水里冻得麻木了。那金色牝马深深地低下头。老妇人抿起嘴,审视着女孩儿和马。

"老婆婆,"瓦西娅小心地说,"谢谢您救了我们的命。"

"如果你就打算站在湖里一直到长出鳍来,那也随你。"老妇人答道,"如果不想,就到火边来吧。"

她僵着身子走开,去给火添柴。瓦西娅蹚着水走上岸,但那马一动不动。"你在流血。"瓦西娅对她说,弯腰去看她前腿上那道深深的伤口。

牝马的耳朵仍然贴在头上。最后她说:"其他马飞走了,而我跑开,好把吸血僵尸引开。但它们动作太快,我的腿就受伤了,飞不起来了。"

"我能帮你。"瓦西娅自告奋勇。

牝马没说话,但瓦西娅突然明白她为什么不动,明白为什么那金色的头会低下来。"你怕会再次被抓住吗？因为你受伤了？别怕。我已经把那魔法师杀了。塔玛拉也死了。"她能觉察到那老妇人在背后听自己说话，"我这里没有绳子，更没有金笼头。你要是不同意，我不会碰你的。到火边来吧。"

瓦西娅说到做到，自己走向火堆。牝马一动不动地站着，双耳的动作显出她的无所适从。老妇人站在火焰的另一边等着瓦西娅。她的头发是白色的，长相却和瓦西娅非常相似。

瓦西娅盯着她看，震惊又渴望，心里隐隐意识到什么。

森林仍然浓密，仿佛到处都有眼睛在观望。有那么一阵，万籁俱寂，然后那老妇人说："你叫什么名字？"

"瓦西丽莎·彼得罗芙娜。"瓦西娅说。

"你妈妈叫什么名字？"

"玛丽娜·伊凡诺芙娜，"瓦西娅说，"她的母亲叫塔玛拉，就是塔玛拉给火鸟套上笼头的。"

老妇人的双眼扫过瓦西娅满是伤痕的脸、剪得乱七八糟的头发和衣服，也许她还多看了几眼瓦西娅的神情。"真让我吃惊，你居然没把熊吓跑。"老妇人干巴巴地说，"你的脸太吓人了。或者他喜欢它，谁知道呢，那家伙的心思很难猜。"她的双手在颤抖。

瓦西娅什么也没说。

"塔玛拉和她妹妹都是我的女儿。在你看来，那该是很久以前的事了。"

瓦西娅知道这一点。"那您怎么还在世？"她低声说。

"我已经死了，"老妇人说，"在你出生前就死了。但这里是午夜之国。"

金色牝马踩着湖水走上岸,水花声打破寂静。她们齐刷刷地转头看向那匹马,火光残酷地照亮鞭子和马刺在她身上造成的伤疤。"你俩都够可怜的。"老妇人说。

瓦西娅说:"老婆婆,我们都需要帮助。"

"波扎尔①先来吧,"老妇人说,"她还在流血。"

"她叫波扎尔吗?"

对方耸耸肩:"有什么名字能配得上她这样的生物?我不过是这样称呼她罢了。"

***

但想帮这牝马可不容易。如果她们想碰她,她就把耳朵抿到后面;她甩尾巴时,火星如雨般落在夏日的土地上。其中有一颗火星开始燃烧,瓦西娅只好用穿靴子的脚把它踩灭。"不管受没受伤,你都是个危险的家伙。"她说。

老妇人嗤之以鼻,牝马怒目而视。但波扎尔也精疲力竭,最后瓦西娅从她的肩膀抚摩到膝盖,她只是发抖。"会痛的,"瓦西娅板着脸说,"你可别踢人。"

"这我可不能保证。"牝马说,耳朵支棱着。

她们说服牝马在两人中间站着,一直等到女孩儿把她腿上的伤口缝好,在这个过程中瓦西娅身上又多了几处擦伤。最后波扎尔全身颤抖着,一瘸一拐地逃开,逃到安全距离外才开始吃草。瓦西娅一屁股坐在火堆旁的地上,把汗湿的头发从脸上拨开,牝马的身体发出的热

---

① "波扎尔"意为"篝火"。

量已经把她的衣服烤干了。虽然距离熊出现已经过去好几个小时了，但现在仍然是深夜里最黑暗的时刻。

那老妇人的篮子里有口锅，还有盐和一些洋葱。她把手伸进湖水里抓出一条鱼，就像从自家炉子里拿面包一样自然。她开始煮汤，仿佛这并不是在午夜时分。

瓦西娅看着她。"那是您的房子吗？"她问，"那棵橡树下的房子。"

老妇人正在掏鱼的内脏，并没抬头看："曾经是。"

"那箱子是您留在那儿的吗？是为了让我去找到它？"

"是的。"老妇人说，仍然低着头。

"您知道我会——那么您就是那森林里的女巫了，"瓦西娅说，"是照顾马群的人。"她想起玛丽亚和那个古老而可怕的名字。那个童话故事中才会出现的名字不由自主地来到嘴边。她抖了一下，说："雅加婆婆，您是我的外曾祖母。"

老妇人发出短促的笑声，把手里闪着黑色光的鱼内脏扔回湖里："差不多吧，我想。不同的女巫被编排进童话，塑造出统一的形象。也许我就是那些女巫中的一个。"

"您怎么知道我在这里？"

"普鲁诺奇尼萨告诉我的。"老妇人回答，同时在瓦西娅的篮子里翻找，把找到的绿叶菜放进那口锅里。她充满野性的大眼睛在黑暗中闪闪发光，被火光映成红色。"虽说她拖得太久才告诉我，因为她想让你和那头熊见见面。"

"为什么？"

"看看你会怎么做。"

"为什么？"瓦西娅又问一次，差点儿要像个孩子一样开始诉苦。她的脚痛，肋骨痛，脸上的伤口也痛。她从未有如此强烈的感觉，觉得自己被强行塞进一个完全读不懂的童话故事中。

老妇人并没有马上回答，而是再次审视瓦西娅。她许久才说："大多数精灵不想对人类世界宣战，但他们也不想就此消亡。他们左右为难。"

瓦西娅皱起眉头："是吗？那跟我有什么关系？"

"你觉得摩罗兹科为什么要不遗余力地救你的命？是的，普鲁诺奇尼萨也把这事告诉我了。"

"我不知道为什么，"瓦西娅不由自主地提高声音，"您以为我想让他这样做吗？这纯属疯了。"

老妇人眼里倏地闪过恶意的光："是吗？我想你永远也不会知道的。"

"您不告诉我，我怎么能知道？"

"那是——不。这件事你必须自己去搞清楚，否则就这样糊涂着吧。"老妇人咧嘴笑起来，仍然是那种近乎怨恨的笑，同时她往汤里撒盐，"日子过得不轻松吧，孩子？"

"如果轻松的话，我也不会离家出走。"瓦西娅回答道，竭力保持礼貌，"我一直在黑暗里跌跌撞撞地走，已经很厌倦了。"

老妇人正在搅汤，火光中她的表情看起来很奇怪。"这里总是很黑。"她说。

瓦西娅仍然有满肚子的问题要问，但又觉得难为情，于是沉默下来，用完全不同的声音说："是您派午夜在去往莫斯科的路上等我的吧？"

"是我。"老妇人说,"我很好奇,因为我听说有个小姑娘传承了我的血脉,还牵着匹来自湖边的马。"瓦西娅想起索洛维,沉默下来。

汤煮好了。女巫为自己盛了一大碗,又给瓦西娅盛了一点儿。瓦西娅并不太想喝,因为之前她已经饱吃了顿鱼。但那汤味道很好,她慢慢地抿着喝。"老婆婆,"她问,"您的女儿们离开后,您还见过她们吗?"

雅加婆婆苍老的脸板得像石雕:"没有。她们抛弃了我。"

瓦西娅想起塔玛拉那憔悴的幽灵,不知道面前这个女人是否能阻止那可怕的后果。

"是我女儿和那魔法师合谋把火鸟强行带走的!"老妇人厉声说,就像能看穿瓦西娅的思想,"我抓不住他们,因为那牝马是世界上跑得最快的生灵。但至少我女儿受到了惩罚。"

瓦西娅说:"她是您的孩子呀。您知道那魔法师是如何对待塔玛拉的吗?"

"她罪有应得。"

"我是不是应该告诉您在她身上发生了什么事?"瓦西娅越来越生气,"还有她的勇气和绝望?还有她被关进莫斯科的内宫直到死,死后仍然离不开那里!您却袖手旁观,甚至都不试着去帮她。"

"她背叛了我。"女巫回答道,"情人和家人放在眼前,她选择了前者,把金牝马交给科谢伊。我的瓦尔瓦拉也离开了我。她先是打算取代塔玛拉,但又没那个能力。她肯定不行,她没有天眼。所以她也离开了,懦夫。"

瓦西娅一动不动,恍然大悟。

"她们两个我谁都不需要。"老妇人继续说,"我封死了所有进来的路,只除了午夜之路。那条路是我的,因为午夜婆婆是我的仆人。我要一直保护我的国度不受侵犯,直到新的继承人到来。"

"保护您的国度不受侵犯?"瓦西娅怀疑地问,"但与此同时,您的孩子陷在人类世界里,您的女儿被情人抛弃了。"

"是的,"女巫说,"她活该。"

瓦西娅什么也没说。

"但是,"老妇人接着说,声音变得柔和下来,"我现在有了一个新的继承人。我知道总有一天你会来。你能跟马交谈;你能生起火唤醒多毛沃娅;你遇到班吉尼克还能活下来。你不会背叛我。你可以住在橡树下的房子里,每个午夜我都会过来把我会的所有东西都教给你:如何控制精灵,以及如何保护你自己的人民。难道你不想学会这些吗,可怜的小东西?你的脸都烧伤了。"

"是的,"瓦西娅说,"我确实想学这些。"

老妇人坐回去,看上去很满意。

"只要我有时间学,"瓦西娅接着说,"但现在不行。那头熊还在罗斯游荡。"

老妇人怒气冲冲地说:"罗斯跟你有什么关系?他们想烧死你,对不对?他们还杀了你的马。"

"罗斯是我的家。那里有我的哥哥、姐姐,有我的外甥女,她也像我一样有天眼,那也是您的后代。"

老妇人的眼睛开始发光,令人不安:"又一个有天眼的?还是个小姑娘?我们走午夜之路过去吧,把她弄到这里来。"

"您的意思是把她偷走,把她从爱她的妈妈身边偷走?"瓦西娅倒吸一口气，"您先想想自己孩子的下场吧。"

"不，"老妇人说，"我不需要她们，那些狡猾的蛇。"她的眼神是那么疯狂。瓦西娅不知是什么在她内心播下疯狂的种子。是孤独，还是魔法？她居然如此反感自己的孩子。"你可以继承我的力量，还有我手下的精灵，外曾孙女。"

瓦西娅站起来，走过去，跪在老妇人身边。"这是我的荣幸。"她努力让声音平静下来，"黄昏时我还是个孤独的流浪者，现在我就是某人的外曾孙女了。"

老妇人僵直地坐着，茫然地望着瓦西娅，但还抱着一线希望。

"但是，"她把话说完，"是由于我，熊才被放出来的，我必须要看着他被再次封印。"

"那熊爱玩什么与你无关。他被关了那么久，你不觉得他该享受点儿阳光吗？"

"他刚才打算杀了我，"瓦西娅尖刻地说，"他玩的这个游戏总和我有关吧？"

"你不能跟他对着干。你太年轻，而你也看到了过度施放魔法有多危险。他是精灵中最聪明的那个。如果我没及时赶到，你可能已经死了。"一只枯瘦的手伸出来，抓住瓦西娅的手，"留在这里学本事吧，孩子。"

"我会的，"瓦西娅说，"我会的。如果熊被封印，我就会回来做你的继承人，认真学本领。但现在，我必须保护我的家人，您能帮我吗？"

老妇人把手抽回来，敌意逐渐盖过脸上的希望之光："我不会帮你的。这个湖泊归我管理，还有这片森林。除此之外，我对外面的世界不感兴趣。"

"您至少能告诉我严冬之王被关在哪里吧?"瓦西娅问。

老妇人大笑起来——是那种真心的大笑,同时昂起头。"你觉得他会让他弟弟就那么躺着吗,就像他忘记去淹死的小猫?"她眯起眼,"还是说你跟塔玛拉一样,在情人和家人之间选择了前者?"

"不,"瓦西娅说,"我需要他帮忙再次封印熊。您知道他在哪里吗?"虽然她努力让自己镇定,但声音还是流露出一丝急迫。

"反正不在我的王国里。"

午夜婆婆仍然站在阴影中专注地听着。雅加婆婆有三个仆人,平时都骑着马往来于白日、黄昏和午夜,故事里是这么讲的。"那么,"瓦西娅说,"我要去找他。"

"你不知道该从哪里开始找。"

"我要从午夜之国开始,"瓦西娅简短地说,又扫了一眼午夜恶魔,"当然,如果它由曾经存在的每个午夜组成,摩罗兹科肯定就被关在其中某个里面。"

"这片土地非常辽阔,你弄不懂它。"

"那您会帮我吗?"瓦西娅看着那张与自己一模一样的脸,"求您了,老婆婆,我敢说您肯定有办法的。"

女巫张开嘴,欲言又止。希望突如其来,瓦西娅的心疯狂跳动。

但随后女巫闭上嘴巴,僵硬地转过身去:"你和塔玛拉一样差劲,和瓦尔瓦拉一样糟糕,和那些邪恶的女孩儿都是一路货色。我不会帮你的,傻瓜。你这是找死,而且还不会有任何结果。你那位道貌岸然的严冬之王还不惜一切代价保护你的安全呢。"她站起来,瓦西娅也跟着站起来。

"等等,"她说,"求您了。"午夜恶魔一动不动地站在黑暗中。

那老妇人怒气冲天地说:"如果你能打消那愚蠢的念头回到这里,也许我会重新考虑。如果没有——好吧,亲生女儿都离开了我,一个外曾孙女也不算什么。"她走进黑暗中,消失不见。

第十四章

河王沃迪诺伊 ①

瓦西娅希望自己能哭出来。她灵魂中有一部分渴望亲近外曾祖母,就像老保姆去世,姐姐又很早就离她远去后,她渴望亲近自己从未见过的母亲一样。但熊仍在外面游荡,家人还在危险中,严冬之王还被囚禁着,她又怎能安心住在魔法国度里呢?

"你们真像。"一个熟悉的声音说。瓦西娅抬起头,看见午夜轻巧地从阴影中闪出来。"鲁莽,不计后果。"月光照亮精灵浅色的头发,好像一团白色的火焰,"所以,你打算去找严冬之王喽?"

"你问这个做什么?"

"好奇呗。"午夜轻快地说。

瓦西娅不信她。"你要去告诉那头熊吗?"她问。

"我为什么要告诉他?他只会对此大笑。你没法儿把摩罗兹科救

---

① 沃迪诺伊是俄罗斯民间传说中的男性水怪,常做坏事。

出来。你这是找死。"

"好吧,"瓦西娅说,"从我们上次见面的情况来看,你更盼着我死。那为什么不告诉我他在哪里呢?这样我就能死得快些。"

普鲁诺奇尼萨看上去像在忍着不笑:"我这么做也得不到什么好处。在午夜王国中,你想去某个地方可不那么容易,光知道想去哪里还不够。"

"那你是怎么在这里到处走的?"

普鲁诺奇尼萨轻声说:"在午夜,不分南北,不论东西,也没有方位之别。你必须牢牢地把目的地记在心里,然后往前走。不能在黑暗中踌躇不前,因为没有人知道要走多久才能到达想去的地方。"

"就这样吗?那为什么瓦尔瓦拉要让我先摸一下那棵小橡树?"

普鲁诺奇尼萨哼了一声:"她懂得点儿门道,但不完全在行。如果有血缘关系,走午夜之路就容易得多。血浓于水,骨肉相亲,到你自己的血亲那里去是最容易的。你只能从某棵橡树到达湖边的橡树,因为你的血缘已经比较远了。"她显出淘气的神情,"也许找到严冬之王也不会太难,小姑娘。你们之间肯定是有某种密切关系的,毕竟他那么爱你,甚至愿意为你失去自由。也许他现在就在想你呢。"

瓦西娅从没听过比这更荒谬的话,但她只是说:"我该怎样进午夜之国?"

"每天晚上那个时刻到来时,我的领域都会开放,有天眼的人就能看见。"

"很好。那我该怎么再出来呢?"

"最简单的方法嘛,睡觉。"午夜正专心地观察她,"你沉睡的心会寻找黎明。"

蘑菇爷爷从一根原木下探出脑袋。

"刚才发生了那么多激动人心的事,你当时去哪儿啦?"瓦西娅问他。

"藏起来了。"蘑菇精简洁地说,"你没死我真高兴。"他紧张地瞥午夜一眼,"但最好别去找严冬之王,你会死的,那我就白做你的盟友了。我为这个可吃了不少苦头呢。"

"我必须去,"瓦西娅说,"他为我牺牲了自己。"

她看见午夜眯起眼睛。但瓦西娅的样子极其严肃,说话的口气也不像个思春少女。

"那是他的选择,不是你的。"蘑菇爷爷说,看上去比以前更加不安。

瓦西娅没再说话,而是走到波扎尔那里,与她吃草的地方保持一段安全的距离站住,因为这马爱咬人。她问:"女士,你们都有血缘关系吗?我指您和其他那些会变成马的鸟儿。"

波扎尔烦躁地扑扇着耳朵。"当然,我们都是同族。"她说。她的腿看上去好多了。

瓦西娅深吸一口气:"那你能帮我个忙吗?"

波扎尔立刻惊恐地后退:"不准你骑我。"

瓦西娅觉得好像听见普鲁诺奇尼萨在大笑。"不,"瓦西娅说,"我不是想要骑你。我想要——你能和我一起走午夜之路吗?带我去摩罗兹科的白牝马那里可以吗?血浓于水,骨肉相亲,这是刚刚有人教我的。"

最后这句话还是拜普鲁诺奇尼萨所授,她几乎能感觉到普鲁诺奇尼萨在直勾勾地瞪着自己。

有那么一会儿波扎尔一动不动，金色的大耳朵迟疑地前后甩了一下。"我想我可以试试，"波扎尔暴躁地说，跺着脚，"这不算什么大事。但你还是不可以骑我。"

"无所谓，"瓦西娅说，"我有条肋骨断了，也骑不了马。"

蘑菇爷爷皱眉："你刚才是说……"

"难道没人夸我有常识吗？"瓦西娅问，大步走回到火堆边，"血缘能引领我走过午夜的国度，不错，但我还没蠢到会相信摩罗兹科与我之间的羁绊。我们之间的关系由谎言、渴望和半真半假的事实构成。特别是我怀疑熊可能在等着我，并打算在路上杀死我。"

从普鲁诺奇尼萨的脸上瓦西娅看出她说中了熊的计划。"就算你能找到他，"午夜婆婆恢复了常态，"你也不能救他出来。"

"走一步，看一步，"瓦西娅从篮子里抓出一把浆果递过去，"你还能告诉我点儿什么吗，午夜婆婆？"

"噢，现在开始贿赂我了吗？"但普鲁诺奇尼萨还是接过水果，低头去闻香味，"告诉你什么？"

"如果我进入午夜之国去找摩罗兹科，熊和他的仆人会跟踪我吗？"

午夜犹豫了。"不会，"她说，"他在莫斯科有不少事要做。如果你想把时间浪费在某座不可摧毁的监狱上，他会随你去做的。"她又闻闻那浆果，"但我可以给你最后一次警告：离你最近的午夜跨越的只是地理上的距离，你可以自由进出，但更远些的午夜是要穿越时间的。如果你在那里入睡，从而错过了午夜之路，你就会像露珠一样消逝，或者肉体会立刻化为尘土。"

瓦西娅抖了一下："我该怎么判断哪个近哪个远呢？"

"那不要紧。如果你想找到严冬之王,那么你成功之前,就不可以睡觉。"

她深吸一口气:"那么,我就不睡觉。"

***

瓦西娅走到湖边痛饮湖水,同时发现班吉尼克正在浅滩上愤怒地打滚。"火鸟已经回来了!她又要住在湖边了!"班吉尼克咆哮道,"这是谁也没想到的事。而且没准儿这里会再次聚起一大群马,在拂晓时从湖上飞过。现在你却要把她带走,一起去完成你那愚蠢的使命。"

"我没强迫她跟我走。"瓦西娅轻声说。

班吉尼克用尾巴狠狠抽打着水面,无声地表达自己的痛苦。

瓦西娅说:"波扎尔想回来时,她就会回来。而且如果能熬过这场灾难不死,那我也会回来,住在湖边学魔法,再寻回所有散在各处的马儿,并照顾他们,好纪念我自己的那匹,因为我是那么爱他。这样你满意吗?"

班吉尼克什么也没说。

瓦西娅转身走了。

在她身后,班吉尼克用她之前没听过的声音说:"我会记住你的许诺。"

***

瓦西娅拿起篮子,吃剩下的鱼。蘑菇爷爷在草丛里尖叫:"你要扔下我吗?"他坐在一截树桩上,眼睛在黑暗中闪着令人讨厌的绿光。

瓦西娅迟疑地说:"我可能要到离湖很远的地方去。"

蘑菇爷爷看上去已下定决心。"你去哪里，我就去哪里。"他说，"我是你这边的，还记得吗？另外，别让我碰到尘土。"

"你真会安慰人。"瓦西娅冷静地说，"为什么要站我这边？"

"熊能激怒精灵，使它们更加强大，但你能使我们更真实。我现在明白了，班吉尼克也明白了。"蘑菇爷爷看上去很骄傲，"我是你这边的，我要跟你走。没有我，你会迷路的。"

"也许我会吧，"瓦西娅微笑着说，声音中带着一丝疑惑，"你打算走着去吗？"他个头儿很小。

"是的。"说着，蘑菇爷爷大步走开。

波扎尔甩甩鬃毛。"快点儿。"她对瓦西娅说。

***

金色的牝马走进夜幕中，边走边叼几口草吃。有时她会找到一片不错的草地，于是低下头认真地咀嚼青草。瓦西娅没有催她，因为不想使她前腿上的伤口恶化，但瓦西娅心里有些焦急，因为不知道什么时候自己会开始犯困，也不知道要走上多久……

没必要去想这些，她已经决定：要么成功，要么失败。

"我从没离开过这个湖，"蘑菇爷爷一边走，一边对瓦西娅坦白，"那时候这里还有许多人类村庄。孩子们秋天来采蘑菇，晚上会梦见我。我就是这样有了生命。"

"村子？"瓦西娅问，"在湖边吗？"这时大家正走在一片奇怪的沼泽地上。她脚下是粗糙的草和泥巴，头顶长空万里，繁星低垂，发出温暖的光。那是夏日的星星。

"是的，"蘑菇爷爷说，"在魔法国度的边境线上原来是有人类村子的。有时勇敢的人类会进来寻找奇遇。"

"也许能劝说他们再次过来，"瓦西娅的热情被这个念头点燃，"这样他们就能和精灵们和平相处，远离这个世界的邪恶。"

蘑菇爷爷看上去很怀疑这一点。瓦西娅叹口气。

他们走走停停，觉得温度一会儿下降，一会儿又上升。有时他们走在岩石上，风呼啸着吹过波扎尔的耳朵；有时他们绕过池塘，看见池塘中央映着圆月，好像一颗珍珠。一切都是静止的，一切都无声无息。瓦西娅累了，但紧张的神经和在湖边房子里睡的那个长觉支撑着她走下去。

她赤着脚，把靴子系在篮子上。虽然脚很酸，但踩在地上觉得很舒服。波扎尔的身体在林间闪耀着金色和银色的光晕，她那受伤的前腿有点儿不敢着地。蘑菇爷爷仍然是个模糊的影子，从树桩爬上岩石，又攀上树。

瓦西娅希望午夜说的是对的，熊没跟踪她。但她不时回头看，有一两次不得不让牝马加快脚步。

他们穿过树木丛生的山谷，那里到处是高大的松树。她第一次产生个念头：如果用树枝铺张床在上面一觉睡到天明，该有多惬意。

瓦西娅想赶紧找点儿别的事分散下注意力，这时她意识到已经半天没见到蘑菇精那冒着绿光的眼睛了。她在黑暗中搜寻。"蘑菇爷爷。"她只敢以近似耳语的音量说话，因为不知道这地方有没有危险潜伏，"蘑菇爷爷。"

蘑菇精从她脚边的土里蹦出来，吓得波扎尔向后一跳，甚至瓦西娅都被惊到了。"你到哪儿去了？"她问他，因为害怕声调变得尖厉。

"帮个忙！"说着，蘑菇爷爷把不知什么东西塞进她手里。瓦西娅发现那是一袋食物，不是浆果和蒲公英那种从野外采集的食物，而是面包、熏鱼和一袋蜜酒[①]。"哦！"瓦西娅掰开面包，递给蘑菇爷爷一块，又递给生气的波扎尔一块，自己把第三块塞进嘴里。"你从哪儿弄来的？"她嚼着面包问他。

"那边有人。"蘑菇爷爷说。瓦西娅抬起头，看到林间隐约有火光。波扎尔向后退去，鼻孔不安地张开。"但你们不能走得再近了。"蘑菇精补充说。

"为什么不能？"瓦西娅困惑地问。

"他们在河边扎营，"蘑菇爷爷实事求是地说，"那边的沃迪诺伊想杀他们。"

"杀他们？"瓦西娅说，"怎么杀？为什么杀？"

"利用水和恐惧吧，我猜。"蘑菇爷爷说，"他还能有什么办法？至于为什么嘛，好吧，可能是熊让他做的。大多数水里的生灵都听他的话，而他的力量现在已经能影响全罗斯的精灵。我们离开这儿吧。"

瓦西娅犹豫不决。她并不是怜悯那些将在睡梦中淹死的人，而是想知道为什么那头熊想杀死这些人。他们有什么特殊之处呢？*血脉之亲使你能走过午夜之路*。那么，又是怎样的血脉关系把她带到这里来的呢？她再次从林间向外窥探。有一大片篝火，看来这营地不小。

瓦西娅听到熟悉的微弱隆隆声，就像马群匆忙踏过石块。但那不是马群。

[①] 蜜酒是用蜂蜜和水发酵成的酒。

那声音使她下定决心,她把篮子塞给蘑菇爷爷。"你们俩待在这里。"她对牝马和蘑菇精说,赤着脚冲向快要熄灭的营火发出的红光,提高声音向黑暗中大喊,"那边的人!营地里的人!醒醒!醒醒!涨水啦!"

她连跑带滑地冲下陡峭的河谷。拴在尖桩上的马群拼命挣扎想甩脱缰绳,因为他们知道危险即将来临。瓦西娅砍断系绳的尖桩,让马群向高地冲去。

一只沉重的手落在瓦西娅肩上。"来偷马的吗,小子?"问话的是个男人,他紧紧捏住瓦西娅的肩,嘴里发出大蒜和烂牙的气味。

瓦西娅挣脱开,因为那只手的接触和臭味又使她回忆起痛苦的往事,但现在危险迫在眉睫。"我偷了马能藏在哪里?帽子里吗?我救了你们的马。听,涨水了。"

那人转头去看。正在这时,一面黑色的水墙从下游竖起,迅速向他们逼近。扎营的洼地瞬间被水淹没。半睡半醒的男人在暗中到处乱跑,大呼小叫。水涨得很快,快到不符合自然规律,把人冲得东倒西歪。他们被这奇异的一幕吓呆了。

有个人大喊着发号施令。"先护着贡银!"他喊,"然后是马!"

但水涨得越来越快。有个人被洪水冲走了,接着是另一个。不少人终于跑上高地,但那个下令的人仍在水中挣扎。瓦西娅看过去,发现河王沃迪诺伊在他面前箭一般地冒出水面。

那人看不见河王,但凭借某种先于人类视觉出现的本能,他猛地后退,几乎沉下去。

"亲王?"沃迪诺伊大笑起来,笑声压过洪水,仿佛岩石在互相碾磨,"我在这里称王时,亲王们会在河边的泥里俯伏,把他们的女儿献给我求我开恩。现在，你下去吧。"

黑水涌来，把那人冲倒。

浪头打过来时，瓦西娅爬到树上避开，现在她从树丫上直接跃入急流。水以令人震惊的力量卷住她，她能从中感觉到沃迪诺伊的怒火。

她的血管里涌起某种力量。正是凭借这股力量，她曾在莫斯科徒手破开笼子。她现在不困了。

营地首领冒出头来大口喘气。人们从上方向他大喊，互相诅咒。瓦西娅扎了三个猛子穿过激流。那首领是个大块头男人，但幸运的是他还有点儿游泳技能。她抓住他的腋下，用最后一点儿力量把他托到岸上，觉得肋骨处又传来针扎般的刺痛。

那人躺在泥里张大嘴巴看着她。她能听到人们从四周聚拢过来，但她没说话，只是转身跳回水中。那男人紧紧地抓住岸边的石头，瞪着她。

***

她任自己被急流冲往下游，直到喘着粗气抓住河心的一块岩石。

"河王，"她喊道，"我想和你谈谈！"

洪水挟带着断树滚滚而来，她只好爬上岩石躲开在急流中打转的一根大树杈。

沃迪诺伊从一臂远的水里突然冒出头，咧着嘴笑。他长着满嘴尖牙，皮肤上满是黏液和河泥。闪亮如钻石的水珠从他长满疣的皮肤上滚落下来。他周围的河水冒着泡沫，沸腾着。他张开长着尖牙利齿的嘴对她吼叫。

这时候我该尖叫了吧，瓦西娅想，然后他会大笑，而我就该绝望地大声哭喊，觉得自己死定了，他则会咬住我，把我拖下去。

精灵们就是这样杀死人类的——他们让人相信自己在劫难逃。

瓦西娅尽可能镇定地说话,同时抱紧急流中的岩石:"原谅我侵入你的领地。"

想吓到河王可不容易,他猛地闭上嘴:"你是谁?"

"这无关紧要,"瓦西娅说,"你为什么要杀这些人?"汹涌的波涛拍在她的脸上,她呸呸地吐掉水,把眼睛上的水擦掉,又爬得高些。

她只能靠河王被天空衬托出来的黑乎乎的身躯和炯炯有神的双眼判断对方的位置。"我不想杀他们。"他说。

她的胳膊开始颤抖,她的体力还没完全恢复。"不想吗?"她屏住呼吸问。

"贡银,"他说,"我要淹没那些贡银。"

"贡银?为什么?"

"熊要我做的。"

"人类的银子关精灵什么事?"她喘着气。

"我也不知道。我只知道是熊命令我去做。"

"很好,"瓦西娅说,"那你成功了,河王。你现在能让水退去吗?"

沃迪诺伊不高兴地抱怨:"为什么?那些人用尘土、马匹和污垢弄脏我的河流,事前没有贡品给我,也不打招呼。最好还是让他们下去陪着那些贡银。"

"不行,"她说,"人类和精灵能在这个世界上和平共处。"

"我们不能!"沃迪诺伊厉声说,"他们不会住手的。钟声不会停息,树木会不断被砍倒,河流会不断被污染。他们仍会遗忘我们,直到一个精灵也不剩下。"

"我们能,"她坚持道,"我看得见你。你不会消亡的。"

"你一个还不够,"黑色的嘴再次咧开,露出针尖般的牙齿,"而且那熊比你强大。"

"熊又不在这里,"瓦西娅说,"而我在这里。你不能杀这些人,让水退下!"

沃迪诺伊嗒嗒地叫着,把嘴张得更大。瓦西娅没有畏缩,而是挣扎着伸出手,去摸他长满疣的脸:"听我说,冷静些,河王。"沃迪诺伊就像有生命的水,冰冷、丝滑、生机勃勃。她把他皮肤的质地记在心里。

他向后退去,合上嘴巴。"必须这样吗?"他的声音变了,听上去好像突然怕了,但在这声音中隐含着一丝痛苦的希望。瓦西娅想起外曾祖母曾说过的话:精灵并不真心愿意战斗。

瓦西娅深吸一口气。"是的,"她说,"必须这样。"

"那我会记住的,"沃迪诺伊说,同时急流中那股愤怒的力量开始慢慢消退。瓦西娅舒出一口气。"你也必须记住,海姑娘。"还没等瓦西娅问沃迪诺伊为什么要这样称呼自己,他就没入水下,发出一串汩汩声。

水面开始回落。瓦西娅爬上岸时,大河已再次变成一条泥泞的小溪。

她涉水回来时,她救的那个人正站在岸上。她浑身湿透,气喘吁吁,浑身发抖,但至少困意全消。她看见他在等着,便猛地停住脚步,强忍着才没转身就跑。

他举起手:"别害怕,小子,你救了我的命。"

瓦西娅没说话，因为她不信任他。但河就在她身后，还有黑夜、森林、午夜之路都能供她避难。她对这个男人有种本能的恐惧，但不像在莫斯科时那么强烈，因为当时在莫斯科的内宫中她无处可逃。于是她稳稳地站着，说："如果您心存感激，大人，那么请告诉我您的名字，还有来这里的目的。"

他盯着她看。瓦西娅后知后觉地意识到：他以为她是个乡下男孩儿，但她说起话来完全不像。

"我想这些事现在无关紧要了，"一阵可怕的沉默之后他说，"我叫弗拉基米尔·安德列耶维奇，是谢尔普霍夫亲王。我带着手下，要去把贡银缴纳给萨莱，献给傀儡可汗和他的权臣马迈。因为马迈开始召集军队，不收到贡银绝不会放下刀枪。但现在这笔贡银打了水漂。"

这是她的姐夫，被季米特里派去执行避免战争爆发的使命，现在却失败了。瓦西娅明白了为什么血脉①把她带到这里来，也知道了熊为什么想把贡银冲走。既然他能挑拨鞑靼人把季米特里打倒，那他何必自己动手呢？

也许还能找到贡银，但在黑暗中肯定不行。她能强迫沃迪诺伊取回它吗？她在森林和小河之间犹豫不决。

弗拉基米尔眯着眼睛打量着她。

"你是谁？"

"就算我告诉您，您也不会相信的。"她这话说得真心实意。

---

① 弗拉基米尔也是瓦西娅的表哥，但血缘关系要比她和季米特里更远些。——译者注

他用锐利的灰色眼睛注视她脸上正逐渐愈合的刀痕和瘀伤。"我没有恶意,"他说,"无论你是从哪里逃出来的,我都不会把你送回去。你想吃点儿什么吗?"

这出乎意料的善意几乎使她热泪盈眶。她意识到自己过去和现在是多么困惑和害怕,但她没有时间流泪。

"不,"她说,"谢谢您。"她已经做出决定:为一劳永逸地结束熊的恶作剧,她需要严冬之王的帮助。

于是她像黑暗中的幽灵一样逃掉了。

第十五章

更遥远陌生的国度

月亮挂在地平线上,仍然是无尽的长夜。瓦西娅赤着脚,现在感觉有点儿冷。

蘑菇爷爷从一截树桩后跳出来抓着瓦西娅的篮子,怒气冲天。"你湿透了,"他说,"还有,你真幸运有我一直看着你。如果我们和那匹马走散,跑进不同的午夜里该怎么办?你会迷路的。"

瓦西娅的牙齿打着架。"我没想到过这个,"她对小盟友说,"你真聪明。"

蘑菇爷爷看上去气消了点儿。

"我得找个地方把衣服弄干。"瓦西娅勉强说,"波扎尔呢?"

"在那儿,"蘑菇爷爷指着黑暗中的一团微光,"有我看着你俩呢。"

瓦西娅感激而真诚地对他深鞠一躬,说:"你能帮我找个地方吗?我想生堆火,还不能被人看到。"

他一边抱怨，一边按她的要求找了块地方。她生起一堆火，望着那片森林，让愤怒和恐惧，还有那团火再次充满自己的灵魂。那团火似乎一直在等待，等待被她释放出来。

念头刚一动就有火星爆出，柴火燃烧起来，同时现实世界开始在她脚下摇曳。这地方的无尽黑暗本来就已沉甸甸地压在她心头，而现在这感觉比之前还要糟上一百倍。她颤抖的手悄悄伸向衣服上的一个鼓包——多毛沃娅之前把那只木头夜莺缝在那里。她握住它，觉得一道光从浓密的林中射出，波扎尔从黑暗中现身，嘴里还嚼着欧洲蕨。她甩着鬃毛。"别再使用魔法了，傻姑娘。你会像那老太太一样发疯的。这比你想象的要容易，你会在午夜之国里迷失自己。"她的耳朵轻快地拍打着，"如果你发疯了，我就把你扔在这儿。"

"求你别。我会尽量不发疯。"瓦西娅用沙哑的嗓音说。牝马嗤之以鼻，走开去吃草。瓦西娅脱下湿衣服开始烤，无聊地等待。

她现在多么想睡觉，多么想在阳光下醒来，但她不能。于是她一丝不挂地站着，走来走去，掐着自己的胳膊并走到远离火堆的地方，以此来赶走睡意。

她站在那里，惦记着衣服是不是足够干燥，可以保暖，能让自己不冻僵。这时她听到波扎尔长嘶一声，于是转过身，看到午夜那匹黑得在夜里辨认不出来的马走进火光中。

"你把你的骑手带到这里，是想让她多提些建议吗？"瓦西娅问他，口气有点儿不善。

"别傻了，"波扎尔对瓦西娅说，"是我召唤他来的。他叫弗隆。"她顽皮地看那黑马一眼，后者顺从地舔舔嘴唇。"那只天鹅的位置比我想的要远，弗隆比我更清楚如何才能找到她。他对这里的道路更熟悉。我到处游荡，已经很累啦，特别是还要一直看着你。这对我来说是很难的。以这个速度走，到目的地之前你就会睡着。"她的两只耳朵指向瓦西娅，"你曾两次救了我的命：一次在莫斯科，一次在湖边。现在我也救了你两次啦，我们的账清了。"

"是的。"一股感激的热流涌上瓦西娅的心头，她鞠了一躬。

午夜恶魔跟在她的马身后走进火光中，看上去很是厌烦。瓦西娅懂得那种表情，因为当索洛维纠缠着她非要做什么事时，她自己也会摆出同样的一副臭脸。她几乎笑出声来。

"波扎尔，"午夜说，"我还有事要办，离这里挺远的，我不能——"

"因为自己的马不理我而迟到？"瓦西娅插嘴。午夜恨恨地看她一眼。

"好吧，那你现在就帮帮我吧，"瓦西娅说，"这样你还能早些去办自己的事。"黑马转动他厚重的耳朵。波扎尔看上去很不耐烦。"来吧，"她说，"这黑暗一开始还很有趣，但现在我受够了。"

午夜脸上出现一点儿不情愿的幽默："你希望做什么呢，瓦西丽莎·彼得罗芙娜？你是不可能救出他来的。他被囚禁在记忆、地点和时光之中。"

瓦西娅简直不敢相信："难道我是那么虚荣的人吗？竟会以为严冬之王会因为我把自己永远囚禁起来吗？他又不是童话里笨到极点的王子。而且天知道，我也不是美丽的叶莲娜。他一定有他的原因，也知道如何摆脱困境，这就意味着我能救他。"

午夜把头歪到一边："我之前以为你是糊涂了，所以才冒险深入我的领域。但我猜错了，对吧？"

"是的。"瓦西娅说。

现在午夜恶魔看起来很顺从。"最好穿上你的靴子。"她挑剔地打量着瓦西娅半干的衣服,"接下来的路会很冷。"

***

气温确实在降低。在不同的午夜中来回穿梭时瓦西娅首先感到了这一点,因为她能感觉到冰晶在靴子下碎裂。夏日的苍翠逐渐退去,露出泥土,景色荒凉。星光更加刺眼,好像宝剑的锋芒在流云间忽隐忽现。夏天树叶那柔和的沙沙声变成干涩的咯咯声。然后树叶落尽,只剩下光秃秃的树干指向天空。最后在两个午夜之间,瓦西娅踩碎了一层湿漉漉的雪壳。蘑菇爷爷突然停下来:"我不能再往前走了,我会枯萎的。"他惊恐地看着白雪。

瓦西娅跪在蘑菇精面前:"你能一个人回湖边去吗?我必须继续往前走。"

他看起来很可怜,令人讨厌的绿光在颤动:"我可以回到湖边,但我答应过你。"

"你已经履行了诺言。你为我找到食物,又在洪水后把我找回来。"她摸摸他的头,又从篮子里拿出块面包递给他。突然灵光一闪,她说:"也许你可以同其他精灵谈谈,告诉他们我……"

蘑菇爷爷快活起来。"我知道该跟他们说什么。"他说。

这有点儿令人担忧。她张开嘴,想了想。"好吧,"她说,"但是——"

"你确定不会再回湖边去了吗?"蘑菇爷爷说,憎恶地盯着积雪,"这里又黑又冷,地面还很硬。"

"现在我还不能回去,"瓦西娅说,"但总有一天。当这一切都结束时，也许你可以指给我看鸡油菌长在哪里。"

"很好。"蘑菇爷爷悲伤地说，"如果有人问起，你不介意告诉他们说我是第一个吧？"接着他消失了，甚至没再回头看一眼。

瓦西娅直起身凝视前方，那是冬天的午夜：寒冷的杂树林、冰封的河流……也许黑暗中还潜伏着某些危险。刺骨的寒风刮过，还披着夏天皮毛的波扎尔甩甩尾巴，耳朵耷拉下来。

"我们现在走到你的王国的腹地了吧？"瓦西娅问普鲁诺奇尼萨。

"是的，"她说，"这里是冬天的午夜，而我们出发时还是夏天呢。"

"多毛沃娅说如果换季的话，"瓦西娅说，"我就回不去了。"

"在湖周围的土地上是这样，"普鲁诺奇尼萨回答，"但这里是午夜之国。在这里，你能随心所欲地去任何地方、任何季节。但是一旦开始走，你就不能睡觉。"

"那我们继续走吧。"瓦西娅说，扫了一眼仿佛被冻住的天空。

她们继续沉默地走下去。偶尔会有一声响，那是波扎尔的蹄子踩到雪下的岩石，但也仅此而已。她们像幽灵一样走在这静谧的土地上。

上一刻她们可能还在黑暗中行走，头上的云彩被撕成一条条的；但下一刻月光就倾泻下来，几乎晃花瓦西娅已适应了黑夜的双眼。狂风吹来，撕扯她的头发。她们越走越觉得冷，四周也越荒凉。雪花刺痛了她的脸。

有一次普鲁诺奇尼萨突然说："如果你曾试图利用和严冬之王的羁绊，很快就会迷路并死去。你是对的，凡人与永生者之间的关系变化无常,况且你们互相还隐瞒了不少事。但我从没想到马身上的羁绊,熊也一样。"

瓦西娅说:"我和严冬之王之间根本没有什么羁绊。那条项链已经被毁了。"

"没有吗?"午夜好像觉得她的话很有趣。

"有过的只是无谓的渴望,"瓦西娅坚持,"我并不爱他。"

午夜对此不做任何评价。

瓦西娅希望她们能别走那么快,因为她开始瞥见远处有东西,看见高山顶上那些正在过节的城市,清楚地听到火把照耀下狂欢的人群在开心地尖叫。

"那边是更遥远、更陌生的城市,"午夜说,"你得在黑暗里走很久才能到达那里。也许其中有些城市你根本没法儿走到,因为你的灵魂无法理解它们。有些地方并不属于你一生中能度过的午夜,它们处于你最早的先祖刚刚出生,或是你最远的后裔即将死去的那个时代。即使是我也不能抵达所有的城市,所以我知道自己总有一天会消逝。这世界存续的时间内,并不是每个午夜都归我管辖。"

瓦西娅内心深处感到有些激动。"我想看看你的国度会延伸到哪里,"她说,"在陌生的城市里大吃大喝,在婚礼前的浴室里掰开面包,或是看着明月从海面升起。"

午夜斜眼看她:"你是个奇怪的姑娘,总是渴望冒险。但你要做的事还有不少,之后你才有可能考虑在午夜王国和别的什么地方旅行。"

"可是我也要为未来做打算呀,"瓦西娅回答,"这样会提醒我:现在这些事终究会有个尽头。总有一天我会再次见到哥哥阿廖沙和妹妹伊丽娜，也会有自己的家，有自己的容身之处，知道自己要做什么，而那就是胜利。如果没有未来，当下也就没有意义。"

"我不知道，"午夜说，"永生者没有未来，只有当下。这是我们的福气，也是最大的诅咒。"

气温稳步下降。瓦西娅开始发抖。冷若冰霜的硕大星星挂在头上，光秃秃的树枝上面是明净的天空。现在她每走一步都会踩穿厚厚的积雪。瓦西娅跌跌撞撞地走着，疲劳使她头昏目眩，只有恐惧才能使她保持清醒。

最后弗隆和波扎尔停下脚步。前方有条窄窄的小溪，水面上覆盖着蓝色的冰，溪对面是座围着栅栏的小村庄。这是个非常晴朗的冬夜，头上的繁星仿佛从桶中不小心溅出的水花。

村里的房子没有烟囱，烟从屋顶上挖开的洞中飘出去。房屋檐下没有彩绘，但有雕花。低矮简陋的围墙只能圈住牛和孩子，无法把强盗挡在外面。最奇怪的是村里没有教堂。瓦西娅这辈子还没见过哪个有人烟的地方没有教堂，这就好像活人没有脑袋一样。"我们这是到了哪儿？"她问。

"这就是你要找的地方。"

第十六章

严冬之王的锁链

"摩罗兹科在这里吗?"瓦西娅问,"这里就是关着霜魔的监狱吗?"

"是的。"午夜说。

瓦西娅看看那小村子。这里有什么东西能困住严冬之王?"那白马在附近吗?"她问波扎尔。

牝马抬起金色的头颅。"是的,"她说,"但她很害怕。她已在黑暗中等了他好久。我要去找她,她需要我。"

"很好。"瓦西娅说,把一只手放在波扎尔的脖子上,而后者居然没张口就咬,"谢谢你。如果你见到白马就告诉她,我要试着救他。"

波扎尔跺跺脚说:"我会告诉她的。"她转身跑了,蹄子踩过的地方的积雪开始融化。她前腿上的伤口已经快愈合了。

"谢谢你。"瓦西娅对普鲁诺奇尼萨说。

"你这是自寻死路,瓦西丽莎·彼得罗芙娜。"午夜说,但听上去不那么确定。她的黑马拱起脖子温柔地吹气。她搔着他的马肩隆,皱起眉头。

"即便如此,"瓦西娅说,"我也要谢谢你。"她开始艰难地向村子走去,能感到午夜在目送她。就在她们之间的距离快要超过她的听力范围时,午夜好像再也忍不住一样喊起来:"去那间大房子!但别告诉任何人你是谁。"

瓦西娅回头看,向她点点头,继续向前走。

瓦西娅之前想象过摩罗兹科的囚牢,觉得它可能会像那头熊待过的林间空地一样,或者也许是座锁起来的塔楼,门前有守卫站岗,而他就像公主一样待在塔尖上。她觉得那至少该是夏天的某个地方,因为在夏天他的力量最虚弱。但这不过是个小村子,而且季节还是冬天。花园在积雪下沉睡,家畜在温暖的马厩和牛棚里打瞌睡。村中央一座孤零零的房子里面传出喧闹声,还有火光照出来。炊烟从房顶的洞里冒出,她能闻到烤肉味。

摩罗兹科怎么会在这里呢?

瓦西娅爬过栅栏,蹑手蹑脚地向那座大房子走去。

她走近房子时,院子里新积的雪抖动起来,有个精灵出现在她面前。瓦西娅猛地停步。那是庭院守卫德沃罗伊[a]。像所有她见过的德沃罗伊一样,他的个头儿不小,几乎同她一样高,眼神凶狠。

瓦西娅谨慎而尊敬地鞠了一躬。

---

a. 德沃罗伊是俄罗斯民间传说中的庭院守卫,现在称为"看门人"。

"陌生人，你来这里做什么？"他咆哮道。

她口干舌燥，但还是勉强说："老大爷，我是来参加宴会的。"这不能算是说谎。她饿得很，蘑菇爷爷那次从营地偷到食物好像已经是很久之前的事了。

沉默。而后德沃罗伊说："你走这么远就是为了来吃一顿？"

"我也是为了严冬之王来的。"她低声承认。宅神很难欺骗，尝试这样做是很不明智的。

德沃罗伊上下打量她，她屏住呼吸。"那就走那扇门吧。"他简洁地说，再次消失在雪下。

就这么简单吗？不可能。但瓦西娅还是向那扇门走去。她曾经喜欢宴会，但现在她只觉得它太吵，而且到处都是烟味。她低头看着自己的手，觉得那好像不是自己身体的一部分，随后意识到它们在抖。

她鼓起勇气走上台阶，道道灯光映在脚下。有条狗开始狂吠，又有一条，两条，三条，所有的狗开始一起叫。下一刻门嘎吱嘎吱地开了。

但出来的不是男人（也不像瓦西娅之前害怕的那样的几个带着刀的男人），而是个女人，只有她一个人。带烟味的温暖空气和浓郁的饭菜香跟她一起挤出来。

瓦西娅一动不动地站着，拼命控制自己不逃进阴影里去。

那女人的头发是漂亮的青铜色，双眼像琥珀珠子，个头儿和瓦西娅差不多。她的脖子、手腕、耳朵和腰带上都佩着金饰，发辫上还编着金丝。

瓦西娅知道自己在这女人眼里是什么样的：漫漫长夜使她双眼充血，嘴唇因寒冷和恐惧而颤抖，结霜的衣服窸窣直响。她尽量让自己看起来神志清楚："愿上帝与你同在。"但她的声音嘶哑而且微弱。

"多毛沃伊说我们有客人来了。"那女人说,"你是谁,陌生人?"

多毛沃伊?她能听见?"我是个旅行者。"瓦西娅说,"我来这里乞求一顿饭吃,还有一张床过夜。"

"一个姑娘家在冬至夜独自旅行?还穿成这个样子?"

瓦西娅还穿着男装,于是她小心地说:"这世道,女人独自旅行很艰难,穿男装会安全些。"

那女人的眉头皱得更紧:"你没带武器,没背行李,也没骑马。你穿成这样,在户外连一晚上都过不了。你从哪里来的,姑娘?"

"从森林里来,"瓦西娅边说边编,"我掉进河里,所有东西都丢了。"

这接近事实了。女人皱起眉头。"那为什么……"她停了停,"你有天眼吗?"她的声音变了,突然间她仿佛又害怕又热切。

瓦西娅明白她的意思。别告诉任何人你是谁。"没有。"她马上说。

热切的光芒从那女人的眼睛里消失。她叹口气:"唉,我盼望的东西太多了。来吧,贵族和他们的仆人会从四面八方赶到这里,没人会注意你。你可以在厅里吃饭,还能有个暖和的地方睡觉。"

"谢谢。"瓦西娅说。

茶色头发的女人打开门。"我叫叶莲娜·托米斯拉芙娜,"她说,"这里的领主是我的兄弟。来吧。"

瓦西娅跟着她走进去,心怦怦直跳,同时感觉到德沃罗伊在背后目送自己。

***

叶莲娜拉住一个女仆,两人讲了几句话;瓦西娅只能听见叶莲娜说:"到我们客人那儿去。"老女仆的脸上显出奇怪的同情神色。

女仆催瓦西娅进了地下室,那里到处是箱子、成捆的东西和酒桶。女仆一边到处翻找,一边喃喃自语。"在这里没人能伤害你的,可怜的姑娘。"她说,"把那些衣服脱下来,我给你找些你该穿的衣服。"

瓦西娅想反对,但仔细想想,意识到这样做可能会被赶出去。"听您的,老婆婆,"她开始脱衣服,"但我还想留着这些旧的。"

"好吧,当然可以,"老女仆亲切地说,"节俭是个好习惯。"看到瓦西娅的瘀伤,她咯咯笑了,"是你男人还是你爸爸弄的?我不关心。勇敢的姑娘,女扮男装逃出来。"她把瓦西娅带伤的脸转向亮处,怀疑地皱起眉头,"如果你能留下来好好干活儿,主人也许会给你准备一份微薄的嫁妆,这样你可能会再嫁个男人。"

瓦西娅哭笑不得。女仆把粗亚麻布的内衣套在她头上——那块布松松地垂下来,再用腰带系好。最后瓦西娅穿上树皮鞋。女仆拍拍她剪得狗啃一样的黑发,取出一块方头巾:"你是怎么想的,孩子,把头发都剪了?"

"路上我扮成男孩儿,"瓦西娅提醒对方,"这样更安全。"她把木雕夜莺偷偷塞进内衣里。衣服上有洋葱和之前穿过它的人的味道,但它们很温暖。

"进大厅去吧,"女仆怜悯地说,"我会给你找点儿东西吃。"

***

首先扑面而来的是宴会的味道：汗味、蜜酒味和烤肥肉的香气。狭长的大厅中央有个填着煤的大深坑，肥肉就被架在上面烤。房间里挤满服饰华丽的人，他们身上挂着的铜或金的装饰品在烟雾中闪着光。热气上升，从屋顶中央的洞里冒出去，空气不断颤动。黑暗中唯一还闪烁的星星被上升的烟雾遮住。仆人们提着装满刚出炉的面包的篮子来回走，面包上还盖着雪粉。瓦西娅四处张望，差点儿被一只母猎犬绊倒。后者咆哮着带着她的幼仔退到角落里，嘴里还叼着一根骨头。

女仆把瓦西娅推到一张长凳上坐下。"待在这儿，"她取来一条面包和一个杯子，"随便吃，贵人也可以让你随便看。宴会要开到天亮才结束。"她似乎注意到女孩儿的紧张神情，便和蔼地补充道，"你不会受到伤害的。你很快就会有活儿干。"说完她就走了。瓦西娅被独自留下和她的晚饭待在一起，脑子里全是问号。

"他想要的是主人的妹妹。"一个男人对另一个说。他们匆匆走过，踩在那母猎犬正在照顾的某只小狗身上。

"胡说，"他的同伴用沉重而有分寸的声音说，"她要嫁人了，他不会放弃她，即使对方是严冬之王也一样。"

"他没得选。"第一个人意味深长地说。

瓦西娅想：这么说，摩罗兹科也在这里喽。她皱着眉头把面包塞进袖子里，而后站起来。她已经填饱了肚子，心情放松。喝下去的酒使她的血液温暖起来。

没人注意到她站了起来，甚至没人向她这边看。他们为什么要往这边看呢？

就在这时，人群中出现一道空隙，她朝火坑边看了一眼。

摩罗兹科在那儿。

她屏住呼吸。

她想：他不是囚犯。

他坐的是火边最好的位置，火光给他的脸镀上金色，在他的黑色鬈发上投下耀眼的金光。他穿得像位大公：硬挺的外套和衬衫上满是刺绣，袖口和领子上镶着毛皮。他们的目光相遇。

但他的脸色没变，也没显出认出她的样子，而是转过头去，和坐在他身边的人讲话。人群间的缝隙重又合拢，同它之前出现时一样快。瓦西娅浑身发抖，伸直脖子去看，却再也看不见了。

如果没有人强迫，他为什么要待在这里？

他刚才真的没认出她吗？

地板上那条母狗又开始低吠。瓦西娅被人群挤得离墙越来越近，同时注意尽量不踩到那只动物。"你就不能找个安静点儿的地方喂你的小狗吗？"她问那条狗，接着就有个醉鬼撞到她身上。

瓦西娅身子一歪撞在墙上，吓得母狗汪汪大叫。那人把她压在被烟熏黑的木墙上，笨拙地在她身上乱摸。"啊，你的眼睛好像傍晚的绿池塘，"他含糊地说，"但你的女主人不让你吃饱饭吗？"

他用一根粗笨的食指戳她的乳房，弯下腰，张着嘴吻下来。

瓦西娅感到心跳加快，胸膛猛烈地震动。她一言不发地全力一撞，不顾肋骨仍然疼痛，从那人与墙之间挤了出去。

她正打算钻进人群中，但那人回过神来，抓住她的胳膊，把她拖回来。他不笑了，脸上的表情说明他的自尊心受到了伤害。他们周围的所有人都扭过头来看。"你这样对待我？"他说，"还是在冬至晚上！什么样的男人会要你，青蛙嘴的小黄鼠狼？"他看上去很狡猾，"你去吧。那边的高桌上，有人要加蜜酒。"

瓦西娅没说话，开始回忆那团火。火坑里的火苗蹿起来，烧得木柴噼啪作响。那些离火最近的人往后退，好躲开热浪。人群挨挨挤挤，不停涌动，挤得那人失去平衡，于是他松开手。瓦西娅挣脱他的手挤进人群，人群散发出的热气和恶臭使她恶心。她昏昏沉沉地向门口走去，跌跌撞撞地走进黑夜中。

她在雪地里站了很久，大口呼吸。夜色清朗，寒风刺骨。最后她平静下来，不想再回屋去了。

但摩罗兹科还被囚禁在那里。她必须走得更近些，必须搞清楚是什么囚禁了他。

她想：也许那男人是对的，还有人会比端着酒的女仆更容易接近严冬之王吗？

她吸进最后一口冰冷的空气。冬天的气息似乎萦绕在她身边，像一个承诺。

她一头扎进屋里那乱纷纷的人群中。她穿得像个女仆，很容易就拿到了一个葡萄酒囊。她小心地举着它，紧张得要命。她悄悄穿过大厅里拥挤的人群，来到中央的火坑边。

严冬之王坐在离火最近的地方。

瓦西娅屏住呼吸。

摩罗兹科没戴帽子，火光为他的黑发镀上金色。

他的眼睛深不见底，是漂亮的蓝色。但当他们的眼神相接时，他仍没认出她。

他的眼睛很年轻。年轻？

瓦西娅上次在莫斯科那个燃烧的人间地狱见到他时，他脆弱得像一片雪花，眼神让人难以置信地苍老。她当时求他召唤雪来。他照办了，然后在黎明时分消逝。

他最后的话是不情愿的表白：我尽我所能地爱着你。她永远不会忘记他当时的样子。他的眼神和双手铭刻在她的记忆中。

但没有铭刻在他的记忆中，岁月的痕迹已经从他眼中消失了。

她从前并不知道那些岁月的重量，直至她看到它逝去。

他漫不经心地瞥了瓦西娅一眼，目光又飘向别处，盯着身边的女人，眼神炽热。叶莲娜脸上的神情混杂着恐惧，还有别的什么东西。她很美，手腕和脖子上的金饰在火光中没精打采地闪着光。瓦西娅看着摩罗兹科低下头，在叶莲娜耳边低语。她靠过去听他说话。他的黑发乱蓬蓬的。

是什么能囚禁严冬之王呢？瓦西娅想。她突然生起气来。

爱情？肉欲？这就是他待在这儿，任由全罗斯陷入危险的原因吗？一个金发女人？显然他是心甘情愿待在这里的。可是罗斯陷入险境，是因为摩罗兹科用自由换取她的生命，把她从火里救出来。他为什么要这样做？为什么？而且他怎么能把这些事都忘掉呢？

她想：如果我想囚禁某人直到末世，最好的办法难道不是消灭他越狱的意愿吗？在这个地方，在这个午夜，人们能看见他。他们怕他，又爱他，两种感情兼而有之。他还需要什么呢？他这一生中还需要过什么呢？

所有这些念头飞快掠过她的脑海，瓦西娅回过神来，向严冬之王和叶莲娜坐的地方走去，同时把酒囊像盾牌一样举在身前。

霜魔又向那个女人弯下腰，低声在她耳边说话。

有个男人突然伸手去摸剑柄,吸引了瓦西娅的注意力。他正从火坑对面盯着这对男女,黑色的大眼睛里饱含痛苦。他衣服上的刺绣和饰品说明他是个贵族。瓦西娅看过去时,他的手指又慢慢地、一根根地放松,最后离开了剑柄。

瓦西娅不明白这个动作是什么意思。

她木然地走近严冬之王和那个女人。如果她是真正的女仆,就应该垂下眼睛,倒满杯子再匆匆跑开;她却大大方方地向他们走去,同时盯着霜魔的眼睛。

他抬头看着她走过来,好像很感兴趣。

瓦西娅在最后一秒垂下眼睛,用手里的酒囊注满两人的杯子。

一只细长、冰冷、熟悉的手抓住瓦西娅的手腕,她猛地往回一抽,蜜酒洒了两人一身。

叶莲娜勉强来得及侧身,免得酒洒在长袍上,她认出了瓦西娅。"回去吧,"她对瓦西娅说,"你不必伺候我们,姑娘。"在瓦西娅看来,她的话里暗含警告:年轻骄傲的摩罗兹科是个危险人物,可以随意杀人。

她猛地挣开他的手,他没再试着去拉她。她现在能确定他不认识自己。无论他们之间有过什么样的羁绊、欲望或纠结的激情,现在都已成过眼云烟。

"原谅我,"瓦西娅对叶莲娜说,"我只是想回报您的盛情款待。"

瓦西娅仍盯着霜魔的眼睛。他不慌不忙地一寸寸看过她的头发、脸庞和身体,目光中毫无赞赏之意。她觉得自己脸红了。

"我不认识你。"摩罗兹科说。

"我知道。"瓦西娅说。叶莲娜身体僵直,也许是因为瓦西娅的话,也许是因为她讲话的腔调。摩罗兹科看看瓦西娅的胳膊,她也看过去,发现他看的是那些白色的痕迹,那是他之前接触过的地方。"你是来求我帮忙的吗?"他问。

"您愿意帮吗?"瓦西娅问。

叶莲娜急急地大声说:"小傻瓜,走吧。"

霜魔的眼神仍没表现出分毫情感波动,但他伸出一根手指,摸摸她的手腕内侧。瓦西娅觉得心跳加快,但只快了一点儿。她见过生死和其他许多事情,但她的心跳从未失常过。

摩罗兹科冷冷地看着她。"说吧。"他说。

"跟我来吧,"瓦西娅说,"我的人民需要您。"

叶莲娜的脸上出现恐惧和震惊的神情。

他只是大笑:"我的人民在这里。"

"是的,"她说,"但别处也有,您忘记了。"

冰冷的手指突然放开她:"我什么也没忘记。"

瓦西娅说:"如果我撒谎,严冬之王,那么我怎敢冒着生命危险在冬至这天来到大厅里,来到您面前?"

"你为什么不怕我?"他不再碰她,但有股冰冷的风搅动大厅里的空气。火光变为蓝色,谈话声低下来。

叶莲娜抱着胳膊。人群以他们为中心渐渐安静下来,好像一圈涟漪自内向外扩散。瓦西娅几乎笑起来。以为这个就会吓住她吗?用蓝色的火吗?她已经历了那么多苦难。

"我不怕死。"她说。她不怕。她走过那条联结生与死的路。在寒冷的寂静中,在漫天的星辰中,没有什么能吓到她。只有活着,才会受苦。"我为什么要怕您?"

他眯起眼睛。瓦西娅意识到火旁已是一片寂静,就像鹰隼飞过时小鸟们就闭上嘴巴。"是啊,为什么呢?"摩罗兹科凝视着她,"无知才会勇敢,因为他们不明白。走开吧,姑娘,你的女主人刚才命令过你了。我会钦佩你的勇气,忘记你的愚蠢。"他转过身去。

叶莲娜松了口气,看上去既失望,又解脱。

瓦西娅不知道该做什么,于是溜回人群中,觉得手上黏糊糊的全是蜜酒,腕子上他碰过的地方感到刺痛。她怎样才能恢复他的记忆呢?

"她让您不高兴了吗,大人?"瓦西娅听到叶莲娜问,声音中有好奇,也有谴责。

"没有,"霜魔说,"我从没见过不怕我的人。"她能感到他正目送自己离开。

瓦西娅走进人群,所过之处人人避让,好像她突然患上了某种传染病。那老女仆从后面推搡着她,抓住她的手肘,抢过那只酒囊,在她耳边低吼:"疯子,你是怎么想的?敢这样跟严冬之王说话?那位女士为他倒酒,吸引他的注意,这是她的职责。你知道那些引起他注意的女孩儿会是什么下场吗?"

瓦西娅突然觉得好冷,问:"什么下场?"

"你知道,他可能已经选中你了。"叶莲娜站起来时那老女仆咕哝说。叶莲娜脸色苍白,但很镇定。

死寂。

血流涌动,敲击瓦西娅的耳膜。在童话里,父亲带女儿们进入森林,把她们留在那里,成为严冬之王的新娘。严冬之王会把其中一个送回家,还附赠嫁妆。

然后,他杀了另一个。

"他们曾把处女掐死在雪地里,来换取我的赐福。"摩罗兹科曾这样说。

曾经?还是现在?这是何时的午夜?瓦西娅听过那个童话,但她从未想象过这种情景:一个女人远离族人,霜魔消失在森林里。

他消失,但并不是独自一人。

他曾经靠献祭滋养自己。

摩罗兹科和梅德韦季曾是一样的人,她想,觉得嘴唇冰凉。严冬之王脸上露出明明白白的喜色,就像鹰把兔子撕碎时眼中流露出的饥渴。他站起来,拉起那女人的手。

周围的气氛又开始紧张起来。

有声音划破寂静,那是宝剑出鞘的长吟,人们转过头。是那个黑眼睛男人,他一直握着剑柄,脸上是毫不遮掩的痛苦之色。

"不,"他说,"带走另一个吧,你不能带走她。"不少人试着把他拉回来,但他挣脱他们的手猛冲过去,疯狂地向严冬之王挥出一剑。

摩罗兹科没有武器,但那无关紧要。剑落下来时他空手抓住它,一扭一转,它就当啷一声落在地上,表面覆盖着一层冰霜。叶莲娜叫起来,黑眼睛男人的脸色突然变得苍白。

水像鲜血一样从摩罗兹科手上流下来,但瞬间霜花就爬过他手上被割伤的地方,将伤口封住。

严冬之王轻声说:"大胆。"

叶莲娜双膝跪下。"求您了,"她恳求道,"别伤害他。"

"别带她走,"那男人空手面对严冬之王,请求道,"我们需要她。我需要她。"

死寂。

摩罗兹科皱起眉头,好像犹豫了。

就在这时,瓦西娅大步走进中间的那块空地。她的头巾已经落下来,所有人都转过头来看她。

她说:"让他们走吧,严冬之王。"

她想起自己曾在莫斯科的泥泞中走向自己的死亡终点,痛苦的记忆使她的声音听上去怒气冲冲:"这就是你的力量吗?在冬至当天把女人从她们父亲的大厅里带走?你还要杀死她们的情人,就因为他们试图阻止你?"她的声音传遍大厅,愤怒的叫声四起,但没人敢闯进那块祭祀的场所——离火坑最近的地方。

叶莲娜悄悄伸出手,抓住那男人的手,用力到指关节发白。"我的主人,"她喘着气,"那不过是个傻姑娘,脑子有毛病。她是个冬至之夜在雪地里乞讨的叫花子。别管她,我愿为族人献祭。"但她没松开那男人的手。

摩罗兹科正看着瓦西娅。"这姑娘不这么想。"他说。

"是的,我不这么想,"瓦西娅厉声说,"选我吧。然后带着你的祭品走,如果你能的话。"

大厅里所有人都吓得不敢出声,但摩罗兹科哈哈大笑,不羁而狂野的笑声与那头熊是如此相似。瓦西娅不由得后退一步,他眼中显出漫不经心的欢喜。"那过来吧。"他说。

她没动。

他死死地盯着她的眼睛:"你想打架吗,小姑娘?"

"是的，"瓦西娅说，"如果你想要我的血，就自己来取。"

"为什么呢？这里还有一个在等着我，还比你漂亮。"

瓦西娅微笑。他那种自信像在挑衅，使她的灵魂不由自主地想要应战。"那又有什么意思呢，严冬之王？"她问。

"非常好。"说着，他抽刀刺出。他行动时刀映着火光，闪出一串摇曳的火花。那刀刃好像是冰做的。

瓦西娅后退，盯着那武器。摩罗兹科曾送给瓦西娅一把刀（那是她的第一把刀），还教她如何使用。他的招数已经铭刻在她的意识中，但那种耐心的教学套路同现在的实战技巧完全不同。

她从某个围观者的腰带上扯下一把刀。那人大张着嘴看她，说不出话来。刀柄很短，凡人的朴素铁器对抗严冬之王那闪烁的冰刃。

瓦西娅躲过摩罗兹科的一击，闪到火坑对面，同时诅咒自己脚下那双粗糙的鞋子。她踢掉它们，光脚踩在冰冷的地板上。

人群静下来，看着他们。

"为什么招惹我？"他问她，"你就这么急着找死吗？"

"你自己判断吧。"瓦西娅低声说。

他说："那是为什么？"

"因为我自以为了解你。"

他板起脸再次出招，速度更快。她险险躲开。他的刀攻破她的防守，擦伤她的肩膀。她的袖子破了，血顺着胳膊流下来。她根本不是他的对手，但她也不需要真的与他斗，她只想以某种方式唤醒他的记忆。

人群沉默地围着她，好像狼群围着鹿。

瓦西娅闻到自己身上的血腥味，意识到这出戏对他们来说是真实的。但她总感觉这就像童话故事,像遥远国度里的一场游戏。也许他永远也不会想起她,也许他会杀了她。午夜早就知道会发生这种事。好吧,瓦西娅冷酷地想,我毕竟是个祭品。

但她还没有放弃。怒气充满她的心。她突然攻破他的防线反击,用刀划过他的肋骨。冰冷的水从伤口流出,惊奇的情绪在人群中无声地涌动。

他后退:"你是谁?"

"我是个女巫。"血顺着她的手往下流,她无法握紧手中的刀,"我在冬至时采过雪花莲;我曾自己选择死亡;我曾为一只夜莺哭泣;但现在我已看不清未来。"她用刀的横柄架住他的刀,两人近在咫尺,"我的主人,我穿越三九二十七个王国才找到您,但我发现您已经忘了家园,把之前的事都抛在脑后。"

她感觉到他的犹豫不决,某些比记忆更深刻的东西从他眼中闪过。那可能是恐惧。

"记住我,"瓦西娅说,"你曾命令我记住你。"

"我是严冬之王,"他野蛮地说,"我要小姑娘的回忆有什么用?"他又出招,这次是动了真格的。他压下她的刀,攻破她的防守,切断她的手筋。"我不认识你。"他坚不可摧,就像距化冻还有很久的冬天。他的话使她明白自己还是失败了。

他盯着她的脸。血顺着她的指尖流下来。她忘记火焰不是蓝色的,刹那间火苗变成明亮的金色。所有人大喊起来。

"你能想起我,"她说,"如果你试一下的话。"她用鲜血淋漓的手去碰他。

他犹豫不定。她能发誓他在犹豫,但仅此而已。她的手落下来。

熊赢了。

阵阵黑雾悄悄从她视野的边缘弥漫开。她的手腕伤得很深,手已经不听使唤,血滴在地板上。

"我来找你,"她说,"但如果你想不起我的话,那我就输了。"她的耳中有人在咆哮,"如果你能再见到你的马,请把我的下场告诉她。"她摇晃着倒下,渐渐失去知觉。

她摔倒之前他接住她。在他冰冷的手中,她想起那条有去无回的路,那条在星空下穿过森林的路。她可以发誓自己听到他在轻声诅咒,接着感觉到他把自己横抱起来。

他抱着她,大步走出宴会大厅。

第十七章

回忆

她其实没有昏过去,只是觉得世界灰暗下来,一片寂静。她闻到深夜微弱的烟味和松树的香味。她仰起头,看到四周都是星辰,就像自己正如游荡的恶魔一样在天地之间飞行。霜魔的脚悄无声息地踩在雪里,寒冷的夜里,他的呼气也没变成白色。她听到被冻住的铰链发出吱吱声,接着闻到完全不同的气味:新鲜的桦木味、火的味道、植物腐烂的味道。她被毫不客气地放在什么硬东西上,撞得骨头和伤口又痛起来,痛得她咝咝地吸气。她举起胳膊,看见手上黏稠的血,还有腕上那道深深的伤口。

她想起来了。"午夜,"她喘息着,"现在还是午夜吗?"

"还是午夜。"墙上壁龛里的小蜡头忽然亮起来。她抬起头,霜魔正看着她。

空气热而闷,她惊讶地发现他们正在浴室里。她试着坐起来,但血流得太快,要拼命控制住自己才不会昏过去。她咬着牙伸手从裙子上撕下一根布条,发现自己有一只手不听使唤。

她抬起头,厉声对他说:"你把我带到这里,就为了看着我的血流干而死吗?那你要失望了。我习惯努力活下去,让讨厌我的人觉得不舒服。"

"我能想象得到。"他温和地说,俯视着她。他用讽刺的目光好奇地扫过她受伤的脸,最后目光落在她流血的手腕上。她死命抓住手腕试图止血。他的脸颊、袍子和苍白的手上也有她的血。

"为什么来浴室?"她问他,尽量使呼吸恢复正常,"只有女巫和邪恶的魔法师才在午夜到浴室来。"

"说得没错。"他干巴巴地说,"你还是不怕吗?血正流呢。你从哪里来,流浪者?"

"这是我的秘密。"瓦西娅咬着牙说。

"但你又来向我求助。"

"是的,"她说,"然后你把我的手腕切开了。"

"你向我挑战那一瞬,就该知道会落得这个下场。"

"很好。"她说,"想知道我是谁吗?那帮帮我吧,否则你永远不会知道。"

他没说话。他行动时她根本听不见声音,只感觉到一股冷风吹过,在这闷热的房间里令人吃惊。他跪在她面前,盯着她的眼睛。她看见他的眼中闪过一丝不安,就像有道小缝出现在他脑海中的冰墙上。他一言不发地掬起双手,水在他的掌心汇聚。他把水倒在伤口上。

水流到外翻的肉上,痛得要命。她咬住腮帮内侧免得尖叫出来。疼痛来去都很快,她全身颤抖,感到有点儿恶心。伤口消失了,只留下一条反光的白线，好像伤疤里嵌着冰。

"好了，"他说，"现在告诉我——"他突然停住。瓦西娅顺着他的目光看去。她的掌心还有另一道伤疤，那是他造成的，也是他治愈的，但这些都是过去的事了。

"我没说谎，"瓦西娅说，"你认识我。"

他没说话。

"你划伤过我的手，"她继续说，"用你的手指蘸起我的血。后来，你又把这伤口治愈。你想不起来了吗？想想那黑暗、死人，还有我走进森林去采雪花莲的那个夜晚。"

他站起来："告诉我你是谁。"

瓦西娅也强撑着站起来，仍觉得头重脚轻。他退后一步。"我叫瓦西丽莎·彼得罗芙娜。你现在相信我认识你了吧？我想你其实是相信的。但你害怕。"她说。

"怕一个受伤的小姑娘吗？"他轻蔑地说。

汗珠顺着她的脊梁滚下来。里间的火炉烧得噼啪作响，把外间也烤得很热。"如果你不想杀我，"瓦西娅说，"而你又不记得我，那你把我带到这里做什么？冬天的主人跟女仆能有什么话聊？"

"你要是女仆，那我也能成为女仆了。"

"至少我不是这村里的囚徒。"瓦西娅说。她离他那么近，足以盯住他的眼睛不放。

"我是国王，"他说，"他们为我举办宴会，还献上祭品。"

"监狱并不一定要由墙壁和锁链构成。你打算永远待在宴会上吗，大人？"

他冷着脸说："不过一晚。"

"是永远，"她说，"你也不记得自己待了多久。"

"如果我想不起来，那么对我来说就不是永远。"他开始生气，"那又怎样？他们是我的臣民，而你不过是一个出现在冬至夜的疯女人，给善良的人带来灾祸。"

"至少我没打算杀死任何人！"

他没回答，但浴室里刮起冷风，吹得烛火摇曳起来。外间没多大，他们几乎是脸对脸地向彼此喊叫。他心房上的裂缝扩大了。她想不出是什么魔法使他失忆。但感情拖着他的记忆，向水面稍稍往上浮；她的触摸和血也有同样的效果。两人间的情感仍在，他不需要刻意记起就能感觉到它；她也一样。

而且，他把她带到这里来。他虽然嘴上那样说，但仍把她带到了这里。

她觉得自己的皮肤薄得像纸一样，吹口气就会在上面造成瘀伤。瓦西娅打架时总是顾前不顾后，现在她也没法儿想得太深。比回忆还要深，她想，圣母呀，原谅我吧。

她伸出手，带着白色伤疤的手在他脸旁停留一息的时间。他猛地出手抓住她的手腕。他们一动不动地站了一秒钟。然后他松开手，而她摸到了他的脸——岁月也不曾在那精巧的骨骼上面留下痕迹。他没动。

瓦西娅低声说："既然您带我来这间浴室，如果您还能让我多活一小时的话，严冬之王，我想洗个澡。"

他没反应，但这个态度已经算是默许。

***

内间里黑洞洞的，只有火炉里炽热的石头发着光。瓦西娅走进去，留下他在身后站着。她被自己的鲁莽吓到了。这一生中她时不时就会做出不靠谱儿的事，而现在她也不知道自己马上要做的是不是其中最蠢的那件。

她下定决心，脱下衣服放在角落里，舀水泼在石头上，坐下来用双臂环抱住膝盖。使人倦怠无力的热浪并没能压倒她。如果他走了会怎么样？如果他不走又会如何？她不知道哪种情况会使自己更害怕。

他悄悄溜进门。黑暗中她几乎看不见他，只能靠蒸汽的流动判断出他进来了。

她抬起下巴，掩饰突然袭来的恐惧，说："你不会融化吗？"

他看起来有点儿生气，但随后出乎意料地大笑起来。"我尽量不融化。"他坐在她对面的长椅上，姿态一如既往地优雅。他双手托住下巴，胳膊肘撑住膝盖。她打量着他纤长的手指。

他的皮肤比她的还要苍白，他毫不在意裸露身体，用冷酷的眼神毫不掩饰地盯着她。"你走了很长的路。"他说。她看不清他藏在阴影中的双眼，但能感觉他的目光像一只手。他以前从未见过她的皮肤，现在它就在他眼前。

"而且还没走完。"她说，用颤抖的手指摸摸脸上的痂，抬起眼看他，不确定自己是不是很丑，也不确定容貌会不会影响他对自己的印象。他仍然没动。微弱的光线只能照亮他身体的某些部分：一边肩膀、肋骨下的一处凹窝。她意识到自己正在打量他，从咽喉到脚；而他也在看着自己。她脸红了。

"还不想把你的秘密告诉我吗？"他问。

"什么秘密？"瓦西娅反问，竭力保持声音平稳。他的手没动，目光扫过她身体的每一根线条。"我已经告诉你了。我的人民需要你。"

他摇摇头，抬起眼睛看她："不，你还有所保留。每次你看着我时，神情我都看不透。"

我尽我所能地爱着你。

"我的秘密是我自己的，大人，"瓦西娅尖刻地说，"我们做祭品的，也能像其他人一样把秘密带进坟墓里。"

他挑起一条眉毛："我还没见过你这样总把'死'字挂在嘴边的姑娘。"

"我没有，"瓦西娅说，还是觉得喘不过气来，"我不过是想洗个澡。我这就洗。"

他又笑起来，他们的目光相遇。

他也是，瓦西娅想，他也怕。因为他和我一样，也不知道事态最后会发展到何种地步。

在失去勇气之前，瓦西娅滑下长凳，跪在他的两膝之间。水蒸气并没能温暖他的皮肤。即使在这烟雾熏人的浴室里，他周身仍然萦绕着松香和冰水的味道。他的脸色没变，但呼吸加快。瓦西娅意识到自己也在颤抖。她再次举手去碰他的脸。

他又一次抓住她的手腕，但这次他的唇轻轻擦过她掌心的伤疤。

他们彼此凝视。

她的继母曾经喜欢用可怕的新婚之夜来吓唬她和伊丽娜，但顿娅向她保证说那事并没有那么可怕。

她觉得原始的狂野之火在身体里燃烧，要将她自内而外烧毁。

他用拇指描画她下唇的曲线，表情高深莫测，然后凑过来吻她。"求您了。"她说，或她自以为这样说。

炉里的火仅剩下余烬，但他们不需要光线。她抚摸着他凉爽的皮肤，她的汗水在两人身上留下道道痕迹。她全身发抖，不知道手该放在哪里。一切都乱糟糟的：皮肤和精神、饥渴和她绝望的孤独，还有两人之间如潮般涌起的激情。

也许他感觉到欲望中蕴含的迟疑之情，于是向后退，看着她。屋里唯一能听到的声音是他们的呼吸声——他的和她的一样粗重。

"现在怕了？"他低声说。他已经把她拉到木头长椅上。她正骑坐在他膝上。他单臂搂住她的腰，另一只手抚摩她：从耳朵沿着锁骨一路到肩膀，经过的地方像有冰冷的火焰一路烧下来。他的手指最后停留在她的胸乳之间，她急促地喘气。

"我害怕，有什么不对吗？"瓦西娅厉声道，声音比自己想象得要尖厉。因为她确实害怕，而且很生气。他的手又摸上来时，她几乎不能思考，更别提说话。这次他沿着她的脊梁一路抚下去，在肋骨处轻轻拐个弯，攀上乳峰，流连不去。"我是第一次。你……"她的声音渐渐变小。

那只轻巧的手停下："怕我会弄痛你吗？"

"你会吗？"她问。他们都听出她的声音在颤抖。她在他怀中，一丝不挂，比之前任何时候都要脆弱。

但他也怕。她能从他的抚摩中感到这一点，能从他黯下来的双眼中看到他强忍着的紧张之情，还能感觉到一种陌生的情绪。

他们再次面面相觑。

他微微笑起来，瓦西娅突然意识到那种陌生的情绪是什么——就是躲在恐惧和欲望之下的感觉。

那是疯狂的欢喜。

他的手温柔地环住她的腰，他再次吻她的唇。他在她耳边低语，与其说是说话，不如说是呼吸。

"不，我不会弄痛你的。"他说。

***

"瓦西娅。"他对着黑暗说。

结束时他们已经在外间。之前他把她拖到地板上，现在她躺在一堆毯子里，那些毯子闻起来有冬天森林的气味。他们已经说不出话，不过没关系，她不需要言语就能把他叫回自己身边。两人间只有她手指的滑动，和她满是瘀伤的皮肤发出的热量。他的手认出了她，而他的心却没有。回忆就在他的抚摸中，她的伤口没那么痛了。回忆在他紧握的手中，也在他的双眼中。蜡烛快烧尽了。

后来她躺在黑暗中昏昏欲睡，但仍能感觉到他在她身体里的律动，能尝到自己唇上松树的味道。

她猛地直起身子："现在还是……"

"午夜，"他说，听起来很疲倦，"是的，还是午夜。我不会让你跨过这个时刻的。"

他的声音已经变了。他刚才说出了她的名字。

她用胳膊肘撑着坐起来，觉得自己脸色通红："你想起来了。"

他什么也没说。

"你放出那头熊来救我的命。为什么？"

他仍然没说话。

"我来找你，"她说，"我学习使用魔法。我求火鸟帮我。你没杀我——别那样看着我。"

"我并不是想……"他开口说话。但就像她发怒一样，他不过想以此掩饰那渐渐剧烈的伤痛。

他坐起来，离她远些。昏暗的房间里，她能看见他僵硬的后背。

"我是自愿的。"她对着他的背说，尽量不去想之前学过的关于"正派"的概念：贞洁、忍耐、跟男人躺在一起只是为了生孩子，最重要的是不以床笫之事为乐。"我想你也是。而你……"她说不下去了，于是换个话题，"既然你想起来了，那这个代价就不算高。"但她并不觉得这代价微小。

他转过身来，她能看见他的脸。他看上去并不相信她的话。瓦西娅希望自己现在还穿着衣服。两人离得那么近。"谢谢你。"他说。

谢谢你？两人度过激情迸发的美妙时刻后，这话听上去是那么冷酷。也许你希望自己还是继续失忆好了，她想，从某种程度上说，你待在这个监狱里很快乐，因为人们怕你，也爱戴你。但这话她没说出来。

"那熊在罗斯，没人能制伏他。"瓦西娅又换个话题，"他让死者起来走路。我们必须帮我的表哥和哥哥，所以我来求你帮忙。"

摩罗兹科仍然什么也没说。他并没从她身边离开，但他的眼神变得内敛、悠远、高深莫测。

她的怒气突然往上冲："你欠我们的。起初是你把熊放出来的。你不需要跟他做交易，我是自己走下火葬柴堆的。"

他的脸色亮了一些："我不知道你能不能做到这一点，但这交易仍然值得。你把我拉回莫斯科时我就知道了。"

"知道什么？"

"知道你可以成为人类和精灵之间的桥梁，可以使我们免于消亡，让人类记住我们。如果你活下来并且获得自己的力量，我们就不会灭亡。而我没有别的方法可以救你。无论结果如何，我觉得这个险值得冒。"

"你当时应该相信我能自救。"

"你有死志，我看出来了。"

她有些泄气。"是的，"她轻声说，"我当时确实不愿再活下去了。索洛维已经死了，就死在我面前，而且——"她打住话头，"但如果我放弃，我的马都会骂我蠢，所以我改变了主意。"

那疯狂的一夜已经过去，无尽的复杂情绪涌上心头。她从未想到他会为了爱她，将自己的王国和自由置于危险之中。虽说她潜意识里曾有些怀疑，但他确实是某个隐秘王国的国王。一位君主不应该做出这样的决定，他想要的是她血液中的力量。

她又累又冷，浑身疼痛。

她觉得比以前更孤独。

她对这种自怜感到愤怒。寒冷并不是什么大问题，但他们之间出现的这种尴尬局面真是让人心烦意乱。她又钻到厚厚的毯子下面，转过身背对着他。他没有动。她蜷起身体，想独自取暖。一只手拂过她的肩膀，像雪花一样轻柔。她的眼里噙满泪水。她拼命眨眼，试图把它们忍回去。这太过分了。他那高高在上的姿态、无言的冷漠以及合理而实际的解释，与昨夜那势不可当的激情形成鲜明对比。

"不，"他说，"不要悲伤，瓦西娅。"

"你永远也不会悲伤，"她说，并不去看他。"这个……"她做了个意义模糊的手势，"如果你当时能想起我是谁，如果我当时没……如果我当时没……你就不会救我的命。"

他的手离开她的肩膀。"我试过放你走，"他说，"我试了一次又一次。但每次我只要碰到你，甚至看到你，就觉得离死亡又近了一步。我害怕,然而我不能。"他突然停住,之后又接着说,"也许,如果你当时不是那个样子,我会任你死去。但是我听到你在尖叫。莫斯科的那场大火后,我能听到你的声音穿透我软弱的情绪。我告诉自己要实际些,你是我们最后的希望。我这样告诉自己,但我想起你还在火中。"

瓦西娅转过身来面对他。他紧闭双唇,好像觉得说得太多了。

"那现在呢?"她问。

"我们在这里。"他简单地说。

"对不起,"她说,"我当时不知道怎样才能唤回你的记忆。"

"没有别的办法。你知道我哥哥为什么对这个监狱信心十足吗?他知道没有哪种羁绊能强大到把我拉回来。我也不知道。"

摩罗兹科听起来并不开心。瓦西娅突然想到,他可能和她一样觉得无所适从。她伸出一只手。他没有看她,但紧紧抓住她的手。

"我还是很害怕,"他终于坦白,"我很高兴你还活着。绝望中这是我仅有的希望。很高兴再次见到你,但我不知道该怎么办。"

"我也害怕。"她说。

他的指尖触到她的手腕,血涌到那块皮肤上:"你冷吗?"

她冷,但是……

"我认为,"他挖苦地说,"从各方面考虑,我们应该还有几个小时的时间,可以盖着同一条毯子睡会儿觉。"

"我们得走了。"瓦西娅说,"要做的事太多,没时间了。"

"在午夜这个国家里,两三个小时不会有太大不同。"摩罗兹科说,"你都累得不成样子了,瓦西娅。"

"会有不同的,"她说,"我不能在这儿睡觉。"

"你现在可以睡,"他说,"我会把你留在午夜中。"

睡觉——好好睡一觉……圣母呀,她很疲倦,她已经躺在毯子下面。过了一会儿,他也滑到毯子下面。她呼吸急促,握紧拳头,突然有种冲动想要碰他一下。

他们互相警惕地注视着对方。他先动了,悄悄摸上她的脸,顺着她下巴的轮廓,描画重重伤疤。她闭上眼睛。

"我能治好它。"他说。

她点点头,心里很高兴,因为那里至少会只留下一点白色的线,而不是鲜红色的伤疤。他掬起手,水滴在她的脸颊上;而她咬紧牙关,忍着突然爆发的剧痛。

"告诉我吧。"过了一会儿,他说。

"说来话长。"

"我向你保证,"他说,"你讲这个故事时我不会变老。"

她开始讲述,从他在莫斯科暴风雪中离开的那一刻开始,一直讲到波扎尔、弗拉基米尔和她的午夜之旅。讲完后她累坏了,但也平静下来,仿佛已经把生命中的那团乱麻理清,灵魂中也少了些纠结。

她沉默下来,而他叹口气。"对不起,"他说,"我指索洛维那件事。当时我无能为力,只能旁观。"

"而且你派来你那个发疯的哥哥,"她指出,"还带着个信物。没有你哥哥我也能活下去,但那木雕对我是个安慰。"

"你还留着它吗?"

"是的,"她说,"它带他回来,当时我……"她的声音渐渐低下去,那痛苦的记忆仍宛如昨日。他把一缕细发捋到她耳后,但没说话。

"你为什么害怕?"她问他。

他的手落下来,她以为他不会回答,但他开口了,声音很轻,她勉强能听见。"那些明白时光哀伤的人才能去爱,因为爱与失去相伴而行。永生者不堪重负,爱对他们来说是种折磨。然而,"他突然停下,猛吸一口气,"然而该怎样称呼它呢,这种恐惧和欢喜?"

这一次要靠近他更难。以前这个动作是那么简单鲁莽,使人快乐,然而现在柔情涌动在两人之间。

毯子下面,她的身体温暖了他的皮肤。如果忽略掉那双古老而困惑的眼睛,他或许就是个普通人。现在轮到她把他额前的头发拂到后面。它们在她指间,粗糙冰冷。她抚摸他下巴后面那块温暖的地方,然后是他咽喉的凹窝,她张开手指按在他胸膛上。

他把手放在她手上,温柔地抚摸她的手指、胳膊、肩膀,从后背滑到腰间,好像要用手来研究她的身体。

她喉间发出声音,他冰冷的呼吸喷在她的唇上。她不知道他动了没有,或是她自己动了没有,只知道两人的身体现在贴得更近。他的手仍在动,温柔地、耐心地、轻软地。她屏住呼吸。现在他们不再交谈,她能感觉到他越来越紧张。他紧紧抓住她的肩膀和手,手指陷进她的皮肤。

他把这狂野的陌生人拉向自己,看着这亦敌亦友的人的脸,并且……

他的头发缠在她的手指上。"过来,"她说,"不,更近些。"

他笑了,是严冬之王那种慢悠悠的、高深莫测的笑容,但其中有一丝她从未见过的快意。"耐心些。"他贴着她的唇,轻声说。

可是她不能,一刻也不能。她没有回答,而是抓住他的肩膀把他翻过来。这时她感到自己身体中的力量,在微弱的烛光中看到肌肉的变化和运动。她俯身对着他的耳朵呼吸:"永远别想命令我。"

"那就命令我吧。"他轻声回答。这句话听在她耳中,仿佛醇酒入喉。

虽然头脑还不知道该如何是好,身体却知道。她带他进入自己的身体:雪、寒冷、力量、岁月,还有那难以捉摸的脆弱。他叫她的名字,但她几乎听不见,任自己迷失。不过,后来她柔顺地躺在他怀里,低声说:"你不再孤单了。"

"我知道,"他低声说,"你也一样。"

终于,她睡着了。

第十八章

在神马背上

几个小时不知不觉地过去,他从纠缠成一团的雪白毛皮中起身。她没听见他离开,但感觉到他已不在身边。现在仍然是午夜,她睁开双眼,颤抖着坐起身。有那么一刻,她搞不清楚自己身在何处。然后她想起来了,翻身站起,心里很怕。他走了,消失在夜色中,她之前就梦到过……

她紧紧抱住自己。他真的会一言不发地消失吗?

她不知道。疯狂的激情已退去,她现在只觉得冷。她紧咬牙关,羞愧的感觉袭上心头。从前受到的那些关于教养的训诫在耳朵里轰鸣,所有人都在指责她。

她紧咬住下唇,走过去捡起自己的衣服。这该死的羞愧感!该死的黑暗!她转过头,壁龛里马上烛光大盛。她一点儿也不为自己能点燃蜡烛而震惊,就像她终于接受了一个全新的世界。在这个世界里,她能使万物燃烧。

她摸索着找出内衣套在身上,站在分隔内外间的门口犹豫不决。这时外间门开了,刮进一股刺骨的寒风。

烛光照亮他,在他脸上投下阴影,他手里拿着她的那堆男装。她听到浴室门外传来的说话声和杂沓的脚步声,不由自主地感到害怕:"外面出什么事了?"

他看上去很沮丧:"没什么,村民在外面等着我们出去。"

瓦西娅什么也没说,刚才她以为自己又听到了莫斯科暴民的声音。

他明白她在想什么。"当时你是独自一人,瓦西娅,"他说,"此一时,彼一时。"她两手撑在内间的门框上,就像人们正要来拖她出去。"就算在那个时候你也能走下火堆。"

"我付出了很大代价。"她说,觉得轻松了一些,没那么害怕了。

"村民们没生气,"摩罗兹科说,"他们很高兴。这一夜仿佛有魔法。"她的脸悄悄红了,问:"你想留下来吗?现在我不想待在这里了。"

她停顿了一下。这就像来到旧时家园却发现物是人非,就像试图重新穿上早已丢弃的衣服。

"你的王国和我外曾祖母的国度接壤吗?"瓦西娅突然问他。

"是的,"摩罗兹科说,"不然我的桌子上怎么会有草莓、梨和雪花莲呢?"

"这么说你知道事情的始末喽?"她步步紧逼,"关于女巫和她的双胞胎女儿的事?你知道塔玛拉是我的外祖母吗?"

"是的,"他现在显得很谨慎,"但如果你不问,我从来没想过要告诉你,直到莫斯科的那个暴风雪之夜,但那时一切都已经太晚了。雅加婆婆要么已死去，要么就在午夜之国中迷失。没人知道那对双胞胎后来怎么样了，我也不记得那个施魔法逃过死神的手的魔法师。这些都是我后来才知道的。"

"还有，你把我当成一个孩子，一个你实现目的的工具。"

"是的。"他说。无论他是怎么想的，感觉到什么或打算如何，他都对这些想法讳莫如深。

我不再是孩子了，要是之前，她可能会这样说，但这一事实已经写在他的眼睛里。"别再骗我了。"她只是说。

"我不会了。"

"熊会知道你已经自由了吗？"

"不会的，"他说，"除非午夜告诉他。"

"我想她还不至于管这种闲事，"瓦西娅说，"她两不相帮。"

他沉默了，但她仿佛能听见他有个想法已经到了嘴边。

"告诉我。"她说。

"你不必再回莫斯科去，"他说，"你经历的恐怖事件和造成的痛苦已经够多了。熊会尽全力用他能想出的最糟糕的死法来对付你，如果他发现我已经恢复记忆就更会如此，因为他知道这样会使我难过。"

"没关系，"她说，"他的自由是我们犯下的错，必须再次封印他。"

"用什么封印呢？"摩罗兹科问。紫罗兰色的烛火跳跃起来。他的眼睛和火焰是同样的颜色。他外形的轮廓线似乎模糊了，他的身体似乎要融入风和黑夜。他脱下斗篷，说："我是冬天的国王。在夏天的莫斯科，你觉得我还会有法力吗？"

"你不必把这里搞得那么冷,这有用吗?"瓦西娅气愤地说,"我们得做点儿什么。"她从他手里夺过自己的衣服,"谢谢你帮我拿过来。"她补充说,走进里屋去穿衣服。在门口,她向他喊:"你能在人类世界的夏天里出现吗,严冬之王?"

在她身后,他的声音听起来有些迟疑:"我不知道。也许,我能待一小会儿吧。如果我们在一起的话就行。项链被毁了,但是——"

"但我们不再需要它。"她接过话头说。现在她意识到两人之间的羁绊是重重激情与愤怒,还有恐惧与脆弱的希望——比任何魔法宝石都要靠得住。

她穿好衣服回到门口,看见摩罗兹科仍站在原地。"我们也许能到达莫斯科,但去做什么呢?"他说,"熊如果知道我们要来,肯定会欢喜地设下陷阱。你被杀害时我只能无助地看着,或者你必须眼看家人受苦。"

"我们必须机灵点儿。"瓦西娅说,"既然我们把莫斯科搅进来,就要把她救出去。"

"我们应该回到我自己的国度,冬天时再去找他,因为那时我更强大。这样我们就有机会获胜。"

"他当然知道这一点,"瓦西娅说,"这意味着无论他在打什么主意,都必须在今年夏天完成。"

"你可能会因此毁灭。"

她摇摇头:"可能吧,但我不会抛弃我的家人。你愿意和我一起去吗?"

"我说过了,你不再是孤单一人,瓦西娅,我是认真的。"他说,听起来很不高兴。

她勉强挤出一丝微笑。"你也不再孤单。无论如何，我们得不断重复这句话，直到你或我真正相信它。"她轻快地、不慌不忙地说，"如果我出去，村里的人会杀了我吗？"

"不会的，"说着，摩罗兹科笑起来，"但是传说将会从此诞生。"

她脸红了，但他伸出手时，她拉住了它。

村民们确实聚集在浴室外。门开时他们退后，看看瓦西娅，又看看摩罗兹科。这两人手拉着手，头发凌乱。

叶莲娜在人群前面，和那个曾试着救她的男人肩并肩站着。摩罗兹科转向她，她后退一步。"原谅我。"摩罗兹科说。他是在对叶莲娜说话，但全村人都能听见。

她看上去很震惊，接着恢复高贵的仪态，鞠了一躬："这是您的权力，但……"她靠近细看他的脸，"您变了。"她低声说。

就像瓦西娅之前能看出他的双眼中不再有岁月的痕迹一样，这女人也能感觉到他重获记忆后承受的沉甸甸的压力。"不，"摩罗兹科说，"我刚被人救回来。"他扫一眼瓦西娅，对全村人说，"我爱她，但我中了诅咒，忘记了所有事情。她来找我，打破了诅咒。现在我必须走，今年冬天我祝福你们所有人。"

众人的低语中透出惊奇，甚至欢喜。"我们受到双重祝福啦，"叶莲娜对瓦西娅说，"妹妹。"她手里拿着礼物：一条华丽的长斗篷，狼皮做面，兔皮做衬里。她把它递给瓦西娅并拥抱她。"谢谢你，"她低声说，"求你赐福给我的长子，可以吗？"

"祝你的孩子健康长寿，"瓦西娅说，有点儿尴尬，"平安喜乐，与人相爱，得享高年，最后像个勇士那样离开人世。"

严冬王后，他们说。她吓了一跳，努力掩去脸上的惊讶。摩罗兹科站在她身边，看上去很平静，但她能感觉到他和臣民之间涌动的感情，仿佛激流产生的那种牵引力。他深蓝色的双眼令人震惊。也许他现在就想回去，回到宴会上，永远享受这种崇拜。

但就算他怀疑前路，也没把这种怀疑写在脸上。

马蹄声传来，所有人都转头去看。瓦西娅松了口气。十来张脸庞上洋溢着喜悦。两匹马从栅栏上一跃而过：一匹白色，一匹金色。她们穿过人群，小跑着来到两人面前。摩罗兹科一言不发，把前额贴在那匹白牝马的脖子上。后者转过头来，舔着他的袖子。看到这一幕，剧痛刺穿瓦西娅的心脏。"我之前把你也忘了，"他低声对白马说，"原谅我吧。"

白马用头顶他，耳朵抿在后面："我不知道为什么要等你。天很黑。"

波扎尔用蹄子刨雪，显然很同意这一点。

"你也等在这里吗？"瓦西娅惊讶地对她说。

波扎尔一口咬在瓦西娅的胳膊上，跺着脚："下不为例。"

瓦西娅揉揉新的瘀伤："见到你真高兴，女士。"

摩罗兹科有些惊奇地说："她这辈子从没主动驮过人。"

"她到现在也没驮过，"瓦西娅匆匆说，"但她帮了大忙，把我领到这里，我不胜感激。"她搔搔波扎尔的马肩隆，后者不由自主地凑近些让她搔。"你真磨蹭。"那牝马又说，但只是想表明自己一点儿也不愿享受人类的宠爱，随后她又跺跺脚。

瓦西娅的新斗篷沉沉地坠在肩膀上。"再会啦。"她对惊奇地瞪圆眼睛的人群说。"他们以为见到了奇迹，"瓦西娅低声告诉摩罗兹科，"但我感觉这没什么呀。"

"可是，"他答道，"女孩儿孤身一人拯救了失忆的严冬之王，还用神马把他偷走。对冬至日来说，这已经足够称得上奇迹。"他跳上白马的背，瓦西娅微笑起来。

赶在他邀请（或拒绝）自己与他共骑之前，她坚定地说："我要步行。毕竟我是用自己的脚一路走到这里的。"但她没说不穿雪鞋行走简直是场噩梦。

他的浅色眼睛打量着她，瓦西娅希望他别这样。他显然已经理解她的骄傲，也明白隐藏在她内心更深处的想法——不愿坐在他的马鞍上离开。索洛维的鲜血仍然刺眼地留在她的回忆中，她做不到现在得意扬扬地骑马离开。

"很好。"他说，同时下马。她惊讶地看着他。

"你不必这样。"她说。两匹马挡住人群的视线。"你不会打算像放牛人一样走出这村子吧？那可不合身份。"

"我已见过那么多人死去，"他冷冷地说，"抚摸他们，再送他们上路，但我从没做过任何事来纪念他们。我现在跟你一起走，是因为你不能骑着索洛维走在我身边。他那么勇敢，却永远离开了我们。"

她之前没有按照礼节哀悼过索洛维。她梦到过他，惊醒时还在尖叫，喊叫着让他快跑。他的离去是她心头一处有毒的隐痛。但除了差点儿把蘑菇精弄死后流下的几滴眼泪，她没为他哭过。现在她感到泪水涌上来，蜇得双眼刺痛。摩罗兹科先是碰碰她的脸，然后用手指去拭她面颊上的泪水，泪水马上冻成冰珠掉下来。

不知怎的，两匹马陪着他们走出村这一举动多少驱散了她失去索洛维的悲痛，这是过去几天中的所有苦难经历都没能做到的事。他们穿过栅栏回到冬天的森林里后，瓦西娅把脸埋在白马的鬃毛里，把自从莫斯科那个夜晚以来郁积在心中的所有眼泪哭了出来。

白马耐心地站着，把温暖的呼吸喷在她手上。摩罗兹科也静静地等着，只有一次他把冰冷的手指放在她颈后。

最后眼泪止住，她摇摇头，擦擦鼻涕，努力理清思绪："我们得回莫斯科去。"她的声音沙哑。

"听你的。"他说，看起来仍然好像不太开心，但不再反对。

"如果我们要一路回莫斯科去，"白马出乎意料地插嘴，"那么瓦西娅可以骑在我背上。我能驮动你们两人。这样会快些。"

瓦西娅张嘴想拒绝，但随后她注意到摩罗兹科的表情。"她不会让你拒绝的，"他温和地说，"因为她是对的。走路只会使你筋疲力尽。你必须牢牢地记住莫斯科。如果让我来带路，我们到的时候就该是冬天了。"

至少现在他们已经离开村子了，于是瓦西娅跳到白马的背上，摩罗兹科坐在她后面。白马的身材比索洛维更优雅，但她的动作使瓦西娅想起——瓦西娅尽量不去想那匹枣红马，而是低头看着摩罗兹科的手。它们松弛地放在他的膝盖上。她却想起这双手摸在皮肤上的感觉，还有他粗糙、冰冷的头发——黑暗中披散下来，落在她的乳房上。

想起这些，她不禁打了个寒战，随即把它们抛在脑后。他们从午夜偷来这几个小时的欢愉，但现在他们必须集中精力想想如何战胜某个聪明的死敌。

但是为分散注意力，她强迫自己问出某个之前一直不敢问的问题："为了封印熊，我必须像我父亲那样牺牲吗？"

摩罗兹科没有立即否认，瓦西娅开始觉得胃有点儿不舒服。牝马轻巧地跑着。雪越下越大,瓦西娅不知道他是否因为痛苦才召唤了这场大雪,还是说雪会像心跳一样随着他的心情自然变化。"你答应过不会再骗我的。"瓦西娅说。

"我不会的。"摩罗兹科说,"不是说用你的生命来封印他,没那么简单。你的生命与熊的自由无关,不过是我与他的战争中的一个标志。"

她等他说下去。

"但当时我交出了自由,"摩罗兹科说,"赋予他凌驾于我之上的力量。如果现在再打起来,我不会是孪生哥哥的对手。"他越说越气恼,"夏天是他的季节,我不知道该如何封印他,除非有人自愿献身,或是要个花招儿——"

波扎尔突然说话了:"那金玩意儿怎么样?"她紧跟着他们,能听到所有的对话。

瓦西娅眨眨眼:"什么金玩意儿?"

牝马点点头:"就是魔法师做的那个金玩意儿!我戴着它时就飞不起来,只好听他的命令。那东西很强大。"

瓦西娅和摩罗兹科面面相觑。"科谢伊的金笼头,"瓦西娅慢慢说,"如果它能封印她,也许也能封印你哥哥?"

"也许吧。"严冬之王说,眉毛皱在一起。

"那东西在莫斯科,"瓦西娅激动地说,语速越来越快,"在马厩里,季米特里·伊凡诺维奇的马厩。我当时把它从她头上扯下来扔在地上,就在莫斯科被烧的那天深夜。它还在宫里吗?也许火把它烧化了。"

"它不会熔化的。"摩罗兹科说,"还有机会。"她看不见他的脸，但他放在膝盖上的手慢慢握成拳。

瓦西娅想也不想就探身过去，高兴地搔搔波扎尔的脖子。"谢谢你。"她说。牝马忍耐一会儿，跑开了。

第四部分

第十九章

盟友

那年的夏天像支所向披靡的军队,神异地突袭莫斯科。森林起了火,冒出的浓烟遮住城市上空的太阳。热得发疯的莫斯科人要么在下河洗澡时淹死,要么就面红耳赤、汗流浃背地昏倒在地。

天一热老鼠就多。船员们则卸下银器、衣服和锻铁,准备送到莫斯科闷热的市场上去。与此同时,老鼠从商船上爬下来。它们在闷热的天气中大量繁殖,在莫斯科恶臭的粪堆间出没。

第一批生病的人是波萨德的居民,因为那些小屋通风不良,而且居民拥挤不堪。病人开始咳嗽、出汗、浑身颤抖,随后他们的喉咙和腹股沟处出现平滑的肿块,接着变成黑点。

鼠疫。这个词在全城传开了。莫斯科之前暴发过鼠疫,季米特里的大伯谢苗及其妻子儿女在某个可怕的夏天就死于这种疾病。

"封锁病人的家,"季米特里对护卫队长说,"不许他们出门——不行,去教堂也不行。如果能找到祭司去为他们祝福,可以放那祭司进去,仅此而已。告诉城门守卫,任何疑似患者都不准放进来。"人们仍压低嗓门儿谈论季米特里大伯的死:全身肿胀,像个扁虱,布满黑点。当时甚至连他自己的仆人都不敢靠近他。

那人点头答应,但皱起眉头。"怎么了?"季米特里问。在鞑靼人袭击的那个夜晚,季米特里的守卫大幅减员。那场动乱之后,也就是在瓦西娅被烧"死"后,季米特里重新招募了士兵。他们的人数比之前更多,但欠缺经验。

"这病是上帝降下的诅咒,大人,"队长说,"允许那些人去祈祷不会有什么坏处吧?所有人的祈祷都能被全能的上帝听到。"

"这种诅咒能从这个人身上飞到另一个人身上,"季米特里说,"而如果不能把邪恶拒之门外,莫斯科的城墙又有什么用?"

前厅里的某位波雅尔说:"原谅我大胆,大人,但是——"

季米特里闷闷不乐地转过身:"为什么我发号施令时,总是有一半莫斯科城的人来反对?"他一般都会迁就波雅尔,因为这些人大多数比他年纪大,而且当年都曾拥戴他继位。但这令人厌恶的高温渐渐耗尽了他的精力,使他处于病态且疲惫的易怒状态。这段时间他没有从表兄和堂兄那边得到任何消息。谢尔普霍夫亲王已经带走倾莫斯科全城之力筹集到的贡银,南下去取悦权臣马迈。萨沙应该还和圣人谢尔盖一起走在回莫斯科的路上。但萨沙还没回来。而据南方传来的消息,马迈仍然在召集兀鲁思[①],弗拉基米尔却音信全无。

"人心惶惶,"那波雅尔小心地说,"自从换季以来已经发生三

---

① 兀鲁思即金帐汗国的各分封亲王。——译者注

次死人站起来走路的事件了。现在该怎么办？如果我们关上莫斯科的城门，还阻止病人去教堂，我真不知道他们会做出什么事来。现在已经有太多人说这座城市被诅咒了。"

季米特里明白什么是战争，也懂得调配人手，但明显不曾经历过诅咒这种事。"我会考虑去安慰市民，"他说，"但我们没被诅咒。"话是这么说，但季米特里自己心里也在嘀咕。他想听听谢尔盖的建议，但那老修士不在城里。于是大公只好不情愿地转向管家说："派人去请康斯坦丁祭司。"

***

"那位金发大公可不是个傻瓜，"熊说，"但他还年轻。他派了个信使来找你。你见到他时，必须说服他允许你在大教堂里做场礼拜，把人都召集起来祈雨，或是祈祷救赎——无所谓，只要是在这种关头人们会向神灵祈求的东西就好。但记得一定要把人召集起来。"

康斯坦丁独自待在天使长修道院的缮写室里，身上只穿最轻薄的教士服，仍出了一脑门儿汗，上唇也缀满汗珠。"我正在画圣像。"说着，他把一罐颜料转过来对着光研究。颜料在他面前一字排开，好像一串宝石，而其中有些确实是用珍贵的矿石做的。在列斯纳亚辛里亚，他曾用树皮、浆果和叶片做颜料；但现在焦虑的波雅尔们把青金石和碧玉撒在他头上，让他去做蓝色和红色的颜料。他们雇用莫斯科最好的银匠为他做圣像罩。那些罩子用银片锻打而成，上面还镶着珍珠。

死人第三次低语着从街道上走过时，康斯坦丁花了一晚上时间才成功驱逐它们。"不能让这事看上去太容易。"熊后来告诉他。当时康斯坦丁梦见那些死人的脸，尖叫着醒过来。"你以为打败一个小僵尸就足以赢得全莫斯科人——上到波雅尔，下到农民的爱戴吗？喝点儿酒吧，上帝的仆人，别怕黑。我承诺你的都做到了，对不对？"

"就剩最后一件。"当时康斯坦丁全身发抖，流着冷汗，看上去很可怜。他已被任命为主教，也得到了与这个尊贵地位相称的财产，而且莫斯科人都狂热地崇拜他。但这些都不能让他在深夜睡得更好，因为他梦见那些死人伸出手来够自己。

现在在缮写室中，康斯坦丁从木嵌板那边转过身，发现那恶魔正站在自己身后，不禁下意识地屏住呼吸。他一直无法习惯恶魔的出现。这野兽明白他在想什么，能把他从噩梦中叫醒，还会低声在他耳边出主意。康斯坦丁永远也无法摆脱他。

也许我也不想摆脱他，脑子更清醒时康斯坦丁会这样想。只要他看到对方的独眼，那恶魔就会坚定地与他对视。

那野兽看着他。

康斯坦丁曾在漫长的岁月中等待，等待上帝的声音出现，但上帝一直保持沉默。

这恶魔总是喋喋不休。

然而任何方法也不能平息康斯坦丁的噩梦。他试过喝酒，希望这样能睡得更熟，但蜜酒只会使他头痛。最后他绝望地向修士们要来笔和木嵌板，还有油、水和颜料，开始画圣像。作画时，他似乎可以将灵魂倾注于双眼和双手，于是他的心灵平静下来。

"我看到你在画画，"熊尖刻地说，"独自在修道院里画。为什么呢？我还以为你爱的是尘世间的荣耀呢，神的仆人。"

康斯坦丁在木嵌板前挥舞胳膊："我有我自己在世间的荣耀。这个难道不也是光荣的吗？"他的声音饱含辛辣的讽刺：他这个不信神的人都在画圣像。

熊越过康斯坦丁的肩膀看画："这幅画很奇怪。"他伸出粗壮的手指，在空气中描摹画上的线条。

画上是圣彼得：黑色头发，眼神狂野，手和脚流着血，双眼茫然地看着等在天堂门口的天使们。但天使们神情呆滞，手持宝剑，一脸敌意。欢迎使徒升天的主人看上去更像是守着大门的士兵，彼得也没有圣徒该有的那种安详神情。他用双眼盯着某处，同时在做富于表现力的手势。康斯坦丁的妙笔使他栩栩如生，而祭司灵魂中那无法根除的赤裸裸的欲望也体现在他身上。

"真美，"熊用手指描摹线条，但没碰到画面，看上去好像很迷茫，"你怎么能让它如此生动呢？你又不会魔法。"

"我不知道，"康斯坦丁说，"我的手自己就会画。你对美了解多少呢，恶魔？"

"比你了解得多。"熊说，"我活得更久，见得也更多。我能起死回生，但不过是让死者拙劣地模仿活人。这个不一样。"

在那只饱含讥讽神色的独眼中，自己看到的是惊叹吗？康斯坦丁不敢确定。

熊伸手把木嵌板转过去对着墙壁。"你还是得去大教堂里做场礼拜。你忘记我们的交易了吗？"

康斯坦丁把笔扔到一边，问："如果我不去会怎样？你会诅咒我吗？偷走我的灵魂吗？折磨我吗？"

"不会，"熊轻轻碰他的面颊，"我会消失，不再回来，投入那燃烧的深渊，留你独自一人。"

康斯坦丁一动不动地站着。独自一人？独自一人胡思乱想？在这个炎热的、梦魇一般的世界上,有时这恶魔看上去才是唯一真实的东西。

"别离开我。"康斯坦丁发出刺耳的低语。

粗壮的手指轻触他的脸,力道柔和得令人吃惊。大大的、璀璨的蓝眼睛抬起来,迎上灰色的独眼和一张满是疤痕的脸。熊把答案随着呼吸吹进康斯坦丁的耳朵:"一百代人出生又死去,我在世间始终独自一人。我被封印在林间的空地,抬头只能看见那片永恒不变的天空,你的手却能造就我从未见过的生命。我为什么要离开你呢?"

康斯坦丁不知自己是该松口气,还是该恐惧。

"虽说如此,"熊低声说,"但别忘了大教堂。"

***

季米特里表示反对:"为全莫斯科做场礼拜?祭司,理智些。高温会使人昏倒,或者会发生踩踏事件。就算不把所有人召集起来流汗、祈祷和亲吻圣像,人们现在已经足够虔诚了,也许已经可以取悦上帝了。"他想了想,才说出最后一句话。

熊隐身在一旁,满意地说:"我真是爱那些理智的人。他们总是试图理解不可能的事情,但又做不到,然后就会误入歧途。来吧,祭司,用你的三寸不烂之舌搞定他。"

康斯坦丁没有表示出任何他听到熊说话的样子,只是抿一下嘴唇,用责备的口吻大声说:"这是上帝的意志,季米特里·伊凡诺维奇。如果有机会解除莫斯科的诅咒,那我们必须抓住机会。吸血僵尸正在城里散布恐惧,如果有哪次我来迟了,怎么办?如果有更糟的事情发生,而我的祈祷却没用,那会怎样呢?我想最好是全城的人一起祈祷,也许可以结束这个诅咒。"

季米特里仍然皱着眉头,但他同意了。

***

康斯坦丁穿上红白相间的新长袍,把衣领高高竖起。他僵硬地挺直脊梁时,觉得这个世界似乎变得虚幻起来。他把手放在圣殿门上。汗水如泉涌,顺着他的背流下来。

熊说:"我想进去。"

"那就进去吧。"康斯坦丁心不在焉地说。

魔鬼发出不耐烦的声音,拉起康斯坦丁的手:"你得带我进去,我和你一起。"

康斯坦丁的手蜷缩在恶魔手里:"你为什么不自己进去?"

"我是魔鬼。"熊说,"但我也是你的盟友,神的仆人。"

康斯坦丁把熊拉进圣殿,恶狠狠地瞪了圣像一眼:你不肯和我说话,那就看我现在在做什么。熊好奇地环顾四周,看着镀金镶宝的圣像罩和红蓝相间的天花板,看着人群。

教堂里人头攒动,人们摇摇晃晃,互相推搡,到处都是酸臭的汗味。他们一起挤在圣障前哭泣、祈祷,圣徒们和某个沉默的独眼恶魔居高临下地看着他们。

圣障的门都打开时,熊和康斯坦丁一起走出去。他仔细地审视人群,说:"这是好兆头。现在来吧,神的仆人。让我看看你的本事。"

康斯坦丁开始主持礼拜,但不知道自己在为谁唱颂歌。是那盯着自己看的人群,还是那倾听的恶魔?他用那破碎的、痛苦不堪的灵魂全心全意地歌唱,直到整个教堂的人潸然泪下。

礼拜完成后,康斯坦丁回到修道院的小房间里,这里的陈设与他自己宅子里的截然相反。他一言不发地躺在被汗水浸透的床单上,闭上眼睛。熊没说话，但也在那里，因为康斯坦丁能感觉到那个渎神者的逼人气势。

最后祭司闭着眼睛开始发脾气："你为什么不说话？我已经照你说的做了。"

熊几乎是咆哮着说："你一直把自己说不出口的东西画出来，羞愧、悲伤，还有所有无聊的东西都在这里，都在圣彼得的脸上。还有今天，你把你说不出口的话都唱出来了，我能感觉到。如果有人听出来呢，你是要背弃承诺吗？"

康斯坦丁摇摇头，仍然闭着眼。"他们会听到他们想听到的，看到他们想看到的，"他说，"他们会把我感受到的东西当成是自己的感受，脑子都不动一下。"

"那好吧。"熊说，"人类都是大傻瓜。"他放过这个话题，"无论如何，教堂里的这一出足够了。"现在他听起来很开心。

"足够什么？"康斯坦丁说。这时太阳已经落山，比起白天，绿色的黄昏能稍微凉快一点儿。他一动不动地躺着，喘着气，徒劳地寻求清凉的空气。

"足够的死人，"熊严肃地说，"他们亲吻过同一个圣像。死人对我有用处。明天你得去找大公，把你的地位确定下来。女巫的那个哥哥亚历山大兄弟就要回来了，你必须取代他在大公身边的位置。"

康斯坦丁抬起头："那修士和大公有打小儿的交情。"

"是的，"熊说，"但那修士对季米特里撒谎，还不止一次。我向你保证，从那以后他无论怎样硬着头皮发誓，也无法重新得到大公的信任。难道对你来说，这比让暴徒去杀个女孩儿更难吗？"

"她活该。"康斯坦丁咕哝着，用一只胳膊压住眼睛。一片漆黑中,他仿佛又看见那双带着瘀伤的深绿色眼睛凝视着他,于是他又睁开眼。

"忘了她吧,"熊说,"忘记那女巫。你快被欲望、骄傲和悔恨逼疯了。"

这话真是伤人。康斯坦丁坐起来说:"你不能读我的心思。"

"我没有,"熊反驳,"但我能看懂你的表情,你的心思都写在脸上了。"

康斯坦丁缩进粗糙的毯子里,轻声说:"之前我以为自己会满足的。"

"满足不是你的天性。"熊说。

"谢尔普霍夫大公夫人今天没来大教堂,"康斯坦丁说,"她家里人都没来。"

"因为那孩子。"熊说。

"玛丽亚?关她什么事?"

"警告,"熊说,"精灵警告了她。你烧死一个瓦西娅,就以为已经杀了莫斯科所有的女巫吗?但别怕。在第一场雪落下之前,城里不会再有女巫。"

"是吗?"康斯坦丁喘着气问,"怎么回事?"

"因为你今天把全莫斯科的人都召集到大教堂里了。"熊满足地说,"我需要一支军队。"

***

"他们不能去!"在此之前,玛丽亚对母亲大喊,"谁也不许去!"母女俩都穿着最薄的内衣,脸上挂着汗珠,一模一样的黑眼睛因疲惫而目光呆滞。那年夏天,内宫里所有女人都在暗中生活。室内没生火，也没点灯或蜡烛，否则热浪将使人无法忍受。她们在深夜开窗，白天再把窗子紧紧地关好，好保持室内凉爽。所有妇女都在阴暗中熬着日子。玛丽亚汗流浃背、苍白消瘦、垂头丧气。

奥尔加温柔地对女儿说："如果人们想去教堂祈祷，我无法阻止他们。"

"您必须阻止他们，"玛丽亚急切地说，"您必须阻止他们。这是炉子里的那个男人说的，他说去的人都会得病。"

奥尔加皱眉打量女儿。自从天气热起来，玛丽亚就变了样。通常奥尔加会带着家人离开城市去谢尔普霍夫镇，在那个简朴的小镇里他们至少可以呼吸到凉爽的空气。但今年传说南方发生了火灾，如果有人敢把头伸出门，就会看到地狱般让人喘不过气的白色烟雾。城外瘟疫流行，于是她们最终还是没出城。她能阻止家人出门，但是……

"求您了，"玛丽亚说，"让大家都待在家里，再关上大门。"

奥尔加仍然皱着眉头："我不能一直不开门。"

"您不需要一直这样。"玛丽亚说。奥尔加不安地注意到女儿在凝视着什么。她成长得是那么快，那场大火以及火灾之后发生的某些事改变了她，使她能看见母亲看不到的东西。"只要拖到瓦西娅回来就好。"

"玛丽亚。"奥尔加温和地开口。

"她正在回来的路上，"女儿说，并没有挑衅地大喊大叫，也没有哭着求母亲理解，而只是在陈述事实，"我知道。"

"瓦西娅不敢回来，"瓦尔瓦拉拿着湿布走进来，手里还端着储存在凉爽酒窖里的一罐蜜酒，"就算她还活着，她也会明白我们正面临什么样的危险。"她把湿布递给奥尔加，后者用它轻轻擦拭太阳穴。

"危险可曾吓退过瓦西娅?"奥尔加问,同时接过瓦尔瓦拉递过来的杯子。两个女人担忧地交换眼色。"我会禁止仆人去大教堂,玛丽亚,"奥尔加说,"但他们不会为此而感谢我。还有,如果你听说瓦西娅回来了,你会告诉我吗?"

"当然,"玛丽亚马上说,"我们得为她准备好晚饭呢。"

瓦尔瓦拉对奥尔加说:"我觉得她不会回来了。她已经走得太远了。"

第二十章

金笼头

瓦西娅眼前都是冬天的午夜,但她是如此渴望阳光,渴望到全身发抖。她根本不确定他们能不能跑出午夜之国。他们马不停蹄地越过冰雪覆盖的山脊和山谷。那里笼罩在黑暗中,仿佛从未见过白昼。在这个国度里,背后的摩罗兹科并不能给她安慰,因为他也是漫漫长夜的一部分。

她试着去想萨沙,去想莫斯科的白昼,去想正在黑夜尽头等待自己的那个世界,但她的生物钟被打乱了。他们骑着马穿过寒冷的夜晚,她觉得越来越难以集中精神。

"别睡。"摩罗兹科在她耳边说,因为她的头正懒洋洋地倚在他肩上。她吓了一跳,猛地坐直。白马斜过一只耳朵表示责备。"如果让我来引路,我们最后就会到达我自己国土上的某个地方,那将是隆冬。"他接着说,"如果你还想回夏天的莫斯科,就必须保持清醒。"他们正穿过一块长满雪花莲的林间空地,星星在头上眨眼,脚下的野花散发出淡淡的甜香。

瓦西娅马上挺直背,尽量集中精神。黑暗似乎在嘲弄她:你怎能将严冬之王与冬天分开呢?这是徒劳的。她的头开始嗡嗡响。

"瓦西娅,"他更温柔地说,"和我一起去我的国度吧,莫斯科的冬天很快就会到来,除非……"

"我还没睡着,"她突然暴躁起来,"是你放走熊的,你必须帮我封印他。"

"乐于从命。"他说,"但在冬天,跨越两个季节不过是一眨眼的时间,瓦西娅。"

"也许在你看来是一眨眼,但对我和我的家人来说可是漫长的时光。"她说。

他不再跟她争辩。

她开始想他的失忆、从虚无中生火时那古怪的摇曳的现实世界,以及如何才能让全莫斯科的人都看不见她。严冬之王不可能在夏天离开他的国度。不可能,不可能。

她握紧双拳。不,她想,要让它成为可能。

"还要远些。"说完,她沉默下来。白马继续飞奔。

当瓦西娅的注意力摇曳得像狂风中的火苗时,当筋疲力尽的感觉要把她吞噬时,当她只能靠他搂在自己腰上的胳膊才能坐直时,气温终于渐渐升高,泥泞的土地从雪下露出来。他们迈进一个树叶窸窣作响的世界,白马的四蹄踩在结霜的树叶上。瓦西娅仍然坚持着。

最后,她、摩罗兹科和两匹马跨入另一个深夜,她看见河流拐弯处有一簇营火。

与此同时,夏天的热浪仿佛巨手沉沉地按在她身上,冬天的最后一丝迹象被甩在身后。

摩罗兹科轻飘飘地贴住她的后背。她惊恐地看到他的手越来越模糊,就像霜在温水中融化一样。

瓦西娅侧过身抓住他的手。"看着我,"她厉声说,"看着我。"

他抬起头,用透明的眼睛望着她。他的脸同样透明,像一张平面的画。"你答应过不离开我的,"瓦西娅说,"你并不是独自一人,这是你说的。你这么轻易就放弃了誓言吗,严冬之王?"她几乎把他的手捏碎。

他直起身子。他还在那里,虽然轮廓有些模糊。"我在这里,"他说,冰冷的呼吸仍不可思议地吹动夏天的树叶,声音里仍带着一丝幽默,"算是吧。"但他在发抖。

"你们现在已回到自己的午夜了,"波扎尔冷淡地提醒他们,"我要走了。我们的账清了。"

瓦西娅小心地放开摩罗兹科的手,看到他并没马上消失,于是她从白马的肩上滑下来。"谢谢你,"瓦西娅对金色牝马说,"我真是不知道该怎么表达我的感激之情。"

波扎尔扇扇一只耳朵,转过身,一言不发地小跑着离开。

瓦西娅有些凄凉地目送她离开,再次压下对索洛维的思念。河边的营火在黑暗中轻快地跳动。"在午夜赶路顶好了,"瓦西娅喃喃自语,"但它常常涉及许多隐秘的事。你猜那会是谁?"

"我不知道,"摩罗兹科简短地说,"我看不见。"他很实事求是,但看上去十分震惊。要知道在冬天里,他的感知能延伸到很远的地方。

他们蹑手蹑脚地走近,在火光照不到的地方停下。一匹没戴足枷的灰牝马站在火堆对面,不安地抬起头,倾听夜幕中的声音。

瓦西娅认识她。"图曼。"她喘着气说,看见三个男人在牝马另一侧露宿,此外还有三匹骏马和一匹驮马。其中一人裹着斗篷躺着,像个黑色的大包裹,但另外两人不顾夜已经很深,仍笔直地坐在火边谈话。其中一人是她哥哥,因长途跋涉而脸庞瘦削,皮肤被太阳晒得粗糙,发间多了几根银丝;另一位则是罗斯最神圣的人——谢尔盖·拉多涅日斯基。

萨沙抬起头看看焦躁不安的马。"林子里有东西。"他说。

瓦西娅不知道在这种情况下,一位修士(即使是她哥哥)会做出何种反应。要知道,现在她与魔法和黑暗的关系密不可分,还与霜魔紧紧牵着手。但她鼓起勇气走上前去。萨沙猛地回身;谢尔盖跳起来,动作敏捷得不像他这个年纪的人;第三个人也噌地坐直,眨着眼睛。瓦西娅认出那是罗季翁·奥斯雅必雅[①],圣三一修道院的修士。

夏夜里,三位风尘仆仆的修士在空地宿营真是再普通不过的事。他们使她肩负的冬日午夜烟消云散,好像一场梦。

但那并不是梦。她已经把两个世界合二为一。

她不知道在前方等着自己的会是什么。

***

亚历山大兄弟首先看到妹妹那苗条的身影,还有她青一块紫一块的脸。他在心里骂着脏话,收剑入鞘,向她跑去,同时还在祈祷。

[①] 史上确有罗季翁·奥斯雅必雅(Rodion Oslyabya)其人,他是库利科沃战役中亚历山大修士的伙伴。——译者注

她是那么瘦，脸上的每一块骨头都凸出来，在火光下仿佛骷髅。但她用力抱住他，他看到她的睫毛湿了。

也许他自己也哭了："玛丽亚说你还活着。我——瓦西娅，对不起。原谅我。我当时想去找你。我——瓦尔瓦拉说我们已经想象不到你走了多远，还说你——"

她打断他喋喋不休的话语："没什么，都过去了。"

"那火刑……"

她板起脸："都结束了，哥哥。那两场火都是过去的事了。"

"你去哪儿了？你的脸怎么了？"

她碰碰划过颧骨的那道伤疤："那天晚上在莫斯科，暴民们来抓我时弄的。"

萨沙咬住嘴唇。谢尔盖声音尖锐地插嘴："林子里有匹马，还有一个影子。"

萨沙转身，再次去握剑柄。黑暗中站着匹牝马，白得像是冬夜里的月亮，正好站在火光照亮的圈子边缘。

"那是你的马吗？"萨沙问妹妹，然后再细看，发现在马旁边有道影子正看着他们。

他又要拔剑。

"不，"他妹妹说，"不要动手，萨沙。"

萨沙意识到那道影子是个男人——双眼好像两个光点，颜色浅得和水一样。那不是人，而是个恶魔。

他拔出剑："你是谁？"

***

摩罗兹科没作声，但瓦西娅能感受到他的怒气，因为他和修士是天生的对头。

她看着哥哥的眼睛,发现萨沙的愤怒不仅出于修士对恶魔的那种正义的蔑视,于是很不高兴。"瓦西娅,你认识这个……生物吗?"萨沙问。

瓦西娅张开嘴,但摩罗兹科走进火光中抢先开了口:"我从她儿时起就注意到了她,"他冷冷地说,"我曾带她回自己家,用古老的魔法把她与我联结在一起,又送她去莫斯科。"

瓦西娅无语地瞪着摩罗兹科,看来他也同样蔑视萨沙。无论怎样,他要先开口。"瓦西娅,"萨沙说,"他还对你——"

瓦西娅打断他:"这些都无关紧要。我已经女扮男装骑马穿越罗斯,我曾独自在黑暗中行走,最后终于能活着见到你。你现在再顾虑这些已经太晚了。现在——"

"我是你哥哥,"萨沙说,"我在乎这个,我们家族所有的男人都会在乎这个——"

"我还是孩子时你就离开了我们!"她插嘴,"你首先把自己献给宗教,然后是你的大公。我的生活和命运不必由你来评判。"

罗季翁怒气冲冲地接话:"我们是上帝的仆人,"他说,"那是个恶魔。对此还用多说吗?"

"我想,"谢尔盖说,"还是要多说几句的。"他的声音不大,但大家都转向他。

"孩子,"谢尔盖镇定地说,"我们想从头听听你的故事。"

***

他们围坐在火边,罗季翁和萨沙并没把剑插回鞘中。摩罗兹科根本没坐下,而是不安地踱来踱去,好像说不清自己最讨厌哪样东西:

修士,充满敌意的火光,还是炎热的夏季深夜?

瓦西娅讲完整个故事,或者说把能讲的部分都讲完了。最后她的嗓子变得沙哑。摩罗兹科没说话,她感觉他费了好大劲集中精神,才维持身影不消失。也许她的接触和血能帮助他,但哥哥一直在边沉思边注视霜魔,所以她觉得最好还是别激怒哥哥。她用双臂环抱住膝盖。

她沙哑的声音停止了。谢尔盖说:"你还没把一切都讲出来。"

"是的,"瓦西娅说,"有些事情我不能说。但我讲的都是事实。"

谢尔盖不出声了,萨沙的手仍然玩弄着剑柄。火苗渐渐熄灭,微弱的红光中,摩罗兹科的身影似乎比之前在强烈的火光中显得更清晰——这有些自相矛盾。萨沙和罗季翁盯着他,丝毫不掩饰目光中的敌意。瓦西娅突然觉得自己的希望似乎是那么愚蠢,因为这两股势力不可能合作。她用尽自己说服人的本事:"恶魔在莫斯科横行,我们必须一起面对,否则我们会被各个击破。"

修士们没说话。

谢尔盖慢慢说:"如果在莫斯科有个邪恶生物,那么我们该怎么做呢,孩子?"

瓦西娅感到有一丝希望。罗季翁出声抗议,但谢尔盖举起一只手让他闭嘴。

"熊是杀不死的,"瓦西娅说,"但他可以被封印。"她把自己知道的关于金笼头的一切都说了出来。

"我们当时找到它了,"萨沙出乎意料地插嘴,"就在马厩的废墟上,那个晚上……那个晚上……"

"是的,"瓦西娅马上说,"那天晚上它就在马厩里。它现在在哪里？"

"在季米特里的宝库里，如果他没有把它熔化成金子的话。"萨沙说。

"如果你和谢尔盖一起告诉他这能做什么，他会把它给你吗？"

萨沙张开嘴，显然要说"是的"，但随后他皱起眉头："我不知道。我还没——季米特里不再像以前那样信任我，但是他很信任谢尔盖。"

瓦西娅知道让哥哥承认这事是很痛苦的，也知道为什么季米特里不再信任哥哥。

"对不起。"她说。

他摇摇头，什么也没说。

"你不能依赖大公的信任，"摩罗兹科第一次插嘴说，"梅德韦季最大的天赋是制造混乱，他的工具就是恐惧和怀疑。他会知道你们两个要来，并且已经做好计划。除非他被封印，否则你不能相信任何人，甚至不能相信自己，因为他会使人癫狂。"

修士们交换眼色。

"我们能把金笼头偷出来吗？"瓦西娅问。

在这个问题面前，所有修士看上去都一脸正气，没人接她的话。她气得想揪自己的头发。

＊＊＊

他们花了很长时间制订计划，到最后瓦西娅非常想睡觉——不仅是为休息，而是因为在她自己的午夜里，要到她睡醒时天才会亮。他们谈话时，她仍然在午夜王国，大家和她一起被困在黑暗中。她不知道萨沙会不会因为天迟迟不亮而纳闷儿。

等再也受不了时，瓦西娅说："我们明天早上再谈吧。"她起身离开火堆，找到一堆常年落下并累积起来的松针躺下，把自己裹在披风里。

摩罗兹科向修士们鞠了一躬，动作中含着些嘲弄的意味，使萨沙气红了脸。

"明早再说吧。"严冬之王说。

"你上哪儿去？"萨沙问道。

摩罗兹科简单地说："我要顺着河走一走。我还从没见过流水上的曙光。"

然后，他消失在黑夜中。

***

沮丧而恐惧的萨沙想一头栽到地上，想打倒那个影子生物。一想到那个恶魔在黑暗中对自己未婚的妹妹耳语他就受不了。他盯着那个恶魔消失的地方。罗季翁关切地看着他，谢尔盖则理解地看着他。

"坐下，我的孩子，"谢尔盖说，"现在不是发脾气的时候。"

"那么，我们是要和魔鬼做交易吗？这是罪孽，上帝会生气的！"

谢尔盖用责备的口气说："凡人怎能猜度主的想法？常言说得好，若人自高自大，就会接近邪恶。我知道神所要的，因为这也是我所要的。你可能讨厌那个被她称为'严冬之王'的人，因为他看她的样子使你难受，但他并没有伤害她。她说他救了她的命，而这点连你都做不到。"

这话很重，使萨沙的气势不由自主地低落下来。"不，"他低声说，"我当时确实不能，但也许他诅咒了她。"

"我不知道，"谢尔盖说，"我们没法儿知道。但我们的使命是帮助凡人——那些无助的和害怕的人。我们来莫斯科不就是为了这个吗?"

萨沙沉默了好大一会儿,最后无力地往火堆上扔根柴,说:"我不喜欢他。"

"我想,"谢尔盖说,"他半点儿也不在乎这个。"

***

瓦西娅在灿烂的阳光中醒来,跳起来抬起脸迎向太阳。终于离开午夜之国了,她希望再也不要走那条黑暗的路。

有那么一会儿她还能享受温暖,接着热浪开始无情地汇聚。汗水从胸前滑落,顺着脊柱流下。她还穿着从湖边的那所房子里带来的羊毛衬衫,不过现在她想要一件亚麻的衣服。

她光着脚,体会被露珠润湿的泥土中的凉意。摩罗兹科离她只有几步远,正在为白马梳毛。她不知道昨晚他是一直待在他们身边,还是四处游荡,触摸夏天的土地,让地面结起奇怪的霜花。修士们仍然在睡觉,就像夏天人们在白天睡觉那么平常。摩罗兹科身上的毛皮和刺绣丝绸不见了,似乎他无法在炽热的阳光下继续穿这种代表地位的礼服,这使他看上去像个光脚站在草地上的普通农民。他的落脚处结起霜花,他的衬衫袖口滴着凉水。即使在潮湿的早晨,他的身边也萦绕着一丝凉意。她吸口气,觉得很舒服,说:"圣母呀,真热。"

摩罗兹科看上去神情严峻:"那是熊的杰作。"

"在冬天,我常常盼着这样的早晨,"瓦西娅说了句公道话,"这样一天都暖和。"她走过去抚摸白马的脖子,"在夏天,这样的早晨令人窒息。你觉得热吗?"

"不知道。"他简短地说,"但是高温会让我消失。"她懊悔起来，拉住他放在马肩隆上的手，于是他们之间的羁绊突然焕发活力，他的轮廓也越发清晰。他的手拢住她的手。她颤抖着，他微笑着。但他的眼睛仿佛离她很远，因为他不喜欢别人提醒他自己的弱点。

她把手放下来："熊知道你在这里吗？"

"不知道，"摩罗兹科说，"我会尽量保持这种状态。我们最好在路上花两天，在某个晴朗的早晨到达莫斯科。"

"因为那些死人吗？"瓦西娅问，"吸血僵尸？他的仆人？"

"他们只在晚上走路。"他说，浅色的眼睛射出狂野的光。瓦西娅咬着嘴唇。

一场古老的战争，蘑菇爷爷曾这样称呼它。她已经像那精灵所说的一样，成为其中的第三股力量了吗？还是说她不过是严冬之王的追随者？光阴的墙壁突然在他们之间竖起，就像在浴室那晚之前一样不可逾越。

但她尽量让自己轻快地说："我猜白天结束之前，就算是我哥哥也会出卖自己的灵魂去换凉水。请别惹毛了他。"

"我生气了。"他说。

"我们不会跟他们一起走很久的。"她说。

"不，"他答道，"我会尽我所能忍受这个夏天，瓦西娅，但我终究会消失的。"

***

天太热了，他们什么也没吃。还没等动身上路，大家就已经满脸通红，汗流浃背。他们沿着莫斯科河旁蜿蜒狭窄的小道向西边的城市走去。瓦西娅紧张得要命——离莫斯科越近，她就越害怕。她在尘土中艰难地行走，尽量记住自己能施魔法，自己还有盟友。但在光天化日下,这一切简直令人难以相信。

摩罗兹科放开白马,让她在河边吃草,不让人看见她。他自己也待在别人看不见的地方,只有一阵把树叶吹得沙沙作响的凉风表明他仍然在那里。

太阳在这个令人眩晕的世界上空升得越来越高,灰色的影子像铁条一样横在小径上。河在他们的左边奔流,他们的右边是片广阔的麦田,红金相间的颜色好像波扎尔的皮毛。一阵热风吹过,麦秆弯下腰窸窣作响,小路上尘土飞扬。

他们走啊走,在麦田中穿行,这块田似乎没有尽头,看起来……瓦西娅突然停下来,手搭凉棚,问:"这块地有多大?"

男人们也停下来,面面相觑。没人知道,炎热的白天似乎没有尽头。摩罗兹科不见了。瓦西娅向麦田上方望去,看见旋风卷着尘土在红金色的麦子上空旋转,灰蒙蒙的天空被黄色的薄雾遮蔽。太阳在头顶上空,仍然在头顶上空……它在那个位置待多久了?

一停下来,瓦西娅就看到修士们都涨红了脸,呼吸急促。是因为比之前走得更快吗?还是因为天气太热?"那是什么?"萨沙擦去脸上的汗水问道。

瓦西娅指着旋风:"我想……"

突然,随着一声压抑的喘息,谢尔盖一头栽倒在马鬃上,侧身摔了下去。萨沙扶住他。谢尔盖的马很镇定,纹丝不动,只是歪歪一只耳朵表示困惑。谢尔盖的皮肤鲜红,不再有汗水冒出。

瓦西娅瞥见一个女人站在修士们身后。她皮肤白皙,头发也被晒成了白色。她举起如白骨的手,手中是一把大剪刀。

那不是个女人。瓦西娅想都不想就跳起来,抓住那精灵的手腕,把她向后推。

"我见过午夜婆婆,"瓦西娅抓住她的手说,"但没见过她妹妹——正午婆婆普卢德尼察。他们说她碰谁,谁就会中暑。"

萨沙正跪在尘土中抱着谢尔盖,悲痛欲绝。罗季翁已经跑开去找水。瓦西娅不确定他能不能找到。中午的麦田是正午的国度,他们无意中撞了进来。

"放开我!"普卢德尼察咬着牙说。

瓦西娅没松手。"别缠着我们,"她说,"我们跟你可没过节儿。"

"没有过节儿?"精灵的白发在闷热的风中飘舞,好像稻草一样,"他们的钟声会送我们的终。这过节儿足够了,你觉得呢?"

"那些铸钟的人不过是想活下去,"瓦西娅说,"我们都一样。"

"如果我们必须彼此残杀,"正午婆婆厉声说,"那最好先让他们死绝。"罗季翁回来了,但没找到水。萨沙站起来,把手放在灼热的剑柄上,但他看不到瓦西娅在跟谁说话。

瓦西娅对正午婆婆说:"他们死去后,你们的末日也就不远了。是好是歹,人类和精灵们都在同一条船上。但这可能是好事,因为我们可以共存。"为表达她的好意,瓦西娅伸出手,用那把大剪刀割破拇指。她听到修士们在身后倒吸一口气,意识到自己的血能让他们看见那恶魔。

正午婆婆尖声笑了:"你是要拯救我们吗,渺小的凡人孩子?熊可是向我们承诺了战争和胜利。"

"熊是个骗子。"瓦西娅说。

就在这时,谢尔盖在她后面轻声说:"恐惧的、逃避的、不洁的和被诅咒的精灵，通过谎言才会现形，借助假象方能隐藏。无论你属于清晨、正午、午夜还是深夜，我都会驱逐你。"

正午婆婆大声喊叫，这次是出于真正的痛苦。她扔下大剪刀后退，眼看要消失……

"不要！"瓦西娅对修士大喊，"不是你想的那样，不是他们想的那样。"瓦西娅冲上前抓住正午婆婆的手腕，不让她彻底消失。

"我能看见你，"瓦西娅低声对她说，"活下来。"

正午婆婆熬过了那一刻，但她受了伤，很害怕，又无所适从。一阵旋风卷过，她消失了。

摩罗兹科从正午那刺眼的阳光中走出来。"你的保姆没告诉过你关于夏天麦田的事吗？"他问。

"巴图席卡！"萨沙大喊。瓦西娅转身去看修士。谢尔盖急促地喘着气，脖子上的血管突突地跳着。摩罗兹科可能曾犹豫过，但最后他还是咕哝着跪在尘埃里，把长长的手指放在修士疯狂跳动的颈动脉上。他呼出一口气，另一只手紧紧地握成拳头。

"你在做什么？"萨沙怒气冲冲地问。

"等等。"瓦西娅说。

起风了，先是慢吞吞地，随后逐渐加快，吹得麦秆弯下腰来。那是冷风，是冬天的风，有松树的味道，在热浪和尘埃中简直是个奇迹。

摩罗兹科咬紧牙关。他的轮廓越来越模糊，风却越刮越大。很快他将会消失，他的出现就像盛夏里的一片雪花，本身就不可想象。瓦西娅抓住他的肩膀。"还不行。"她在他耳边说。

他飞快地瞥她一眼，然后继续。

气温降了下来，谢尔盖的呼吸和狂跳的脉搏开始放缓，萨沙和罗季翁现在看上去也好多了。瓦西娅大口呼吸着冷空气。虽然她抓着他,但摩罗兹科的轮廓现在颤抖得厉害。

萨沙突然问:"我们能做什么?"他脸上谴责的神色消失了,取而代之的是希望。

她惊奇地瞥他一眼,说:"看着他。记住他。"摩罗兹科抿起嘴唇,什么也没说。

谢尔盖深吸一口气。他们周围的空气凉爽得足以把瓦西娅那件令人窒息的衬衫下面的汗水吹干。风逐渐减弱,太阳开始在天顶移动。天气仍然很热,但不再像之前那样致命。摩罗兹科放下手鞠了个躬,他的脸色灰白得像春雪一样。瓦西娅把手放在他的肩上,凉水顺着她的手指流下来,流过他的肩膀。

大家都一言不发。

"我想我们暂时先别再往前走了,"瓦西娅说,目光从霜魔转向满身汗水的修士们,"否则我们到目的地之前就会死掉,熊正盼着这个呢。"没人表示异议。

***

他们找到一个小河谷,这里有凉爽的草皮和流水。河水在他们脚下奔涌远去,迅速流向莫斯科。莫斯科河和涅格林纳亚河在莫斯科城汇合。远处浓雾弥漫,他们可以看到那座阴沉的城市。不远处的河面上停满船只。

天太热,没人吃得下东西。瓦西娅从哥哥那里拿到一点儿面包,把面包屑撒在水里。她觉得自己看到鱼似的鼓眼睛一闪而过,那肯定不是水流溅起的某道涟漪。

萨沙看着她,突然说:"妈妈有时也把面包屑撒进水里,说是给河王的。"之后他紧闭双唇。但对瓦西娅来说,这听起来像是某种谅解,也像是道歉。她试探地对他笑笑。

"那个恶魔想杀我们。"谢尔盖说,声音仍然沙哑。

"她很害怕,"瓦西娅说,"他们都很害怕。他们不想消亡。我想是熊使他们更害怕的,所以他们才会攻击人。这不是她的错,巴图席卡,驱魔术只会使更多精灵倒向熊的阵营。"

"也许如此,"谢尔盖说,"但我不愿死在麦田里。"

"您没死,"瓦西娅说,"因为严冬之王救了您的命。"

没有人说话。

她把他们留在阴凉处,站起来走到下游,走到他们听不见自己说话的地方。她在高高的草丛中坐下来,把脚浸在水里,大声说:"你没事吧?"

沉默。而后他的声音在夏日的寂静中响起来:"我已经好多了。"

他悄无声息地穿过草地,坐在她身边。不知为什么,现在要看清他变得更困难,仿佛他要从她的视野中消失。她眯起眼睛继续看,直到这种感觉消失。他并拢双膝坐着,凝视着明晃晃的河水,酸溜溜地说:"我哥哥为什么会怕我重获自由呢?我现在比鬼魂强不了多少。"

"他现在知道吗?"

"是的,"摩罗兹科说,"他怎么能不知道呢?我刚召唤了冬天的风。除了我当面对着他大喊,没有比这个更能暴露我行踪的事了。如果我们还想去莫斯科,今天就得到达,就算要冒日落后赶路的危险也顾不上了。我本想避开黑夜和吸血僵尸,但如果他派仆人来杀你,我们最好抢先拿到那金笼头。"

瓦西娅在正午的阳光下瑟瑟发抖:"像正午婆婆那样的精灵都支持熊,一定有她的理由。"

"可能有许多精灵站在他那边,但不是大多数。"摩罗兹科回答,"精灵们不想消亡,但他们中的大多数都知道与人类开战是多么愚蠢。我们同命同运。"

她什么也没说。

"瓦西娅,我哥哥差点儿就说服你加入他那伙,当时你很犹豫吧?"

"他还没那么擅长说服人。"她看见摩罗兹科挑起眉毛,于是补充道,"我曾经考虑过,因为他问我为什么要忠于罗斯,尤其是莫斯科的暴徒还曾杀了我的马。"

"你放出了波扎尔,她又在莫斯科引起火灾,"摩罗兹科又去凝望流水,"还有,你姐姐的婴儿因你而死,虽然她已经准备以死换孩子的命。也许你只是为自己的愚蠢付出代价。"

他的语气很伤人,说出的话也意外地锋利如剑。她吃了一惊,说:"我并不想——"

"你进了城,就像一只被关在芦苇笼子里的鸟一样用身体撞栅栏,想把它们撞断。难道你还想不通自己为什么会落得那样的下场吗?"

"那么我当时该去哪里呢?"她厉声说,"回家?像女巫一样被烧死?还是该听你的话,戴着你的项链嫁人、生子,偶尔坐在窗边,深情地回忆自己和严冬之王在一起的日子?我当时应该让——"

"你应该三思而后行。"他一字一句地说,就像被最后那个问题刺痛了似的。

"有个霜魔为救我的命而把罗斯置于危险之中,这像他该说的话吗?"

他什么也没说,她把更多的伤人话吞回去,搞不明白他们之间有什么隔阂。她既不聪明也不漂亮。这些童话中没有一个提到缺点或怨恨之情,也没有提到过大度的姿态或可怕的错误。

"精灵们会受到崇拜的,"瓦西娅缓和语气说,"如果熊成功了的话。"

"如果他成功了,人们会崇拜他。"摩罗兹科说,"我认为只要对自己有利,他并不在乎精灵们的下场,"他停顿了一下,"和那些死于他计划的凡人的下场。"

"如果我想把宝押在熊的那边,一开始我就不会来找你。"瓦西娅说,"但是,是的,有时候我想到要回去拯救这座城市就会很痛苦。"

"如果整天背负着那些难以忘记的不公正,你只会伤害自己。"

她瞪着他,他眯着眼睛看回去。他为什么生气?她为什么生气?瓦西娅知道婚姻大事要慎重,知道乡村青年会在仲夏的暮色中追求黄头发的农家姑娘。在她会说话之前,她就已经听过不少童话,但没有哪个童话能帮她为此做好准备。她只好握紧拳头,免得自己忍不住去碰他。

她颤抖着长吸一口气,又去看水面,而他猛地站起来。"我要去睡在阳光下,"她说,"直到谢尔盖能继续赶路。我睡觉时你会消失吗?"

"不会。"他说,听起来好像很怨恨。但她又热又困,已经没法儿打起精神来留心此事。她在他身旁的草里蜷起身子,最后感觉到他轻柔冰凉的手指插在自己发间,好像一声道歉。接着她就一头扎进梦乡,沉沉睡去。

***

不久萨沙就找过来，看见霜魔直直地坐着，一脸警惕。西斜的夏日阳光似乎能穿透他的身体。萨沙接近时他抬起头来，脸上毫不遮掩的神色把对方吓了一跳。瓦西娅动了一下。

"让她睡吧，严冬之王。"萨沙说。

摩罗兹科什么也没说，但一只手开始捋顺瓦西娅纠缠的黑发。

萨沙说："你为什么要救谢尔盖的命？"

摩罗兹科说："你也许会以为我是个高尚的人，然而我不是。我们必须再次封印熊，但没法儿独立办成这事。"

萨沙沉默下来，把这个话题放过去，然后他突然说："你不是上帝的造物。"

"我不是。"摩罗兹科的另一只手松弛地放着，有种反常的沉静。

"但你救了我妹妹的命，为什么？"

恶魔直直地盯着他："首先是为我自己的计划，但后来是因为我无法坐视她被杀。"

"那你现在为什么和她骑马同行？对霜魔来说，出现在盛夏里不是件易事。"

"是她请求我这样做的。你又为什么要问这些问题呢，亚历山大·佩列斯韦特？"

摩罗兹科半是认真，半是嘲弄地叫出这个绰号，萨沙压下心头涌起的怒火。"因为离开莫斯科后，"他尽量保持声音平稳，"有人告诉我说她去了一个黑暗的国家，还说我不能跟她去那里。"

"你确实不能。"

"你能？"

"是的。"

萨沙继续追问："如果她再回到黑暗中去,你能发誓不抛弃她吗?"

也许那恶魔对这个问题感到惊讶,但他的神色仍然平静,神情仍然高远。他说:"我不会抛弃她。但总有一天她会去某个连我都去不了的地方,因为我是不会死的。"

"那么,如果她说有个男人能给她温暖,为她祈祷,同她生孩子,你就放她走吧,不要把她困在黑暗里。"

"你倒是应该下定决心,"摩罗兹科说,"发誓不抛弃她,或不把她转交给哪个凡人男子。你觉得哪个选择好一些呢?"他的语气很尖刻。萨沙把手伸向自己的剑,但最后还是松开手。"我不知道,"他说,"我以前从来没有保护过她。至于现在能不能,我自己也不知道。"

那恶魔什么也没说。

"修道院会毁了她。"萨沙不情愿地补充道,"婚姻也会,不管那男人有多善良,宅子有多漂亮。"

摩罗兹科仍然没说话。

"但我担心她的灵魂,"萨沙不由自主地提高嗓门儿,"我怕她会独自待在黑暗的地方,我也怕待在你身边。这是罪孽。你是童话,是噩梦,你根本没有灵魂。"

"也许没有。"严冬之王表示赞同,但他纤细的手指仍然插在瓦西娅的头发里。

萨沙咬着牙。他想要得到承诺、保证、表白。因为他不情愿地认识到,对有些事实自己已经无能为力。但他没把这话说出口,因为知道说了也不会有任何好处。她熬过严寒和火焰,找到了一个港湾——尽管它不会长久。也许在这个天下大乱的时刻,人们管不了这么多了。

他退后。"我会为你们俩祈祷的,"他清晰地说,"我们马上就出发。"

第二十一章

城门口的敌人

黄昏时天色仍然很亮,四野无声。灰色的影子拉长,渐渐变成柔和的紫色。他们沿着莫斯科河干涸的河床往下走,找到了一艘肯把他们送到对岸的渡船。

船夫只盯着修士看,而瓦西娅一直垂着头。她剪了短发,穿着粗布衣,举止笨拙,被别人当成了马童。起初她忙着让马在摇晃的船上站稳,很容易就忘记了自己身在何处。但当船接近对岸时,她觉得心脏跳得越来越快。

在她的记忆中,莫斯科被冰覆盖,同时被火光映红。匆忙搭建的火葬坛周围人头攒动,暴民们群情激昂。也许就在此时,他们脚下那淡漠的流水就是她的骨灰本应沉下去的地方。

她挣扎着冲到船舷边向河里呕吐。船夫笑了:"可怜的乡下小子,从来没坐过船吧?"她呕吐时,谢尔盖祭司体贴地用双手扶住她的头。"看对岸,"他说,"它一动不动,你看到没有?这里有干净水,喝吧,这样会好些。"

她颈后那看不见的冰冷手指使她回过神儿来。"记住,你不是独自一人。"他用只有她能听到的声音说。

瓦西娅坐起来,板着脸擦擦嘴。"我没事,巴图席卡。"她对谢尔盖说。

船靠上码头。瓦西娅抓住驮马的缰绳,牵他上岸,觉得绳子在汗湿的手里打滑。夜里城门会关,所以现在人们赶着要挤进城去。稍落后于三位修士并不是件难事。摩罗兹科冷冰冰的身影在她身边悄无声息地踱来踱去,等待着。

会有人认出她——那个他们以为已被烧死的女巫吗?前后左右都是人,她很害怕。空气中弥漫着尘土、腐烂的鱼和疾病的味道,汗水从她的胸前流下来。

她低着头,试图让自己显得渺小,试图控制自己狂跳的心脏。还没等她压下回忆,城市散发出的臭气就迅速勾起她的回忆:火、恐怖,还有撕扯她的衣服的手。她祈祷没人会对她在大热天里穿厚衬衫和外套表示惊奇,一生中她从未感到如此脆弱。

三位修士在大门口停下来。守卫们把装着干药草的香囊举到口鼻边,同时戳着大车上的货物向旅行者提问。河水反射出的光点映在他们的眼睛里。

"陌生人,报上你的名字,说说你进城要做什么。"卫队长说。

"我不是陌生人。我是亚历山大兄弟,"萨沙说,"我陪同圣父谢尔盖·拉多涅日斯基来见季米特里·伊凡诺维奇。"

队长怒目而视:"大公有命,你一到我们就得带你去见他。"

瓦西娅咬着嘴唇。萨沙平静地说:"我会及时去见大公,但必须先送圣父到修道院去休息,并为他的平安抵达祈祷,感谢上帝。"瓦西娅握着滑溜溜的马缰绳,听他们交谈。

"圣父可以随意去任何地方,"队长断然说,"但你必须遵命去见大公,我会派人护送你。大公听了别人的劝告,他不信任你。"

"谁给他出的主意?"萨沙问道。

"召唤奇迹者,"门卫说,平淡的声音有点儿激动,"祭司康斯坦丁·尼科诺维奇。"

"熊知道我们到了。"摩罗兹科曾对谢尔盖和萨沙说,当时他们正沿着莫斯科河向城市走去,"你可能会在城门口被拖住。如果是这样……"

瓦西娅恐慌得几乎无法呼吸,但她还是勉强对身边的驮马低声说:"站起来!"

那畜生突然疯狂地跳起来,接着萨沙那训练有素的图曼也人立起来,用前蹄猛踢,罗季翁的马也开始在城门口重重地踩踏。谢尔盖提高嗓门儿——尽管他已经上了年纪,但声音仍然洪亮:"来吧,兄弟,让我们一起祈祷吧——"就在这时,图曼踢倒一个守卫,使混乱达到高潮。瓦西娅借机溜进大门,摩罗兹科跟在她后面。

忘记他们吧。就像在同一条河边的另一个夜晚那样,忘记他们能看见她。当然,即使不施魔法,守卫们也未必能看到她,因为这三位修士成功地吸引了所有人的注意力。

她在大门的阴影中等着,等萨沙和谢尔盖一起走过去,这样她就可以偷偷地跟着他们进入大公的宫殿,和他们一起被人领进去,然后悄悄去偷金笼头。

"你看我像个十足的傻瓜吗,弟弟?"一个熟悉的声音问,轻快的语调中仿佛有军队在厮杀,有人类在尖叫。熊站在城门的阴影里,个头儿似乎比她上次见时更高大,就像在莫斯科上空盘旋的恐惧和疾病的瘴气滋养下成长起来一样。"这座城市是我的,"他说,"你想做什么?你像个幽灵一样和一群修士来到这里,打算把我出卖给新时代的宗教,让他们驱逐我?不,我现在比你更强大。这次不会再有个舒服的失忆监牢等着你,你将会面对锁链和漫长的黑暗。我杀死她后,会在你面前把她变成我的仆人。"

摩罗兹科握着一把冰刃,一言不发。但那刀被挥舞起来时,刀锋还在向下滴水。他无言地看着瓦西娅的眼睛。

瓦西娅跑起来。

"女巫!"熊喊起来,这次大家都能听见,"女巫,这里有个女巫!"人们开始转头看过来,他的声音戛然而止,因为摩罗兹科已挥刀斩向哥哥的喉咙。熊猛地把刀挡到一边,众目睽睽之下,这两人开始像狼一样在尘埃中扭打起来。

瓦西娅飞快地逃跑了,觉得心几乎跳到嗓子眼儿。一路上她小心地利用建筑物的阴影遮蔽自己。

她尽量不去想身后发生的一切:萨沙和谢尔盖负责转移季米特里的注意力,摩罗兹科挡住熊。

剩下的事交给她。

"如果真到了这一步,我不可能一直拖住他,"摩罗兹科曾说,"我只能坚持到日落,不能再久了。日落时,胜负就会确定,因为到那时熊就可以召唤死人,以人类的恐惧为力量,在黑暗中控制一切。必须在日落前封印熊,瓦西娅。"

于是她开始飞奔,觉得汗水刺痛了眼睛。精灵们注视着她,眼神好像石块一样落在她身上，她却不回头看。人们忙得团团转，气喘吁吁、汗流浃背，手里拿着装干花的香囊预防疾病，没人注意某个笨手笨脚的男孩儿。有个死人蜷缩在两栋建筑物之间的角落里，苍蝇落在他大睁的双眼上。瓦西娅忍着恶心继续往前跑，每走一步都要压下再次独自来到莫斯科的恐慌。每种声音、每种气味、每次街道拐弯都使那些可怕的记忆重新浮出水面。她觉得自己就像在噩梦中拼命蹚着黏糊糊的泥浆奔跑。

谢尔普霍夫亲王宫殿的大门被一再加固。门顶布满木钉，门口还有守卫。她停顿一下，继续与那令人反胃的恐惧做斗争，但不知道接下来该怎么办。

有声音从墙上传来，她找了三遍才看到说话的是谁——是奥尔加的多毛沃伊，正向她伸出双手。"来吧，"他低声说，"快点儿，快点儿。"

她抓住多毛沃伊伸出的双手，发现它们特别结实。在此之前，奥尔加的宅神们不过是模糊的雾，但现在那精灵用有力的双手拉住她。瓦西娅忙乱地向上攀，一只手抓住墙头翻了过去。

她跳到墙另一边的地面上，发现院子里很安静，只有寥寥几个仆人慢慢地走着。她吸口气，拼命回忆那种感觉，想忘记他们能看见自己。她做不到，因为就在那儿，索洛维曾经……

"我必须跟瓦尔瓦拉谈谈。"瓦西娅咬着牙对多毛沃伊说。

但那多毛沃伊抓住她的手把她往浴室的方向拖。"你必须见见我们的小姐。"他说。

***

玛丽亚像小狗一样蜷曲着躺在澡堂里。里面不算太热，班尼克一定在为她尽全力做事,瓦西娅想,所有的宅神想必都为她尽了全力,因为她……

玛丽亚坐了起来,瓦西娅被那孩子的脸吓了一跳。她的眼睛周围有一圈青紫,好像瘀伤。

"小姨!"玛丽亚大叫道,"瓦西娅小姨!"她扑倒在瓦西娅的怀里哭起来。

瓦西娅把孩子抱起来:"玛丽亚,亲爱的,告诉我发生了什么事。"

玛丽亚把脸靠在瓦西娅的胸口,声音模糊不清:"你走了。索洛维走了。火炉里的男人说,如果可能的话,吞食者会派死人到我们家。于是我跟那精灵谈了谈,给他们面包,再像你说的那样割破手,给他们血。我叫妈妈让所有人都待在家里,不准大家去教堂——"

"没错。"瓦西娅自豪地打断她滔滔不绝的话,"你做得很好,我勇敢的姑娘。"

玛丽亚突然挺直身体:"我要去找妈妈和瓦尔瓦拉。"

"这是个好主意。"瓦西娅说,同时想起天快黑了,时间紧迫。她不喜欢偷偷地躲在浴室里让玛丽亚去传话,但她不敢让仆人们看见自己,而且也不太能控制自己那点儿半吊子的法力。恐惧还在等待机会掐住她的喉咙。

"精灵都说你会回来,"玛丽亚开心地说,"他们说你会来,我们会去湖边某个凉快的地方,那里还有马群。"

"我希望如此。"瓦西娅热切地说,"现在快点儿,玛丽亚。"

玛丽亚跑了。瓦西娅深呼吸几次,努力使自己镇静下来,接着把头转向班尼克。"你的预言是对的。我已经为某只夜莺哭过,"她说,"但玛丽亚——"

"是你的继承人和真实写照,"班尼克答道,"她会拥有一匹马,而且她和马会彼此相爱,就像左手爱着右手一样。她长大成人后,会骑着快马跑到很远的地方。"他停顿一下,"如果你和她能活下来的话。"

"前景大好呀。"说完,瓦西娅咬着嘴唇开始回忆。

"熊嘲笑宅神,说我们是人类的工具,"班尼克说,"我们会尽力帮你。他的追随者怕我们。"

"追随者?"

"就是那个金发祭司。"班尼克说,"那熊把祭司当成自己人,还让他开了天眼,但现在这个能力把他吓得不轻。他们是一条船上的了。"

"哦,"瓦西娅说,觉得有不少问题豁然开朗,"我会杀掉那祭司的。"她并没有发誓或承诺,而是在陈述事实,"这样会削弱熊的力量吗?"

"是的,"班尼克说,"但这事可能没那么容易,因为熊会保护他。"

就在这时,玛丽亚跑回昏暗的浴室。"她们来了,"她皱起眉头,"我想,她们见到你会很开心的。"

奥尔加和瓦尔瓦拉在她身后出现。奥尔加看上去与其说是开心,不如说是震惊。"看来你注定总是要突然出现,使我大吃一惊,瓦西娅。"她声音轻快地说,紧紧地抓住瓦西娅的手。

"萨沙说你知道我活下来了。"

"玛丽亚知道,"奥尔加说,"还有瓦尔瓦拉。是她们告诉我们的，我怀疑过，但……"她打住话头，仔细在妹妹脸上搜寻，"你是怎么逃出来的？"

"这无关紧要，"瓦尔瓦拉插嘴，"你曾给我们带来危险，姑娘，而现在你又这样做。有人看见你吗？"

"没有，"瓦西娅说，"他们当时都没看见我跳下火葬柴堆，现在也看不见我。"

奥尔加脸色发白。"瓦西娅，"她说，"对不起……"

"没关系。现在熊想废黜季米特里·伊凡诺维奇，"瓦西娅说，"好使全城陷入混乱，我们必须阻止他。"她狠狠地咽口唾沫，但尽量使声音保持坚定，"我必须进入季米特里·伊凡诺维奇的宫殿。"

第二十二章

亲王妃和战士

萨沙转移人的注意力的方式比他期望的要有效。图曼接受过战马的训练,现在又被喊叫声激怒,于是后腿立起来左右冲撞。守卫越来越多,三位修士被喧闹的人群围在当中。

"他回来了。"

"那女巫的哥哥。"

"亚历山大·佩列斯韦特。"

"和他在一起的是谁?"

不可能有人看到瓦西娅,萨沙冷酷地想,因为他们都在盯着他。人越来越多,守卫们现在看起来不知道是该面朝着还是背对着他,不敢把自己的后背留给愤怒的人群。一株腐烂的莴苣从人群中飞出来砸在谢尔盖的马蹄下。马儿们向前猛冲,向克里姆林所在的小山攀爬。更多的蔬菜飞过来,然后是一块石头。谢尔盖仍然镇定地坐在马上,举起一只手为人群祝福。萨沙让马走在自己身边,用自己和图曼的身体护住谢尔盖。"真是疯狂,"他低声说,"罗季翁,你们两个去天使长修道院,局势可能会更糟。巴图席卡,求您了,我会传消息过去。"

"很好,"谢尔盖说,"但是要小心。"萨沙高兴地目送罗季翁和谢尔盖的高头大马在人群中开出一条路慢慢走远。卫兵们推搡着他向季米特里的宫殿走去。这好像是场比赛,看他和疯狂的人群谁能先赶到那里。

他们还是先到了。萨沙听到宫殿的大门在身后关上,开心地下了马,站在院中的尘土里。大公正在外面看人训练一匹三岁的小马。他看上去在这段时间里过得不太好——这是萨沙的第一个想法。他心事重重,面色憔悴,下巴的线条松弛,满脸怒气和愁苦。

金发祭司站在季米特里身后,看上去比以往任何时候都更生气勃勃。他的嘴唇和手像女人的一样娇嫩,眼睛蓝得令人难以置信。他穿着主教的服饰,正抬头倾听着动荡不安的城市中传来的喧闹声。他的脸上没有任何胜利的表情,只有手握权力的踏实感,而萨沙觉得这种踏实感很糟糕。

季米特里一看见萨沙就不动了,脸上没有出现欢迎的表情,只有从未见过的、奇怪的紧张之色。

萨沙穿过院子,警惕地看着祭司。"大人。"他一本正经地对季米特里说。他不想提起谢尔盖,因为那个眼神冰冷的男人正在倾听。

"你回来了,萨沙?"季米特里脱口而出,"现在这个城市到处是疾病和动荡,大家需要的只是个借口来发泄吗?"他顿了顿,听见外面的喧闹声越来越大,因为人群正聚集在大门口。

"季米特里·伊凡诺维奇——"萨沙开口。

"不，"季米特里说，"我不会听你的话。你会被关起来，你最好祈祷这样做足以使市民平静。祭司，你能把我的决定告诉他们吗？"

康斯坦丁用完美地表达了勇敢和悲伤的语调说："我会告诉他们的。"

萨沙怀着对这个人的恨说："表弟，我必须和你谈谈。"

季米特里盯着他的眼睛，萨沙可以发誓自己从其中看到了警告之意，接着季米特里又板起脸。"你会被关起来，"他说，"直到我与神职人员们商议，决定如何处置你。"

***

"厄多基娅怀孕了，她很怕。"奥尔加对瓦西娅说，"如果有什么能供她消遣，她会很高兴的。我可以带你进宫门。"

"这是在冒险，"瓦西娅答道，"我原以为瓦尔瓦拉可以和我一起去。两个仆人带着口信，有谁会注意到呢？我一个人也行，或者你可以派给我一个值得信赖的男人帮我翻过那堵墙。"她简单地把受火刑那晚获得的隐形能力告诉她们——虽然这种能力并不稳定。

奥尔加在胸前画十字，皱着眉头摇头："不管你获得了什么奇怪的力量，季米特里的大门前还是有很多守卫。如果那男仆被人看见，会是什么下场呢？莫斯科的人已经半疯了。他们都怕瘟疫、死人和诅咒，今年夏天他们确实被吓得够呛。我作为谢尔普霍夫亲王妃，可以相当容易地走过那道门。你打扮成我的仆人，就算别人看见你，也不会注意到你的。"

"但你——"

"告诉我，说我没必要这么做；"奥尔加回答，"告诉我，说我即使坐视事态发展，我的孩子、丈夫和城市也不会陷入危险。如果你能这么说,我就会很开心地待在家里。"

凭良心讲,这话瓦西娅说不出来。

***

奥尔加和瓦尔瓦拉很有效率。她们几乎一句话没说就为瓦西娅找来了仆人的衣服。奥尔加命人备马,玛丽亚也求着要去,但是奥尔加说:"亲爱的,街上到处都是病人。"

"但是你要去。"玛丽亚不听话。

"是的,"奥尔加说,"但是你不能冒这个险,我勇敢的小可爱。"

"照顾好她。"瓦西娅对奥尔加的多毛沃伊说,随后紧紧地拥抱玛丽亚。

暮色渐浓,姐妹俩离开谢尔普霍夫的宫殿。封闭的车厢里很闷,红色的落日还逗留在空中。外面传来骚动的低语,从拥挤的城市里飘来腐烂的气味。瓦西娅打扮成女仆,觉得自己比之前穿男装时更像赤身裸体。"日落之前我们必须回到你的宫殿去。"她对奥尔加说,竭力使自己的声音平稳。走在莫斯科的大街上,她觉得那种恐惧又袭上心头。"亲爱的奥尔加,如果我没法儿及时出来,你就一个人回去吧。"

"我当然会的。"奥尔加说。她不会做这种伟大而愚蠢的牺牲。瓦西娅知道姐姐冒的风险比她自己预料得更大。她们默默地走了一会儿。"我不知道该为玛丽亚做些什么,"奥尔加突然承认,"我会尽力保护她,但她太像你了。她对我看不见的东西说话,变得越来越难以捉摸。"

"你不能扭曲她的本性,"瓦西娅说,"她不属于这里。"

"也许她不属于这里,"奥尔加说,"但在莫斯科我至少可以保护她免受伤害。如果人们发现她的秘密,会发生什么事呢?"

瓦西娅慢吞吞地说："某个蛮荒的国家里有个湖，湖边有栋房子。在莫斯科受过火刑之后我就去了那里。它是我们外祖母的故乡，也是我们外曾祖母的故乡，它就在我们的血脉中。当这一切都结束时我会回那里去，我将为人类和精灵建造一个安全的栖身之处。如果玛丽亚和我在一起，她就能自由地长大，还可以骑马。如果她想嫁人也行，不嫁也随她。亲爱的奥尔加，若不这样，她会在这里枯萎，会终其一生为自己失去的东西哀悼。"

奥尔加嘴角和眼周那担忧的皱纹加深了，但是她没有回答。

她们不再说话。之后奥尔加又开口了，吓了瓦西娅一跳："他是谁，瓦西娅？"

瓦西娅猛地抬头。

"相信我，我至少在这方面还有些洞察力，"奥尔加看着她，"我已经见过那么多女孩儿嫁为人妇。"

"他，"瓦西娅突然发现自己又开始紧张，但这次的紧张很不一样，"他是……"她结结巴巴地停下来，"他不是人类，"她承认，"他……是那些看不见的人中的一个。"

她以为奥尔加会感到震惊，但奥尔加只是皱眉。她仔细地看着姐姐的脸。"你心甘情愿吗？"奥尔加问。

瓦西娅不知道哪个答案会更使奥尔加害怕——情愿还是不情愿？但她只能说真话。"是的。"她说，"他救了我的命，不止一次。"

"你们举行仪式了吗？"

瓦西娅说："没有。我不知道我们能不能举行仪式。有什么样的圣事能约束他呢？"

奥尔加看起来很伤心："那你就是在上帝照顾不到的地方生活

喽？我真为你的灵魂担心。"

"不会的，"瓦西娅结结巴巴地补充道，"他……他一直是我的快乐源泉，"接着她又干巴巴地说道，"也是我沮丧的主要原因。"

奥尔加微微一笑。瓦西娅想起多年前姐姐曾是个梦想爱情和乌鸦王子的女孩儿，后来迫于女人的义务放弃了这个梦想。也许她并不后悔，因为乌鸦王子既奇怪又神秘，会把你带进危险的世界。

"你想见见他吗？"瓦西娅突然问。

"我？"奥尔加问，听起来很震惊，她接着抿紧嘴唇，"是的。即使是爱上魔鬼的女孩儿，也需要有娘家人为她撑腰。"

瓦西娅咬着嘴唇，不知道自己是该高兴还是担心。

她们现在快到季米特里宫殿的大门了，外面的喧闹声越来越大。一群人在门外吵吵嚷嚷，瓦西娅觉得全身都在起鸡皮疙瘩。

接着有个悦耳的声音盖过了喧闹，使暴民们安静下来。

这声音很熟悉，瓦西娅感到前所未有的巨大恐惧。她呼吸急促，全身流汗，只有奥尔加冷酷地抓住她胳膊的手才能使她免于昏厥。

"你不能晕倒，"奥尔加说，"你说你能隐身，那他能看见你吗？他是个圣洁的人，曾经希望你去死。"

瓦西娅试着回忆，恐惧像翅膀一样在她的脑壳里扑腾。康斯坦丁不是圣人，但他现在能看见精灵，是熊赐予他这种力量的。他能看见她吗？"我不知道。"她承认。

马车慢慢停下。瓦西娅觉得如果再呼吸不到新鲜空气，自己就会窒息。

康斯坦丁冷静而慎重的声音又在车外响起来，她浑身发抖，不得不咬紧牙关、握紧拳头，以免发出声音。

人群不情愿地让出一条路，让她们的车通过。奥尔加一动不动地坐在羊毛靠垫上，看上去镇定自若。但她关心地看着瓦西娅，因为后者脸色灰白、满头大汗。

瓦西娅勉强从牙缝里挤出话来："我很好，奥尔加。只是你要记住我说过的话。"

"我知道。"奥尔加深深吸口气，"好吧，"她坚定地说，"听我指挥。"没时间再说了，宫门嘎吱嘎吱地打开，她们来到了莫斯科大公的院子里。

***

夕阳斜照，奥尔加戴着镶有珠宝的头巾，闪得人眼花。她的长发用丝绸编成辫子，上面挂着银饰。她先下车，瓦西娅鼓起勇气跟着她走出来，奥尔加立刻抓住妹妹的胳膊。看起来是那女仆扶着她，主导一切的却是谢尔普霍夫亲王妃。她拖着瓦西娅向内宫的台阶走去，瓦西娅摇摇晃晃地跟着她走。

"别回头看。"奥尔加低声说，"他一会儿就会从大门进来，但内宫里很安全，过会儿我就派你出去办事。别让人看见，你会没事的。"

听起来很不错，但只要瞥一眼太阳，就会发现它正渐渐西斜。

她们最多只有一小时。瓦西娅的脑子里满是恐惧和可怕的记忆，她几乎无法思考。

新的马厩建在原来马厩的废墟上，现在她们站在内宫的台阶上——就是瓦西娅上次摸黑爬上去救玛丽亚的地方，而康斯坦丁·尼科诺维奇就在她身后的某处。他曾以最残忍的方式几乎把她杀死，现在他与混沌之王结了盟。

摩罗兹科现在在哪里？萨沙和谢尔盖呢？

奥尔加以亲王妃的派头催她走上台阶，又命门卫放她们进去。瓦西娅竭力克制住自己的恐惧。内宫的门在她们身后关上时，她感到一丝宽慰。现在她们进入了工作室——科谢伊就是在这里制造了种种幻觉，还差点儿杀了她和玛丽亚。瓦西娅大口大口地喘着气，几乎要哭出来。奥尔加严厉地瞪她一眼：你敢现在崩溃吗，妹妹？正在这时，莫斯科大公夫人厄多基娅·季米特列娃出现了，快活地抓住奥尔加的手，因为她和侍女们一直待在闷热的房间里，迫切需要消遣。

瓦西娅蹑手蹑脚地走到一边，和其他女仆一起靠墙站着。恐惧挤压着她的肺，她几乎无法呼吸。一会儿奥尔加就会判断形势是否安全，并且……

内宫的门被打开，瓦西娅愣住了。

康斯坦丁的金发在黑暗中闪闪发光。他的脸一如既往地苍白，但目光困惑而警觉。

瓦西娅站在墙边的阴影里。奥尔加抬头看见康斯坦丁，立刻昏倒了，技巧娴熟得令人震惊。她直接坐到一桌甜食和酒上，把所有的东西都弄得一团糟。

如果说萨沙在城门口的表演还有点儿做作，那么奥尔加确实把每个人的注意力都吸引过去了。妇女们蜂拥过来，甚至门口的康斯坦丁也向房间里走了几步，于是瓦西娅有足够的空间绕过他。

他看不见你。你相信这一点，相信这一点……

她跑向门口。

但他能看见她。她听到他倒吸冷气的声音，于是转过头去。

他们面面相觑。

他的表情混合了震惊、愤怒和恐惧。她双腿发抖,胃里翻腾。电光石火间,仿佛天上降下一道霹雳,使他们俩僵立在那里,瞪着彼此。

瓦西娅转身就跑。眼下最紧迫的是赶快去找金笼头,好结束这一切。她是在逃命。

她听见身后的内宫门砰的一声打开,听见他用洪亮的声音叫喊。但她已经钻进最近的一扇门,然后像幽灵一样穿过满是织工的房间,又跑到外面下楼去了。过去几个小时里所有的恐惧都烟消云散,她现在只想逃跑。

她从另一扇门溜进去,发现房里空无一人,就绝望地停下来,努力强迫自己思考。

金笼头。她必须在黄昏之前拿到金笼头。如果午夜前她能保证每个人的安全,也许午夜之路能救他们。也许。

也许她会尖叫着死去。

门外响起说话声。还有一扇门通向季米特里的宫殿的更深处,她冲进那扇门,发现里面是个大杂院,房间低矮,光线昏暗。多数房间里都堆满货物:皮革、一桶桶面粉和丝绸、地毯。其他房间里还有纺织、木工和鞋匠作坊。

瓦西娅继续跑,直到冲进一个满是羊毛捆的房间,躲在最大的羊毛捆后面。她跪在地上抽出小腰刀,哆嗦着划破手掌,让血滴答滴答地落在地板上。

"主人,"她用嘶哑的声音对空气说,"你能帮帮我吗?我没有恶意。"

瓦西娅听到咒骂、男人的喊叫声和女人的尖叫声从下面的院子里传来,有个仆人跑着穿过这间屋子:"他们说有人闯进宫了。"

"一个女巫！"

"鬼魂！"

季米特里那虚弱的多毛沃伊从一捆羊毛后面走出来，低声说："你在这里有危险。祭司恨你，而熊想激怒他弟弟。他们都巴不得杀死你。"

"我不在乎自己的下场，"瓦西娅说，声音低沉，听不出她在强撑，"只要我的哥哥姐姐能活下去就行。宝库在哪里？"

"跟我来。"多毛沃伊说。瓦西娅深吸一口气跟在后面，突然感激起之前送给每个宅神的每一片面包来。因为现在当多毛沃伊把她带进季米特里那乱成一团的宫殿时，所有这些献给宅神的面包和血都加快了这多毛沃伊的速度。

瓦西娅往下走，再往下走，来到散发着泥土味的通道和包铁的门前。瓦西娅想起洞穴和陷阱，呼吸依旧反常地急促。

"这里，"多毛沃伊说，"快点儿。"下一刻瓦西娅就听到沉重的脚步声，看到人影在墙上移动。她只有片刻时间。

恐惧又攫住她，她忘记自己可以隐身，也忘了叫多毛沃伊开门，反而被头上的脚步声驱使着跟跄地走上前去，把一只手放在宝库的门上。现实开始扭曲，门开了。她倒吸一口气，跌跌撞撞地走进去，躲在几面青铜雕花盾牌后面的角落里。

走廊里响起说话声。

"我听到有声音。"

"你听错了吧。"

脚步声停顿。

"这门半开着。"

门被推开，嘎吱嘎吱地响着。沉重的脚步声传来。"这里没人。"

"哪个傻瓜没锁门？"

"有贼吗？"

"搜查一下。"

终究要来了吗？他们会发现她吗？会把她拖出去见康斯坦丁吗？

不。他们不会。

外面突然响起雷声，好像在为她的惊慌和勇气配音。整座宫殿在颤动，大雨怒吼着倾泻下来。

男人们的火把熄灭了，她听见他们骂骂咧咧。

她的手在颤抖。暴风雨的声音、四周的黑暗、那扇顺利推开的大门——一场噩梦碎成三片。现实变化得太快，她一时无法理解。

男人们被嘈杂声和突如其来的黑暗吓到，使她获得了喘息的机会，但仅此而已。他们会重新点燃火把，他们一定会找到她。他们在这个小房间里搜寻她时，她能成功地隐身吗？

她不确定。她握紧拳头想着摩罗兹科，想起严冬之王控制下的死一般的睡眠。睡吧，男人们会睡着的，只要她能忘记他们还醒着。

她做到了。他们瘫倒在宝库里积满灰尘的地板上，叫喊声渐渐减弱。

眨眼之间摩罗兹科就到了——让那些人睡着的不是她，是他。他就在那儿，是他本人实实在在地和她一起站在宝库里。

严冬之王正用浅色的眼睛盯着她。她瞠目结舌地想：那真是他。不知为何，当她想起他的力量时他就被拉了过来，好像比她施法让人睡觉还要容易。

召唤。她像个迷途的精灵一样召唤了严冬之王。

他们同时意识到这一点。他一脸震惊,她猜自己的表情应该也同他的一样。

他们沉默片刻。

"大雷雨?"他费力地说。

她嘴唇发干,低声说:"不是我干的,是碰巧。"

摩罗兹科摇摇头:"不,这不是碰巧。现在下雨了,外面够黑,因此他不必再等下去。傻瓜,他肯定会注意到地下室!"摩罗兹科没有受伤,但看上去身心俱疲。她无法描述他给她的感觉。他的双眼发出野蛮的光,看上去好像一直在战斗。大概他真的一直在战斗,直到她无意中把他强行拖过来为止。

"我不是故意的,"她小声说,"我吓坏了。"现实世界像水波在她周围荡漾,如同狂风中的破布。她不确定他是真的在那里,还是存在于她的想象中。"我很害怕……"

她不假思索地掬起手,突然发现掌心满是蓝色的火焰,她能清楚地看到他的脸。她手中的火没有烧伤她。她险些疯狂地大笑,为刚才那盲目的恐惧,也为新获得的力量。"康斯坦丁看见我了,"她说,"我逃走了。我很害怕。我无法停止回忆,所以我召唤了雷雨。现在你来了。两个魔鬼和两个人类——"她知道自己的话根本毫无逻辑。"金笼头在哪里?"她环顾四周,双手紧握火苗,仿佛那是一盏普通的灯。

"瓦西娅,"摩罗兹科说,"别再施法。到此为止,让它熄灭吧。一天之中你不能施太多的法术。你的精神会紧张到崩溃的。"

"我并不觉得精神紧张。"她说,把那火苗举在两人之间,"你在这儿,是不是?那就够了。是整个世界在紧张。"她全身发抖,火焰来回跳动。

"外面的世界和里面的没什么区别。"严冬之王说,"合上手,让它熄灭吧。" 他把锁着的门推开,让过道里的光线透进来一些。他转过身来,拢住她的手,把手指合上。火苗消失,像出现时一样迅速。"瓦西娅,我哥哥的出现激起了恐惧,接着他会使人疯狂。你必须……"他说。

她几乎听不见他说话,而是浑身发抖,四处寻找那只金笼头。奥尔加在什么地方?康斯坦丁做了什么?他现在又在干什么?她挣脱摩罗兹科,跪在一个包铁的大箱子旁边。她去推盖子,盖子应手而开。它当然会啦。在噩梦里是没有锁这回事的。这是个梦,梦里她可以任意做事。她真的是在地下室里吗?她不过是个回到莫斯科的逃亡者。她真的召唤过死神吗?

"够了,"摩罗兹科在她身后说,"总是施法术,你会发疯的。"他那冰冷的手落在她的肩上,"瓦西娅,听着,听着,听我说。"

她还是没有听见他说什么,而是盯着箱子里的东西,几乎没有注意到自己的手在颤抖。

这次,他把她整个抱起来,扳过她的身子,看着她的脸。

他低声说了几句粗话,又道:"跟我讲些真实的事情,说呀。"

瓦西娅茫然地盯着他,歇斯底里地笑起来。"哪里有什么真实的事情?午夜是个地名。晴朗的夜晚来场暴风雨。你不在这里,现在你却在这里,我很害怕……"

他严肃地说:"你的名字叫瓦西丽莎·彼得罗芙娜,你父亲是位叫彼得·弗拉基米罗维奇的领主,你小时候偷过蜂蜜蛋糕——不,看着我。"他用力抬起她的脸对着自己,继续滔滔不绝地告诉她真相,说那些不属于噩梦。

他毫不留情地继续说:"后来你的马被暴徒杀死了。"

她在他手中拼命挣扎,不愿承认这是事实。她突然想到:在这个一切皆有可能的噩梦里,自己也许可以让索洛维永远不死。但他摇晃着她,抬起她的下巴,她只好再次盯着他的眼睛。他在她耳边说话,冬天的声音回荡在不通风的地下室里,提醒她想起那些欢乐、错误、所爱的人和她的弱点,直到她回过神儿来。她还是全身颤抖,但是可以思考了。

她意识到在这个黑暗的宝库里,现实就像棵腐烂的树一样倒下,而她差点儿发疯。她也意识到科谢伊是怎么回事,明白他是如何变成怪物的。

"圣母呀,"她喘着气说,"蘑菇爷爷说魔法会使人发疯。但当时我真的没理解……"

摩罗兹科探询地看着她的眼睛,然后某种难以形容的紧张感似乎从他身上消失了。"你为什么觉得很少有人会魔法?"他控制住自己,往后退去。她还能感觉到他的手指在自己皮肤上施加的压力,意识到他之前抓住她时有多用力——就像她紧紧抓住他一样。

"精灵说的。"她说。

"精灵会耍花招儿,"他说,"而人类要强大得多。"他停顿一下,"也可能是他们疯了。"他跪在她打开的箱子旁边,"当熊在外面游荡时,人类更容易恐惧、疯狂。"

她深深地吸口气,跪在他身旁,跪在打开的箱子前。那箱子里正是金笼头。

她以前两次见过这东西,一次是在白天,它在波扎尔的头上;还有一次是在黑暗的马厩里,那时金子在牝马的光辉面前黯然失色。但这次它躺在精美的垫子上,闪着令人不快的光泽。

摩罗兹科把那东西拿在手里,各个小零件像水一样从指间流泻而下。"精灵是做不出这东西的,"他把它翻过来,"我不知道科谢伊是怎么做到的。"他的声音听起来带着钦佩和恐惧之意,"但我想无论谁戴上它,肉体和精神都会被封印。"

她畏缩地伸出双手。金笼头沉重而灵活,马嚼子上面还有可怕的尖刺。瓦西娅同情地打个寒战,想起波扎尔脸上的伤疤。她急忙解开带子、皮带扣、缰绳和马笼头,手里只剩下两根金缰绳。她把马嚼子扔在地上,让其他部件像安静的蛇一样躺在自己手里。"你会用吗?"她问道,把它们递给摩罗兹科。

他伸手去摸,犹豫不决。"不,"他说,"这是凡人创造的法宝,只有凡人能用。"

"好吧,"瓦西娅说,把缰绳绕在手腕上,确保在需要时能迅速把它抖开,"那我们去找他吧。"

外面又响起一声霹雳。

第二十三章

信仰和恐惧

康斯坦丁把莫斯科大公宫门前的人群安抚好时,为谢尔普霍夫亲王妃拉车的马已被卸下挽具,而那女人已经带着女仆消失在通向内宫的台阶上。

总有一天,康斯坦丁阴沉地想,他不必再安抚莫斯科的人民,而是要再次唤起他们的野性。他记起那天晚上自己的力量:成百上千人在他温柔的话语下屈服。

他渴望那种权力。

很快,那魔鬼就会向他做出承诺,很快。但他现在必须回大公那里去,确保季米特里别被亚历山大·佩列斯韦特说服。

他转身穿过院子,看见一个瘦小的生灵挡住了自己的路。

"可怜的傻瓜。"奥尔加的多毛沃伊说。

康斯坦丁没理他,紧紧抿住嘴,大步穿过院子。

"他说谎了,你知道的。她没死。"

康斯坦丁不禁放慢脚步，转过头："她？"

"她，"多毛沃伊说，"现在去内宫，自己看看吧。熊会背叛所有追随他的人。"

"他不会背叛我的，"康斯坦丁说，厌恶地盯着那多毛沃伊，"他需要我。"

"你自己去看吧，"多毛沃伊再次低声说，"还有，记住，你比他强大。"

"我不过是人类，而他是个恶魔。"

"但他会屈服于你的血，"多毛沃伊低声说，"到时候，记住这句话。"他慢慢地露出笑容，指了指通向内宫的台阶。

康斯坦丁犹豫不决，但随后他向内宫走去。

他几乎不知道自己对门口那侍从说了什么，但一定很有效果，因为对方允许他穿过那扇门。他站了一会儿，在昏暗的房间里眨着眼睛，而谢尔普霍夫亲王妃一见他就昏倒了。有那么一刻康斯坦丁觉得恶心：这不过是个女人来拜访她的同类。

接着有个女仆向门口跑去，他认出了她。

瓦西丽莎·彼得罗芙娜。

她还活着。

他瞠目结舌，那是漫长而紧张的一瞬。她脸上有道伤疤，黑发也剪短了，但那就是她。

她冲出门，而他大叫起来，几乎不知道自己在说些什么。他盲目地跟着她跑到外面，环顾四周想看看她去了哪里，却只看到熊在院子里。

梅德韦季的身后拖着个人，或者不是人，而是另一个魔鬼。这是他见过的第二个有着浅色警觉双眼的魔鬼。他很眼熟,真奇怪。他的轮廓边缘似乎与暮色融为一体。

"她就在这儿,"康斯坦丁粗声粗气地对熊说,"瓦西丽莎·彼得罗芙娜。"

此时那第二个魔鬼似乎微笑起来。熊转身给了他一个耳光。"你们在计划什么,弟弟?"熊说,"我从你的眼睛里看出有阴谋。你为什么让她回这里来?她在干什么?"

那魔鬼什么也没说,熊转向康斯坦丁:"叫士兵去抓她,上帝的仆人。"

康斯坦丁没动。"你知道,"他说,"你知道她还活着,你说谎。"

"我是知道,"魔鬼不耐烦地说,"可是这有什么关系呢?她现在就要死了,我们俩会一起杀掉她。"

康斯坦丁没说话。瓦西娅活下来了。她终于击败了他,甚至他自己的怪物也站在她那边,一直为她保守秘密。难道每个人都在跟他作对吗,不仅是上帝,还有魔鬼?他做的一切意义何在?那些痛苦和死亡,荣耀和灰烬,那个夏天的热浪和耻辱的意义何在?

熊横空出世,康斯坦丁填补了信仰的空洞,他仿佛不由自主地皈依了某种新的宗教。那并非信仰,而是现实世界中的力量:和他的怪物结盟。

现在,这信念碎在他脚下。

"你骗了我。"他又说。

"我确实在撒谎。"熊皱着眉头。

那第二个魔鬼抬起头,从他们两人中间看过去。"我之前应该警告过你,哥哥,"他说,声音疲惫且干巴巴的,"别撒谎。"

就在此时，第二个魔鬼突然消失，就像从未在那里出现过，留下熊目瞪口呆地看着自己空空如也的手。

康斯坦丁没有出去同宫殿守卫一起搜寻瓦西娅，而是默默地一头扎回内宫。他的灵魂在绝望地燃烧。

***

眼神狂热的多毛沃伊在宝库门外等着瓦西娅和摩罗兹科。"发生什么事了？"瓦西娅问。

"天黑了，熊要放它们进来！"多毛沃伊大喊，头发根根倒竖，"德沃罗伊顶不住门，我觉得宅子也守不住了。"

又一声雷劈下来。"我哥哥终于厌倦在暗地里耍花招儿了。"摩罗兹科说。

"来吧。"瓦西娅说。

他们冲出宫殿来到楼梯平台，向下俯视，看到下面的景物都变了样。倾盆大雨丝毫没有变小的迹象，闪电断断续续地照亮院子，遍地泥泞。院子中央一动不动地站着一小群人，看上去很是奇怪。

瓦西娅在雨中眯起眼睛，看见奥尔加和季米特里的卫兵站在那里不知所措。

那一小群人散开。瓦西娅瞥见康斯坦丁·尼科诺维奇站在院子中央，金发被雨水打湿了。

他正抓住她姐姐奥尔加的胳膊。

他拿刀指着亲王妃的喉咙。

他用美妙的声音呼喊瓦西娅的名字。

瓦西娅看得出来守卫们左右为难：一方面他们怕王妃出事；另一方面他们尊敬这位神圣的疯子，被他的举动搞糊涂了。他们站着不动,即使有人对康斯坦丁的做法表示异议,声音也会被哗哗的雨声淹没。如果有卫兵走近,康斯坦丁就后退,把刀对准奥尔加的喉咙。

"出来!"他咆哮道,"女巫!出来,否则我就杀了她。"

瓦西娅先是本能地要冲到姐姐身边,但又强迫自己停下来想一想。暴露自己会给奥尔加逃跑的机会吗?也许吧,如果奥尔加能置她于不顾的话。然而瓦西娅犹豫不决。熊正站在祭司身后,但并没有看康斯坦丁,而是盯着被雨水浸透的黑暗。"他正在召唤死人,"摩罗兹科盯着他哥哥,"你必须把你姐姐从院子里救出来。"

于是瓦西娅下定决心。"跟我来。"她鼓起勇气,不戴头巾走到外面的大雨中。风狂雨骤,又时值黄昏,守卫们可能认不出这个早就该死去的姑娘。但她一走进院子,康斯坦丁就紧紧地盯着她,一言不发地望着她朝自己走来。

第一个卫兵的头转过来,接着是第二个。她听到他们在说话:"是那个?"

"不会吧。"

"是她。圣父认识她。"

"鬼魂吗?"

"是个女人。"

"是女巫。"

现在他们拔出武器对着她,但她不理他们,她眼里只有熊、祭司和姐姐。

她和康斯坦丁之间重新涌起愤怒和痛苦的回忆激流,想必连卫兵也能感觉到,因为他们为她让开了一条路。她走过去后,包围圈又在她的背后合拢。士兵们站成一排,手里拿着剑。

瓦西娅的脑海中只剩下最后一次面对康斯坦丁·尼科诺维奇的那一幕：她的马流血了，而她自己的生命横在两人之间。

现在是奥尔加横在两人的仇恨之间，瓦西娅想起火里的木笼，怕得要死。

但她的声音没有颤抖。

"我来了，"瓦西娅说，"放开我姐姐。"

***

康斯坦丁并没马上说话，是熊抢先开了口。她看见熊的脸上闪过一丝不安，是自己的幻觉吗？"你还没疯吗？"熊对瓦西娅说，"真遗憾。再见到你很高兴呀，弟弟，"他对摩罗兹科补充一句，"是什么样的魔法把你从我的控制中夺走——"他打住话头，看看瓦西娅，又看看严冬之王。

"啊，"他温柔地说，"她的力量和你们之间的羁绊比我猜想的还强大。好吧，这没关系，你还想再被打败一次吗？"

摩罗兹科没回答，而是盯着大门看，目光仿佛能穿透那镶嵌着青铜钉的木门。"抓紧，瓦西娅。"他说。

"你阻止不了我。"梅德韦季说。

熊的声音使康斯坦丁畏缩，手中的刀割破了奥尔加脸上的面纱。瓦西娅对康斯坦丁说："你想要什么，巴图席卡？"她仿佛在对一匹受惊的马说话。

康斯坦丁没有回答，她看得出他自己也搞不清楚。他所有的祈祷只换来上帝的沉默，于是他将自己的灵魂交给了熊。对方却没有对他坦诚相见，因此他恨自己。这种强烈的恨意刺痛了他，他一心一意想用所有方法来伤害她。

他的手在颤抖，多亏奥尔加戴着头饰和面纱才没有在无意中被割伤。熊开心地看着这一幕，品尝着其中汹涌的情感，但他的大部分注意力仍然集中在季米特里宫殿的围墙外。

奥尔加连嘴唇都发白了，但仍然保持着威严的仪态，镇定地看着瓦西娅的眼睛，目光中满是信任。

瓦西娅张开手掌亮给康斯坦丁看，说："我愿向你投降，巴图席卡，但你一定要让我姐姐回内宫，让她回到女人们那里去。"

"又耍花招儿骗我吗，女巫？"康斯坦丁的声音优美依旧，但因失去控制变得低沉嘶哑，"你当时也甘愿受火刑，却骗了我。你和你的恶魔想让我再上当吗？把她的手绑起来。"他又对卫兵说，"绑住她的手脚，我要把她关在礼拜堂里。在那里魔鬼不能随意出入，她也不能再骗我。"

卫兵们不安地动了动，但没人敢走上前去。

"快点儿！"康斯坦丁踩着脚尖叫，"免得她的恶魔来害我们大家！"他恐惧地从瓦西娅身边的摩罗兹科看向自己身边的熊，再看向聚集在院子里观望的宅神们。

但宅神们并没有欣赏院里的这场闹剧，而是盯着大门。虽然大雨倾盆，但瓦西娅还是能闻到一丝腐烂的气味。熊的嘴角得意地上扬。没时间了，她必须把奥尔加弄走……

又一个声音打破紧张的沉寂："圣父，这是什么？"

季米特里·伊凡诺维奇大步走进院子，侍从们落在后面小步疾跑。他黄色的长发淋湿后变成深色，在帽子底下卷曲着。守卫们左右分开，让大公通过。他停在人圈中央，正好面对瓦西娅，脸上满是惊讶之色。不，瓦西娅注意到那是惊喜。她看着季米特里的眼睛，希望突然在心中升起。

"看见了吗？"康斯坦丁厉声说，仍紧抓住奥尔加。现在他多少能控制住自己的声音，于是厉声说话，言辞如拳头一样打出来："这就是在莫斯科放火的那个女巫，我们本以为她已经受到公正的惩罚，然而她借助黑魔法的力量仍能站在这里。"这次守卫们低声咆哮表示赞同，有十几把刀对准瓦西娅的胸口。

"再坚持一小会儿，"熊对康斯坦丁说，"我们就会胜利。"

康斯坦丁的脸上掠过愤怒。

"瓦西娅，告诉季米特里你们必须撤退，"摩罗兹科说，"没时间了。"

"季米特里·伊凡诺维奇，我们必须回宫里去，"瓦西娅说，"就现在。"

"不折不扣的女巫，"季米特里冷冷地对瓦西娅说，"火堆在等着你，这事我说了算。我们不允许女巫活着，巴图席卡，"他对康斯坦丁说，"请动手吧。这两个女人都将面临最严厉的审判，但必须是公开、公正的，而不是在院子里的烂泥塘中。"

康斯坦丁犹豫不决。

熊突然咆哮起来："撒谎，他在撒谎！他知道了，是那修士告诉他的！"

大门在颤动，城里响起尖叫。电闪雷鸣，大雨如注。"回来！"摩罗兹科突然厉声说。这次人们能听到他的声音，不安地转过头来，搞不清是谁在说话。他脸上露出恐惧："现在都躲到墙后面去，否则你们会在月亮升起前全都死掉。"

一股气味随风飘来，使瓦西娅毛发倒竖。城里有更多人尖叫起来。一道闪电划过，她看见德沃罗伊正双手抵住晃动的大门。"巴图席卡，我求你。"她对康斯坦丁说，扑倒在他脚下的泥里，好像在苦苦哀求。

祭司的目光随着她的动作向下看去，就那么一瞬，但已经足够。季米特里跳向奥尔加，把她从祭司身边拉开，同时大门突然洞开。康斯坦丁的刀挂住了奥尔加的面纱，把它扯开，但奥尔加没有受伤。瓦西娅再次站起来迅速后退。

死人拥进莫斯科大公的前院。

***

那年夏天的疫情并没那么严重，并不像十年前的那次那么糟糕，因为它只在莫斯科的穷人间肆虐，就像不能充分燃烧的火绒。

但熊可以利用那些在恐惧中死去的人。他一夏天的工作结出了丰硕的成果。有些死人穿着寿衣；有些死人一丝不挂，身上布满致命的黑色肿块。最糟糕的是恐惧依然留在他们眼里，他们仍然很害怕，在黑暗中寻找所有熟悉的东西。

季米特里的某个卫兵大声喊道："巴图席卡，救救我们！"

康斯坦丁没有出声，而是一动不动站着，手里还拿着刀。瓦西娅想杀了他。她这辈子还从未对任何人动过杀念，但她现在想把那把刀插进他心里。

但没时间了，她的家人比她自己的悲伤更重要。

面对沉默的康斯坦丁，守卫们犹豫不决地后退。季米特里仍然扶着奥尔加，出乎意料地对瓦西娅开口，声音清晰而平静："那些东西能像人一样被杀死吗，瓦西娅？"

摩罗兹科在她耳边说话，她把他的回答转述给季米特里："不能。火会让它们行动缓慢，刀剑也能伤到它们，但仅此而已。"

季米特里恼怒地瞥了天空一眼，雨还在下。"火不行。那就动手吧。"他提高声音，发出简洁的命令。

季米特里没有康斯坦丁那种控制人心的力量，也没有那种流畅优美的语调，但他的声音响亮轻快，甚至令人愉悦，能鼓舞他的部下。突然间他们不再是一群被吓坏了的、在可怕生物面前退缩的人，而是变成战士，集结起来面对敌人。

时间卡得正好。就在死人张大嘴巴向他们跑来时，他们手中的刀不再颤抖。越来越多的死人从大门挤进来，十几个——甚至更多。

"摩罗兹科！"瓦西娅厉声说，"你能——"

"如果我接触它们，就能把它们放倒，"他说，"但我不能一次全部搞定。"

"我们必须进宫里去。"瓦西娅扶着奥尔加。她姐姐习惯了在内宫里光滑的地板上行走，在泥泞的院子里显得笨手笨脚的。季米特里和奥尔加的守卫已经一起举起手中的武器拥上前去，面朝外把女人们围在中间。所有人一起向宫殿的门退去。

康斯坦丁一动不动地站在雨中，仿佛被冻僵了。熊站在他旁边，眼睛放光，高兴地命令死人军队继续前进。

第一个僵尸撞上季米特里的卫兵，有个男人尖叫起来。康斯坦丁向后退去。那人只比孩子稍大一点儿。他倒在地上，喉咙被撕开。

摩罗兹科的触摸很温柔，但当他让那个吸血僵尸再次死去时，脸上也显出野蛮的神色。他转过身，以同样的方式又解决了两个吸血僵尸。

瓦西娅知道她和奥尔加走不到门口，因为越来越多的僵尸正涌进灯光明亮的前院包围守卫,现在只有他们不堪一击的身体站在奥尔加和……

他们必须封印熊,必须。

瓦西娅紧紧地握住姐姐的手:"我必须去帮助他们,亲爱的奥尔加。"

"我不会有事的,"奥尔加坚定地说,"上帝与你同在。"她双手合十祈祷。

瓦西娅松开姐姐的手,走到季米特里·伊凡诺维奇身旁,与他的手下站在一起。

士兵们举着长矛把僵尸捅开,满脸恶心和恐惧之色,季米特里只好走上前亲自砍掉某个僵尸的头。随后另一个跑向前来,想趁机从防线的缺口钻进来。

瓦西娅捏紧拳头,忘记了死人无法燃烧这一事实。

有个僵尸着了火,像火炬般燃烧起来,然后是第二个,第三个。它们烧不了多久,因为雨水会浇灭火苗。它们带着被烧黑的皮肤,哀鸣着继续涌上前来。

但季米特里看见了机会。离他最近的那个死人着火时,他的剑闪着光,从水与火之间划过,切掉了那家伙的头。

他向瓦西娅咧嘴一笑,看上去由衷地高兴。他的脸颊上有血。"我知道你拥有邪恶的能力。"他说。

"要感谢这一点呀,表哥。"瓦西娅回答。

"噢,我确实感恩。"莫斯科大公说。尽管下着瓢泼大雨,他的微笑还是使她振作起来。院子里挤满噩梦般的生物,他仔细端详着它们。"但除了这些小火苗,我希望你还另有高招儿,表妹。"

季米特里承认他们之间的血缘关系,使她不由得微笑起来。季米特里捅倒另一个僵尸,又在最后一刻跳回手下的保护圈中。她又点了三把可怕的火,但再次被大雨浇熄。死人现在对人类的刀剑心怀警惕,还特别害怕摩罗兹科的双手。但死神在雨中不过是个幻影,是个遥远且可怕的黑色人形。已经有六个卫兵倒下去,躺在地上一动不动。

夏天的热浪、疾病和痛苦使熊的身体逐渐变大,瓦西娅能听到他用压过雷声的吼叫敦促死人军队进攻。梅德韦季现在已经放弃人形变回了熊,宽阔的肩膀足以遮住星星。

季米特里又把另一个僵尸戳个对穿,但剑被卡住了。他一时不愿撒手,瓦西娅只好把他拖回安全圈内——所幸的是还算及时。他们的防线在收缩。

"你们俩都在流血。"奥尔加说,声音稍有颤抖。瓦西娅低头扫了一眼,发现自己的胳膊被擦破了,季米特里的面颊也是。

"别怕,奥尔加·弗拉基米罗芙娜。"季米特里对她说,脸上仍带着明快镇定的笑容,使瓦西娅再次明白为什么哥哥对这个男人如此忠心耿耿。

守卫围成的圈子中有个人尖叫起来。摩罗兹科跳过来,但没来得及救下他。摩罗兹科把那死人放倒的同时熊仍在大笑。更多僵尸拥进院子。

"萨沙去哪儿啦?"瓦西娅大声问季米特里。

"当然是去修道院找谢尔盖了。"大公说,"那祭司一发疯我就把他打发走了。这也是件好事。那是圣人该干的活儿,不是战士的任务。如果我们没有援军,就死定啦。"他的口气相当务实,像位将军在权衡部队的胜算。但随后他眯起眼睛,发现康斯坦丁一动不动地站在对面,身边有片巨大的阴影,而那些死人并不攻击祭司。

"我知道那祭司有所企图,因为他反复强调我表哥的邪恶,"季米特里砍下另一个死人的脑袋,咕哝着说,"我把萨沙关进监狱只是为了把康斯坦丁引出来。我下楼去看他时,萨沙把一切都告诉了我,真是千钧一发。我觉得那祭司有点儿像江湖骗子,但从没想到……"

在季米特里看来,康斯坦丁似乎在亲自控制死者。他看不见熊。瓦西娅知道得更清楚。她看见康斯坦丁的脸在闪电中痛苦地抽搐。她也能看到熊:凶猛,快乐,毫不气馁。

瓦西娅说:"我必须去康斯坦丁那里。他旁边站着的那个魔鬼是罪魁祸首。但是我无法穿过院子。"季米特里噘着嘴,但没说话。短暂的停顿之后,他点点头,转过身,干脆利落地下令。

***

"你无法控制死人,"多毛沃伊轻声在康斯坦丁耳边说,使康斯坦丁吓得差点儿后退,"但你能制住他。"

康斯坦丁慢慢转过身:"是吗?"

"你的血,"多毛沃伊说,"能封印那恶魔。你也拥有自己的力量。"

***

瓦西娅的鼻子里灌满泥土、腐烂肉体和干涸的血的味道,满耳是哗哗的雨声和拖曳的脚步声。一道闪电划过,照亮这可怕的一幕。她能听到奥尔加仍在保护圈中轻声祈祷。

摩罗兹科的脸上闪着可怕的蓝白相间的光。他的头发被雨水打湿,紧贴在头皮上,他看上去不像人类。她看到那座尘世之外的森林上空的星光映在他眼里。他从人群边经过时,她抓住他的胳膊,他突然转向她。有那么一瞬，他那奇异力量的全部重量，以及他度过的无尽岁月凝聚在他眼中。他看着她，接着脸上又流露出少许人性。

"我们必须到熊那里去。"瓦西娅说。

他点点头，她不确定他现在还能不能讲话。

季米特里还在发号施令。他对瓦西娅说："我要兵分两路，一路保护亲王妃，另一路排成楔子阵形直接穿过院子。尽你所能掩护我们吧。"

季米特里下达完命令，卫兵马上分成两队。奥尔加被护在缩小的人圈里，继续向内宫门的方向撤退。

其余的人列成楔子阵形，大喊着穿过拥挤的死人堆，朝那头熊和康斯坦丁冲过去。

瓦西娅和他们一起跑，两旁各有十几个僵尸化为火炬。摩罗兹科敏捷的手抓住僵尸的手腕和喉咙，把它们甩开。

僵尸层出不穷，阻碍他们向前行进，但他们仍然能逐渐接近熊。离熊更近了，现在这些人开始动摇，脸上露出厌恶、恐惧的神色，甚至季米特里看上去也突然害怕起来。

这是熊干的好事，他咧着嘴笑。人类动摇时，僵尸又振作精神再次冲上前去。季米特里的一个卫兵倒下，喉咙被撕开了，然后又是一个。第三个恐惧地尖叫起来，因为僵尸尖利的牙齿咬中了他的手腕。

瓦西娅紧咬牙关，因为那恐惧也传染给了她。但那不是真实的，她知道那是熊的花招儿。她再次从灵魂中释放火焰，这次烧到了熊那如水波般起伏的皮毛。

梅德韦季转过头来，大嘴猛地开合，火苗马上熄灭。但她利用了他这一刹那的分神。摩罗兹科为她赶开死人，她冲过最后几步，从腕上解下金缰绳，向熊的头顶投去。

熊闪身躲开飞来的缰绳和笼头，大笑着向摩罗兹科冲过去，张嘴去咬他。虽然霜魔躲过了这一击，但瓦西娅没时间再次尝试了。熊把摩罗兹科拖到一边，僵尸们围住她。"瓦西娅！"摩罗兹科大喊。一只黏糊糊的手抓住她的头发，她看都没看就点燃那生物，让它咆哮着跌回去，但有更多僵尸上前来。季米特里的楔形阵已经分崩离析，卫兵们在院中各处各自为战。熊不让摩罗兹科接近她，僵尸们再次围上来……

另一个声音在大门处响起——声音的主人不是精灵，也不是死人。

是瓦西娅的哥哥站在那儿，手里握着剑，身边站着他的导师——谢尔盖·拉多涅日斯基。两人都衣冠不整，就像刚从危险的街道上艰难地走到这里。雨水顺着萨沙的剑流下来。

谢尔盖举手画十字："以在天之父的名义。"那效果真是令人震惊：僵尸马上立住不动，甚至熊听到他的声音时也停下来。黑暗中的某处有钟声响起。

甚至严冬之王眼中也露出一抹恐惧的神色。

又一道闪电划过，照亮康斯坦丁那震惊而恐惧的脸。他还以为这世上除了恶魔和他自己的意志再没有别的东西，瓦西娅想。

谢尔盖的祈祷安静、凝重，声音穿透瓢泼大雨，一字一句清晰地在院子里回响。

死人还是一动不动。

"安息吧，"谢尔盖最后说，"别再惊扰生者。"

它们令人难以置信地扑倒在地。

摩罗兹科呼出一口气。

瓦西娅看到熊的脸被愤怒扭曲。他之前低估了人类的信念，军队也因此灰飞烟灭。然而梅德韦季自己还没被封印，仍能自由行动。现在他要逃进夜幕，逃进雷雨中。

"摩罗兹科，"她说，"快——"

但闪电再次亮起，于是他们看见康斯坦丁正站在熊的庞大阴影前。他的金发淋了雨，颜色变暗。一阵风把祭司那清晰的声音送进她耳中。"那么，你甚至在这件事上也撒了谎。"康斯坦丁的声音小而清楚，"你说没有上帝，但有那修士祈祷，而且……"

"确实没有上帝，"瓦西娅听到那熊说，"有的只是信念。"

"有何不同？"

"我不知道。来吧，我们必须离开。"

"恶魔，你撒谎，你又撒谎。"他的声音不再完美，变得低沉沙哑，仿佛老人在咳嗽，"上帝就在那儿，一直都在。"

"也许吧，"熊说，"也许不在。没人知道事实，无论人类还是恶魔都搞不清。现在跟我走吧，如果你留下来，他们会杀了你。"

康斯坦丁死死盯着熊。"不，"他说，"他们杀不了我。"他举起一把刀，"你从哪儿爬出来的，就回哪儿去吧，我也拥有力量，是恶魔告诉我的。我曾经也是上帝的仆人。"

熊挥出大爪子，但那祭司更快——康斯坦丁敏捷地把刀抹过自己的咽喉。

熊抓住那把刀夺过来，但已经太晚了。没人出声。又一道闪电划过，瓦西娅看到了熊的脸，看到他接住康斯坦丁倒下的身体，把手——现在是人类的手了——按在祭司涌出鲜血的伤口上。

瓦西娅走上前去，把缰绳绕在熊的脖子上拉紧。

这次他没有躲闪。他躲不开，因为已被祭司的献祭困住。他只是打了个寒战，在绳子的力量下低头。

瓦西娅把另一根缰绳缠在他腕子上，他没有动。

这时她应该感到胜利的欢欣。

一切都结束了，他们赢了。

但是熊抬起眼睛看她，表情不再愤怒。他的目光越过她，投向远处自己的孪生弟弟。"求你了。"他说。

求？请求怜悯吗？求你们放了我吗？不知怎的，瓦西娅不这么认为，但她听不懂。

熊的眼睛又看向死在泥里的祭司，根本不在意那金色的缰绳。

摩罗兹科的声音里有成功的喜悦，还带着一丝不情愿的理解："你知道我不会的。"

熊勾起嘴角，但那不是微笑。"我知道你不会的，"他说，"可我必须试一试才甘心。"

金发被雨淋得发黑，脸色呈现出濒死的苍白，康斯坦丁举起手，它仍在黑暗中流血。熊对瓦西娅说："该死的，让我摸摸他。"于是她困惑地后退，让那熊跪下来抓住祭司颤抖的手。他用自己粗壮的手指紧紧地握着它，毫不理会被绑住的手腕。"你是个傻瓜，上帝的仆人，"他说，"你从未明白。"

康斯坦丁的喉咙处积满鲜血，他勉强低语："我从来都不明白什么？"

"我也有自己的信念，以我自己的方式。"熊的嘴唇扭曲了一下，"但我真爱你的手。"

那是双艺术家的手：手指富有表现力，指甲尖尖的。它们软弱无力地躺在那精灵的手中，就像死鸟。康斯坦丁的眼睛已经混浊。他盯着那头熊，露出迷惑的表情。"你是个魔鬼。"他重复一遍，大口喘着气。血仍然在流。"我不——你不是被打败了吗？"

"我是被打败了，上帝的仆人。"

康斯坦丁瞪大眼睛，但瓦西娅看不出他在看什么，也许正在看头顶上的那张脸——他既爱又恨那生物，就像他既爱又恨自己一样。

也许他看到的只是一座星光灿烂的森林和一条笔直的路。

也许最后他能在那里得到安宁。

也许只有沉默。

熊把康斯坦丁的头放在泥地上。那头发被血和水染成黑色，不再是金色。瓦西娅意识到自己正捂住嘴。邪恶的人不应悲伤，不应后悔，也不应在别人坚定的信仰中看到他们沉默的上帝。

熊慢慢松开祭司的手，慢慢地站起来。那根金绳闪着令人恶心的光，似乎把他压垮了。被金绳缚住的熊仍紧握住严冬之王的手。"弟弟，带祭司走吧，温柔些。"他说，"他现在是你的了，不再属于我。"他又看向那个蜷缩在泥里的身体。

"他最后不属于我们两个。"摩罗兹科说。瓦西娅这才意识到自己一直在不停地画十字。

康斯坦丁大睁的双眼里积满雨水。雨水溢出来顺着太阳穴滑落，仿佛眼泪。"你赢了，"熊对瓦西娅说，鞠了一躬，胳膊向躺着死人的那片地方一挥，"愿你因此开心。"他的声音比她听过的摩罗兹科的声音还要冷酷。

她什么也没说。

"你已经在那个人的祈祷中看到了我们的结局。"熊说，向谢尔盖扬起下巴，"弟弟，即使化为灰烬和霜冻，你我也将彼此缠斗，无休无止。这世界变了，现在精灵们已经没有指望了。"

"我们将分享这个世界，"瓦西娅说，"人类、恶魔和教堂的钟——我们都将有自己的一席之地。"

熊只是对她温和地笑笑："我们走吧，我的孪生弟弟？"摩罗兹科一言不发，伸手抓住他腕上的金绳。一阵刺骨的寒风刮过，两人消失在黑暗中。

***

雨水冲刷着季米特里的头发和血淋淋的右臂。他迈着沉重的步伐穿过院子，把被雨水淋湿的头发从眼前拨开。"我很高兴你没有死，"他对瓦西娅说，"表妹。"

她表情冷漠地说："我也是。"

季米特里转向瓦西娅和她哥哥："送谢尔普霍夫亲王妃回家去，然后你们两个都回来，看在上帝的分上，别让别人看见。这还没有结束，接下来将要发生的事比这几个死人还要糟糕。"

他转身就离开他们，穿过庭院，一路溅起水花，同时开始发号施令。

"有什么事要发生？"瓦西娅问萨沙。

"鞑靼人。"萨沙说，"让我们先把奥尔加送回家，我想换件干衣服。"

第五部分

第二十四章

转折

把奥尔加安全送回谢尔普霍夫宫殿的内宫后,瓦西娅和萨沙马上换下还在滴水的脏衣服,匆匆赶回去见大公。瓦西娅披上了那件从午夜王国带回来的毛皮斗篷,因为雨后气温下降,潮湿的黑夜里寒气袭人。

他们被悄悄从后门放进去,又马上被领到季米特里的小接待室中,全程没人说话。大开的窗户外狂风怒吼,屋里没有仆人伺候,只有一张已摆好的桌子,上面放着一个酒坛和四个杯子,还有面包、熏鱼和腌蘑菇。因为有谢尔盖在场,所以食物很简单。那位老修士正和季米特里一起等他们,慢慢地喝着蜜酒,看上去很疲倦。

季米特里站在画着葡萄藤、花朵和圣徒的墙的前面,还是那么引人注目、精力充沛、焦躁不安。"你们俩坐下,"萨沙和瓦西娅进来时他对他们说,"明天我要听听波雅尔的想法,但首先我得有自己的主意。"

杯子里注满葡萄酒。瓦西娅之前只在河边休息时无滋无味地吃了几口东西,于是她开始坚定地向面包和肥美的鱼宣战,同时听大家讲话。

"我本应该知道的,"季米特里开始说,"那个黄头发的江湖骗子,跑遍莫斯科驱赶死人。我们还以为那是神的力量,其实他一直与魔鬼勾结。"瓦西娅希望季米特里别再提起这件事,因为康斯坦丁在雨中的那张脸还一直在她眼前晃动。

"我们终于完全摆脱他了。"季米特里继续说。

谢尔盖说:"你把大家召集起来不光是为了显摆这事吧?我们都很累。"

"不,"季米特里说,得意的表情渐渐消失,"我收到报告,说鞑靼人正从伏尔加河下游向北挺进。马迈还是会来的,但还没有弗拉基米尔·安德列耶维奇的消息。那贡银……"

"贡银丢了。"瓦西娅想起来了。

屋里的所有人都扭过头来看她。

"被水冲跑了。"她接着说,把杯子放在一边,挺直后背,"如果那贡银是用来买莫斯科人的命的,季米特里·伊凡诺维奇,那莫斯科就还没脱险。"

他们仍瞪着她,瓦西娅沉着地看回去:"我发誓这是真的,你们想听听我是怎么知道这一切的吗?"

"我不想,"季米特里画了个十字,"但我还想多知道些消息。弗拉基米尔死了吗,还是活着,或者被抓了?"

"这个我不知道,"瓦西娅停顿了一下,"但我能查出来。"

季米特里对这提议只是皱皱眉,若有所思地在房间里踱来踱去,活像一头阴郁而焦躁的狮子。"如果我的探子能证实你说的关于贡银的事，我就打发人去给全罗斯的大公送信。我们别无选择，必须在朔日①之前在科洛姆纳②集结军队，然后派大军南下。否则我们就要任罗斯被蹂躏。这是我们想看到的吗？"季米特里面向大家说话，但目光只落在萨沙一人身上，因为萨沙曾恳求他不要和鞑靼人刀兵相见。

现在萨沙只是用和季米特里一样严厉的口吻说："哪些大公会应召前来？"

"罗斯托夫③、斯塔罗杜布④，"他踱着步，屈指数着那些大公国，"还有我的家臣。下诺夫哥罗德⑤，因为那里的大公是我岳父；特维尔⑥，因为我们签订过条约。但我还能见到谢尔普霍夫亲王吗？他善于谋略，忠心耿耿，我需要他的手下。"他停下脚步，盯着瓦西娅。

"梁赞大公奥列格⑦呢？"萨沙问。

---

① 朔日指农历初一几乎看不到月亮的那天。——译者注
② 科洛姆纳今天仍然存在，属于莫斯科地区的一部分。其名字很可能来源于古俄语，意为"河湾"。它的官方武器由凯瑟琳大帝授予。历史上季米特里曾在此集结罗斯军队，前往库利科沃战场。
③ 罗斯托夫是现俄罗斯西南部城市。——译者注
④ 斯塔罗杜布是现俄罗斯布良斯克州西南部城市。——译者注
⑤ 该城市位于伏尔加河与其支流奥卡河的汇流处，位于莫斯科西方400千米处。——译者注
⑥ 特维尔是伏尔加河上游城市。——译者注
⑦ 梁赞大公奥列格又称奥列格·梁赞斯基，即14世纪后半叶的梁赞大公。库利科沃战役爆发之前以及战役进行中，他的态度都相当暧昧。有史料称他完全站在鞑靼人一边；另有人说他试图两面讨好，这样无论哪方胜利，他都能从中取利。他可能是第一个向季米特里报告马迈的部队正向库利科沃挺进的人；也可能有意拖延，迟迟不抵达战场，并拒绝做马迈的增援部队，从而给季米特里一个机会。他本可以让手下的波雅尔与罗斯人一起战斗，但又临阵退缩。

"奥列格不会来的，"季米特里说，"梁赞离萨莱太近，而奥列格又天性谨慎。他不会冒这个险，也不会听取手下波雅尔的意见。他很可能会与马迈一起进军。但无论如何，就算没有梁赞和谢尔普霍夫，有必要的话我们也得上战场。我们还有选择吗？我们试过为莫斯科交赎金，但失败了。你们是投降，还是战斗？"这次他向所有人提出这个问题。

其他三人都没说话。

"我会派人去见各位大公，"季米特里说，"巴图席卡，"说到这里他转向谢尔盖，"您会同我们一起出征，为军队赐福吗？"

"会的，我的孩子，"谢尔盖说，听起来很疲惫，"但你要知道，即使战胜，你也要付出代价。"

"如果可能的话我也不愿打仗，"大公说，"可我不能，所以……"他的脸色亮起来，"经过一个夏天的恐惧和畏缩，我们终于要踏上战场了。上帝保佑，现在就是我们摆脱枷锁的时候。"

愿上帝保佑他们，瓦西娅想。季米特里这样说，他们就相信他。她知道大公们肯定会响应他的号召。上帝保佑我们大家。

大公突然转向瓦西娅。"我有你哥哥的剑，"他说，"还有圣人的祝福。但我能从你那里得到什么呢，瓦西丽莎·彼得罗芙娜？一想到你死去我就很难过，但后来我听说你在我的城里放火。"

她站起来面对他。"在您面前我自认有罪，大人，"瓦西娅说，"然而我曾两次帮您击退这座城市的敌人。火灾是我的错，但随之而来的暴风雪也是我召唤来的。至于惩罚，我已经受到惩罚了。"她转过头，让脸颊上的伤疤暴露在火光下。她轻轻拢住袖子里的木雕夜莺，因为不想在别人面前展示这份悲哀。"您还想如何处置我呢？"

"有两次你差点儿被活活烧死,"季米特里说,"但你跑回来救这座城市脱险,也许你应该得到回报。你想要什么呢,瓦西丽莎·彼得罗芙娜?"

她知道自己的答案,爽快地说:"我有办法可以知道弗拉基米尔·安德列耶维奇是死是活。如果他还活着,我就去找他。您有两周时间召集大公们,是不是?"

"是的。"季米特里警觉地说,"但是——"

她打断他:"我会按时赶到,如果弗拉基米尔·安德列耶维奇还活着,他和部下也会赶到。"

"不可能。"季米特里说。

瓦西娅说:"如果成功,我就可以还清欠您和这座城市的债。至于现在我想要什么……我请求您信任我,不是信任那个曾经叫瓦西里·彼得罗维奇的男孩儿,而是我自己。"

"我为什么要相信你呢,瓦西丽莎·彼得罗芙娜?"季米特里问,但他目光专注,"你是个女巫。"

"她曾保护教会免受邪恶的侵害,"谢尔盖画个十字,"上帝的想法多奇特呀。"

瓦西娅也在胸前画十字作为回应:"我也许是女巫,季米特里·伊凡诺维奇,但罗斯必须联合起来一致对外。大公和教会必须与那个看不见的世界联合起来,否则就没有胜利的希望。"

一开始我需要人类帮我打败恶魔,她想,现在我需要恶魔来帮助我打败人类。

但除了她,谁能做这件事呢?摩罗兹科说过:"你可以成为人类和精灵之间的桥梁。"她想自己现在明白这话的意思了。

一时间只有狂风得意扬扬地从窗户里吹进来，房间里寂然无声。然后季米特里简单地说："我相信你。"他把一只手轻轻地放在她头上，将大公的祝福加于勇士身上。她在他手下一动也不动。"你需要什么？"他问。

瓦西娅开始思考。那句"我相信你"使她容光焕发。"衣服，商人儿子穿的那种衣服。"她说。

"表弟，"萨沙插嘴说，"如果她要离开，那么我必须和她一起去。她已经独自走了很长的路，却没有亲人陪伴。"

季米特里看起来很惊讶："我需要你留在这里。你会说鞑靼语，还很了解从莫斯科到萨莱之间的那片地区。"萨沙什么也没说。

季米特里脸上突然出现了然的神色。也许他还记得失火的那个晚上，萨沙的妹妹被迫独自走进黑暗。"我不会阻止你的，萨沙。"他不情愿地说，"不过，不管她成功与否，你一定要按时来集合。"

"萨沙……"瓦西娅说。但他走到她跟前低声说："我曾为你哭泣，甚至当瓦尔瓦拉告诉我你还活着的时候我也哭了。我鄙视自己，因为我竟然让妹妹独自面对那样的恐惧。你再次出现在我的营火旁时我更加鄙视自己。我不会让你一个人走的。"

瓦西娅把手放在哥哥的胳膊上。"那么，如果你今晚跟我一起去，"她的手抓得更紧了，两人面面相觑，"我可要警告你，那条路通向黑暗。"

萨沙说："那我们就穿过黑暗，妹妹。"

***

他们回到奥尔加的宫殿，发现瓦尔瓦拉正在浴室里等他们。萨沙匆匆洗了个澡，上床睡觉。午夜就要到了，他们将在那个时刻出发。

但瓦西娅拖拖拉拉地不愿走。"我还从来没有说过谢谢你。"她对瓦尔瓦拉说,"在河边的那夜,你救了我的命。"

"我也是侥幸救了你。"瓦尔瓦拉说,"除了哀悼,当时我不知道能为你做什么。但普鲁诺奇尼萨对我说话,我已经很久没有听到过她的声音。她告诉我该怎么做,我就去了火葬柴堆。"

"瓦尔瓦拉,"瓦西娅说,"在午夜王国,我见到你的母亲了。"

瓦尔瓦拉抿紧嘴:"我猜她又把你当成塔玛拉了。只有一个女儿是她能控制的,就是那个没爱上魔法师的女儿。"

瓦西娅无法回答这个问题,而是说:"你究竟为什么要来莫斯科?为什么要做仆人?"

想到往事,瓦尔瓦拉脸上充满怒气。"我没有天眼,"她说,"也看不见精灵。我能听到那些强大的精灵说话,还能说一点儿马的语言,仅此而已。在我母亲的王国里,我看不到奇迹,只有寒冷、危险和孤独,后来还要面对母亲的愤怒。她对塔玛拉的事耿耿于怀。于是我离开她去找我妹妹,后来就到了莫斯科这个人类的城市。我在这里找到了塔玛拉,但我已经帮不上她。她生了个孩子,我尽我所能保护这个孩子。"听到这里,瓦西娅点点头。"但那孩子嫁到了北方,我没有跟她去。她有自己的保姆,她的丈夫是个好人。我不想再去只有森林没有人的地方生活。我喜欢钟声,喜欢莫斯科的色彩和匆忙的居民,所以我留下来等待。后来另一个和我有血缘关系的女孩儿来了。照顾你姐姐和她的孩子使我觉得生命再次完整。"

"不过,你为什么要当仆人呢?"

"这还用问吗?"瓦尔瓦拉说,"女仆比贵妇人更自由。我可以随心所欲地散步,不戴帽子就能走在阳光下。我很高兴这样。女巫会孤独地死去，妈妈和姐姐就是榜样。你的天赋给你带来幸福了吗，火姑娘？"

"曾经有过，"瓦西娅并没细说，"但也给我带来了悲伤。"她的声音中透着一丝愤怒，"既然你认识塔玛拉和卡西扬，她死后你怎么不为她做些什么呢？卡西扬到莫斯科来时，你为什么不警告我们呢？"

瓦尔瓦拉没有动，但脸上突然出现鲜明的线条和凹陷，因为旧日的悲伤又回到她心头。"我知道姐姐常在宫里出没，但我没法儿让她走，也不知道她为什么迟迟不走。我不知道卡西扬是什么时候来的。在莫斯科，他的样子和从前在仲夏时节的湖边勾引塔玛拉时的样子完全不同。"她一定是看到了瓦西娅眼中的疑虑，突然爆发，"我和你不一样。你能看到永生者，还有疯狂的勇气，而我只是个配不上自己血统的女人。我活着就已经竭尽全力了。"

瓦西娅伸出手拉住瓦尔瓦拉的手，两人谁也没有再说话。过了一小会儿，瓦西娅才勉强说："你会告诉我姐姐吗？"

瓦尔瓦拉张着嘴，显然要说出一个尖锐的答案，但然后她犹豫了。"我以前从来不敢。"瓦尔瓦拉不情愿地说，声音里有一丝疑惑，"她为什么要相信我呢？我看上去还不够老，不像是她的姨婆。"

"我想奥尔加最近目睹的奇迹足够多，多到应该能够相信你，"瓦西娅说，"我想你应该告诉她，因为这会使她快乐。虽然我明白你的问题所在。"瓦西娅用全新的眼光打量瓦尔瓦拉：她的身体很强壮，黄头发里几乎没有一根白发。"你多大了？"

瓦尔瓦拉耸耸肩："我不知道，应该比我的外表要老。母亲从没提过我们的父亲是谁，但我一直认为我的长寿来自他的遗传。管他是谁呢，我在这里很开心，真的，瓦西丽莎·彼得罗芙娜。我从不需要权力，只需要照顾别人。把莫斯科留给他们吧，把我的野姑娘玛丽亚带到她能自由呼吸的地方去，我就心满意足了。"

瓦西娅笑了："这事交给我吧，姨婆。"

***

瓦尔瓦拉走了。瓦西娅洗完澡，穿好衣服。收拾干净后，她走到连接浴室和内宫的有顶步道上。暴风雨没停，但已越来越小。闪电的出现没那么频繁了。

瓦西娅花了点儿时间才认出那个影子。她站着不动，靠在粗糙的浴室木门上。

"成了？"她轻声问。

"成了，"摩罗兹科回答，"我的力量、他自己信徒的献祭和科谢伊的金笼头三者一起封印了他，他再也不可能逃脱了。"冰凉的雨点把夏天的尘土压下去。

瓦西娅站直身子。雨点打在屋顶上沙沙作响。她穿过步道，直到能看清他的脸，直到能问出那个一直困扰她的问题："熊当时说'求你了'是什么意思？"她问道。

摩罗兹科皱皱眉，没有回答，而是掬起手掌，让水在他掌心汇聚。"我还在想你会不会问呢，"他说，"手伸过来。"

瓦西娅照做。他让水轻轻落在她手臂和手指的伤口上。剧痛之后伤口愈合，她猛地把手缩回来。

"死亡之水，"摩罗兹科让残留的水滴散开，"这就是我的力量。我能使肉体重生，无论生死。"

从第一次见到他的那天晚上起，她就知道他能治愈伤口，因为他治好了她的冻伤。但她没把这事和童话联系起来，没有想过……

"你说你只能治愈自己造成的创伤。"

"我是这么说过。"

"另一个谎言？"

"部分是事实。"

"熊要你救康斯坦丁的命？"

"不是拯救，"他说，"我能修补肉体，但当时他的灵魂已经走得太远。梅德韦季想让我修补祭司的肉体，这样他就能把祭司带回来。我的兄弟和我联手，可以起死回生，因为梅德韦季的天赋是生命之水。所以他才说'求你了'。"

瓦西娅皱着眉头，想着自己愈合的手指，还有手掌和手腕上的伤疤。

"但是，"摩罗兹科补充，"我们从来没有联手过。为什么要联手呢？他是个恐怖的家伙，他和他的力量都是。"

"当时熊很忧伤。"瓦西娅说，"康斯坦丁祭司死时，熊为他哀悼。"

摩罗兹科发出不耐烦的声音："恶人也会哀悼，瓦西娅。"

她没有回答，而是站着不动。雨点落在他们周围。她一时无法消化所有这些新的信息。严冬之王属于暴风雨，他的人性只是真实自我的影子，他的力量会随着夏天过去而增强。他的眼睛在黑暗中闪闪发光。他却在意她，为她谋划。为什么她还要想着熊或康斯坦丁呢？这两人手上都有人命，而且他们都不会再回来。

她把不安的思绪抛开，说："你来见见我姐姐好吗？我答应过她的。"

摩罗兹科看起来很惊讶。"以求婚者的身份去见她，请求她的允许吗？"他问道，"这会改变什么呢？这可能会让事情变得更糟。"

"虽说如此，"瓦西娅说，"但我——"

"我不是人类，瓦西娅，"他说，"没有圣礼可以约束我。我不能按你信奉的神的戒条或是人类的律法娶你。你姐姐视为荣誉的东西，你是得不到的。"

她已经知道那是实情。"无论如何，我希望你见见她，"瓦西娅说，"至少——也许她不会再为我担心。"

沉默。她意识到他正无声地笑，笑得全身颤抖。她生气地抱起双臂，觉得受到了冒犯。

他两眼亮晶晶地望着她。"我不太可能让任何一个人的姐姐放心。"他笑完后说，"但如果你坚持的话，我会去见她。"

***

奥尔加在玛丽亚的小屋里看着那熟睡的孩子。长期的紧张情绪使小姑娘苍白憔悴，脸上也有阴影，因为她的年纪还太小，承受的负担也太沉重。奥尔加也同样显得疲倦。

瓦西娅在门口停下脚步，突然觉得自己可能不太受欢迎。

床上铺着羽毛褥子、毛皮和羊毛毯。有那么一会儿，瓦西娅想再次变回孩子，扑在床上，躺在玛丽亚旁边睡一觉，而姐姐会抚摩她的头发。奥尔加听见瓦西娅轻柔的脚步声接近，马上转过身，瓦西娅的愿望落了空。时光不会倒流，人也不会回到从前。

瓦西娅走过房间，摸摸玛丽亚的脸。"她会没事吧？"瓦西娅问。

"我想她只是太累了。"奥尔加说。

"她非常勇敢。"瓦西娅说。

奥尔加抚摸着女儿的头发，什么也没说。

"亲爱的奥尔加，"瓦西娅尴尬地说，在季米特里大厅里保持的沉着风度似乎已烟消云散，"我……我告诉过你，说你可以见他，如果你想的话。"

奥尔加皱起眉头："他？"

"你问过的，他在这儿，你能看见他吗？"

摩罗兹科并没等奥尔加回答，也没像人类一样从门口进来，而是直接从阴影中现身。本来坐在火炉边的多毛沃伊噌地站起来，像只竖起尖刺的刺猬。熟睡的玛丽亚也被惊动了一下。

"我对她们没有恶意，小家伙。"摩罗兹科首先对多毛沃伊说。

奥尔加也跟跄地站了起来，挡在玛丽亚床前，仿佛要保护她的孩子不受邪恶侵害。瓦西娅吓得浑身僵硬，突然明白在姐姐眼里霜魔是什么样子：一道眼神冰冷的影子。她开始怀疑自己选择的路。摩罗兹科从多毛沃伊那边转过身来，向奥尔加鞠了一躬。

"我认识你，"奥尔加低声说，"你为什么到这儿来？"

"并不是来带走某条生命的。"摩罗兹科说，声音平稳，但瓦西娅觉得他很谨慎。

奥尔加对瓦西娅说："我记得他，我记得。就是他带走了我女儿。"

"不……他……"瓦西娅笨拙地说。摩罗兹科狠狠地瞪她一眼，于是她坐下闭上嘴。

他脸色没变，但全身紧绷，显得很紧张。瓦西娅理解他。他想尽量靠近人类，让人类记住他，这样他就能继续活下去；可是瓦西娅又把他拉得过近，让他像飞蛾一样扑向火苗。现在他必须看着奥尔加，理解她眼中的痛苦，并背负这痛苦走过他此生的漫漫长路。

他虽不想这样，但他没动。

"也许我的话不能安慰你，"摩罗兹科小心翼翼地说，"但你的长女会长命百岁。而那小些的，我会记住她的。"

"你是个魔鬼，"奥尔加说，"我的小女儿甚至还没起名字。"

"不管怎样，我会记住她的。"严冬之王说。

奥尔加盯着他看了一会儿，突然崩溃，悲伤得全身缩成一团，双手捂住脸。

瓦西娅感到很无助，走到姐姐身边试探着搂住她。"亲爱的奥尔加，"她说，"亲爱的奥尔加，我很抱歉，我很抱歉。"

奥尔加没有回答。摩罗兹科站在原地，不再说话。

沉默很长时间后，奥尔加深吸一口气，眼里含着泪。"在那晚我失去她后，"她说，"我还从来没哭过。"

瓦西娅紧紧地抱住姐姐。

奥尔加轻轻地把瓦西娅的胳膊拨到一边。"你为什么选中我妹妹，"她问摩罗兹科，"为什么？世界上有那么多女人。"

"一开始因为她的血脉，"摩罗兹科说，"后来因为她的勇气。"

"你有什么可以给她的吗？"奥尔加问他，声调严厉，"除了在黑暗中的低语。"

瓦西娅把抗议的话吞回去。也许这个问题让摩罗兹科大吃一惊，但他没有表现出来。"所有冬日王国的土地，"他说，"黑树和银霜，还有人类创造的黄金和财富。她若愿意，可以把财宝捧在手里。"

"你不会禁止她享受春天和夏天吧？"

"我不会禁止她做任何事。有些地方她能去，我想跟去却没那么容易。"

"他不是人类，"奥尔加对瓦西娅说，仍然盯着严冬之王，"他不能做你的丈夫。"

瓦西娅垂下头："我从来就不想要丈夫。他能跟我一起离开冬日王国来拯救莫斯科，这就够了。"

"还有，你觉得他最后不会伤害你吗？还记得童话里死去的女孩儿吗？"

"我不是她。"瓦西娅说。

"如果这种……这种羁绊使你受到诅咒，你又该怎么办？"

"我已经受到诅咒了，"瓦西娅说，"无论从神的戒条还是人类的律法看都是如此，但我不愿孤单一人。"

奥尔加悲伤地叹口气。"你说得对，妹妹。"她突然说，"很好，我祝福你们俩。现在送他走吧。"

***

瓦西娅跟着摩罗兹科走出去。这次他以普通人的方式走出房门，在外面停下来，像个刚刚辛苦劳作过的男人一样低着头。

他咬牙切齿，勉强对她说："浴室。"她拉着他的手一起走过去，在黑暗中关上门，屋里的四根蜡烛立刻爆出火光。他坐在外间的一张长凳上，颤抖着吸口气。浴室里有人出生，有人去世；有转化，也有魔法；也许还有回忆。他在那里呼吸更轻松。但是——

"你没事吧？"她问道。

他没有回答。"我不能留下来。"他说。他眼睛的颜色浅得和水一样，双手紧紧地握在一起，在烛光中能看到突出的骨节。"我不能留在这里。现在还不到我出现的时候。我必须回到自己的土地上。

我——"他打住了话头,又说,"我是冬天,我已经离家太久了。"

"就因为这个吗?"她问。

他不看她,努力松开紧扣在一起的双手,平放在膝上,声音低得几乎听不到:"我不能再见更多人,否则我会被拉近——"

"离什么太近,死亡吗?你能变成凡人吗?"她问。

他吓了一跳:"怎么变?我不是肉体凡胎。但它会把我撕裂。"

"那么它会一直撕扯着你,我想,"瓦西娅说,"只要我们……除非你能忘记我。"

他站起来。"我已经做出选择,"他说,"但我必须回自己的国家去。你不是唯一会被魔法反噬的人,我这次再也撑不下去了。我不属于夏天的世界,瓦西娅,你已经完成了自己的使命,现在和我走吧。"

他的话仿佛一道渴望的闪电穿透她全身。她渴望蔚蓝的天空和深厚的积雪,渴望荒野和寂静,渴望他在杉树林中被炉火照亮的房子,渴望他在黑暗中的双手。她可以和他一起走,把有关人类的所有事情抛到脑后,离开这座让索洛维付出生命代价的城市。

虽然这样想,但她还是说:"我不能,因为事情还没结束。"

"但你该做的已经结束。如果季米特里和鞑靼人作战,那就是人类的战争,与精灵无关。"

"这是熊挑起的战争!"

"这场战争本就不可避免,"摩罗兹科反驳,"多年来它像把剑,一直悬在人类头上。"

她把手放在脸颊上,那里有块伤疤。它是她走向火葬柴堆时,一块抛过来的石头造成的。"我知道,"她说,"但我是罗斯人,而他们是我的同胞。"

"他们把你扔在火里烧。"摩罗兹科说,"你不欠他们什么。跟我走吧。"

"但是我以什么身份跟你走呢?"她问,"我不过是个雪姑娘,是严冬之王的新娘。我会被全世界遗忘,就像你一样!"

她意识到这些话刺痛了他,于是咬着嘴唇,用更平静的声音问道:"如果我不能帮助我的同胞,那么我是谁?"

"要帮助你的同胞,不必局限于阻止一场轻率的战争。"

"你放出你哥哥,因为觉得我能阻止精灵消亡。也许我能,但是另一个罗斯,属于凡人的罗斯为此付出了代价,而我要纠正这个错误。熊带来的灾祸并不止于莫斯科,我的任务还没完成。"

"如果你死在战争中呢?你以为我想领你走进黑暗,从此再也见不到你吗?"

"我知道你不想。"她深吸一口气,"但我还是得试试。"

为了她,摩罗兹科曾和她哥哥并肩作战,请求她姐姐原谅,在夏天进入莫斯科并封印熊。但是她已经探到他的力量和意志的底线:他不会插手季米特里的战争。

然而她会,因为她不甘心做个雪姑娘。她需要季米特里的信任,想让他的手放在她头上,想要用自己的勇气赢得胜利。

但她也想要严冬之王。在莫斯科的烟雾、灰尘和臭气中,他带来一股松树、冰水和寂静的气息。她想要他。

他看见她在动摇。他们在黑暗中对视。他凑过来。

他不温柔。他很生气,她也一样困惑而渴望。他们用粗糙的手互相抚摩。她吻他时觉得他有实实在在的肉体,觉得此时此刻他正被自己的激情深深吸引到现实世界中。寂静延续下去，他们的手代替唇舌，表达无法说出口的情意。瓦西娅当时几乎要答应他，几乎要同意他把自己抱到白马上进入黑夜。她不愿再多想了。

但她必须思考。塔玛拉曾沉溺于她自己的恶魔营造的爱情大梦，直到失去一切重要的东西。

瓦西娅不是塔玛拉。她猛地后退，喘得上气不接下气。他任她离开。

"那你就回冬天去吧。"她听见自己嘶哑的声音说，"如果我姐夫还活着，我就要走午夜之路找到他，还要帮季米特里·伊凡诺维奇赢得这场战争。"

摩罗兹科站着不动，愤怒、困惑和欲望慢慢从他脸上退去。"弗拉基米尔·安德列耶维奇还活着，"他只是说，"但我不知道他在哪里。瓦西娅，我不能陪你走这条路。"

"我会找到他的。"瓦西娅说。

"你会找到他的。"摩罗兹科说，声音疲倦而笃定。他深深地鞠了一躬，仿佛离她很遥远。他把所有感情深锁在眼中。"第一场霜冻的时候你再来找我吧。"

他像个幻影一样溜出浴室，她赶紧跟上去。虽然仍在生气，但她不希望他就这样离开，因为两人间的裂痕还没有弥合。她使他违背了自己的天性——她也算是一个劲敌。

他走到院子里，仰起脸来对着黑夜。有那么一瞬，寒风真正凛冽起来，能把呼吸冻在鼻子里。

突然他转过身来面对她，那种感情又流露在他脸上，仿佛他已经控制不住它似的。

"好好照顾自己,别忘了我,雪姑娘。"他说。

"我不会的。摩罗兹科……"

他已只剩下半明半暗的影子,好像能被风吹透。

"我也尽我所能,爱着你。"她低声说。

他们对视,接着他被狂风卷走了。

第二十五章

黑暗中的路

萨沙和瓦西娅在午夜之前动身。

"对不起,"走之前萨沙对奥尔加说,"我们上次分手时,我说的话……对不起。"

奥尔加差点儿露出笑容,但她撇撇嘴:"我当时也很生气。你以为我已经习惯了离别,哥哥。"

"如果南方战况吃紧,"萨沙说,"你就别待在莫斯科,带孩子们去列斯纳亚辛里亚吧。"

"我知道。"谢尔普霍夫亲王妃说,兄妹俩交换了一个阴沉的眼神。奥尔加经历过三次围城战,而萨沙自成年起就为季米特里上战场了。

看着他们,瓦西娅不安地想起:虽然她见过很多大场面,但还从未见过战争。

"愿上帝与你们同在。"奥尔加说。

瓦西娅和萨沙溜出莫斯科。城门下方的波萨德在沉睡，凛冽的狂风驱走了瘴气。至少死人能安静地躺着。

瓦西娅领着哥哥走进树林，来到瓦尔瓦拉教她走上午夜之路的那个地方。那是多久以前的事了？从那天晚上起，罗斯度过了两个季节，但瓦西娅已经记不清度过了多少天。

在莫斯科的某个地方响起钟声，城墙在树林后面隐约可见。瓦西娅拉着哥哥的手。午夜的黑暗似乎更加荒凉，代表了新的威胁和更深刻的美。她拉着哥哥走上前去。"想想我们的表哥[①]。"她说。一步，两步，萨沙震惊地轻叹一声。

莫斯科不见了，他们站在稀疏的榆树林中，空气干燥温暖。瓦西娅裸露的脚趾间没有泥泞，只有灰尘。夏末的大星星低垂在头顶，这是个截然不同的午夜。

"圣母呀，"萨沙低声说，"这是谢尔普霍夫附近的树林吗？"

"我告诉过你，"瓦西娅说，"这是条近路，可是……"她打住话头。

黑牡马弗隆从两棵树中间钻出来，骑手那晨星般的眼睛在黑暗中闪闪发光。

萨沙的手伸向剑柄。也许是午夜之国唤醒了他的血脉，因为他能看见马和骑马的人。"那是午夜婆婆，"瓦西娅盯着那精灵，"这是她的领地。"她侧过头说。

萨沙画个十字。普鲁诺奇尼萨嘲弄地朝他笑笑，从马背上滑下来。

[①] 这里指弗拉基米尔·安德列耶维奇。——译者注

"上帝保佑你。"萨莎谨慎地说。

"我可不希望这样。"普鲁诺奇尼萨回答。弗隆甩甩黑色的头,耳朵不高兴地耷拉着。午夜婆婆转向瓦西娅说:"你又来我这儿了?是来显摆你的胜利吗?"

"我们确实赢了。"瓦西娅谨慎地说。

"不,"午夜婆婆说,"你们没有。你以为真正的战斗是什么样的?你这个傲慢的傻瓜。你从来都不明白,是吗?"

瓦西娅什么也没说。

午夜婆婆咬着牙说:"我们之前希望……我之前希望……你与众不同,希望你能打破他们无休止的互相复仇和监禁。但你鼓励那对白痴双胞胎,战斗。"

"你在说什么?"瓦西娅问,"我们从死人手中拯救了莫斯科。我不知道你为什么生气。熊是邪恶的,但现在他被封印了,罗斯安全了。"

"是吗?"午夜说,"你还是不明白。"愤怒、厌恶和失望在她的眼里一闪而过,"你不能统治精灵,不能把家安在湖边,更不能拯救我们免于消亡。你失败了,去湖边的路现在对你封闭了。即使要冒惹老太太生气的危险,我也要把它封闭。她将不会再有继承人。别了,瓦西丽莎·彼得罗芙娜。"

她迅速离开,像出现时一样快,一缕白发落在弗隆背上。瓦西娅最后听到的是渐渐远去的马蹄声。瓦西娅全身颤抖,直勾勾地盯着午夜婆婆刚才待过的地方。萨沙看上去只是有些困惑:"她是什么意思?"

"我不明白她为什么生气,"瓦西娅很不安,"但我们必须继续走。跟我来，离我近些，我们绝不能分开。"

他们小心翼翼地走着，因为瓦西娅害怕午夜的愤怒，以及对方在这里拥有的力量。萨沙跟着她，盯着阴影，被变幻莫测的不同夜晚弄得不知所措。但他还是跟着她，因为他信任她。

不久，瓦西娅就开始后悔。

第二十六章

金帐汗国[①]

他们事先没有得到任何警告,没有看到远方有任何光线,更没听到任何嘈杂声。他们突然从黑暗中现身,走进火光下的欢声笑语中。

有那么一瞬,两人仿佛石化了。

狂欢的人也目瞪口呆。电光石火间,瓦西娅瞥见他们有弯刀和没上弦的短弓。她能闻到马的气味从火光圈外飘来,看到它们的眼睛发出的光。

四周的男人都跳起来,他们不会说罗斯语。她在某个黑暗的冬夜听过这种语言,当时她正在营救小姑娘,拼命逃跑,逃跑……

"回来!"瓦西娅对萨沙说。眼角余光里,她瞥见午夜婆婆苍白的头发和那张顽固而得意的脸。她好像听到有人低语:"学聪明些,

[①] 金帐汗国是拔都汗于13世纪建立的蒙古汗国。它在14世纪早期接受伊斯兰教,其鼎盛时期的疆域覆盖包括莫斯科在内的现东欧大片地区。

否则就死吧，瓦西丽莎·彼得罗芙娜。"

十几个男人拔刀在手，她哥哥的剑映着火光。"是鞑靼人！"萨沙厉声道，"瓦西娅，快走。"

"不！"她仍然试图把他拉回来，"不，我们必须回午夜之国！"但人们已经把他们团团围住，她看不见午夜之路。"瓦西娅，"萨沙说，声音因为平静而更可怕，"我是个修士，他们不会杀我的。但你……跑，快跑！"他向那些人猛扑过去，把其中几个撞到一边。她从乱作一团的人群中冲出来，营火突然火光大盛。她哥哥与另一个人对砍时，大火重新燃起喷出火星，将鞑靼人赶开。

午夜之路在那儿，就在火光之外。火又烧起来，把对方吓坏了。她叫道："萨沙，这边走——"

但她还没来得及说完，就有刀柄敲在她的太阳穴上。她眼前一黑，不省人事。

***

萨沙见妹妹跌倒，就丢下剑，用鞑靼语对那击倒她的人说："我是上帝的仆人，那是我的侍从。不要伤害他。"

"你确实是上帝的仆人，"那鞑靼人说的是带点儿轻微口音的罗斯语，"你是亚历山大·佩列斯韦特，但这不是你的侍从。"

那个声音似曾相识，但萨沙看不见对方的脸。那人站在火堆的另一边俯视瓦西娅，把她拉起来。她的眼睑颤动，额头上的伤口流出的血糊了一脸。

"这是你的女巫妹妹，"鞑靼人说，听起来既高兴又困惑，"你俩怎么到这儿来了？为季米特里刺探情报吗？这事值得他派出自己的表兄妹吗？"

萨沙惊呆了，什么也没说，因为他认出了对方。"走吧，"鞑靼人用自己的语言补充说，同时把瓦西娅扛在肩上，"捆住那修士的手，跟我来。得向将军报告这事。"

***

有人正扛着瓦西娅走，每一步都震得她头痛，使她呕吐，疼痛像锋利的冰片刺穿她的头颅。扛着她的男人厌恶地大叫起来。"你要敢再吐一次，"一个似乎很熟悉的声音说，"等将军打完你后，我就再亲手揍你一顿。"

她试着环顾四周寻找午夜之路，但看不见它。在失去知觉的那段时间里，她一定已经错过它了。现在夜晚的时间一分一秒地过去，而她和萨沙被困在这里，要到明天午夜才有可能摆脱。

她觉得头嗡嗡响，无法集中精力带哥哥一起在所有人的眼皮底下消失。也许她能做到，但每当试着想办法时，她就觉得思绪断断续续的。

前方有什么东西隐隐出现，她看不清，因为她还没有完全恢复知觉。那是座圆乎乎的建筑物，由毛毡搭成。有块毛毡被推到一边，她被人从露出来的缺口里扛进去。恐惧扼住她的咽喉和胃，哥哥在哪儿？

里面有人，但她看不清有多少人。中间两人穿着华丽的衣服，站在火炉和吊灯发出的光中。她被扔在地上，挣扎半天终于勉强能跪坐起来。她觉得周围的环境富丽堂皇：灯是银质的，空气中有肥肉味，地上铺着地毯。周围一阵嗡嗡的低语声，讲的是她听不懂的语言。萨沙被推倒在她旁边。

两个衣饰华丽的人中，有个是鞑靼人，另一个则是罗斯人。罗斯人先开口。"这是怎么回事？"他问。

"这个……"身后传来某个熟悉的声音。瓦西娅试图转过身来,但头很痛,只好停住不动,大口喘气。但这时那人走上前来,她看到他的脸,认出了对方。他曾在莫斯科郊外的森林里差点儿杀掉她;而在邪恶魔法师的帮助下,他曾几乎废黜季米特里·伊凡诺维奇。

"看起来,"切鲁贝笑着用罗斯语对她说,"季米特里·伊凡诺维奇耍了个新花招儿,想摆脱他这两位表亲。"

***

虽说萨沙只闻其名未见其人,但他觉得高个子的那人一定是马迈,因为人们称他为将军。他不认识那个罗斯人。

"表亲?"那将军用鞑靼语问。马迈是个中年人,面色疲倦,仪态高贵,头发花白。他曾效忠可汗别尔迪别①,但后者在位只有两年。从那以后马迈就一直在谋划夺回自己失去的地位,但由于他本人不是大汗②的后裔,这一计划面临重重困难。萨沙知道(也许鞑靼人的整个军队都知道)马迈必须一举击败季米特里,否则正打得不可开交的金帐汗国内部的敌对派系就会联手消灭他。

孤注一掷的人是危险的。

"这位就是神圣的亚历山大·佩列斯韦特,您肯定听说过他。"切鲁贝说,目光却落在瓦西娅身上,"还有这位,我在莫斯科第一次见到他时,他们告诉我此人出身高贵,是亚历山大·佩列斯韦特的弟弟。但那是个谎言。"切鲁贝继续轻声说,"这根本不是男孩儿,而是个女孩儿,女扮男装骗过整个莫斯科的小女巫。我很奇怪季米特里

---

① 别尔迪别是金帐汗国第十二任可汗。——译者注
② 这里指成吉思汗。其后裔创立金帐汗国,曾统治罗斯达二百多年之久。

为什么要把女巫和修士送到这里来,做探子吗?你能告诉我吗,小姑娘?"他的最后一个问题是在问瓦西娅,声音几乎称得上柔和,但萨沙能听出其中的威胁。

瓦西娅默默地看着切鲁贝的眼睛,眼睛睁得大大的,充满恐惧,脸上全是血。"你把我弄痛了。"她低声说,声音颤抖,语调凄惨。萨沙这辈子从未听过她这样说话。

"我会让你更痛,"切鲁贝平静地说,"你到这里来做什么?"这话与其说是威胁,不如说是在陈述事实。

"我们被袭击了,"她低声说,声音还在颤抖,"我们的人被杀了。我们看到有营火,就跑来求助。"她的眼睛又大又黑,神情困惑而恐惧,脸颊上满是血。她低下头,又抬头看看切鲁贝。这一次有两滴眼泪流下,在脸上的血迹上划出两道痕迹。

萨沙觉得妹妹演得有点儿过,但随即看见切鲁贝的神情从警惕变为轻蔑。他在心里感激地低声祈祷,决定把切鲁贝的注意力拉回自己身上:"别吓着她。我们是偶然撞到你们的。我们不是探子。"

"确实,"切鲁贝温和地说,转过身来,"难道你妹妹也跟你一起旅行吗?没带别人,还穿得这么不得体,这是碰巧吗?"

"我正要带她去修道院,"萨沙撒了个谎,"是大公命令的。我们的驮队被强盗袭击,只剩下我们俩,没有援助。你也看到了,他们撕破了她的裙子,什么也没给我们留下来。我们饿着肚子晃了几天,看到你的火光就跑过来。我们想要得到帮助,而不是侮辱。"

"不过我还是很困惑,"切鲁贝尖刻地讽刺道,"为什么莫斯科大公最亲密的顾问要在这种时候把妹妹带到某个宗教场所去呢?"

"我建议季米特里·伊凡诺维奇不要参战,"萨沙说,"他大发雷霆，把我赶出宫了。"

"好吧。"马迈轻快地插嘴，"如果是这样，你就能毫无压力地把你表弟的意图和性情告诉我们，然后你就能回去祷告。"

"我对季米特里的性格一无所知，"萨沙说，"我跟你说——"

切鲁贝反手用力打在萨沙脸上，把他打倒在地。瓦西娅大叫一声扑在切鲁贝脚下，挡在他前面，不让他去踢萨沙的肚子。"求你了，"她哭起来，"求求你，别伤害他。"

切鲁贝把她甩开。但当她双手合十跪在他面前时，他皱着眉头盯着她。从没有人说瓦西娅漂亮，但不知为什么，她那粗犷的骨骼和大大的眼睛总能吸引人们的目光，使他们移不开眼睛。萨沙的嘴唇仍在流血，他不安地看到男人们再次把注意力集中在她身上，那种眼神之前他从未见过。她在迷惑他们，该死的，她在掩护他。

"对不起，"切鲁贝平静地说，"我不相信你哥哥的话。"

"他说的全是实话。"她低声说，声音很小。

马迈突然转向那罗斯人问："你说呢，奥列格·伊凡诺维奇，他们是在撒谎吗？"

这位罗斯人长满胡须的脸上显出高深莫测的神情，但萨沙知道这个名字，明白他就是支持鞑靼人的梁赞大公。

奥列格抿抿嘴，说："我看不出他们是否在说谎，但修士的话似乎比较可信。为什么季米特里·伊凡诺维奇要派他的两个表亲当探子，而其中一个还是女扮男装的姑娘呢？"他瞥瓦西娅一眼，目光中满满都是不赞成。

"她是个女巫，有种奇怪的力量。"切鲁贝坚持说，"她让我们的营火像中了邪似的燃烧起来，之前还在莫斯科对我的马施魔法。"

所有的目光都集中在瓦西娅身上。她眼神游移,嘴唇颤抖,头上的伤口仍血流如注——那里正凸起一个肿块。她轻声哭着。

"真的,"奥列格沉默一会儿,说道,"她看上去很可怕。这女孩儿叫什么名字?"最后一句是罗斯语。

瓦西娅面无表情,没有回答。切鲁贝又一次举起手,但奥列格在他动手之前说:"你现在是要打一个被绑住的姑娘吗?"

"我跟你说过,"切鲁贝生气地说,"她是个女巫!"

"我没看出来,"奥列格说,"我还要补充一点,现在已经是深夜,也许我们可以以明早再决定他们的命运。"

"我要和他们待在一起。"切鲁贝说,眼睛里闪着渴望的光芒。他对莫斯科的耻辱记忆犹新。也许他对那个绿眼睛的男装女孩儿很好奇;也许那天他也在河上,当时卡西扬以最残酷的方式在整个莫斯科面前揭露了她的秘密。

"季米特里·伊凡诺维奇会赎回她的,"萨沙说,"如果她毫发无伤的话。"

他们没理他。

"很好,"马迈说,"你跟他们待在一起,看看能问出什么。奥列格·伊凡诺维奇——"

"如果他死于刑讯逼供,都主教将会过问。"奥列格说。萨沙平静地吸口气。

"一定要让他活着。"马迈对切鲁贝补充。

"将军,"奥列格盯着瓦西娅,又一次对马迈说,"今晚我要把那姑娘留在我身边。也许她离开哥哥后会害怕,会告诉我不少事。"

切鲁贝显得很生气,张嘴想说话,但马迈抢先一步,看上去他觉得这事很有趣:"随你喜欢。不过她很瘦,不是吗?"

奥列格鞠了一躬,把瓦西娅拉起来。他们讲的是鞑靼语,所以瓦西娅基本听不懂他们在说什么。她盯着萨沙。"别害怕。"他说。

冰冷的安慰。她不为自己担心,却为他担心。

第二十七章

梁赞大公

奥列格走到马迈的帐篷外吹声口哨,两名武装士兵应声出现,跟在他们后面。两人好奇地打量了瓦西娅一番后板起脸。她为哥哥害怕。一切都发生得太快了,午夜婆婆可能会嘲笑并威胁他们,但瓦西娅做梦也想不到外曾祖母的仆人会把她出卖给鞑靼人。看在上帝的分儿上,为什么?

你失败了,午夜婆婆曾说。

奥列格拖着她向前走,她试着思考。如果她能逃走,那她能在第二天午夜回来找哥哥吗?她陷在这个巨大的营地里,满脸是血,而魔法就像冷漠的星星一样遥远。

黑暗中隐约出现一个比马迈的帐篷小些的圆帐篷。奥列格把她从帐门缝中推进去,自己跟在后面走进去,同时打发走那两个看上去满腹疑云的侍卫。

这个帐篷里没有炉子,只有一盏孤零零的陶灯。她匆匆扫一眼那简朴的陈设，发现有堆整洁的毛皮。奥列格说："你在去修道院的路上，是吗？穿成这样？被强盗袭击了？你和你哥哥竟然蠢到无意中发现了切鲁贝的营火？你看我像个傻瓜吗？告诉我实话，姑娘。"

她的脑子开始疯狂转动。"我哥哥说的是实话。"她说。

"我承认你不是胆小鬼，"他的声音平静下来，"小姑娘，我可以帮助你，但我必须知道真相。"

瓦西娅让双眼充满泪水。这不难，因为她头痛得厉害。"我们告诉过您。"她小声说。

"很好，"奥列格说，"随你的便吧。明天我会把你还给切鲁贝。他会从你嘴里把真相掏出来。"他坐下来脱靴子。

瓦西娅看了他一会儿。"你是罗斯人，却站在敌人那边作战，"她说，"你能指望我相信你吗？"

奥列格抬起头来。"我站在金帐汗国那边，"他用词很精确，同时把一只靴子放在一边，"因为我不像季米特里·伊凡诺维奇那样急切；因为我还不想让我的城市夷为平地，让我的人民沦为奴隶。但这并不意味着我不会帮你。还有，如果你得罪了我，我也能袖手旁观，看你受罪。"

第二只靴子被放在第一只旁边，接着他脱下帽子扔在那堆毛皮上。他上下打量她，像是在研究她。忘记，她想，忘记他能看见你。但她无法集中精神，因为头上的伤痛得厉害，好像有根白炽的铁条烙在上面。奥列格光着脚，默不作声地大步走向她，一只手抓住她被绑着的手腕，另一只手摸遍她全身，看有没有藏着武器。她手无寸铁。在切鲁贝的火堆旁被击中后，有人拿走了她的刀。"好吧，"他一边上下摸她一边说，"我想你毕竟是个女孩儿。"

她一脚踩在他的脚上,他打中她的脸。

她醒过来时发现自己四肢伸开倒在地上——他已经割断了绑住她的手的绳子。她抬起头看见他坐在那堆毛皮上,用磨刀石在膝盖上磨佩刀。"醒了吗?"他说,"醒了我们就再来。告诉我真相,小姑娘。"

她吃力地站起来:"不然呢,你要拷打我吗?"

他脸上掠过一丝厌恶的神色:"你既然决心要高尚地受苦受难,那也许不会想到跟我在一起总比跟切鲁贝要好。他在莫斯科丢了面子,全军都知道这事,他会折磨你的。如果他突然想到什么新花样,也许会在你哥哥面前强暴你,以此来侮辱他。"

"所以,我还是可以选择的喽,选择在那里被公开强奸还是在这里被私下强奸?"

他哼了一声:"算你幸运,我更喜欢外表和行为都像女人的那类。回答我的问题,我就保护你不受切鲁贝的伤害。"

他们定定地对视。瓦西娅深吸一口气,开始碰运气:"我带来了莫斯科大公的口信。"

他陡然警觉起来:"你吗?真是个奇怪的信使。"

她耸耸肩:"不然我为什么要来这儿,对不对?"

奥列格把刀和磨刀石放在一边:"这是真的,但也许你在说谎。你有信物吗?如果有的话,你把它吃掉了吗?我发誓它现在不在你的身上。"

虽然毫无把握,但她还是努力使声音平静:"我带来了瑞兆。"

"很好,眼见为实。"

"我会给你看的,"她说,"但请你告诉我,为什么切鲁贝当时会说季米特里·伊凡诺维奇耍了个新花招儿,想摆脱他这两位表亲?"

奥列格耸耸肩。"谢尔普霍夫亲王也被关在这里，难道季米特里不想知道他去哪儿了吗？"奥列格停顿了一下，"啊。信使还是救兵？两个都不像呀。"

瓦西娅没回答。

"无论如何，季米特里这计划都很差劲。"奥列格下了结论，"现在马迈手上有他的三个嫡亲堂表兄妹啦。"他双臂交叉抱在胸前，"现在你该给我看那瑞兆了。"

瓦西娅不顾头痛欲裂，掬起双手，记忆中的火在她掌中汇聚。

奥列格站起来，诅咒着连连后退。

她仍跪在地板上，抬起头透过火焰看他："奥列格·伊凡诺维奇，马迈会输掉这场战争。"

"罗斯的军队是乌合之众。他们会击败金帐汗国吗？"奥列格的声音细得仿佛喘不过气来。他盯着火焰，勉强伸手去碰，之后被热浪烫得猛缩回手。火没有伤着她，但她看到自己手臂上的汗毛被烤得卷起来。"这把戏不错，"他说，"季米特里和魔鬼结盟了吗？他不可能打败一支大军的。你知道马迈手下有多少马，多少弓箭，多少士兵吗？就算所有罗斯人都站在季米特里这边，马迈军队的人数仍是他的两倍。"

但奥列格仍然紧盯着瓦西娅的手。

瓦西娅觉得全身疼痛，头也很痛，但她绷紧每一根神经，保持面色平静，保持记忆中的火焰稳定地燃烧。奥列格站在敌人一边来保护自己的人民，这是个务实的人，也许可以被她说服。"用火耍把戏吗？"她说，"你是这么想的吗？不。火、水和黑暗将要携手，这片土地上的新旧两股力量将并肩作战。"她希望这话能成真，"你们的将军要输了。我就是那个瑞兆，也是证据。"

"季米特里·伊凡诺维奇为黑魔法出卖了灵魂吗？"奥列格画个十字。

"难道是黑魔法在保卫生养我们的土地吗？"她突然合上双手熄灭火焰，"你为什么把我从切鲁贝手中带走，奥列格·伊凡诺维奇？"

"我可不是对你发善心，"奥列格说，"我也不喜欢切鲁贝。"他忐忑地伸手去摸她的手掌——很凉。

"季米特里那边有你看不见的力量，"她说，"我们拥有你看不见的力量。奥列格·伊凡诺维奇，与其为征服者而战，不如为自己而战。你愿意帮助我吗？"

她可以发誓他在犹豫不决，接着他的脸上绽开苦涩的微笑。"你真会打动人心。现在我几乎要相信是季米特里派你来的。他比我想象得还要聪明，但我早已过了相信童话的年纪，小姑娘。我只能做这么多。我要对马迈说你不过是个被关在修道院的傻丫头，我想把你带回家，而不是把你卖出去当奴隶，战争结束后，你可以在梁赞为我表演火焰戏法。不要让任何人看到你这样做，鞑靼人害怕女巫。"

她的头又痛了，黑暗从视野边缘蔓延过来。她抓住他的手腕，再也要不出诡计、赌博和欺骗的招数。"求你了。"她说。

雾气弥漫，她渐渐失去知觉，但还能听到他低声回答："我要跟你做笔交易。如果你能独自找到并救出你哥哥和谢尔普霍夫亲王，同时还能让我的部下和波雅尔怀疑他们的忠心，那么也许这个瑞兆就足以说服我。但在你做到之前，我还是站在鞑靼人这边。"

***

瓦西娅不确定那晚自己到底是睡着了，还是因头痛再次失去了知觉。她的梦里不时浮现出一张张面孔，所有的面孔都注视着她，等待着她。摩罗兹科心烦意乱，熊面色急切，午夜婆婆怒不可遏，她的外曾祖母——那个疯女人迷失在午夜之国。你经历三次火难，但你没有解开最后的谜题。

她梦见哥哥饱受折磨，直到切鲁贝大笑着杀了他。

黎明前的黑暗中，她气喘吁吁地醒来，发现自己躺在温暖柔软的床上，甚至脸上的血痂也被人擦掉了。她一动不动，觉得头已经不痛，但脑袋里隐约在嗡嗡响。她转过头看见奥列格趴在身边注视着自己。"怎样才能学会把火捧在手里呢？"他问道，仿佛还在继续头天晚上的谈话。

黎明的微光渗进帐篷洒在他们周围，他们躺在同一堆毛皮里。她猛地坐起身。

他没动弹："你觉得贞操受到冒犯，所以怒气冲天？那你还女扮男装半夜出现在鞑靼人的营地里？"

她像猫一样从毛皮下钻出来。也许她脸上的表情很像那么回事，因为他温和地加了一句，好像觉得她很有趣："你以为我会碰你吗，女巫？但我很久没和女孩儿暖暖和和地睡过觉，即使是像你这样骨瘦如柴的女孩儿也没有过。谢谢你，还是说你宁愿睡在地上？"

"地上好些。"她冷冷地说。

"很好。"奥列格站起来平静地说，"既然你决心要受苦，我可以把你绑在我的马镫上走路，这样马迈就不会认为我心软。"

***

奥列格离开了他称为"蒙古包"的帐篷。瓦西娅的脑子飞快地转着：逃跑？忘记他们能看见她，穿过营地直到找到哥哥？但她能忘记他们也能看见他这件事吗？如果他受伤了怎么办？不，她不情愿地决定还是等到午夜比较好，也更明智。她只有一次机会。

奥列格派了个人来找她，那人手里拿着个臭烘烘的杯子，里面是发酵的马奶，黏稠而酸臭。她开始反胃。奥列格本人再次出现，说："我知道这个闻起来是什么味，但鞑靼人光喝这个还有他们马匹的血就能连续行军好几天。喝吧，女巫。"

她把它喝下去，尽量不吐出来。当奥列格打算重新绑起她的手时，她说："奥列格·伊凡诺维奇，我哥哥没事吧？"

他把她手腕上的绳子拉紧，起初似乎不想回答，最后还是简短地说："他还活着，虽然他可能希望还是死了的好。他没改口。我告诉马迈你什么都不知道，你只是个傻丫头。他相信我，但切鲁贝不相信。你要小心他。"

午夜，瓦西娅告诉自己，忍住不发抖，我们只要能活到午夜就好。

奥列格把她拉出帐篷，她在朝阳下不禁向后退。光天化日之下，她看见这个营地比城镇，甚至比城市还要大。帐篷和马队一直延伸到看不见的远方，有一半被灌木丛挡住。数百人，上千人，成千上万人……她再也想不出更多的数字来形容。战马比人还要多，到处都是马车。季米特里怎样才能召集一支足以对付这支军队的军队呢？他怎么敢指望打败他们呢？

奥列格的坐骑是匹矮壮的枣红牝马，脑袋很大，双眼善良聪明。奥列格亲热地拍拍牝马的脖子。

"你好。"瓦西娅用马的语言对枣红马说。

她半信半疑地晃晃耳朵。"你好,"她说,"你不是马呀。"

"对。"瓦西娅说,"但我能听懂你的话。你能帮帮我吗?"这时奥列格把她手腕上的绳子系在马鞍上,然后翻身上马。

牝马看上去很困惑,但并没有不乐意。"怎么帮?"她问。奥列格双腿一夹马腹,她就猛地向前一冲,小跑起来。瓦西娅正想解释,却被拖着向前走,跌跌撞撞地跟在他们后面,同时祈祷自己能撑得住。

***

瓦西娅很快就意识到奥列格把她拴在身边一方面是想羞辱她,另一方面也能使她远离行军途中那些远比这更恶心的事。也许他表面看起来淡淡的,内心却相信她,相信是季米特里·伊凡诺维奇派她来的。也许他甚至不像表面上看上去的那么忠于鞑靼人。第一次有人向她扔马粪时,奥列格转过身来说了句话,听上去很温和,之后就再没人来打扰她。

但这一天过得很辛苦。时间慢慢流逝,灰尘眯住她的眼,糊住她的嘴。半路下起雨来,一直下到中午,飞扬的尘土变成了泥浆。于是她松口气,但一会儿她又开始发抖,因为湿衣服紧紧地裹在身上。太阳出来了,她开始流汗。

这匹枣红马听她的话尽可能地走直线,免得把瓦西娅拖倒,但她必须以稳定的速度小跑,一小时又一小时。瓦西娅被拖在后面跑,气喘吁吁,觉得四肢火烧火燎,头上的伤口在抽痛。但奥列格头都不回。

他们直到太阳高高升起时才停下休息。马一停下脚步,瓦西娅就跌跌撞撞地过去靠在枣红马的肩膀上,浑身发抖。她听见奥列格下马。"又要巫术了吗?"他温和地问她。

她抬起疼痛的头,恨恨地瞪他。

"我把她从一匹小马驹养到这么大,"他拍打着马脖子,"她却不咬你,而且现在你靠着她就像靠着匹拉犁的马。"

"也许她就是不喜欢男人。"瓦西娅说,把眉毛上的汗水拂掉。

他哼了一声:"也许吧。给你。"他递给她一袋蜂蜜酒,她大口吞咽,然后用手背擦嘴。"我们会一直走到天黑。"他一只脚踩在马镫上,"真看不出你还挺强壮,"他补充道,"算你幸运。"

瓦西娅祈祷自己能活到午夜。

奥列格还没来得及跨上马背,他的马就歪过一只耳朵。切鲁贝骑马慢跑过来,奥列格警觉地转过身。"现在不那么骄傲了是吗,姑娘?"切鲁贝用罗斯语说。

瓦西娅说:"我要见我哥哥。"

"不,你不会想见的。他今天过得比你还糟,"切鲁贝说,"他本可以让自己轻松一些。但不管苍蝇在他后背上做什么,他只是重复同样的谎言。"

瓦西娅压下一阵恶心。"他是教会的人,"她厉声说,"你没有权力伤害他!"

"如果他留在修道院里,"切鲁贝说,"我就不会。教会的人除了祈祷就不该干别的。"他弯下腰,凑得更近些。奥列格的手下都回过头来。"你们当中得有一个人把我想知道的告诉我,否则我就杀了他,"他说,"就今晚。"

切鲁贝把马牵到奥列格的马旁边。瓦西娅没动,但那匹牝马突然用两条后腿猛踢，正中切鲁贝的马的侧腹。那匹马的皮毛上出现两个马蹄形的伤口，于是他尖叫着人立起来，发狂地把骑手摔在地上。

奥列格的枣红马转过身人立起来，把瓦西娅拖倒在地。尽管身上很痛，但瓦西娅很高兴，因为这样就没人会意识到是她搞的鬼。奥列格跳上前去抓住马的笼头。

他手下的人都大笑起来。

"女巫！"切鲁贝厉声说，从尘土中爬起来，"你……"令瓦西娅吃惊的是他看上去有点儿害怕，也有点儿愤怒。

"你不能怪这姑娘，我的马脾气是很坏，"奥列格温和地在她背后说，"你把马牵得太近了。"

"我现在要把她带走，"切鲁贝说，"她很危险。"

"马还是这女孩儿？"奥列格天真地问。男人们又笑了。瓦西娅一直盯着切鲁贝。罗斯人从两侧慢慢逼近，围住这鞑靼人，有人抓住了切鲁贝的马。他盯着她看，眼神中有愤怒也有迷恋。但他突然转过身去，说："傍晚把那姑娘带到我这儿来。"说完他上马，沿着裹在漫天烟尘中的队伍疾驰而去。

瓦西娅目送他，奥列格摇着头。"我认为季米特里·伊凡诺维奇至少是个有理智的人，"他说，"可是他把自己的亲戚们像水一样泼出去又有什么用呢？"看到她苍白而恐惧的脸，他又粗声粗气地安慰她说："给你。"他递给她一大块面包。但一想到萨沙她就吃不下去，于是把食物塞进袖子里，打算留到以后吃。

***

下午慢吞吞地过去，奇怪的事情开始发生。梁赞手下的马并没瘸腿或患病，却放慢了速度。这些人踢马，用马刺扎马，但马只会笨拙地狂奔几步，然后耷拉着耳朵停下来。

奥列格和手下发现鞑靼人已经走远了，夜幕降临时他们已经看不见前方的大部队，只有黄绿色天空下的尘埃隐约表明大军所在的位置。

瓦西娅感到四肢都快断掉，头也在抽痛，因为她一直默默地和马群谈判。幸运的是奥列格的牝马很理智，在马群中很有威望，能帮瓦西娅拖慢行程。因为如果要被迫去见切鲁贝的话，她希望那时间会在午夜前后。

他们来到一处浅滩，停下来让马喝水。瓦西娅倒抽一口气，跪在河边大口喝水。奥列格突然抓住她的上臂把她拉起身转过来。她的手还是湿的。"好吧，"他冷冷地说，"是你干的吗？"

"我做什么了？"瓦西娅问道。

他摇了她一下，她的牙齿猛地合上咬住舌头，使她尝到了血腥味。这让她意识到虽然这位大公会对她表示出某些小小的善意，但为保护自己人民的安全，他可以背叛季米特里·伊凡诺维奇，也会毫不犹豫地杀了她。"我保护你，就换来你骗我？"奥列格问，"切鲁贝说你在莫斯科驯服了一匹马。我很怀疑，但是，"他半是讽刺地向已消失的大队人马挥一下手，"我们就站在这儿，你在对马做什么？"

"我并没有离开你的视线，"瓦西娅说，不想掩饰声音中的精疲力竭和挫败感，"我怎么能在马上动手脚呢？"

他眯着眼睛又看了她一会儿，说："你在谋划什么？"

"当然，我正在想办法，"她疲倦地说，"我正在想办法救我哥哥的命，但还没想出什么好办法。"她抬起眼睛看着他，"您有办法吗，奥列格·伊凡诺维奇？只要能救他，我做什么都可以。"

他轻轻吸口气，不安地看着她的眼睛："做什么都可以？"

她没有回答，而是看着他的眼睛。

他紧闭双唇，目光移到她的嘴上，随后突然放开她转过身去。"我会看看能做些什么。"他用清晰的声音说。

他是个可敬的人，她想，而不是傻瓜。他可能会威胁季米特里的表妹，但不会对她撒谎。但他生气了，这意味着他觉得自己受到了诱惑。他很生气，因为她能看见他脖子上暴起的青筋。但是他没有再摇晃她，也不再去想那些马，这正合她意。

至于其他的——好吧，她本来打算在这个问题再次提出以前就走，带着哥哥一起走。

奥列格重新跨上马背策马前进，猛拉着她向前走，途中他们再也没停下来过。

***

奥列格率领罗斯人在营地中找到一席之地时已经是深夜，月亮早已挂在空中。他们的马很享受瓦西娅的游戏，精神抖擞；士兵们却汗流浃背、闷闷不乐、浑身酸痛。

罗斯人在月光下散乱地进入营地时，四面八方传来议论声，听起来像是善意的辱骂。精疲力竭的人厉声训斥着焦躁不安的马。瓦西娅确信在行军的最后一小时中奥列格始终盯着自己。他们终于停下，他跳下马冷冷地打量着她："我必须带你去见切鲁贝。"

一丝恐惧的寒意钻进瓦西娅的肚子，但她还是勉强说："在哪里？我哥哥在哪儿？"

"在马迈的蒙古包里。"他一定看到了她眼中不由自主流露出的恐惧，因为他粗暴地补充道，"我不会把你留在那儿的，姑娘，尽量装出你最无辜的那副样子。我得先把手下安顿好。"

她被留在那里坐在木头上，旁边有个守卫看着她。瓦西娅抬头看看月亮，试着凭本能计算时间。当然，现在已经很晚了。白天的酷热让她的衣服曾被汗水浸透，现在它们冰凉刺骨。她深吸一口气。快到午夜了吗？应该是吧。

虽然很累，但她觉得头脑现在很清醒。恶心的感觉消失了，头也不再痛。她试图把对哥哥的担心抛在脑后，集中精神。小事一桩。这类小魔法是她力所能及的，不会使她发疯。坐在仍有白日余温的土地上，她忘记了自己的手还被紧紧绑着。

她感到那绳子松下来——虽然只有一点点。她强迫自己放松，绳子又松了一点儿。这变化很小，但现在她可以转动被磨伤的手腕。

她环顾四周，看见奥列格的枣红马可爱的眼睛。那牝马用后腿直立起来，亲切地嘶鸣。与此同时，所有罗斯人的马都陷入极度恐惧中，从拴马桩上抬起头，在足枷里挣扎，目光疯狂。瓦西娅听到四面八方都有人在咒骂。他们向马群拥去，甚至看守瓦西娅的卫兵也一样，没人注意她。她扭动一下，让手腕重获自由。营地里的混乱正在蔓延，好像马的恐慌也会传染。

她不知道马迈的帐篷在哪里，只好一头扎进乱哄哄的人群和马群中，一只手放在那匹好样儿的枣红马的脖子上。牝马身上还架着鞍子，马鞍袋上甚至还挂着把长刀。"你能驮我吗？"她低声说。

枣红马友好地昂起头，瓦西娅跳到她背上。突然间瓦西娅就能居高临下地俯视那团混乱。瓦西娅夹着牝马的肚子催她向前，同时扭头向后看了一眼。

瓦西娅可以发誓，她看到梁赞大公正目送着自己，一句话也没说。

第二十八章

波扎尔

瓦西娅低声对马讲起火、狼群和其他可怕的东西，所过之处一片混乱。营火突然爆开，火花四溅。数十匹甚至更多的马同时受惊。有的直冲出去，一路践踏遇到的人；其他的用后腿直立或猛然弓背跃起，拼命挣脱缰绳。瓦西娅骑着牝马穿过这群发狂的动物，途中不止一次为牝马稳健的四蹄和良好的判断力而高兴。危险使她兴奋起来。

瓦西娅觉得黑暗和混乱是比魔法还要好的盟友。她走近马迈的帐篷，从马背上滑下来。"等我一下。"她对马说。牝马亲切地低下头。这里的马也在跳跃，到处都有人在骂。她鼓足勇气溜进马迈的帐篷，低声祈祷。

她哥哥独自一人被反剪双臂绑在支撑帐篷的柱子上。他上身赤裸，背上满是鞭痕，脸上还有瘀伤。她跑向他。

萨沙抬起疲惫的眼睛看着她的脸，他的右手少了两片指甲。"瓦西娅，"他说，"滚出去。"

"我会的，和你一起。"她说，用奥列格马鞍上的那把刀割断捆他的绳子，"来吧。"

萨沙却茫然地摇着头。"他们知道，"他说，"是你惊动了马群。切鲁贝讲过关于莫斯科的枣红马和牝马的事，闹声一起他就知道是你。他们……他们计划好了。"汗水流进他的胡须，汗珠在他剃度后的光头和太阳穴上闪光。她猛地转过身。

他们就站在帐篷门口：马迈和切鲁贝看着她，后面还挤着几个人。切鲁贝用鞑靼语说了些什么，马迈用鞑靼语回答。他们贪婪地凝视着她。

瓦西娅目不转睛地看着那两个人，伸手去扶哥哥。他随着她的动作站起来，但明显每个动作都使他痛苦不堪。

"放开他，慢慢退开。"切鲁贝用罗斯语对她说。她能从他的眼神里看到自己慢慢死去的样子。

瓦西娅已经受够了，她的头现在也不晕了。火从帐篷上跃起。

帐篷有十几处地方同时起火，两人都向后一跳，惊恐地叫起来。瓦西娅一把抓住哥哥，扶他走到帐篷另一边，用刀子把毡子划开。

她没有出去，而是在等待，在烟雾中屏住呼吸吹声口哨。那匹善良的牝马跑过来，甚至不顾浓烟和火苗应瓦西娅的要求跪下来，好让萨沙骑到自己背上。

萨沙在马上坐不住，瓦西娅只好坐在他前面，让他搂住自己的腰。"坚持住。"她说。牝马猛冲出去。就在这时，后面传来一声喊叫。她冒险回头，看到切鲁贝刚从烟雾中冲出来就抓住一匹马翻身上去。五六个男人跟他一起骑马追了过来。这是一场赛跑，看是午夜先到，还是追击者先抓住她。

起初她以为自己能赢，因为本能告诉她午夜就要到了，而且牝马跑得很快。但是营地里人头攒动，乱成一锅粥，她没法儿走直线，只好一再躲闪转弯。萨沙尽量紧紧地抓住她，然而每次马蹄落地都会震得他无声地痛苦喘息。这匹勇敢的小牝马已不堪两个人的重负。瓦西娅喘着气，重新唤起莫斯科大火当晚的全部记忆，还有那种恐惧和力量。现实扭曲了，鞑靼军营中的每一处营火都化作火柱，火焰快活地冲天而起。

瓦西娅头晕目眩，强挺着不让自己昏过去。她又冒险回头努力从哥哥肩上望过去。大多数追兵的马受了惊，都已被甩在后面，但有几个人控制住了马，而切鲁贝仍在往前冲。她的牝马开始减速，可现在还是看不见午夜之路。

切鲁贝举着剑朝马大喊，马头和小牝马的侧腹齐平。瓦西娅碰碰那匹牝马，她猛地转弯——但这使她的速度慢了下来。切鲁贝把他们赶回营地，萨沙沉重地趴在她背上。现在切鲁贝再次赶上他们，又举起剑。

还没等剑落下来，萨沙就侧身扑向鞑靼人，把对方撞倒在地。

"萨沙！"她尖叫。背上的重量一减轻，牝马立刻加快步伐，但瓦西娅掉转马头回来，看见哥哥和切鲁贝在地面上打作一团，鞑靼人占了上风，一拳击中萨沙的头。萨沙向后仰倒，她看见火中闪过血光。接着切鲁贝站起来，而哥哥还躺在地上。切鲁贝吆喝着他的马，向其他骑手大喊大叫。

萨沙挣扎着跪起来，嘴角流血。他的唇形说出一个字：逃。

她犹豫不决，牝马感觉到这一点，放慢了脚步。

就在这时，一道火焰划过天空。

它像一颗坠落的星星，呈现出鲜红色、蓝色和金色。火焰越来越低，像汹涌的波涛。突然有匹高大的金色牝马出现，在草丛中闪闪发光，在他们身边飞奔。

鞑靼人发出愤怒和惊奇的呼喊。

"波扎尔。"瓦西娅低声说。那牝马支起一只耳朵对着她的坐骑，把另一只耳朵转回来对着那些骑手："到我背上来。"

瓦西娅立即站起来，在飞奔的枣红马背上保持平衡。波扎尔已经缩小步伐，和枣红马齐头并进。瓦西娅向旁边迈出一步，轻轻落在牝马金色的马肩隆上。牝马那炽热的毛皮就在她的两膝之间。

迎面而来的人中有几个拿着弓，一支箭从她耳边呼啸而过。她不理弓箭手，斜冲回哥哥躺着的地方。该做什么呢？波扎尔的速度太快，但她哥哥还躺在地上。她瞥见午夜之路时，另一支箭呼啸而过。

这时她突然灵光一现。她的呼吸急促，心中充满愤怒和恐惧。她的智慧和身手都已到了极限，但还是对眼前的事无能为力。

"我们必须回到同一个午夜。我们必须回来找他，"瓦西娅冷冷地对牝马说，"但我们首先要去找援兵。"

"你不明白。"午夜婆婆当时说。

牝马踏上午夜之路，一人一马被黑夜吞没。

***

如果不能在同一个午夜回到鞑靼人的营地，她是不会离开的。但当她飞奔过黑暗的荒野时，当树木猛烈抽打在她脸上时，她感觉自己像是抛弃了哥哥，把他留给了死神。她对着牝马的脖子抽泣几声，因为她怕，为萨沙担心，也厌恶自己的愚蠢和无能为力。

金色牝马的动作和索洛维的不一样。索洛维躯干浑圆，骑起来很舒服；波扎尔则更瘦，跑得更快。她的马肩隆后面是坚硬的脊梁。她的步伐更大，跑起来像起伏的波涛。瓦西娅觉得自己像坐在浪尖上一样。

过了一会儿，瓦西娅抬起头来，命令自己平静下来。她能做到吗？如果她满脑子都是浑身是血的、被敌人团团围住的哥哥，她是想不清楚这一点的。她试图想些别的事情。

任何别的事情。

她做不到。

所以她集中精神，想着自己要去的地方。这事很简单，也很快。她的血脉知道该往哪里走，她几乎不需要刻意去想它。

只跑了几分钟，波扎尔就冲出黑森林，来到一片熟悉的田野。田里还没被收割的那一半麦穗沙沙地响着，天空中横着一条星河。瓦西娅坐直身体，波扎尔放慢脚步，欢快地跳跃。

空旷的田野边上有个小村庄，坐落在一条不算长的斜坡上，在星光中模糊不清，但瓦西娅熟悉它的每一个角落和每一根线条。渴望扼住她的喉咙。这是午夜时分，而她面前正是自己出生的村子。在附近的某个地方，哥哥阿廖沙和妹妹伊丽娜正在他们的房子里熟睡。

但她不是来找他们的。总有一天她会回来，带玛丽亚见见家人，坐在温暖的夏日草地上吃美味的面包。但现在她没时间在这里寻求安慰。她有正事要做。

"波扎尔，"瓦西娅说，"你为什么要回来？"

"是蘑菇爷爷，"牝马说，"他一直在从罗斯所有的蘑菇那里收集消息，那种自命不凡的样子你都想象不出来。他一直告诉每个人，说他是你最伟大的盟友。今天他来找我，说你又有危险，说我是个大笨蛋，因为我没有帮忙。我去找你只是为了让他闭嘴，但后来我看到了你点燃的火焰，它们看起来真不错。"牝马的口气听起来几乎可以说得上是赞美，"再说你也不重，驮着你甚至不会觉得不自在。"

"谢谢。"瓦西娅说，"你能驮着我走得更远吗？"

"那要看情况了，"牝马说，"我们要做什么有趣的事吗？"

瓦西娅想起摩罗兹科，他正在遥远的冬天，在那个寂静的白色世界里。她知道他会欢迎自己去，但在那里找不到援兵。她也许会把他——一个影子从冬天中再拉出来，但那又有什么用呢？他无法击退鞑靼军队，也无法救出她哥哥。

她只想到一个能帮上忙的人。

她冷酷地说："比你想象的要更有趣。"她再次怀疑自己是不是鲁莽到了极点。

但随后她想起了午夜婆婆。她说那话是什么意思？*我们希望你与众不同。*

瓦西娅觉得自己明白了。

她催促波扎尔，后者转头飞奔回树林中。

第二十九章

冬天与春天之间

这块林中空地位于冬天与春天之间。

瓦西娅曾经说初春指的是个时刻,但现在她知道它也可以是个地点,就在冬日之国的边缘。

空地中央有棵橡树,树干粗得像农民的小屋,伸展的枝条像房子的屋顶和梁木,也像监狱的铁栏杆。

梅德韦季坐在树根处,靠在树干上,膝盖顶着胸口。仍然是午夜,月亮已沉到地平线以下,空地上一片黑暗,她只能看见波扎尔发出的光,还有熊手腕和喉咙处的金色微光。周围的森林万籁俱寂,但瓦西娅清楚地感到有看不见的眼睛在盯着她。

梅德韦季看到她,动都没动,只抽搐了一下嘴角,看上去一点儿也不像在笑。"你是来看我的笑话吗?"他问。

瓦西娅从牝马背上滑下。恶魔鼻孔扩张,盯着她那狼狈的样子:太阳穴上有伤口,脚上沾满泥。波扎尔不安地后退,耳朵死死指着熊,也许想起了他手下僵尸的牙齿曾咬在自己的侧腹上。

瓦西娅向前一步。

他那没有伤疤的一侧眉毛抬起来。"还是说,你是来勾引我的?"他问道,"我弟弟满足不了你吗?"

她什么也没说。他不能后退,只能靠在树上,但那只独眼睁得更大。他被金笼头紧紧绑着,精神很紧张。"不是吗?"他仍然用嘲笑的口吻说,"那为什么来呢?"

"你为祭司哀悼了吗?"她问道。

熊歪着头,简单地说:"哀悼了。"这令她很惊讶。

"为什么?"

"他是我的,他很美丽,他可以用一个字创造或毁灭,他把灵魂倾注进他的歌和圣像中。现在他走了。我当然要为他哀悼。"

"是你撕碎了他的心。"她说。

"也许吧,虽然我不是有意的。"

或许这可以当作康斯坦丁祭司的墓志铭——有个热爱混乱的恶魔痛惜他的逝去。熊看似无忧无虑地把头靠在树干上,那只独眼却一直盯着她:"小姑娘,你来这里不是要哀悼康斯坦丁·尼科诺维奇,那么是为什么呢?"

"我哥哥成了鞑靼马迈将军的俘虏,我姐夫和他在一起。"她说。

熊哼了一声:"你能告诉我真是太好了。我希望他们都尖叫着死去。"

"我一个人救不了他们,我试过,但失败了。"

独眼熊又开始打量她狼狈的样子。"你试过?"他挤出怪异的微笑,"这和我有什么关系?"

瓦西娅的手在发抖。"我想救他们,"她说,"之后我还必须击败入侵的军队,拯救罗斯。我一个人完成不了这项任务。我曾插手你和你孪生弟弟的战争,还帮助摩罗兹科封印你,但我现在想让你与我一同作战,梅德韦季。你能帮我吗?"

他吓了一跳,睁大灰色的眼睛,但他的声音仍然轻快:"帮你?"

"我要跟你做个交易。"

"你凭什么认为我会愿意?"

"因为,"她说,"我觉得你不想永远待在这棵树下。"

"很好。"他在金笼头允许的范围内向前倾身,轻轻吐出一句话,这句话飘到她耳边时比呼吸还要轻,"什么交易,小姑娘?"

"我可以解开这个金色的东西。"她说,用手指抚摩它——从喉咙到手腕再到手,金笼头不为所动。它是种工具,可以使某个生物屈服于另一个生物的意志。它抗拒她,但她把一根手指伸到金绳下面,把它从他的皮肤上拉开一点点时,它屈服了。

梅德韦季打了个哆嗦。

她不愿去看他眼里的希望,她想让他成为怪物。

但怪物是用来吓唬孩子的,而他有自己独特的强大力量。看在她哥哥的分儿上,她需要他。

想到这里,瓦西娅把拇指放在匕首上,他被她神奇的血液迷住,不由自主地伸出手来。但在他碰到她之前,她闪到一边。

"如果我放了你,我要你侍奉我,就像午夜婆婆侍奉我的外曾祖母一样。"瓦西娅冷酷地说,"你必为我争战,为我的胜利谋划。我若传召你,你必应允。你发誓绝不对我说谎,但要给我真正的忠告。

你不能出卖我,却要守信。你也要起誓,不再使灾殃降临到罗斯,不再引起惊恐、火灾和僵尸。满足这些条件,而且只有同时满足这些条件,我才会释放你。"

他笑了。"厚颜无耻,"他说,"就因为我弟弟看不上你的那张丑脸吗?告诉我,我为什么要做你的狗?"

瓦西娅笑了:"因为这世界广阔美丽,你却厌倦了这片空地。我看到过你在湖边看星星的样子。因为你也该明白,我自己就是个惹祸精,我所过之处,一片混乱。你喜欢这个,因为你和你弟弟间的战斗已经结束,因为你们俩都要加入我的战争。还有也许你会喜欢侍奉我,因为至少这将是一场智斗。"

他嗤之以鼻:"以你的智力吗,女巫?"

"我会越来越聪明。"瓦西娅说,用本想割破的那根手指摸摸他的脸。

他猛地往后一缩,但他的肉体在她的手指下变得僵硬。他的双手在金色的镣铐中握成拳头。

他盯着她,呼吸轻浅。"哦,现在我知道我弟弟为什么想要你了,"他低声说,"海姑娘,巫婆的女儿,但总有一天你会为魔法发狂,就像每一个女巫、每一个活着的魔法师一样,然后你就会是我的,也许我只需……等待。"

"总有一天,"瓦西娅温和地说,放下手,"我会死的。我要进入黑暗,被你弟弟带进两个世界之间的那座树林,但我将仍然是我自己。就算我疯了,我也不是你的;就算我死了,我也不是他的。"

梅德韦季勉强笑笑,但那灰色的独眼仍然很锐利。"也许吧,"他说,"可是,你想用奴役来换监牢吗?在这里戴着金笼头被祭司的血困住,还是戴着它到处走,同时却成为你意志的奴隶?你出的价还不足以让我心动。"

波扎尔突然长嘶。瓦西娅没有回头,但不知怎的那声音给了她勇气。她知道,如果她用金笼头来束缚奴隶,无论是哪个奴隶,那牝马都不会再帮她。

她深吸一口气:"不,你不必戴那东西,我又不是不死的科谢伊。我要你发誓。你的誓言能制约你吗,梅德韦季?"

他瞠目结舌。

她接着说:"我想应该可以,因为你的孪生弟弟曾经相信你的誓言。向我发誓吧,我会放了你。难道你宁愿坐在这里也不愿意去打仗吗?"

他的脸上现出饥渴的表情。"战争。"他喘着气说。

瓦西娅压下紧张的情绪,尽量保持声音平静。"马迈和季米特里之间的战争,"她说,"你应该知道,你让贡银打了水漂儿。"

他耸耸肩:"小姑娘,我只是把面包撒在水面上,看看有什么东西游上来吃它。"

"好吧。战争一触即发,季米特里别无选择,而你这个热爱战争的家伙可以帮助我们。你愿意对我发誓,然后走进黑夜吗?"她站起来后退一步,"或者也许你更愿意留下来呢,因为做个姑娘的仆人可能会有失你的身份。"

他笑啊笑。"一千代人类出生又死去,我从来没做过任何人的仆人。"他久久地看着她,"这会激怒我弟弟的。"她咬着嘴唇。"我向你发誓——瓦西丽莎·彼得罗芙娜。"他把绑着的手腕放到嘴边,突然在虎口处咬了一下,清澈而带着硫黄味的血涌出来。他伸出指头粗壮的手。

"你的血对活人有什么作用？"她问道。

"卡拉淳告诉过你，是吗？"他说，"它能赋予你生命，野丫头。我不是发过誓不伤害你吗？"

她犹豫了一下，然后紧紧握住他的手。她的血迟缓地在他皮肤上流动。他的血流到哪里，哪里就感到刺痛。令人不愉快的力量冲过来，驱散了她的倦意。

她把手抽回去，说："如果你发伪誓，那么你就会回到这棵树下，这只金笼头就会再次捆住你的手脚和喉咙。而且我还要剜去你那只独眼，你就要摸黑生活了。"

"我第一次见你就是在这棵树下，那时你真是个可爱的孩子。"熊说，"后来发生过什么事呢？你怎么会变成这样？"他的声音充满了嘲讽，但她开始解那些金色的锁扣时，她能感觉到他内心的紧张。

"发生过什么事？爱、背叛和时间。"瓦西娅说，"那些逐渐成长到能够了解你的人身上发生了什么事呢，梅德韦季？不过是生活罢了。"她的手滑过那油光锃亮的金子，专心解那些锁扣。有那么一小会儿，她想知道科谢伊是怎么把它做出来的。也许在某个地方有个答案，也许在某个地方有些魔法力量能超越火，也超越精灵的天眼。

也许有一天她会学到它们——在更遥远的国度中，在更广阔的天空下。

金笼头唰地滑下来。熊一动不动，伸开两只脱困的手，毫不掩饰脸上那震惊的表情。她站起来。那金玩意儿分成两半：缰绳和笼头。她把它们缠在手腕上。这闪闪发光的东西的价值足以抵过某位大公上交的贡赋。

熊站起来，站在她旁边，背挺直，眼睛发光。"那就来吧，女主人，"他半开玩笑地说，"我们去哪儿？"

"去我哥哥那里，"瓦西娅冷冷地说，"趁现在还是午夜，趁他还活着。但首先——"她转身在黑暗中搜寻，"普鲁诺奇尼萨。"她说道。

她毫不怀疑自己的猜测，那个午夜的恶魔果然立刻走进空地，后面跟着弗隆，大蹄子把蕨类植物踩得嘎吱嘎吱响。

"你背叛了我。"瓦西娅说。

"但你终于明白了，"普鲁诺奇尼萨说，"你的任务从来就不是分辨好人和坏人，而是团结我们。我们是同胞。"她的脸上已不再有怒气。

瓦西娅上前一步："你本来可以直接告诉我的。他们折磨我哥哥。"

"这事不能告诉你，"普鲁诺奇尼萨说，"你必须自己领悟。"

她的外曾祖母也说过同样的话。瓦西娅能感觉到那头熊在看着自己，于是无言地解开那根金绳，啪的一声把它甩出来，套住普鲁诺奇尼萨的脖子。同时他大笑一声。午夜的恶魔想要挣脱，但是被金笼头拘住，只能发出一声惊叫，睁大眼睛站在那里一动不动。

"我不喜欢被人背叛，普鲁诺奇尼萨。火刑之后你没有怜悯我，也一点儿都不同情我哥哥，也许我应该把你绑在哪棵树上。"瓦西娅说。

那匹黑马直立起来尖声嘶鸣。虽然那大蹄子离她的脸只有一掌远，但瓦西娅没动："弗隆，如果你杀了我，我就和她同归于尽。"

马平静下来，瓦西娅不得不硬起心肠。午夜婆婆怀着真正的恐惧看着她。瓦西娅说："梅德韦季现在效忠于我，你也要一样，普鲁诺奇尼萨，你不能再背叛我。"

午夜恶魔带着恐惧和不情愿的迷恋之情盯着她。"你现在实际上是雅加婆婆的继承人了，"她说，"你了结了在人类世界里的事后就可以回到湖边去。午夜到来时，那女巫会等着你的。"

"我还没说完呢。"瓦西娅冷酷地说，"我要去救我哥哥，你也要对我发誓，午夜婆婆，你要帮助我。"

"我向你的外曾祖母发过誓。"

"你说的，我是她的继承人。"

她们死死盯着对方的眼睛，仿佛一场无声的意志较量。午夜婆婆首先垂下双眼。"那么，我发誓。"她说。

"你发何誓？"

"侍奉你，照看你，永不再背叛你。"

瓦西娅啪的一声解开金缰绳，放开普鲁诺奇尼萨。"我发誓会尽全力供养你，"她说，"以我之血，以我之记忆，我们再也不能相互争斗。"

熊在她身后轻声说："我倒是很期待这个。"

第三十章

我敌人的敌人

萨沙把切鲁贝从马鞍上撞下去后,就记不太清接下来发生的事了。他做这事之前来不及想清楚。他只记得有把剑,还有妹妹脆弱的喉咙。他恨鞑靼人,他这辈子从没像这样恨过谁。他以残忍的冷漠、聪明的头脑和温和的心恨这些人。

当那鞑靼人靠近时,萨沙看到一个机会就毫不犹豫地抓住了。但他受伤了。强壮的切鲁贝一拳打在他的下巴上,让他眼前金星乱冒。然后切鲁贝在他头顶大喊,催促其他人继续前进。萨沙挣扎着跪坐起来,看见妹妹还在马上,要掉转马头回来找他。

瓦西娅,他想大叫,逃。

接着他眼前一黑,醒来时发现自己还躺在地上,切鲁贝站在他身旁。"她逃了,"萨沙听到一个声音说,"不见了。"他松了口气,恰在此时切鲁贝向后退去,踢在他的肋骨上。骨头裂开了,萨沙全身蜷起,喘不过气来,叫都叫不出声来。

"我想,"切鲁贝说,"经过昨晚那场混乱后,将军不会再反对我把你折磨死了。让他站起来。"

但那些男人并没低头看萨沙,而是带着一脸恐惧纷纷后退。

***

回到午夜之国的路很短,而瓦西娅的血脉在呼唤哥哥。波扎尔不顾危险,开心地在森林里狂奔,弗隆跟在她旁边跑。那匹黑牡马比任何凡人的马都要快得多,但他也要努力才能跟得上波扎尔。

瓦西娅默默地哀悼,同时细细体会胯下那匹马的力量。火鸟现在不会,也永远不会与自己那么贴心。波扎尔的优雅再次提醒瓦西娅失去了什么东西。

熊默默地同两匹马一起跑。受到她鲜血的滋养后,他已放弃人形,变回那只巨大的、奔跑如飞的兽。他一边跑一边抬头闻,几乎忍不住要露出牙齿。

"你在渴望杀戮吗?"瓦西娅问。

"不,"熊说,"死人对我没有价值,我在乎的是受苦的活人。"

"我们的任务是拯救我哥哥,"瓦西娅一针见血地指出,"不是要让人们受苦。难道你这么快就要背弃誓言吗,梅德韦季?"

那两根金缰绳在她的手腕上诡异地闪着光,他恶狠狠地瞪它们一眼,低声咆哮:"我发过誓的。"

"就在前面。"午夜婆婆说,瓦西娅眯起眼睛望向黑暗。他们前方有火光照亮黑夜,风带来人和马的气味。

瓦西娅把身体的重心后移,波扎尔不情愿地放慢了脚步,鼻孔张得大大的,因为她不喜欢人类的气味。"我跟哥哥分开的地方在营地北边,不远处有条小溪。"瓦西娅对普鲁诺奇尼萨说。

"他还在那儿吗?"午夜从马背上滑下来,轻抚骏马的脖子,小声说了几句话。弗隆仰天直立,鬃毛像羽毛一样轻盈地飘起,然后变成一只乌鸦飞进黑夜。

"索洛维从来没有那样做过。"瓦西娅看着那匹黑马飞走。

"你是指变身吗?他还太年轻,"午夜说,"还是匹小马驹。年轻的马变身很困难,因为他要学习如何控制自己的天性,如果……"

"如果他有时间。"瓦西娅直截了当地说。熊似笑非笑地看她一眼,好像能感受到她的痛苦。

"我们必须跟着弗隆。"午夜说。

"那就坐到我后面来,"瓦西娅说,"除非……波扎尔,你介意吗?"

牝马看起来好像在考虑说不,但只是想提醒她们自己有这个权利。"很好。"她不耐烦地说,甩甩尾巴。

精灵似乎没什么重量。她们骑着牝马向前猛冲,熊跑在波扎尔旁边。前方树木稀疏,一只乌鸦在黑暗中嘎嘎叫。

***

鞑靼人还在原处,有些人骑在马上,其他人围成一个不规则的圆圈站着。两个人正从地面上用力拖起什么东西。瓦西娅瞥见哥哥被拽起来的模糊身影。他耷拉着脑袋,一瘸一拐地走。

"你能把他们吓跑吗?"瓦西娅对熊说,听到自己的声音在颤抖,但她完全控制不住。

"也许吧,我的女主人。"梅德韦季像狗一样朝她龇牙,"保持恐惧的情绪。这对我有利。"

她只是面无表情地盯着他,于是他不再嚣张:"那就做点儿别的有用的事吧。看到那棵树了吗？把它点着。"

记忆中的火焰一闪，那棵树突然燃烧起来。这事容易得令人不安，好像身边的熊能使她内心的疯狂迅速滋长。他看着她的眼睛。"发疯对你有好处，"他低声说，"这样会更容易。如果你疯了，就可以随心所欲地施魔法。你将能召来暴风雨和闪电，让正午的天黑下来。"

"闭嘴！"她说。树上的火越烧越大，发出一片金光。现实在晃动，她把指甲抠进掌心，低声念诵自己的名字，好让现实世界停止摇曳。她强迫声音平静下来："你到底能不能把他们吓跑？"

熊仍然微笑着，无言地转向那群人，慢慢靠过去。他们的马向后倒退，鼻孔张得大大的。他们睁大眼睛看向黑夜，手里紧握着剑。

有个影子出现在火光中，那是个奇怪的、爬行的、柔软灵活的影子。它偷偷地走向人和马，仿佛一只看不见的野兽。

熊柔和的声音似乎来自阴影本身。"打扰我的仆人？"他低声说，"敢动我的东西？你会因此而死，尖叫而亡。"

他的声音进入人们的耳朵和脑海。他的影子越来越近，诡异地在燃烧的地面上舞动。那些人在发抖。轻柔诡异的咆哮声响彻夜空，阴影似乎在跳跃。与此同时，瓦西娅的记忆之火闪过，树上的火焰在舞蹈。

人们的神经崩溃了。他们骑马或徒步逃跑，最后只留下一个人站在躺在地上的萨沙身边，对着奔跑的人大喊大叫，因为他们逃跑时把萨沙扔在了地上。

那个男人是切鲁贝。瓦西娅催马上前，走进火光中。

切鲁贝脸色发白，垂下刀尖。"我警告过他们，"他说，"奥列格和马迈真是傻瓜,我警告过他们。"

瓦西娅还他一个灿烂的微笑,笑容里没有一丝温度:"你不应该告诉他们我是女孩儿,他们可能会认为我很危险。"

波扎尔的眼睛像火中余烬,鬃毛冒出烟雾和火花。瓦西娅一夹马肚,牝马人立起来用前蹄猛踢,现在就连切鲁贝的精神也崩溃了。他跳到马背上,箭一样落荒而逃。波扎尔疯狂地一跃而起,在后面追赶,刚跑几步就被瓦西娅勒住。瓦西娅觉得热血沸腾,不得不抑制住自己和牝马的冲动,才没把切鲁贝踩在马蹄下。熊的出现好像使她变得更加鲁莽了。

好吧,他想做什么就做吧,但瓦西娅要自己做决定。"我哥哥还在那儿。"她控制住情绪,同时艰难地安抚住波扎尔,让牝马转身回来。

熊看起来有点儿失望。瓦西娅不理他,扑倒在哥哥身边。萨沙蜷缩着,用双臂环抱身体。他的嘴和背上都有血,在火光下现出黑色,但他还活着。"萨沙,"她抱着他的头,"小哥哥。"

他慢慢地抬起头。"我叫你快跑。"他嘶哑地说。

"我回来了。"

"那么容易,真扫兴。"熊在她身后说,"现在做什么?"

萨沙试着坐起来,却痛得轻叫一声。"没事,"瓦西娅说,"别害怕。他帮了我。"她温柔地抚摩哥哥全身。他手上和背上的血又冷又黏,呼吸因疼痛而急促,但她没找到新的伤口。"萨沙,"她说,"我必须到营地里去找弗拉基米尔·安德列耶维奇。你能站起来吗?你不能待在这里。"

"我想我能站起来。"他说,试着挣扎起身。他把身体的重量压在受伤的手上，但马上发出跟尖叫差不多的声音。但他最后还是站起来，重重地靠在她身上。她在他的重压下摇摇晃晃，萨沙几乎要失去知觉。

考虑到他对她的盟友的看法，这也许是件好事。

"你能把他扶到弗隆背上吗？"瓦西娅问普鲁诺奇尼萨，"再把他藏起来，不让鞑靼人发现？"

"你要我照顾一个修士吗？"普鲁诺奇尼萨怀疑地问，她的表情变得好奇。瓦西娅突然想到，精灵可能会被说服去尝试任何不寻常的事情，只是为了缓解永恒的无聊。

"发誓你不会伤害他，或者任他被伤害，又或者吓唬他。"瓦西娅说，"我们过会儿在这里见面，我们要去找我表哥。"

听到这话，萨沙用嘶哑的声音说："我是个吃奶的孩子吗，瓦西娅？为什么她要发这些誓？这是谁？"

"到午夜之国走一圈，即使是修士也能开天眼，"熊插嘴说，"真有意思。"

瓦西娅不情愿地回答萨沙："是午夜婆婆。"

"就是恨你的那个人？"

"我们已经缔结了盟约。"

午夜婆婆掂量着萨沙："我发誓，瓦西丽莎·彼得罗芙娜。来吧，修士，骑上我的马。"

瓦西娅不知道把哥哥托付给午夜婆婆是否明智，但她别无选择。

"来吧，"她对熊说，"我们必须救出谢尔普霍夫亲王，然后必须说服梁赞大公，让他明白自己站错了队。"

熊跟着她，若有所思地说："如果你选择的说服方式合我心意的话，我甚至可能会享受这一切。"

***

瓦西娅放的火已经烧到只剩下猩红的余烬，但四面八方仍闪着红光，地狱般的光芒照亮鞑靼人的营地。疲惫不堪的人们抓住那些跑得满嘴是沫的马，彼此窃窃私语。人心惶惶。熊以批评的眼光看着这场混乱的尾声。"令人钦佩，"他说，"我可以帮你成为真正的惹祸精。"

她担心他已经成功了一半，但没把这个想法告诉他。

"你打算怎么做？"熊问。

瓦西娅把自己的计划告诉他。

他笑了："用几具摇摇晃晃的尸体效果会更好。没有什么比让死人按你的意愿做事更好。"

"我们不会再打扰死人！"瓦西娅厉声说。

"你可能不久就会觉得这个提议很诱人。"

"别废话。"瓦西娅说，"你会放火吗？"

"是的，我还会把它们扑灭。恐惧和火焰是我的工具，亲爱的姑娘。"

"你能闻到我表哥的味道吗？"

"罗斯人的血吗？"他问道，"你认为我是童话里的女巫吗？"

"你就说你能还是不能！"

他抬起头向黑夜中嗅了嗅。"是的，"他差点儿咆哮起来，"是的，我想我能。"

瓦西娅转过身来和波扎尔简短地交代几句，跟着熊步行进入了鞑靼人的营地。她深吸一口气，在心里念叨自己不过是走在某个有牙齿的影子旁边的另一道影子。

他们隐身溜进混乱的营地。这头熊如鱼得水,身体变大,在喧闹声中准确无误地移动,穿过那些仍然惊魂未定的小群骏马。所过之处,马匹纷纷躲闪,火苗再次爆出光芒。人们流着冷汗,恐惧地向黑暗中看。他朝他们咧嘴一笑,把火花吹进他们的衣服里。

"够了,"瓦西娅说,"去找我的表哥。否则,我将用更多的承诺来约束你。"

"这儿不止一个罗斯人。"熊暴躁地说,"我不能……"他看见她的眼睛,眼里突然闪现出一丝笑意,于是几乎是温顺地把话说完,"但有个人闻起来像是遥远的北方。"

她跟着他,走得越来越快。最后他在营地中心附近停下来,她本能地想躲在某个蒙古包的阴影里,但这意味着她认为士兵们能看见自己。

他们看不见我。她抱着这个想法,待在原地不动。

一个被绑住的人跪在火堆旁,火光映出他的侧影。四周的士兵们都在安抚躁动的马匹。

有三个人站在火边争论。因为他们背着光,她过了一会儿才认出那是马迈、切鲁贝和奥列格。她希望自己能听懂他们在说些什么。

"他们正在讨论是否要杀他,"她身边的野兽说,"看来你的逃跑使他们心里没底。"

"你懂鞑靼语?"

"我懂人类。"熊说。这时又有一道耀眼的光照在营地上,马群再次骚动起来。

瓦西娅没有抬头,因为她知道自己会看到什么:波扎尔在头顶翱翔,冒出滚滚浓烟,燃烧的翅膀画出红蓝色、金色和白色的弧线。

"我不能让泥土着火,不能像当时在城里那样,"瓦西娅问时,波扎尔如是说,"当时是因为我非常生气,气得发疯。这次我做不到。"

"你没必要做到那个程度,"瓦西娅回答,"只要让他们眼花缭乱就好。我的同胞会收到信息。"她安慰地拍拍马,波扎尔在她肩膀上轻轻地咬了一口。

营地里到处都有人抬头看天,断断续续的谈话声重新响起。她听到弓弦声,看到几支箭划破夜空,波扎尔却一直躲在射程之外。有个罗斯人惊讶地叫了一声"札尔彼蒂萨",但马上又闭嘴了。

"你能在他们面前现身吗?"瓦西娅问熊,同时目不转睛地看着将军。

"用你的血。"他说。

她把擦伤的手伸给他,让他贪婪地抓住它,随即又把手指缩回去。

"选好时机。"她说。

她牢牢地记住他们看不见自己,蹑手蹑脚走到亮光中。那三个人还在争论,互相嚷嚷。那只鸟却在头顶翱翔,闪着不可思议的光芒。

瓦西娅走到他们后面,解开金绳绕在马迈的脖子上。

他勉强喘口气,僵立住,屈服于科谢伊的魔力和她的意志。

所有人都石化了,因为现在他们能看见她。"晚上好。"瓦西娅说,艰难地呼吸,保持声音平稳。二十几个老练的弓箭手都盯着她,许多人已搭箭上弦。

"你们不可能抢在我动手前除掉我,"她对他们说,"即使用箭把我射成刺猬也不可能。"她一只手拿着金绳,另一只手拿着刀紧压在马迈的喉咙上。她听到奥列格在为她翻译,但没有向四周看。

切鲁贝已拔剑出鞘,愤怒地向她迈出一步,但马迈痛苦地哼了一声,他只好停下来。

"我来这里救谢尔普霍夫亲王。"瓦西娅说。

马迈又含混不清地叫了一声,之后说了些话,听起来像是命令。

"闭嘴!"她厉声道,同时把匕首再压下去一点儿,于是他僵硬地站着不动。

奥列格瞪着她,像条离水的鱼。头顶的火鸟鸣叫着在云层下盘旋,发出明亮的光芒,吓得鞑靼人的马猛跳起来。瓦西娅用眼角瞟一眼男人们,他们仿佛不由自主地抬起头来迎向那光芒。

切鲁贝是第一个能重新正常思考的人:"你不会活着离开这里的,姑娘。"

"如果我不能,"瓦西娅说,"弗拉基米尔·安德列耶维奇不能,那么你们的头目也不能。你愿意冒这个险吗?"

"放箭!"切鲁贝厉声说。与此同时,瓦西娅掐住将军的喉咙,痛得他要叫出来。带着铜锈味的血顺着她的手流下来,弓箭手们迟疑不决。

梅德韦季趁机悠闲地走出夜幕:一只巨大的熊出现,明亮的眼睛里闪烁着地狱般的欢乐。

一根弓弦嘣地震响,箭离弦而出,接着可怕的寂静降临。

瓦西娅在全场沉默中开口:"放了谢尔普霍夫亲王,否则我就烧掉整个营地,让每匹马都瘸掉,而他会把所有剩下的东西全吃掉。"她向熊扬起下巴,那头野兽亲切地龇了龇牙齿。

马迈用嘶哑的声音说了几句话,接着他的手下匆匆跑开。不一会儿,那个她在河边见过的男人——也就是她的姐夫,小心翼翼地向她走来。

他似乎没受伤，但一认出水边的那个男孩儿，他的眼睛就瞪得老大。他看上去似乎觉得前来营救自己的这伙人比因禁自己的那伙人更可怕，于是她试图使他放心。"弗拉基米尔·安德列耶维奇，是季米特里·伊凡诺维奇派我来的。"她说，"你没事吧？你能骑马吗？"

他小心翼翼地点点头，画个十字。没有人动。

"跟我来。"瓦西娅对表哥说。他照做，但看上去仍心神不宁。她开始后退，仍然抓着马迈脖子上的金绳不放。

奥列格没有说话，聚精会神地看着她。她深吸一口气。

"开始吧。"她对熊说。

营地里的每一堆火、每一盏灯和每一根火把立刻熄灭。天上飞舞的火鸟成了唯一的光源。然后波扎尔俯冲而下，马群又开始猛烈地挣扎，想挣脱拴马桩，同时尖声长嘶。

在黑夜的一片混乱中，瓦西娅在将军耳边低声说："再不收手，你就会死。没人能征服罗斯。"她把他推向鞑靼人那边，拉住表哥的手把他带进阴影里。三张弓的弦声同时响起，但她已经消失在黑夜中，和她一起消失的还有熊和弗拉基米尔·安德列耶维奇。

他们一边跑，熊一边大笑。"他们被一个瘦小的女巫吓成那样，真是美味。噢，一切结束以前，我们要教会整片土地上的人什么是惧怕。"他转过身用独眼看她，又挑剔地说，"你应该把那首领的喉咙割开。现在他会活下去，真是糟糕。"

"他们把表哥还给我了，为了表示敬意，我不能——"

熊不愉快地大叫："听听这个女孩儿在说什么！莫斯科大公交给她使命，事到临头她却把自己当成君子。跟敌人讲什么礼数？你要花多长时间才能学聪明?"

瓦西娅什么也没说,在营地边的马桩旁转过身砍断其中一根,说:"来,弗拉基米尔·安德列耶维奇,上马。"

弗拉基米尔没动,盯着那头熊说:"这是什么恶灵?"

熊开心地说:"最坏的那种。"

弗拉基米尔用颤抖的手画个十字。有人在用鞑靼语喊叫,瓦西娅猛地转过身,看见梅德韦季正为他们的恐惧而兴奋,在天空的衬托下现出巨大的身影。弗拉基米尔·安德列耶维奇几乎想要逃回敌人身边去。

瓦西娅怒气冲冲地解开一根金绳,说:"我们到底是盟友还是敌人,梅德韦季?我受够你了。"

"哦,我不喜欢那个东西。"熊说。他闭上嘴,似乎有些怕。追兵越来越近。

"上马。"瓦西娅对弗拉基米尔说。

没有马鞍,也没有缰绳,谢尔普霍夫还是跳上一匹阉马的背,同时瓦西娅骑上一匹花斑牝马。

"你是谁?"弗拉基米尔恐惧地低声说,声音冷冰冰的。

"我是奥尔加的妹妹,"瓦西娅说,"走吧!"她拍拍弗拉基米尔坐骑的臀部,他们就飞奔着越过草地,在稀疏树木之间的暗处闪躲着前行,最后把鞑靼人抛在身后。

他们一边跑,熊一边嘲笑她。"别告诉我你不开心。"他说。

她也发自内心地笑起来。吓唬敌人获得成功使她开心得头晕目眩,她把这感觉压下去。但在她与混沌之王的目光相遇时,她能从对方的眼里看出自己因为能随心所欲做事而开心得要命。

***

萨沙和午夜一起骑在弗隆背上等在原地，波扎尔也来这里会合。她变回马的外形，每走一步就溅出火花，眼睛如同熔化的金属。

一看到他们，瓦西娅就感到如释重负。

"亚历山大兄弟，"弗拉基米尔仍然语无伦次，"这难道是……"

"弗拉基米尔·安德列耶维奇，"萨沙说，"这是瓦西娅。"令她吃惊的是自己跳下鞑靼马时，萨沙也滑下弗隆的背。他们拥抱在一起。

"萨沙，"她说，"怎么……"他的背和手都被包扎好了。虽然行动僵硬，但伤口看上去没那么痛了。他回头看一眼普鲁诺奇尼萨。"我们骑马走进黑暗中，"他皱着眉头说，好像记不太清楚，"我快昏过去时听到有水从岩石上流过。有座房子，飘出蜂蜜和大蒜味的房子，还有个老妇人把我的伤口包扎好。她说……她说她更喜欢女孩儿，但我也可以，还问我想留下来吗？我不知道自己回答了什么。我睡着了，不知道睡了多久，但每次我醒来时仍然是午夜。然后普鲁诺奇尼萨来了，说我睡得够久了，就把我带了回来。我差点儿……好像那个老妇人在我们后面叫喊，听起来很伤心，但这也可能是我做的梦。"

瓦西娅对普鲁诺奇尼萨挑起眉毛："你带他到湖边去了？他在那儿待了多久？"

"够久的。"午夜婆婆毫无后悔之意。

"你不觉得这会使他发疯吗？"瓦西娅紧张地问，声音尖锐。

"不会的，"普鲁诺奇尼萨说，"他几乎睡着了。而且他很像你。"她用大人看孩子的眼神看着萨沙，"他坐不直，浑身都是血腥味，这让我很恼火。让女巫把他治好要容易得多。你知道，她很后悔塔玛拉的事。她有多生气，就有多后悔。"

瓦西娅对午夜恶魔说："真是感激你，我的朋友。"普鲁诺奇尼萨显得既怀疑又高兴。

"你已经见过我们的外曾祖母了，"瓦西娅对哥哥说，"她住在午夜王国里，是个疯女人。她冷酷、孤独，有时还很善良。"

"那老妇人吗？"萨沙说，"我……不，当然不是，我们的外曾祖母一定死了。"

"是的，"瓦西娅说，"但在午夜之国里不用在乎这个。"

萨沙仿佛在深思："一切结束时我会回去。无论她是什么样的人，她似乎知道很多事情。"

"也许我们可以一起去。"瓦西娅说。

"也许。"萨沙说。他们咧嘴相视而笑，就像谋划冒险之旅的孩子，而不是即将走上战场的女巫和修士。

弗拉基米尔·安德列耶维奇恶狠狠地看着他们俩。"亚历山大兄弟，"他生硬地插嘴，同时画了个十字，"这真是一次奇怪的会面。"

"愿上帝与你同在。"萨沙说。

"还有以上帝的名义……"谢尔普霍夫亲王开始说，瓦西娅急忙拦住他的话头。

"萨沙会解释的，"她说，"我还得去完成最后一项使命。如果我们幸运的话，会有人和我们一起北上。"

"最好快点儿。"熊挑剔地打量鞑靼人的营地……他们已经开始重新生火。波扎尔听到他们愤怒的呼喊，耳朵都抽搐起来。"他们就像被捅过的蜂巢。"

"你得跟我来。"她对他说,"看不到你,我不放心。"

"你说得对。"熊说着抬起头来,高兴地叹口气。

***

梁赞大公终于回到帐篷,看上去就像刚度过一个永恒般漫长的夜晚。他撩开帐门走进去,静静地站了一会儿。瓦西娅轻轻地吐口气,他的陶灯顿时亮了起来。

奥列格看上去一点儿也不惊讶:"如果将军发现你,他会舍不得马上杀死你的。"

瓦西娅走进灯光里:"他找不到我,我回来是为了找你。"

"是吗?"

"你已经看到那只火鸟在天上飞,"她说,"也看见夜间的火焰,还有疯狂奔跑的马群。你还在阴影里见过那头熊,你已经看到我们的力量。你的人已经在私下谈论莫斯科大公的奇异力量,这种力量甚至渗透进了鞑靼人的营地。"

"奇异的力量?也许季米特里·伊凡诺维奇并不在乎他自己的灵魂不朽与否,但我难道要诅咒自己的灵魂,与恶魔结盟吗?"

"你是个很实际的人,"瓦西娅温和地说,同时走近他。他攥紧拳,手指的骨节突出。"你选择站在鞑靼人那边不是为了忠诚,而是为了活下来。现在你会发现事实可能正好相反。我们能赢。在可汗的统治下,你不过是个奴仆般的封臣,奥列格·伊凡诺维奇,但如果我们赢了,你就会成为真正的大公,主宰自己的命运。"她费了好大劲才使自己的声音保持平稳。由于曾在午夜王国里待得太久, 她开始发抖,旁边的熊只会使她的状态更糟。那精灵看上去是一团更深的黑暗,他正站在阴影里倾听。

"女巫，你救走了哥哥和表哥，"奥列格说，"这还不够吗？"

"不够，"瓦西娅说，"把你的波雅尔召来，跟我们走。"奥列格飞快地环顾帐篷。他虽然看不见，但能感觉到熊的存在。陶灯发出噼啪声，周围的黑暗加深。

瓦西娅瞪了梅德韦季一眼，黑暗稍稍退后一些。

"跟我们一起去取得胜利。"瓦西娅说。

"也许是胜利，"熊在她身后低声说，"毕竟谁知道呢？"

奥列格虽然不知道是什么使自己害怕，却不断靠近灯光。

"明天，"瓦西娅说，"让你的手下再次落在大部队后面，我们会等着你。"

长时间的沉默后，奥列格坚定地说："我的人会和马迈的军队待在一起。"

她以为这句话宣告了自己的失败，但与此同时熊满意地叹息一声，似乎明白了什么。

等奥列格把话说完，瓦西娅才明白。"如果我要背叛将军，最好等到合适的时机。"

他们面面相觑。

"我爱这种聪明的叛徒。"熊说。

奥列格说："我的波雅尔们想站在罗斯一边作战，我认为我的任务是别让他们办蠢事，但是……"

瓦西娅点点头。她仅凭着戏法和精灵，还有自己顽强的信仰在游说他。这些花招儿值不值得让他去拿地位和生命冒险呢？她看着他的脸，感觉到他的信任沉沉地压在自己心头。"季米特里·伊凡诺维奇将在两周内抵达科洛姆纳，"她说，"那么，你愿意到他那儿去，把你的计划告诉他吗?"

奥列格说:"我会派个人去,但是我不能亲自去,因为马迈会怀疑。"

瓦西娅说:"你可以自己去。我可以带你去,一晚上就能打个来回。"

奥列格瞠目结舌,接着用冷酷而幽默的语气说:"坐你的臼[①]吗?很好,女巫。但你要知道,即使合我们之力,在鞑靼人面前,季米特里和我可能也是螳臂当车。"

"你的信仰在哪里呢?"瓦西娅突然笑了,"两周后,午夜见。"

[①] 斯拉夫神话中,雅加婆婆的交通工具是一只来去如飞的臼。——译者注

第三十一章

罗斯土地上的所有生灵

一连四天,天气阴冷,罗斯军队从四面八方来到科洛姆纳。大公们一位接一位地驾到:他们来自罗斯托夫、斯塔罗杜布、波洛茨克、穆伦、特维尔、莫斯科以及其他地方。冷雨在泥泞的田野上低语。

季米特里·伊凡诺维奇把帐篷设在人数不断增加的军队中间。集结完成后的第一个夜晚,他把大公们召到帐中议事。

他们神情严峻,由于集合和匆忙行军而疲惫不堪。月亮落下去很久之后,最后一个人才挤进季米特里的圆毡帐篷。大家警惕地互相打量。

午夜快到了,外面罗斯人的拴马桩、马车和营火向四面八方蔓延。

一整天大公都在收集情报。"鞑靼人正在这里集结。"他说,指向地图上顿河拐弯处的一块湿地。那里是一条较小支流的入海口,因有鹬鸟在长草中栖息而被称为"鹬鸟滩"。"他们在等待援军,有立陶宛的军队,还有卡法①的雇佣军。我们必须在援军到来之前进攻。如果一切顺利,我们将行军三天,在第四天拂晓时进攻。"

"现在他们的人数比我们多多少?"来自特维尔的大公米哈伊尔问。

季米特里没有回答。"我们要兵分两路,"他接着说,"在这里,"他又指向地图上的某处,"用矛和盾来对付骑兵,森林会护住我们的侧翼。他们不喜欢在树林里攻击,因为在森林里箭会失去准头。"

"多多少,季米特里·伊凡诺维奇?"米哈伊尔又问。历史上的大部分时间里,特维尔公国的地位都比莫斯科要高。而在其余的时间里,两个公国是对手关系。它们之间的联盟可没那么容易缔结。

季米特里不能再逃避这个问题。"是我们的两倍,"他说,"也许更多一点儿。但是……"

人们都在嘀咕。特维尔大公再次发言。他问:"你有梁赞大公的消息吗?"

"他和马迈一起行军。"

喃喃声大了一倍。

"这无关紧要,"季米特里继续说,"我们有足够的人手。我们得到了圣塞尔吉乌斯的祝福。"

"这就够了吗?"特维尔大公厉声说,"如果我们死在战场上,祝福也许足以拯救我们的灵魂,但它不足以帮我们赢得这场战斗!"

---

① 卡法是克里米亚的城市,现在被称为费奥多西亚。在"冬夜三部曲"所描写的时期,该城处于热那亚人的控制之下。

季米特里站起来。他开口时,人们的窃窃私语暂时平息了:"你在怀疑上帝的力量吗,米哈伊尔·安德列耶维奇?"

"我们怎么知道上帝是站在我们这边的呢?据我们所知,神要我们谦卑,像基督一样顺从鞑靼人!"

"也许吧,"一个平静的声音从帐门处传来,"但如果是这样,他会把谢尔普霍夫和梁赞大公送到这里来吗?"

人们扭过头去,其中有几个把手放在剑柄上。大公眼中闪过一道光,因为弗拉基米尔·安德列耶维奇走进帐篷,身后跟着梁赞大公,再往后是亚历山大兄弟。萨沙补充说:"上帝与我们同在,罗斯的众位大公,但现在没时间能让我们浪费了。"

***

直到那天深夜,莫斯科大公才有时间听完整个故事,而在这之前一切计划都已敲定。他和萨沙静静地骑马走出营地,穿过灯光、烟雾和喧闹声,来到一个隐蔽的山谷,那里有堆微弱的营火。

萨沙骑在马上,不安地注意到月亮还没有落下。

瓦西娅已经单独扎好营,正在等着他们。她仍然光着脚,脸上脏兮兮的,但她仪态高贵地站起来,向大公鞠了一躬。"上帝保佑你。"她说。在她身后,波扎尔站在更深的黑暗中,身上闪着红光。

"圣母呀,"说着,季米特里画了个十字,"那是一匹马吗?"

瓦西娅向牝马伸出一只手,后者立刻竖起耳朵,啪的一声咬过来。萨沙忍着不笑出声。

"从传说中走出来的野兽。"瓦西娅答道。牝马轻蔑地打个响鼻,走开去吃草。瓦西娅笑了。

"两星期前,"季米特里借着月光打量她的脸,"你半夜离开去救表哥，而现在你带着一支军队回来了。"

"您在为此感谢我吗？"她说，"我能完成这项任务，半是靠运气，半是靠莽撞。"

瓦西娅也许会对这件事不以为然，萨沙想，但这两个星期她过得很苦。午夜之国的黑暗中，他们骑马飞快地向谢尔普霍夫奔去，把弗拉基米尔逼得只能祈祷和喃喃自语。接着弗拉基米尔疯狂地召集士兵，冒着雨长途跋涉，最后才能及时赶到科洛姆纳，因为瓦西娅说自己不能带这么多的人走午夜之路。

"你会为自己的成就而震惊。"季米特里说。

在他的注视下，瓦西娅显得很平静，她和季米特里似乎心有灵犀。

"你变了，"大公半开玩笑地问，"这一路上，你是不是找到了自己的王国？"

"我想是的，"她说，"至少我算是那里的管事人，管理和这片土地同样古老的族人和遥远陌生的国度。可您是怎么知道的？"

"聪明的大公能认出掌握权柄的手。"

她什么也没说。

"你已经带着军队来勤王，"季米特里说，"但如果真的能号令一个王国，你会把自己的臣民带到这场战斗中来吗，公主殿下？"

"公主"这个词使萨沙心中一动，觉得很奇怪。

"你渴望更多的人手吗，季米特里·伊凡诺维奇？"瓦西娅问，淡淡的血色染红了她的脸。

"是的，"他说，"如果打算赢得战斗，我需要每一头野兽，每一个人，每一个生灵。"

萨沙从未见过季米特里·伊凡诺维奇和妹妹的相似之处，但他现在发现他们都有激情、聪明和永不满足的野心。瓦西娅说:"我已经不欠莫斯科了。您是要我现在召集臣民,带他们踏上您的战场吗?您的祭司会叫他们恶魔的。"

"是的,我在请求。"季米特里只停顿了一刹那,"你要我拿什么来交换?"

她沉默,季米特里等待着。萨沙看看正在吃草的金色牝马发出的光,又看看妹妹脸上的表情,不禁感到惊讶。

慢慢地,瓦西娅说:"我想要一个承诺,但不光是你的承诺,还有谢尔盖祭司的。"

季米特里迷惑不解,但并没有拒绝。他说:"那我们明天早上去找他。"

瓦西娅摇摇头:"我很抱歉,我不想催他,但他一定要在这儿做承诺,而且要快。"

"为什么要在这里?"季米特里尖锐地问,"还有,为什么是现在?"

"因为,"瓦西娅说,"已经是午夜,没有时间可以浪费,而且要听到他亲口承诺的人不止我一个。"

***

萨沙骑着灰马图曼小跑着离开,没过多久就把谢尔盖祭司领进空地。奇怪的是月亮仍挂在空中,静止不动。瓦西娅在等哥哥,她不知道萨沙是否明白他已经把四个人留在午夜中,如果她不允许或一直不睡,时间就不会继续流逝。那天晚上她也还没睡。她和季米特里坐在渐渐熄灭的火堆旁等萨沙回来,同时互相传递皮酒囊,低声交谈。

"你的那些好马是从哪儿弄来的?"季米特里问她,"先是枣红马,现在又是这匹。"他贪婪地看着波扎尔。金色的牝马耷拉着耳朵,走到一边去。

瓦西娅干巴巴地说:"她能听懂您的话,大人。我并不是从某个地方找到她的,是她选择了驮我。如果您想赢得像她这样的马的忠诚,就必须穿越黑暗,走过三九二十七个王国。所以,我建议您还是先操心陷入困境的国家吧。"

季米特里没被吓住,而是张大嘴巴想要提出更多问题。修士们出现时,瓦西娅急忙站起来在胸前画十字。"上帝保佑。"她说。

"愿上帝保佑你。"老修士说。

瓦西娅深深地吸了口气,告诉他们她想要什么。

谢尔盖沉默许久,萨沙和大公皱着眉头看着他。

"他们是邪恶的,"谢尔盖终于说,"是大地之上不洁的力量。"

"人类中有邪恶的人,"瓦西娅激动地回答,"也有善良的人,还有介于这两者之间的人。精灵就像人类和大地本身一样,有时聪明有时愚蠢,有时善良有时残忍。上帝统治来世,但这一世该如何呢?人类可以向天堂寻求救赎,也可以向他们的宅神上供,使自家远离邪恶。上帝创造精灵,就像造出天地万物一样,难道不是吗?"

她摊开双手:"这是我帮助您的代价。请向我发誓您不会判女巫受火刑,也不会将把供品放在火炉里的人视为罪人。让我们的人民拥有两种信仰吧……"

她转向季米特里。"只要您或您的后裔还坐在莫斯科的王位上。还有,"她又转向谢尔盖,"修士正在建造修道院、教堂和大钟。请告诉他们说每个人都能拥有两种信仰。如果您做出承诺,我现在就进入午夜王国，把罗斯另一个世界的人民带来帮您。"

良久，没人说话。

瓦西娅默默地站着，腰板挺直，神情严肃地等待。谢尔盖低着头，嘴唇嚅动，默默祈祷。

季米特里问："如果我们不同意呢？"

"那么，"瓦西娅说，"我今晚就走，在余生我将尽力保护能保护的东西。如果你们俩也这样做，我们就会两败俱伤。"

"如果我们同意，而且赢得这场战斗，接下来会发生什么？"季米特里问道，"如果我再需要你，你会来吗？"

"如果您现在答应我的请求，"瓦西娅说，"那么，只要您还在位，只要您召唤，我就会应召而来。"

他们再次掂量彼此。

"如果谢尔盖祭司也同意的话，"季米特里说，"那我就同意。若要国家强大，大家必须劲往一处使，就算其中有非人类的力量也一样。"

谢尔盖抬起头。"我也同意，"他说，"上帝有时不走寻常路。"

"如你所见，如你所闻。"说着，瓦西娅张开手掌。她大拇指的肉上有条细细的血丝，在昏暗的月光下呈现黑色。血滴落在地上，两个人影出现。一个是独眼人，另一个是皮肤黑得像深夜的女人。

季米特里猛地后退。萨沙本就能看到他们，因此站着一动不动。谢尔盖眯起眼睛，又低声祈祷一遍。"我们都亲见你承诺，"瓦西娅说，"我们会帮你守诺。"

***

季米特里和谢尔盖骑马回科洛姆纳休息，但看上去仍没回过神儿来。普鲁诺奇尼萨说:"我已经见证了这些人的承诺,现在还需要留在这里吗?我不像梅德韦季,我永远都不会喜欢人类的奇怪行为。"

"不必,"瓦西娅说,"你愿意就去吧。但如果我再召唤,你会来吗?"

"我会来,"午夜婆婆说,"只要能看到结局就好。你可以得到他们的许诺,但你现在必须兑现自己的承诺。去战斗吧。"

她鞠了一躬,消失在夜色中。

萨沙不愿离开妹妹:"你要去哪里?"

瓦西娅低着头往火上扔湿树叶,火苗发出咝咝声,慢慢熄灭,空地上只余灰色的星光。"我要去找奥列格,把他带回部下那里去,"瓦西娅直起身来,"要保证他在这里的消息不传出去。我肯定季米特里的营地里有几个探子。不过……"她突然笑了,"谁会相信呢?他今天和马迈在一起,明天也会和马迈在一起。"她向金色的牝马走去。

萨沙耐心地跟在她后面说:"在那之后呢,你打算做什么?"

她把手放在牝马的脖子上扭头看他,反问道:"季米特里打算在哪里和鞑靼人交手?"

"他们正在一个叫鹬鸟滩的地方集结兵力,"萨沙说,"在库利科沃。行军几天就能到那里。季米特里必须赶在他们完成集结之前动手。三天内,据他说。"

"如果你留在军队里,"瓦西娅说,"我就能毫不费力地找到大军。我三天后再来找你。"

"但是你要去哪里呢?"她哥哥又问。

"去骚扰敌军。"瓦西娅说这话的时候并没有看他,而是皱眉望着他身后的黑暗。波扎尔前后摆动耳朵,并没有试着咬她。

萨沙抓住她的胳膊,把她的身子扳过来。牝马烦躁地往后退,喷着鼻子。他的妹妹饿着肚子,疲惫不堪却容光焕发。"瓦西娅,"他强迫自己用冷冰冰的声音说,仿佛要震慑住她双眼中那不拘无束的笑意,"你会变成什么样子?和魔鬼一起生活,在黑暗中施黑魔法吗?"

"我吗?"她反驳,"我正在成为我自己,哥哥。我是个女巫,我要救我们大家,你没听见季米特里说的吗?"

萨沙朝金色牝马那边瞥了一眼,独眼男人正在那里看着他们,身影在星光和午夜的黑暗中依稀可见。他紧紧地抓住她的手臂。"你是我妹妹,"萨沙说,"你是玛丽亚的小姨。你父亲是列斯纳亚辛里亚的彼得·弗拉基米诺维奇。如果你独自在黑暗中待得太久,就会只记得自己是森林里的女巫,就会忘记回到光明中去。瓦西娅,你不是暗夜中的生物,这种……"

"这种什么,哥哥?"

"这种东西,"萨沙毫不留情地继续说,下巴向那正注视着自己的魔鬼扬了扬,"他想让你忘掉自己。如果你像我们的外曾祖母一样疯掉,离开人类世界,永远迷失在黑暗森林里,他会很高兴的。你知道你独自跟那个家伙跑要冒多大风险吗?"

"她并没有冒风险。"熊一直在听他们说话。

瓦西娅没理他。"我正在学习,正在成长,"她说,"就算我没有……难道还有别的选择吗?"

"是的,"萨沙说,"跟我一起回科洛姆纳去吧,我会照顾你的。"

"哥哥,我不能。你没听见我对季米特里的诺言吗?"

"该死的季米特里,他只想着自己的王冠。"

"萨沙,不要为我担心。"

"但我已经在为你担心了,"他说,"为了你的生命和灵魂。"

"它们都在我的手里,并不属于你,"她温柔地说,但看上去不再那么激动,她深吸一口气,"我不会忘记你的话。我是你妹妹,我爱你,这一点即使我在黑暗中游荡也不会变。"

"瓦西娅,"他不情愿地说,声音沉重,"连严冬之王也比那野兽强。"

"你们两个都夸大了我弟弟的好品质。"熊说。

"严冬之王不在这儿!"瓦西娅厉声说,接着她放缓声音,"现在不是冬天。我必须好好利用自己手里的工具。"

牝马抖动鬃毛,跺着脚,显然渴望离开。

"我们要走了。"瓦西娅对她说,仿佛那匹牝马刚才说了什么一样。她的声音有点儿刺耳。"别了,萨沙。"她跳到马背上,低头看着哥哥那张烦恼的脸,"我不会忘记你告诉我的话。"

萨沙只是点点头。

"三天后见。"瓦西娅说。

牝马弓背跃起,向前冲去,驮着瓦西娅消失在夜幕中。那魔鬼回头看看萨沙,眨眨眼,跟了上去。

***

瓦西娅把奥列格送回他们之前见面的地方,就在他的部下扎营的低树草原边缘,离库利科沃有一天的路程。

梁赞大公从金色牝马的侧腹滑下时,波扎尔踢了他一脚,非常肯定地说:"这是我最后一次驮他这样的人。他太重了。"

与此同时,奥列格说:"还是你来骑这从传说中走出来的马吧,女巫。这就像试图去骑暴风雨。"

瓦西娅只能大笑,说:"如果我是你,我就不会急着去跟马迈会合。接下来的几天他们会很惨。战场上见。"

"如果情况允许的话。"奥列格·伊凡诺维奇躬身行礼。

瓦西娅也低下头,掉转马头又踏上午夜之路。

***

圣母啊,我真是厌倦了黑暗,瓦西娅想。波扎尔步履稳健,丝毫不把深夜和变幻莫测的景色当回事。但她剧烈起伏的身体、凸出的马肩隆和敏捷的步伐使瓦西娅很不舒服。瓦西娅揉揉脸,想集中精神。哥哥的警告使她大为震动。他是对的,她生命中所有的基石都不见了。她离开家和家人,有时觉得似乎就连自我也已迷失在那次大火中。甚至摩罗兹科也离开了她,要到下雪时才会回来。现在与她在黑暗中同行的是个本性疯狂而邪恶的生物,但有时他的话听起来很有道理,甚至很理智。每次在这种情况下,她都得提醒自己要保持警惕。

现在熊又化成兽形,和牝马一起奔跑。"人类不会信守诺言。"他说。

"我不记得我问过你的意见。"瓦西娅厉声说。

"在他们毁灭我们之前,最好还是同他们战斗,"熊继续说,她能在他低沉的声音中听到有人在尖叫,"或者让罗斯人和鞑靼人互相争斗,这样更好。"

"季米特里和谢尔盖会信守诺言的。"她说。

"你想过干预他们的战争要付出什么代价吗?"他说,"季米特里的许诺和赞赏值多少钱?他称你为公主殿下时,我看到你的眼神了。"

"难道这个奖赏不值得为之冒险吗?"

"那要看情况。"熊说,他们此时正跑过午夜王国,"你知道自己在冒什么险吗?我看未必。"

瓦西娅没有回答。与其相信他貌似理智的样子,还不如相信他是邪恶的。

***

月光下幽暗的湖面泛着黑色涟漪,浪尖上却闪着令人目眩的白光。她这次没有经过漫长可怕的徒步旅行就来到了这里。瓦西娅很快找到了那个湖,仿佛她的血脉还记得它似的。

她、波扎尔和熊从树林里冲出来,看到前方就是月光照耀下的大片水面。瓦西娅屏住呼吸,从牝马的肩膀上滑下来。

马群仍在湖边吃草,就在上次她看到的那块地方。这次他们没有从她身边跑开,而是站在那里,在初秋的寒雾中抬起完美无瑕的头,身影缥缈,仿佛幽灵。波扎尔竖起耳朵,轻声呼唤同胞。

女巫的空房子黑洞洞的,静立在原野另一边的高地上。它仍然没人居住,样子凄凉。多毛沃娅也许在烤炉里又睡着了。瓦西娅发挥想象力,在脑海中描绘出温暖的炉火、欢声笑语、家人团聚,还有在屋外星光下吃草的马群。

总有一天这个场景会成为现实。

但今天晚上她来这里既不是为了房子,也不是为了马群。

"蘑菇爷爷!"她叫道。

那小精灵正在大橡树的阴影里等她,眼睛在黑暗中闪着绿光。他轻叫一声朝她跑去,然后停下来。瓦西娅搞不清是他想让自己显得仪态庄严,还是那头熊让他紧张。

"谢谢你,我的朋友,"瓦西娅对他说,鞠了一躬,"是你叫波扎尔去找我的。你俩救了我的命。"

蘑菇爷爷看上去很自豪。"我想她喜欢我,"他坦白道,"所以她才会去。她喜欢我,因为我们晚上都能发光。"

波扎尔哼了一声,甩甩鬃毛。"你为什么要回来?你现在要留下来吗?吞食者为什么和你在一起?"蘑菇精的态度突然凶起来,"不许他踢翻我的蘑菇。"

"那要看情况,"熊似有所指,"如果我勇敢的女主人不给我找点儿比在黑暗中跑来跑去更好的事情做,我会开心地把你所有的蘑菇都踢翻。"

蘑菇爷爷怒不可遏。"他不会碰你的任何东西,"瓦西娅对蘑菇爷爷说,怒视着熊,"他现在要和我一起上路,我们回来找你是因为我需要你的帮助。"

"我就知道你不能没有我!"蘑菇爷爷得意地说,"就算现在你有一位个头儿更大的盟友也不成。"他狠狠地看熊一眼。

"这将是一场可怕的战争,"熊插嘴说,"你认为蘑菇能帮上什么忙呢?"

"你等着瞧吧。"说着,瓦西娅向小蘑菇精伸出手。

***

马迈的军队在顿河边扎营。先头部队已经驻扎在库利科沃,后军则分片驻扎,营地向南延伸到很远。他们准备天一亮就出发。瓦西娅、牝马和两个精灵走出午夜之国,爬上一处小高地,透过树丛窥视下方的大军。

蘑菇爷爷看着熟睡的敌人,眼睛睁得大大的,发着绿光的四肢在颤抖。放眼望去，河岸上到处都是篝火。"有这么多人呀。"他低声说。

瓦西娅望着一望无际的人群和马匹，说："我们最好现在就开始干活儿。但首先……"

波扎尔不喜欢马鞍和鞍袋，瓦西娅只好自己背着袋子。打马飞奔时这东西把她烦得够呛。她从袋里拿出面包和几条熏肉，那是季米特里临别时的礼物。她自己咬了一小口，不假思索地把其中一些食物扔给两个帮手。

没人出声。她抬起头，发现蘑菇爷爷捧着那块面包，看上去很高兴；熊则盯着她看，手里拿着肉却没下嘴。

"这算是供品吗？"他几乎是在咆哮，"我为你效劳，你觉得不够，还想让我做更多事吗？"

"不是现在，"瓦西娅冷冷地说，"这只是食物。"她皱皱眉，继续咀嚼。

"为什么？"他问。

她没有回答。她恨他的放纵、残忍和笑声，因为觉得自己天性中的某种东西会冒出头来与之呼应。也许就是因为这个，她对他恨不起来，因为怕最后会恨上自己。"你还没有背叛我。"瓦西娅最后说。

"如你所言。"熊说，但声音听起来仍然很困惑。在她的凝视下，他吃起来，然后摇摇头，舔着手指，对着熟睡的营地冷冷一笑。瓦西娅不情愿地站起来走到他身边。"我对霉菌了解不多，小蘑菇。"熊对蘑菇爷爷说，"但恐惧也像疾病一样会传染，人数再多也白搭。来，我们开始吧。"

蘑菇爷爷惊恐地看熊一眼，把面包放好，战战兢兢地对瓦西娅说:"你要我做什么?"

她掸去衬衫上的面包屑。一点儿食物就能使她恢复体力,但可怕的一夜现在就要开始。

"如果你能的话,就破坏他们的面包,"瓦西娅转过身去,不想看熊的笑容,"我要让他们饿肚子。"

他们走下高地,一步步走进熟睡的营地。瓦西娅用破布裹住手臂上微弱的金光。她用刀,熊用爪子划破装着军队给养的盒子和袋子,蘑菇爷爷把手伸进去,面粉和肉开始变软、发臭。

当蘑菇爷爷似乎学会该怎么办时,她就离开他和熊,让他们在马迈的帐篷里偷偷摸摸地潜行,一路散布恐怖和腐烂,自己则溜到顿河边去找河里的沃迪诺伊。

"精灵和莫斯科大公结盟了。"她低声对他说。她讲完事情的始末,说服他升高河水的水位,这样鞑靼人就得睡在水里了。

***

三天后,鞑靼军队已不成队形,瓦西娅却恨起自己来。

"不准你在他们睡着时杀人。"她对熊说。这时熊正咧着嘴笑,嗅着一个在噩梦中挣扎的人。"即使他们看不到我们,也不能……"她的声音慢慢低下去,找不到词汇来表达心中的反感。梅德韦季耸耸肩后退一步,使她吃了一惊。

"当然不会,"他说,"活儿不是这样干的。就算是黑暗中潜行的刺客,我们也可以与之交手并杀掉他。但恐惧更强大,因为人们害怕自己看不到也不理解的东西。我会展示给你看。"

上帝保佑她,他做到了。她像个学做坏事的新手一样,和熊一起穿过鞑靼人的营地,一起散布恐怖。她在马车和帐篷里放火,让人们在隐约可见的阴影面前尖叫。尽管心里不好受,她还是吓唬战马,让他们恐慌地乱跑。

女孩儿和两个精灵沿着营地走,从一端走到另一端。马迈和他的大军烦躁不安。马挣脱拴马桩逃跑。鞑靼人生火时火堆会毫无预兆地突然爆发,把火星喷到人脸上。士兵们低声说:他们被野兽、发光的怪物和大眼睛的幽灵女孩儿缠住了。

"人们会吓唬自己,"熊笑着对她说,"想象出来的东西比现实中的任何东西都吓人,只需要在黑暗中窃窃私语就好。现在跟我来,瓦西丽莎·彼得罗芙娜。"

到了第三天晚上,他高兴得身体膨胀,就像只刚吸饱血的虱子一样。瓦西娅疲惫不堪,急切地盼着黎明到来。"够了。"又在营地里走了一段路后,她对他俩说。她所有的感官都警觉起来,半是因为害怕,半是因为享受恶作剧带来的疯狂喜悦。

"够了。我要找个地方睡觉,然后我们就可以回我哥哥那里。"她再也无法忍受这黑暗了。

蘑菇爷爷看上去松了口气。熊吃得心满意足,暂时也玩腻了。

空气中弥漫着冷雾,阴冷而空旷。她在树木最茂密的地方发现了一个隐蔽的洞,离军队主力很远。即使裹在斗篷里躺在松枝堆上,她仍在发抖。但她不敢生火。

熊没有受到天气影响。他之前化为野兽恐吓营地里的鞑靼人,但休息时他变回人形,心满意足地躺在蕨类植物中,双手枕在脑后仰望夜空。

蘑菇爷爷躲在岩石下发出微弱的绿光,破坏鞑靼人的食物使他感到疲倦且灰心。"他们还能喝马的奶,"他说,"我对马奶没办法。

他们不会太饿的。"

瓦西娅没有回答蘑菇爷爷的问题，因为她自己也感到不舒服。人和马的惊恐似乎在身体里引起某种反应，但她仍不知道所有努力是否足以扭转即将到来的战局。"你真让人恶心。"她对熊说。他笑起来，牙齿闪闪发光。

他头也不抬："为什么？就因为我享受这个过程吗？"

瓦西娅手腕上的金绳闪闪发光，使她不安地想起两人间的契约。她没说话。

他转过身，用胳膊肘撑地看着她，扭曲的嘴角挂着微笑："还是因为你享受？"

她要否认吗？为什么要否认？这只会让他得意。"是的，"她说，"我喜欢吓唬他们。他们侵略我的国家，切鲁贝还折磨过我哥哥。但我厌恶自己，感到羞愧，也非常疲倦。"

熊看起来有点儿失望。"你该多问自己几次这个问题。"他又翻过身去仰面躺下。

隐藏自己天性中最糟糕的部分，直到它变为恶魔吞噬掉其余部分，最后她会疯狂。她知道，熊也知道。"康斯坦丁祭司就是这么干的，看看他的下场吧。"她说。

熊什么也没说。

她已看不见鞑靼人的军队，仍然可以闻到那股气味。即使累得要命，又被潮湿的环境搞得很暴躁，但她仍为那压倒性的人数心烦意乱。她曾向奥列格承诺，说会有魔法帮助罗斯人，但她不知道世界上是否有哪种魔法能强大到使季米特里获胜。

"下雪时我弟弟会来，你想好该如何对他解释了吗？"熊问道，仍然望着天空。

"什么?"这个问题使瓦西娅猛地清醒过来。

"他的力量会增强,而我的力量正在衰退。你可以用威胁和承诺来约束我,但很快,"熊嗅嗅空气,"很快,你就得面对严冬之王。你想威胁他吗?"熊慢慢地露出笑容,"我真想看你试试。哦,他会很生气的。我喜欢这个既丑陋又美丽的世界,也喜欢干预人们的行为,但卡拉淳不喜欢。"熊朝她眨眨眼,"为了你,他耗尽力量进入莫斯科,又违背本性在夏天和我作战,但后来他一转身你就放了我。他会非常生气的。"

"你不必操心我该怎么对他解释。"瓦西娅冷冷地说。

"的确,"梅德韦季说,"但我可以等。我喜欢惊喜。"

自从与严冬之王在莫斯科分别以来,她再也没听到关于他的一点儿消息。摩罗兹科知道她放了他哥哥吗?他会理解吗?"我要睡觉,"她对熊说,"你不能背叛我,不能让别人注意到我们,不能利用其他人让别人注意到我们,不能唤醒我,不能碰我,或者……"

熊大笑起来,举起一只手:"够了,姑娘,真想不到你会是这个样子。睡吧。"

她又瞪他一眼,转过身去。这只通情达理的、大笑的熊比空地上的那头野兽危险得多。

***

天快亮时瓦西娅被一声尖叫惊醒,觉得心怦怦直跳,她踉跄着站起来。熊正从树丛间窥视,看上去很平静。"我不知道他们什么时候会发现。"他说。

"发现什么?"

"那边那个村庄。我想大多数村民都已经带着所有能带的东西逃走了,因为军队驻扎的地方离他们很近。但有人没逃,而你的鞑靼人已经不想再喝马奶了。"

瓦西娅感到不舒服,于是走过去看——他的位置比较好。

这个小村庄位于洼地中,被大树遮挡住了。如果鞑靼人没有四处觅食的话,它可能会被军队忽视,甚至她之前也没见它。

她不知道熊之前有没有看见它。

但现在它有十几处在起火。

又是一声尖叫,这次声音更小、更细。"波扎尔。"瓦西娅说。牝马侧身向她走来,不高兴地喘着粗气。只有这次瓦西娅跳到她背上时她没有反对。

"我绝对不会,"熊说,"劝阻你那富有魅力的冲动行为,但我怀疑你不会喜欢即将看到的一切,"他补充说,"而且你可能会被杀掉。"

瓦西娅说:"如果是我置人们于这样的危险中,至少我能做的是……"

"是鞑靼人把他们置于危险中的。"

但瓦西娅已经走了。她冲到那个小村庄,看见房屋几乎被烧成平地。就算那里曾经住过人,现在他们也已经都不在了。沉默、空虚。她心里盼着所有村民一看到鞑靼人就都逃走了,也许不过是一只奄奄一息的猪发出像尖叫一样的声音。但她也明白这不太现实。

就在这时,她又听到一声低低的、哽咽般的呻吟,远远称不上喊叫。

波扎尔的耳朵转过来。与此同时,瓦西娅看到一条细长的黑影蜷缩在燃烧的房子旁边。

瓦西娅从波扎尔背上滑下来,把那女人从火场中拖出来。她的手沾满血。那女人发出微弱而痛苦的声音,但没有说话。火场的光无情地照亮她的全身,她的喉咙被割断了,但伤口还没严重到立刻致命的程度。

她怀孕了,也许正在生产。这就是为什么她没有跟着其他村民一起逃。也许有人留下了和她待在一起,但瓦西娅没见到,只有那个女人在这里。她手上有擦伤,也许她曾用手把男人们推开。裙子上有血,那么多血。瓦西娅把一只手放在她的肚子上。她一动不动,肚子上有道巨大的伤口,还在渗血……

那女人喘着气,嘴唇发青,黯淡的眼睛在瓦西娅的脸上搜寻。瓦西娅握着她那流血的手。

"我的孩子呢?"女人低声问。

"你很快就会见到她的。"瓦西娅平静地说。

"她在哪里?"她说,"我听不见她哭。有男人——哦!"她哽了一下,"他们伤害她了吗?"

"没有,"瓦西娅说,"她很安全,你会看到她的。来吧,我们要向上帝祈祷。"

奥奇·纳什[①]——主祷文柔和亲切,令人宽慰。尽管那个女人的目光逐渐变得呆滞而空洞,但她仍同瓦西娅一起祈祷。瓦西娅没有意识到自己在哭,直到有滴眼泪落在她们握在一起的手上。她抬起头,

---

[①] 这句话意为"我们的父啊",是古教会斯拉夫语的主祷文的开头。即使在今天,人们仍然会以这种古老的语言而非现代俄语来背诵祈祷词。

看见死神正站在那里，他的白马就在身旁。

他们的目光相遇，他的脸上却毫无表情。瓦西娅合上女人的双眼，把她放在地上，随即后退。他没有说话。尸体静静地躺在地上，死神把她温柔地抱在怀里，放在马上。瓦西娅画个十字。

我们可以共享这个世界。

他又把目光转向瓦西娅的脸。他眼中是闪过了一丝感情吗？是愤怒吗？是在提问吗？不……不过是死神那古老的冷漠。他转过身骑上白马平静地离去，正如他来时一样。

瓦西娅浑身染上了那女人的鲜血，羞愧之情在她心头燃烧。她之前一直睡在树林里，自以为很聪明，而与此同时其他人却在承受鞑靼人的怒火。

"好吧，"说着，熊走到她身边，"你使我弟弟不再冷漠，这是肯定的。可怜的傻瓜，难道他命中注定要为每个被放在马鞍桥上带走的死女孩儿遗憾吗？"想到这一前景，熊相当开心，"我祝贺你。多年来我一直想让他动感情，以为他的情绪多半会是狂怒这类，他却像他掌管的季节一样冷酷无情。"

瓦西娅几乎听不见他说话。

"看看下雪时会发生什么吧，真令人期待。"熊补充说。

她慢慢地转过头去。"没有祭司，"她低声说，"我什么也不能为她做。"

"为什么要你来做？"熊不耐烦地问，"她自己的族人很快就会从躲藏的地方跑出来。他们会祈祷、哭泣，做所有需要做的事情。再说她已经死了，她不会在乎这些的。"

"如果我……如果我当时没有……"

熊轻蔑地看她一眼:"当时没有什么?你在为罗斯所有能看到的和看不到的生命谋划,而不是为哪个村妇的命。"

她紧闭双唇。"你当时可以把我叫醒,"她说,"我本可以救她的。"

"你能吗?"熊平静地问,"也许吧,但我喜欢那尖叫声,而且是你禁止我叫醒你的。"

瓦西娅转过身去呕吐,吐完后她站起来,从小溪里取水洗去死者身上的血,整理好对方的遗容。接着瓦西娅回到小溪边,不顾寒冷地借着即将熄灭的火苗擦洗身体。她抓起沙子搓自己的皮肤,直到冷得发抖。最后她把衣服上的血弄干净,把湿衣服穿在身上。

做完这一切后她转过身,发现熊和蘑菇爷爷都在看着自己,两人谁也没说话。蘑菇爷爷显得很严肃,而熊的脸上终于不再露出嘲弄的表情,相反他看上去很困惑。

瓦西娅甩掉头发上的水,先对蘑菇爷爷说:"你想去参战吗,我的朋友?"

蘑菇爷爷慢慢摇头。"我不过是朵蘑菇,"他低声说,"我不喜欢恐惧和火,也厌烦这些战士。他们不关心能生长的东西。"

"我曾经喜欢,"瓦西娅决心不放过自己,"刚过去的这几个晚上的恐惧和大火。吓唬别人这件事让我感到轻松、强大,但别人为我的快乐付出了代价。蘑菇爷爷,如果情况允许的话,湖边见。"

蘑菇爷爷点点头,随后消失在树林间。太阳刚刚升起。瓦西娅深吸一口气:"让我们去见季米特里·伊凡诺维奇,把事情了结。"

"这是你醒来后说的第一句明智的话。"熊说。

第三十二章

库利科沃

第三天傍晚，罗斯骑兵抵达库利科沃扎营。

季米特里除了下达必要的命令，安顿手下过夜，为明早的决战部署人马外，就一直默不作声。当然，他事先已经收到关于敌军人数的报告，但报告和亲眼所见是不一样的。

马迈的主力已集结完毕。他们在原野上一字排开，直排到视野之外的天边。

"我们的人很害怕，"萨沙对季米特里和弗拉基米尔说，此时他们正骑马前往顿河的支流涅普里亚德瓦河的河口侦察地形，"祈祷并不能让他们宽心。我们可以整天念叨说上帝是站在我们这一边的，但他们自己有眼睛，能看到对面敌军的数量。季米特里·伊凡诺维奇，他们的兵力是我们的两倍多，而且人数还在增加。"

"我能看到那边的军队，"弗拉基米尔插话，"我自己也不开心。"

季米特里和弗拉基米尔的随从骑着马远远地跟着,听不到两人所说的话,但就连他们也望着对面的敌军阵营低声交谈,看上去面色蜡黄。

"现在无事可做,"季米特里说,"除了祈祷。今天晚上让士兵们多吃点儿,明天就让他们上战场,免得他们想太多。"

"还有一件事我们可以做。"萨沙说。他的两个表兄弟都转过身来看着他。

"什么事?"弗拉基米尔问。自从重逢以来,他一直对萨沙心存疑虑,一直提防后者那些邪恶的盟友,还有他的小姨子瓦西娅。

"向他们挑战,单打独斗。"萨沙说。

他们三人都沉默下来。单打独斗是种占卜手段,不会让双方军队握手言和,但决斗中的胜利者会得到上帝的青睐。两军的每个士兵都清楚这一点。

"这可以鼓舞士气,"萨沙说,"扭转战局。"

"如果我们的战士赢了。"弗拉基米尔说。

"如果我们的战士赢了。"萨沙重复道,盯着季米特里。

季米特里没有说话。他的眼睛盯着开阔原野上的泥水,盯着更远处鞑靼人等待的地方——他们的马多到就像西风中的秋叶一样数不过来。顿河横在鞑靼人后面,仿佛银色的带子。一连下了三天大雨,天气很冷。现在天已经黑下来,好像要下雪。

季米特里慢慢地说:"你认为他们会同意吗?"

"是的,"萨沙说,"我认为会的。他们像是那种不敢接受挑战的人吗?"

"我若提议而他们也接受,该派谁为我们作战呢?"季米特里说,但他说话的口气就像已经知道答案。

"在下。"萨沙说。

季米特里说:"我有100个人可以做这件事,为什么要选你呢?"

"我是最棒的战士,"萨沙不是在吹牛,而是在陈述事实,"我是修士,是上帝的仆人。我是你最好的选择。"

"我需要你站在我身边,萨沙,而不是……"

"表弟,"萨沙狂热地说,"我小时候就离开家,伤透了父亲的心;我没有遵守修道的誓言,因为我从来不能乖乖待在修道院里;但我从未背叛过孕育我的土地。我一直信仰它,而现在我将在两军阵前捍卫它。"

"他是对的。这也许能扭转战局。恐惧的人会被击败,这一点你和我一样清楚。"弗拉基米尔不情愿地补充说,"而且他武艺很好。"

季米特里仍然很不情愿,转头去看对面的大军。现在光线暗淡,对方的军营已模糊不清。"我不会拒绝你,"季米特里说,"你是我们当中最棒的。士兵们也知道。"他又停顿了一下,"明天早上吧,"他沉重地说,"如果鞑靼人愿意的话,我会派个使者去。但你要活着回来,萨沙。"

"我会的,"萨沙笑着说,"否则我的妹妹们会生气的。"

***

萨沙离开议事的大公们时天已经几乎全黑了。季米特里的信使还没回来,但不管明天会发生什么事,他现在都得睡觉。

他没有自己的帐篷,只在一块干燥的土地上生了堆火。他走近火堆,看到金色牝马站在图曼身边。

瓦西娅已经为他重新生起火。她坐在火边,看上去既疲倦又悲伤,不再是在科洛姆纳那夜的那个疯狂的怪物了。

"瓦西娅，"他说，"你之前去哪儿了？"

"跟脾气最坏的恶魔为伍，还要不断骚扰军队，"瓦西娅说，"学习，并试探能力的极限。"她的声音沙哑。

"我认为，"萨沙温和地说，"你做得太多了。"

她搓搓脸，仍然弓着身子坐在两匹马之间的原木上。"我不知道这够不够。我甚至想偷偷溜进去杀死将军，但他现在戒备森严，因为我把弗拉基米尔弄走后他吸取了教训。我……我不想找死，不过我放火烧了他的帐篷。"

萨沙坚定地说："这就够了。你给我们带来前所未有的机会，这就足够了。"

"我试着放火烧他们，"她哽咽着，滔滔不绝地说，"我试过，熊还在旁边笑我，但我做不到。他说对那些有思想的生物施魔法是最难的，而我的本领还不够强。"

"瓦西娅……"

"可是我把别的东西点着了，有弓弦和马车。我当时大笑，看着它们燃烧。而且他们杀了一个女人，临产的女人，因为他们没有东西吃，又气又饿。"

"愿上帝让她的灵魂安息。但是瓦西娅，住手吧。我们的机会是用你的勇气和血赢得的，这就足够了。不要为那些力所不及的事哀叹。"萨沙说。

瓦西娅什么也没说，但当她心不在焉地盯住火堆时，尽管里面没几根木柴，火苗仍然蹿得老高。她握紧拳头，指甲扎进掌心。

"瓦西娅，"萨沙厉声说，"够了。你最后一次吃饭是什么时候？"

她想了想。"昨天早上，"她说，"我不愿等下去，就回到午夜之国，避开马迈的军队，和波扎尔直接来到这里。"

"很好，"萨沙坚定地说，"我要去煮汤。是的，就在这里。我自己有军粮，而且我会做饭——在圣三一修道院里可没有侍女。你先吃东西，然后睡觉，其他事都不急。"

她没有争辩，这说明她已经累坏了。

他们没怎么说话，默默地看着水开。他把食物盛在盘子里端给她。她轻轻说声"谢谢"，声音小得几乎听不到。接着，她开始狼吞虎咽。喝完三碗汤，又吃完热石头上烤的面饼后，她脸上恢复了一点儿血色。

萨沙把斗篷递给她。"去睡觉。"他说。

"你呢？"

"今晚我打算祈祷。"他当时想把第二天可能发生的事告诉她，但最后还是没说。她看上去疲惫不堪，不能让她为此担心得失眠，而且鞑靼人可能会拒绝挑战。

"至少别走远。"瓦西娅说。

"我当然会留下来。"

她点点头，眼皮已经开始发沉。萨沙仔细地打量她，惊讶地说："你看起来就像我们的妈妈。"

听到这话，她睁开眼睛，突如其来的快乐驱散了她脸上的阴影。他笑着说："我们的妈妈总是在晚上把面包放进烤炉里给多毛沃伊吃。"

"我也这么做过，"瓦西娅说，"那时我还住在列斯纳亚辛里亚。"

"父亲因此而取笑她，但在那些日子里他总是心满意足。他们……他们非常相爱。"

瓦西娅现在坐了起来:"顿娅没讲过太多关于她的事,至少我记事后就没怎么讲了。我想是安娜·伊凡诺芙娜不让她讲,因为我们的父亲不爱继母,他爱我们的母亲。"

"他们在一起很开心,"萨沙说,"当我还是孩子时就能看出来。"

谈论那段时光是件困难的事。母亲死后萨沙骑马离开了家。如果她还活着,他会留下来吗?他不知道。自从来到圣三一修道院,他就试图忘记从前的那个男孩儿亚历山大·彼得罗维奇。那个男孩儿曾崇拜自己的母亲,心中充满信念、力量、热情和愚蠢的骄傲。

但现在他发现自己记起来了。他意识到自己在滔滔不绝地对妹妹说起冬至那天的盛宴、童年时闯的祸、他的第一把剑和第一匹马,还有母亲在森林中的欢声笑语。他谈到她的手、她的歌、她的供品。

接着他开始描述冬天的圣三一修道院:深沉的宁静、梦幻般的森林上空响起的钟声、寒冷日子里特有的一轮轮缓慢的祈祷、他导师坚定的信仰和从四面八方长途跋涉来朝圣的人。他形容那些在马背上度过的白天、在火炉边消磨的夜晚,谈到萨莱和莫斯科,以及两地之间的某些地方。

他还说到罗斯——并不是指莫斯科、特维尔或弗拉基米尔和基辅等公国,而是罗斯本身,谈到她的天空、她的土地、她的人民和她的骄傲。

她静静地听着,眼睛睁得大大的,像盛满阴影的杯子。"这就是我们为之战斗的目标,"萨沙说,"我们并不是为莫斯科战斗,甚至也不是为季米特里,更别提为那些争吵不休的大公了。我们是在为生养我们的土地战斗,还为她的人民,当然也有恶魔们。"

第三十三章

初冬

初雪落在瓦西娅脸上,把她从睡眠中惊醒。

萨沙已经睡着了,那喃喃的祈祷声也停止了,四周一片深沉的寂静。空气清新,地面刚刚结起白霜。周围的人声都静下来,所有能睡着的人都在睡觉,以便积蓄力量迎接黎明。

一阵冷风吹过罗斯人的营地,鼓起他们的旗帜,把地上的雪花卷起来飞舞。

瓦西娅深吸一口气站起来,把斗篷盖在睡着的哥哥身上。她看见熊变回人形,一动不动地站在火堆旁,看着稀稀落落的雪花从天而降。

"雪下得真早。"瓦西娅说。

熊脸上那极度的恶意下第一次流露出恐惧。"这表示我弟弟的力量在增强,"他说,"你还有一个考验要面对,海姑娘,而且这可能是最难的。"

瓦西娅挺直背。

严冬之王骑着马从黑暗中走出来，仿佛是一阵寒风把他吹到她身边，马蹄无声地踏在蒙着白色霜花的泥泞土地上。

这两支军队，甚至连熟睡的哥哥可能都不复存在，只有她自己、混乱之王和严冬之王被裹在旋风卷起的新雪中。摩罗兹科既不是盛夏里那个瘦削缥缈的生物，也不再是冬至时穿着华丽天鹅绒衣服的贵族。他穿着一身白衣，仿佛初冬的第一缕苦涩气息。

马停下脚步，他滑下马背。

瓦西娅喉咙发干。"严冬之王。"她说。

他上下打量着她，没去看那头熊，但这种藐视也自有其力量。"我知道你想上战场，瓦西丽莎·彼得罗芙娜，"过了一会儿，他说，"但我不知道你会选择以何种方式战斗。"

就在这时他看见了他哥哥，宿怨的火花在两人间燃起。"你总是招人讨厌，卡拉淳。"熊说，"你把她独自留下，面对一场她根本不知该如何打赢的战争时，就没想到会发生什么吗？"

"我想你已经学聪明些了。"摩罗兹科说，转回身面对瓦西娅，"你已经看到他的本事了。"

"你比我更清楚他能干些什么，"瓦西娅说，"但你也曾因为绝望把熊放出来，而我现在也很绝望。他当时向你起誓，现在也照样向我起誓。"她举起手。两根缰绳在她的手腕上闪光，其中蕴含着力量。

"他发誓了吗？"摩罗兹科冷冷地看他们一眼，说，"发誓以后呢？他跟你一起游荡，到处吓人吗？你尝到残忍的滋味了吗？"

"你还不了解我吗？"她说，"我从小就喜欢危险，但从不喜欢残忍。"

摩罗兹科的目光在她的脸上徘徊，直到她生气地移开目光。他厉声说:"看着我!"

她也厉声回答:"你在找什么?"

"疯狂,"他说,"还有恶意。你认为熊造成的所有危险都会摆在明面上吗?他会暗中毒害你的思想,直到你某天开始嘲笑杀戮和苦难。"

"我还没有嘲笑。"她说,但他的目光又转向她手腕上的金绳。她应该感到羞耻吗?"我只是找到力量,然后利用它,但我还没变得邪恶。"

"没有吗?他很聪明。你会不知不觉地堕落。"

"我还没有时间堕落,不管有没有意识到。"她现在真的很生气,"我在黑暗中奔跑,尽量拯救所有需要我的人。我行善也行恶,但我既非善,也非恶。我只做我自己。你不会让我感到羞愧的,摩罗兹科。"

"真的,"熊对瓦西娅说,"我很不愿同意他的观点,但是你也许应该为此感到内疚自责吧。"

她没理他,而是走近严冬之王,近到在黑暗中也能看清他的脸。在他的脸上,她能看出感情:愤怒、饥饿、恐惧,甚至悲伤。他的冷漠面具已被撕成碎片。

她的怒气烟消云散。她握住他的手,他没动,他的手指凉爽轻盈。她轻声说:"我召集了这片土地上所有的力量来战斗,严冬之王,我没得选。我们不能自相残杀。"

"他杀了你父亲。"摩罗兹科说。

瓦西娅咽了口唾沫。"我知道。但现在他被我控制住了,只能帮我拯救同胞。"她举起手摸摸他的脸颊,现在她离他够近,可以看见他在呼吸。她捧住他的脸,让他看向自己。雪落得更快了。"明天你愿意和我们一起战斗吗?"她问。

"我将在那里照顾死者。"他说。他的目光从她身上移开,投向营地。她不知道有多少人能活着看到次日的黄昏。"你根本不需要在那里,现在还不晚。你已经尽力,你遵守了诺言,你和你哥哥可以……"

"太晚了,"她说,"萨沙现在绝不会离开季米特里。我……我也发过誓效忠他。"

"是向你自己的骄傲发过誓吧,"摩罗兹科反驳道,"你想要精灵服从你,想要大公们赞赏你,所以你要和季米特里一起冒这个疯狂的险。但你从没见过战争。"

"是的,我没见过。"瓦西娅说,声音变得和他的一样冷,"但你说得对,我是想赢得季米特里的赞赏,也想要胜利,甚至想要凌驾于大公和精灵之上的权力。我也有想要的东西,严冬之王。"她放下手,但没有后退。

他们靠得很近,近到呼吸能喷到彼此的脸上。"瓦西娅,"他低声说,"别老盯着这场战争。如果熊待在他的空地上,世界会更安全。你必须活下去,你不能……"

她打断他:"我已经说过了。我发过誓不会再封印你哥哥。你和我,我们彼此理解。有时这让我感到害怕。"

"我并不惊讶,"摩罗兹科说,"你是海与火之精灵。很明显,他是你天性中最糟糕的那部分。"他的手搭在她的肩膀上,"瓦西娅,对你来说他很危险。"

"那你就保护我的安全吧。"她抬起眼睛看着他,"如果他把我拖得太深,你就把我拉回来。摩罗兹科,就像人类和精灵要互相谅解一样,你和他之间也要取得一种平衡。我生来就是你们的中间人,你以为我不知道吗?"

他的眼神悲伤。"是的,"他说,"我知道。"他又抬头看熊,这次两兄弟都沉默不语地打量对方,"这是你的选择,不是我的,瓦西丽莎·彼得罗芙娜。"

瓦西娅听到熊呼出一口气,意识到他刚才真的很怕。

她用头抵住摩罗兹科的肩膀,抵在羊毛和毛皮上,感觉他的手抚过她的背,觉得自己终于能够在白天和黑夜、秩序和混乱之间保持短暂的平衡。带我去个安静的地方,她想说,我再也受不了噪声和男人的臭味了。

但这个念头一闪即逝,因为她已选好自己的道路,她抬起头后退一步。

摩罗兹科把手伸进袖子里,掏出个闪闪发光的小东西。

"我给你带来了这个。"他说。

那是一颗系在绳子上的绿色宝石,比她戴过的那条蓝宝石项链粗糙得多。她没有碰它,而是警惕地盯着它:"这是什么?"

"我去了很远的地方,"摩罗兹科说,"所以我没来找你,即使在梦中也没找过你,即使在你放出熊时我也没出现。我向南穿过自己王国的积雪去了海边,在那里召唤海王切尔诺莫[①]。他已经好久没有露面了,但他最后还是从水里浮上来。"

"你为什么要去那里?"

[①] 切尔诺莫是俄罗斯民间传说中的老巫师和海王,其名字来源于"黑海"一词。苏丹沙皇的童话中,他带着三十三个儿子离开大海去保卫天鹅少女的岛屿。

摩罗兹科犹豫了:"我告诉他一件事。之前他一直不知道树林里的女巫给他生了孩子。"

她瞠目结舌:"孩子?海王的孩子?"

他点了点头:"而且是孪生女。我告诉他在他的外曾孙辈中有我的爱人。于是海王把这个给我,让我转交给你。"他露出笑容,"现在它没有魔力,跟羁绊也没有关系,这是一份礼物。"

她仍然没有去拿宝石:"你知道这事多久了?"

"不像你想得那么久,虽说我也想知道你的力量的来源。我曾怀疑它是否仅来自女巫。一个会魔法的凡人能把魔法天赋传给女儿们吗?但看到瓦尔瓦拉时我就知道事情远不止于此。切尔诺莫时不时生下几个儿子,他们往往拥有父亲的魔力,寿命比人类更长。所以我去问午夜婆婆,她告诉了我真相。你是海王的外曾孙女。"

"那我能活很久吗?"

"我不知道。谁能知道呢?因为你既是女巫,又是精灵,还是凡间女子、罗斯大公的后裔、彼得·弗拉基米罗维奇的女儿。切尔诺莫可能知道。他说他可以回答这个问题,条件是你必须亲自去见他。"

这太让人难以接受了,但瓦西娅还是拿起宝石。它暖暖地躺在她手里,闻到一股淡淡的盐味。他好像交给了她一把钥匙,但她没有仔细去看。她要做的事太多了。

"那我就去海边,"她说,"如果我能活过黎明的话。"

他沉重地说:"我会出现在战场上,但我的任务仍然是死人,瓦西娅。"

"而我的目标是活人。"熊笑起来,"我们真是天生一对,我的孪生弟弟。"

第三十四章

光明使者

天气阴冷,军队骚动。在远方,在库利科沃广大的原野上,鞑靼人的营地也在苏醒。罗斯人能听到鞑靼人的马在冷风中呼哧呼哧地喘气,但什么也看不见。世界在浓雾中变得模糊不清。

"雾散之前没法儿开战。"萨沙说。他没胃口,吃不下东西,只喝了些蜂蜜酒,又把瓶子递给瓦西娅。他醒来时看见她已经醒了,正独自坐在重新生起的火边皱眉,脸色苍白但平静。

天气很冷,浓雾之上的天空灰蒙蒙的,预示着雪会越下越大。太阳在地平线处露出冰冷的边缘,接着雾气开始消散。他深吸一口气,说:"我必须去季米特里那里,他正在等信使回来,不管发生什么事我都会在开战前找到你。愿上帝与你同在,妹妹。你要隐身去,别冒险。"

"不,"她说,脸上带着鼓励的微笑,"今天我要做的事和精灵有关,跟握剑的人类无关。"

"我爱你,小妹妹。"萨沙离开了。

***

信使已经回来了,说鞑靼人接受了季米特里的挑战,还带来了代表马迈军队出战的勇士的名字。

听到那个名字时,萨沙和季米特里都觉得怒火中烧,同时又都感到一股寒流涌上心头。

"我有几十个人愿意代替你,"季米特里说,"但是……"

"但对这人来说,不行,"萨沙说,"非你即我,表弟。"

季米特里没有反对。他们一起站在帐篷里,不时有人进进出出,周围金铁交鸣,号角声四起。营地正在苏醒,到处都有人在喊叫。大公把面包递给表哥,萨沙勉强吃了一点儿。

"还有,"萨沙压住自己声音中的愤怒,"如果是别人,也许会把这事当成是自己城市的光荣,无论是特维尔、弗拉基米尔还是苏兹达。但这光荣必须归于罗斯,归于上帝。因为在这片土地上,我们同种同族。"

"同种同族。"季米特里若有所思地说,"你妹妹回来了吗?带着她的追随者吗?"

"是的,"萨沙阴沉地看表弟一眼,"她现在犟得像牛一样。她还那么年轻,我要责怪你,因为是你把她卷进来的。"

季米特里似乎并不后悔:"关于风险,她知道的和我一样清楚。"

"她说让人类小心河流,同时要相信树木能遮蔽他们,不要怕狂风暴雨,也不要怕火灾。"萨沙说。

"我不知道人们会愿意接受,还是会视之为不祥。"季米特里说。

"也许两者都有,"萨沙说,"和我妹妹有关的事没一件是简单的。兄弟，如果我……"

季米特里猛地摇头："别说了。不过是的，我会把她当成亲妹妹，不会让她再害怕。"

萨沙低下头，一言不发。

"那么来吧，"季米特里说，"我来武装你。"

锁子甲、铁甲、盾牌、红柄叶状矛、好靴子、护腿甲、尖顶盔……很快一切齐备，萨沙却觉得指尖冰冷。"你的盔甲呢？"他问季米特里。大公准备打扮成地位低下的波雅尔——这样的人在阵前有数百个之多。

季米特里看上去很高兴，像个调皮捣蛋的孩子；他的随从看上去都既焦虑又恼火。"我和一个波雅尔交换了位置，"他说，"你以为我想穿一身红衣服坐在小山上吗？不。我要好好战斗，不会让鞑靼弓箭手把我当成靶子。"

"如果你被杀，你的大业就会失败。"萨沙说。

"如果我不能领导这支军队，我的大业就会失败，"季米特里说，"因为如果我退位，罗斯就会分崩离析，罗斯人也会像风中的枯叶一样四散，或者会因胜利而自命不凡。每个人都想分到最大的那块蛋糕，但我的目标还在利益之上。除此之外，别无其他。"

"确实没有别的吗？"萨沙说，"表弟，我侍奉你如同侍奉上帝一样虔诚，并为此感到自豪。请你原谅我所做的一切，或者没有做的一切。"

"我们是在谈论宽恕吗，兄弟？"季米特里说，"左手不会乞求右手的宽恕。"他拍拍萨沙的背，"上帝与你同在。"

他们全副武装地来到库利科沃原野深处的军队集结点。时近中午，雾渐渐散了。

"我必须找到我妹妹，"萨沙说，"我还没有正式向她道别。"

"没时间了。"季米特里说。有人牵来他的马，他跨上马鞍。太阳冲破最后一层雾，他手搭凉棚往远处看："看，他们的战士来了。"

季米特里是对的。那鞑靼勇士出现在阵前，十万人齐声大吼。萨沙爬上图曼的背，觉得心怦怦直跳。那匹稳重的牝马听到吼声，只是竖起耳朵。"替我跟她说再见吧。"他说。

萨沙骑马来到两军阵前，觉得自己看见一道金光，那是隐身的波扎尔在罗斯的大军中飞奔。萨沙向那微光举起手——这是他唯一能做的。

愿上帝与你同在，小妹妹。

***

哥哥一离开去见大公，瓦西娅就跨上波扎尔的背。熊正嗅着空气，瓦西娅觉得他很享受这种紧张的气氛。他对她露齿而笑："现在该做什么，女主人？"

摩罗兹科离开她时天色刚开始变亮，瓦西娅仿佛还能感觉到他站在寒冷的雾中。几片雪花随风飘落，吹动罗斯军队的旗帜。她觉得自己既能感受到熊面临战斗时的喜悦，也能感受到摩罗兹科为毁灭而悲伤。熊在，严冬之王却不在。

很好，死者是摩罗兹科的工作。

她的工作和生者有关。

但现在，这与人类无关。

瓦西娅看到的第一个精灵像只巨大的黑鸟，长着女人的脸，正在战场上空翱翔，用翅膀掀起旗帜。虽然人类看不见她，但他们仍抬头向上看，就像能感觉到她的影子从自己身上掠过。

第二个精灵是林卫。他轻轻地走到环绕战场的森林边缘。弗拉基米尔·安德列耶维奇和他的骑兵正躲在林中，等待时机。金光闪闪的牝马正不断进出火星，在帐篷、人和马间来回奔跑。瓦西娅夹夹波扎尔的肚子，准备去和森林之主谈谈。

"我可以把这些人藏起来，"当瓦西娅用沾满血的手紧紧抓住林卫那小枯枝般的手指时，后者说，"好迷惑他们的敌人。为了您和大公的承诺我可以做到，瓦西丽莎·彼得罗芙娜。"

精灵们遍布战场。当萨沙武装起来，当士兵们排成战斗队形时，精灵们也在浓雾中聚集。沃迪诺伊在河里发出汩汩的声音，像是在吐泡泡；他的女儿水泽仙女等在岸上。有些精灵瓦西娅能认出来，但有许多她并不认识。可他们还是来了，徘徊在人头攒动的战场上。她感觉到他们的目光和信任的重量。

浓雾开始消散。尽管天气很冷，但她已经汗流浃背、神经紧张。她竭尽全力，骑着波扎尔到处去召集、安排和鼓励精灵，让他们聚在自己和季米特里的军队旁边。

终于传来一声悠长的号角，于是瓦西娅让自己的注意力回到人类世界，望向广阔的沼泽地。鞑靼人和罗斯人之间仍飘着一团团薄雾，但现在他们可以看到鞑靼人。

瓦西娅的心沉下去。

那么多鞑靼人。些许恐惧能对如此庞大的人群产生什么影响呢？他们的阵线一直延伸到她视野的尽头。远处传来他们的战马喷鼻的声音，仿佛雷鸣。沉甸甸的积雪云堆积在北边的天空，偶尔有雪花飘落。季米特里的精锐部队做先锋；特维尔大公米哈伊尔的部队在左翼；谢尔普霍夫亲王躲在右翼浓密的森林里。

在马迈防线后面的某个地方，奥列格和他的波雅尔也在等待，等待某个信号，好从后面扑到鞑靼人身上。

精灵们在四周等着，她能用眼角余光瞥见他们像烛火一样闪着光。

熊站在她身边，打量着他们说："我活了那么久，从没有见过这样神奇的东西，能把所有精灵团结起来作战。"他的眼里闪烁着期待的光，如地狱的火光。

瓦西娅没有回答。她只能祈祷自己没做错事。

她试着去想自己还能做些什么，但什么也想不起来。

波扎尔现在焦躁不安，瓦西娅几乎没法儿控制她。空气中弥漫着浓重的紧张气氛。

浓雾从战场上散去，人类战士即将在光天化日之下厮杀。战斗很快就要开始了，可萨沙在哪里？

熊出现在她身边，高兴地看了原野一眼。"泥泞和尖叫，"他说，"精灵和人类一起战斗。噢，多么辉煌。"

"你知道我哥哥在哪儿吗？"瓦西娅问。

熊残忍地笑了。"瞧，"他指了指，"但你现在不能去找他。"

"为什么不能？"

"因为你哥哥在和那个鞑靼人切鲁贝单挑。你不知道吗？"

她吓坏了，猛地转过身，但是已经太迟太迟了。两军已经列好阵形，两边各出现一个人影，分别骑着灰色马和栗色马向对方走去。

"你早知道这事，却现在才告诉我。"她说。

"我可以为你效劳。"熊说，"我甚至可能喜欢这样做，但我永远不值得信赖。此外，之前你不和我说话，而是整晚都在和我弟弟争论。我弟弟无论眼睛有多蓝，都不可能像我这样了解军队。这是你的损失。"

波扎尔感觉瓦西娅突然焦躁到极点,于是昂起头。瓦西娅说:"我必须去找他。"但熊挡住了她的路。

"你是个傻瓜吗?"他问道,"你认为在场的所有人中,没有一个有天眼,没有一个人能看到那匹金色的马吗?所有人都看着你哥哥呢。你如果过去,你能肯定所有的鞑靼人都看不到你吗?"看到瓦西娅面无表情、一动不动地盯着自己,他又说:"那修士不会感谢你。那个鞑靼人侮辱过他,他这样做是为季米特里,为他的国家,也为他自己。这是他的荣耀,不是你的。"

瓦西娅转过身,犹豫不决,痛苦万分。

罗斯人和马迈的军队都已集结完毕,将士们在晨雾中瑟瑟发抖,因为他们的盔甲又冷又重。人群中有看不见的力量。顿河里的沃迪诺伊等着淹没那些粗心大意的人。茂密的树林里,林卫用树枝护住骑兵。混乱之王咧嘴笑着。还有更弱小的林中和水中精灵在等待。

此外,还有那看不见的、强大的、冷漠的严冬之王。他在北边的云层里,在凛冽的寒风中,在偶尔落在她脸颊上的雪花上,但他不肯屈尊站在他们中间。他不会参加季米特里的战争。她曾从他的眼睛里看到可怕的信息:我的任务是和死人打交道。

我本该远远地离开这里,瓦西娅看着自己颤抖的手想,我本来可以在很远的地方——在湖边,或在列斯纳亚辛里亚,又或者在一座干净的无名森林里。

然而我却在这里。哦,萨沙,萨沙,你做了什么?

***

亚历山大兄弟独自骑马走向库利科沃的沼泽地,穿过季米特里先锋军的如林长矛来到两军之间的空地上。这一路没有声音,只有图曼轻柔的鼻息，还有她的蹄子踩在泥里发出的咕咕声。

有人骑着匹高大的红马迎上前来。那片原野上站着十多万人，但仍然很安静。萨沙听到风吹起来，仿佛在悲伤地叹息，吹落最后一片叶子。

"天气不错。"切鲁贝说，轻松地骑在粗壮的鞑靼马上。

"我要杀了你。"萨沙说。

"我觉得你不行，"切鲁贝说，"事实上我确定你不行，可怜的圣人，你的背上有伤疤，你的手也破了。"

"你真是配不上这一战。"萨沙说。

切鲁贝沉下脸："这对你来说是什么？游戏吗？精神追求吗？这是男人间的对抗，而无论哪一方得胜，必有女人哀号，地上必定会鲜血横流。"

他不再说话，掉转马头小跑几步，转身站在那里等着。

萨沙也照做。四野仍然寂静——在这有成千上万人等待的灰暗上午，这种寂静真是奇怪。他仿佛又在最后一片雾气中瞥见一匹金光闪闪的马，有位苗条的骑手骑在马背上，身边有个巨大的黑影。他无声地祈祷。

萨沙举起长矛，高声呐喊，六万人在他背后同时怒吼。罗斯人上次聚在一起是什么时候？从基辅大公时代起就再没有过，但是季米特里·伊凡诺维奇在寒冷的顿河边把他们聚在一起。

切鲁贝也报之以大喊，兴奋得满脸通红。鞑靼人在他背后狂呼。

图曼稳稳地站着，萨沙一夹马肚她就向前冲去。切鲁贝踢踢那匹结实有力的栗色马，飞快地穿过沼泽地，马蹄下泥水飞溅。

***

瓦西娅看着他们疾驰，心怦怦直跳，快跳到喉咙里了。他们的马每迈一步都溅起泥浆，画出如虹的曲线。切鲁贝的长矛在最后一刻向下刺去，直奔她哥哥的胸骨。萨沙用手中的盾牌将矛尖挡开，自己的长矛擦在切鲁贝肩甲的鳞片上，嘎吱作响。矛尖断了。

瓦西娅捂住嘴。萨沙丢下断矛，拔剑在手。与此同时，切鲁贝正掉转马头，面色镇定如寒冰，手里仍举着矛和盾。他用膝盖夹马调整方向。萨沙的剑的长度还不到切鲁贝手中矛的一半。

第二回合。这次在最后一刻，萨沙顶顶图曼的侧腹。牝马步伐迅捷，从左面佯攻。萨沙的剑砍断了切鲁贝的矛。他们只能举起刀剑，再次掉转马头。

现在是近距离的白刃战：劈砍、佯攻、拖刀。即使在远处，仍能清晰地听见金铁交鸣。

熊的笑容中有纯粹的、毫不掺假的欢喜。他聚精会神地看着。

切鲁贝的栗色牝马比图曼快一点儿，萨沙比切鲁贝强壮一些。现在两人脸上都是泥，马脖子上也都是污垢和血。每次刀剑重重相交，他们都会闷哼一声。

瓦西娅的心提到了嗓子眼儿，但她帮不上哥哥，她也不会去帮他，因为这一刻属于他。他露出牙齿，一脸骄傲。她的手掌被指甲掐得血迹斑斑。

雪花刺痛她的脸。瓦西娅能听到精灵和罗斯人的喊声越来越大，他们在鼓励她的哥哥。

萨沙挡开另外一刺，成功地打在切鲁贝的肋骨上，撕开了对方的锁子甲。切鲁贝用刀挡开第二击，两人的刀剑架在一处——剑柄对刀柄。萨沙果断地拼尽全力，把切鲁贝从马鞍上掀了下去。

鞑靼人落马时，熊咆哮起来，两军的所有战士都大叫出声。切鲁贝和萨沙在尘土中扭打。兵刃不知被扔到哪里去了，于是两人拳脚相见，萨沙最终摸索着抓到了自己的匕首。

他把它深深地插进切鲁贝的喉咙，只有刀柄露在外面。

周围的罗斯人狂呼着庆祝胜利，所有瓦西娅这边的精灵也同样高喊。萨沙赢了。

瓦西娅颤抖着吐出一口气。

熊叹口气，好像满意到极点。

萨沙站直身子，手里拿着那把带血的匕首。他吻吻它，把它向天举起，向上帝和季米特里·伊凡诺维奇致敬。

瓦西娅听到季米特里在向手下喊道："上帝站在我们这边！罗斯必胜！现在冲啊！冲啊！"罗斯人开始冲锋，所有罗斯人呼喊着莫斯科大公和亚历山大·佩列斯韦特的名字，一起向前冲。

萨沙转过身挺直腰板，好像要唤他的马过来一起冲锋，但是他没有出声。

熊转过身来看着瓦西娅，眼神热切而专注。紧接着瓦西娅看到了萨沙皮甲上的巨大裂口和一处剑伤——混战中没人注意到这个。

"不！"

她哥哥转过头来，好像能听见她说话。图曼已经回到他身边，他把手放在鞍子上，好像要跳到她背上。

然而他跪倒在地。

熊大笑起来，瓦西娅尖叫起来。她从不知道自己还能发出这样的声音。她身体前倾，波扎尔箭一样冲出去，越过开阔的原野向萨沙奔去，跑在正在聚拢的军队前面。熊跟着她，她隐约能听到罗斯的精灵和罗斯人一起奔跑的声音。

但是，瓦西娅已经顾不得哪方会胜利了。双方的军队都冲上来，战场中间只有惊慌失措的图曼，还有脸朝下倒在泥水里死去的切鲁贝。瓦西娅没去管他们，因为她的哥哥还跪在泥里剧烈地颤抖，大口吐血。他抬起头来说："瓦西娅。"

"嘘，"她告诉他，"别说话。"

"我很抱歉，我是想活下去的，我确实是这么想的。"

波扎尔默默地跪在泥里。"无论如何，你都会活下去的，上马。"瓦西娅说。

她这样命令他会伤到他的自尊心，但她完全没意识到这点。两军冲杀，大地震动。他坐不直，身子左偏右倒，重得像死人。

"他要死了。"梅德韦季在她身边说，"你还是去复仇吧。"

瓦西娅一声不吭，用哥哥的剑划伤自己的手。血从手指涌出来，她把它涂在熊的脸上，把所有的意志都倾注于其中。

"替我报仇吧。"她断然说。

熊用力抖了一下身体，眼睛闪闪发光，比午夜的波扎尔还要明亮。他看着她，从泥泞的地上抓起萨沙的头盔，然后狠狠咬破自己的手，血涌出来汇集在那只巨大的青铜头盔里。它像水一样清澈，但带着辛辣的硫黄味。

"我把我的力量给你作为交换，"他狡猾地看她一眼，"它可以起死回生。"

他消失在战场中，恐惧就是他的武器。瓦西娅小心地端平头盔，骑上波扎尔，坐在哥哥后面。牝马抿着耳朵站起来。尽管她驮着两个人，腿上和肚子上都沾满泥，但仍然跑得像流星一样快。他们周围的所有人都在战斗。

第三十五章

星光下的路

瓦西娅能感觉到马蹄每次踩踏地面时的震动,仿佛她才是那个受致命伤的人。波扎尔左绕右拐,避开军队和精灵,有次干脆从一匹死马身上一跃而过。瓦西娅一直紧紧地抓住哥哥和那顶盛着奇怪东西的头盔,同时祈祷。

最后他们离开战场,把无处不在的吼声抛在身后,躲在河边树丛里一处安静的地方。他们离战场不远,还能听到吼声撕裂了大地和天空,瓦西娅觉得自己能听到熊正在狂笑。

小树林的地势略高于沼泽。瓦西娅从波扎尔的背上滑下来,正好接住摔落的哥哥——他差点儿把她扑倒在水里。她费了好大的劲才让他平躺在松软的土地上。他的嘴唇发青,双手冰凉。

她盯着头盔里的水。起死回生?但他还没死。*摩罗兹科!摩罗兹科你在哪儿?*

萨沙抬起眼睛,但看不见她,也许他看见繁星点点的天空下有条路，一条踏上去就无法回头的路。"瓦西娅？"他问，声音比呼吸还轻。

她手头什么也没有，只好用毛皮斗篷抹去哥哥脸上的血迹和泥土，让他枕在自己的膝盖上。"我在这里，"她说，眼泪不由自主地流下来，"你赢了。我们的军队肯定会胜利。"

他的眼睛亮起来。"我很高兴，"他说，"我……"

他稍稍转过头去，目光盯着一处。瓦西娅转身随着他望去：死神就在那里等着。他没骑马，他的马轮廓朦胧，苍白得像他背后的雾。她久久地望着他，两人都没说话。以前她求过他，也骂过他，因为他要带走她所爱的人。现在她只是看着他，觉得自己的目光像剑一样刺穿了他的身体。

"你能救他的命吗？"她低声问。

他微微摇头作为回答，走过来跪在她身边，仍然一言不发。他皱着眉头，双手捧成杯状。清澈干净的水聚在掌心，他让水慢慢地流到她哥哥的脸上。水流之处，伤口、瘀伤、污垢一一消失，仿佛被冲走了。瓦西娅也没有说话，而是帮助他。他们的工作进展缓慢而稳定。瓦西娅扯开那件污迹斑斑、破损不堪的盔甲，摩罗兹科让水流过去。最后她哥哥的脸和身体干干净净，再无伤损痕迹。他看上去像是睡着了，面色平静，也没有受伤。

但他没有了生命的迹象。

她伸手去拿头盔。

摩罗兹科不安的目光跟着移动。希望在她的喉咙里跳动，虽然脆弱，却在熊熊燃烧。"这能使他复活吗？"她问。

摩罗兹科显得很不情愿。"是的。"他说。

瓦西娅举起头盔，举到哥哥唇边。

摩罗兹科伸出一只手拦住她："先跟我来。"

她不明白他的意思，但还是拉住他的手，他们的手指紧紧地握在一起。她发现自己来到尘世之外，眼前是那条路和那座森林，头上是星空。

她哥哥正站在那儿等着她，脸色有些苍白，眼睛里闪着星光。

"萨沙。"她说。

"小妹妹，"他说，"我还没有说再见，是吗？"

她跑过去拥抱他，但他的身体冰冷，虽然他在她怀中，却仿佛遥不可及。摩罗兹科看着他们。

"萨沙，"瓦西娅急切地说，"我这里有东西能把你带回来。你可以活下去，回到我们身边，回到季米特里身边。"

萨沙望着远方，顺着那条繁星点点的路望下去，仿佛在渴望什么。"就是这个，"她急忙说，把那有凹痕的头盔递过去，"喝吧，你会复活的。"

"可是我已经死了。"他说。

她摇摇头："你不必死。"

他在后退："我见过死人复活，我不想变成那个样子。"

"不！"她说，"这个不一样。它是——就像童话里的伊凡王子。"

但是她哥哥还在摇头："这不是童话，瓦西娅，我不会拿我不朽的灵魂去冒险，我不愿失去灵魂而活着。"

她盯着他，他不为所动，面容平静而悲伤。"萨沙，"她低声说，"萨沙，求你了。你可以再活一次，你可以回到谢尔盖、季米特里和奥尔加身边。求你了。"

"不，"他说，"我曾战斗过。我放弃了生命，因为我很乐意献出它，而其他人的牺牲将会使它不朽。我的死现在是季米特里的，也是你的荣誉。保护这片土地吧，别让它再四分五裂。"

她难以置信地盯着他，同时脑子里闪过疯狂的念头：也许在现实世界中，她能把水灌到他嘴里。但是，然后……然后……

这不是她的选择，她想起了奥尔加的愤怒，因为她曾替姐姐对类似问题做决定。她想起摩罗兹科的话：这选择不该由你来做。

她试图控制住声音，说："这就是你想要的吗？"

"是的。"她哥哥说。

"那么……那么，愿上帝保佑你。"瓦西娅说，声音哽咽，"如果……如果你看到爸爸，还有……还有妈妈……告诉他们我爱他们。我游荡了很远，却没有忘记。我……我会为你祈祷。"

"我也会为你祈祷，"她哥哥说，突然笑了，"我会再见到你的，小妹妹。"

她点点头，说不出话来，再也控制不住脸上的表情。她拥抱哥哥，然后退开。

摩罗兹科轻声说话——但不是对她。"跟我来，"他对萨沙说，"别害怕。"

第三十六章

三人之师

她慢慢镇静下来，在哥哥的尸体前鞠躬、抽泣。她不知道自己哭了多久，与此同时，战斗仍在激烈地进行。几声轻柔的马蹄声把她拉回现实，一个冰冷的身影出现在身后。

她转过头去看严冬之王。他从马背上滑下来看着她。

她对他无话可说。温柔的话语和触摸会撕碎她的心，但他什么也没说，什么也没做。瓦西娅合上哥哥的眼睛，在他头上低声祈祷。接着她站起来，觉得灵魂中有暴力因子在躁动。她不能把哥哥带回来，但能帮他得到他想要并为之奋斗的东西。

"你只为死者而来吗，摩罗兹科？"她说，伸出一只手，手上还沾着哥哥和她自己的血——她当时曾割破手把血喂给熊喝。

他犹豫不决。

但他脸上现出野蛮的表情。突然间他看上去就像在冬至午夜时分的那个自己：骄傲、年轻、危险。他的手上也有萨沙的血迹。

"也为活人而来，亲爱的。"他低声说，"他们也是我的子民。"

他抓住她流血的手，风在四周尖叫，那是第一场暴风雪的呼号。她的灵魂充满永不熄灭的火焰。她抬头望着波扎尔，发现那匹金色的牝马也同样紧张地用蹄子刨着地面。他们一起骑上马，冒着新起的风暴策马疾驰，回到战场。

火焰在她手中，他掌中则是最严酷的冬天的力量。

熊看到他们，于是大笑起来，从战场中发出一声嗥叫。

"我们一定要找到季米特里，"瓦西娅喊，努力压过嘈杂声。她骑着波扎尔冲散一群鞑靼战士——当时他们正在追赶一群罗斯长矛兵。战马被吓得四散奔逃，骑手们诅咒着，眼看着目标跑远。

一阵疾风吹来，把本来要射到她身上的某支箭吹开。摩罗兹科说："他的帅旗在那边。"

季米特里的帅旗立在小高地上面，就在战线最前沿。他们转过身在战场中间杀出一条血路。雪越来越大，一阵箭雨飞过，瞄准的是季米特里所在的位置。一群骑兵正向那边推进，试图接近那面脆弱的旗帜。

白马和波扎尔身轻如燕，抄近路穿过战场，但鞑靼人离季米特里更近些，于是双方人马展开竞赛。波扎尔把耳朵贴在头上，闪避、跳跃、飞奔。瓦西娅则对着鞑靼人的马大喊大叫。有几匹马听到她的声音，把脚步放慢。但还不够。敌人脚下的地面结了冰，滑溜溜的，但鞑靼人的马很强壮，习惯在不同的地面上奔跑，即使这样也不能使他们动摇。雪吹到他们的脸上，使骑手们睁不开眼，但弓箭手仍然能精准地射箭。

"梅德韦季！"瓦西娅喊道。

熊出现在她的另一边，尖声大笑："真快活呀。"他欢呼着变回兽形，沐浴在人类的鲜血中高兴地号叫，与另一边沉默的摩罗兹科形成鲜明的对比。他们三个人排成楔子阵形，在战场中奋勇向前。瓦西娅在他们脚边生火，但火苗很快就在湿漉漉的原野和落雪中熄灭。摩罗兹科使敌人睁不开眼，风恶作剧似的把他们的箭吹跑。

梅德韦季的手段很简单，他用恐惧开路。

这是他们和鞑靼人之间的比赛，看谁能先到达季米特里面前。

鞑靼人赢了。箭飞如雨，士兵们如潮水般向季米特里的帅旗涌去。就在瓦西娅和她的盟友前面几步远的地方，帅旗倒下又被践踏进泥里，四周响起胜利的欢呼声。箭仍不断落下，简直准得要命。白马紧靠着波扎尔的侧翼，摩罗兹科的大部分努力都花在保护瓦西娅和两匹马上。

季米特里的卫兵被打得落花流水，他的马人立起来打算逃走，三个鞑靼人扑倒他，举刀就砍。

瓦西娅大叫一声，波扎尔用蛮力猛扑过去。骑在这匹金色马上时，谁还需要用剑呢？她把他们踢下马，把他们的坐骑赶跑。他们脚下突然起火，人也被甩出去。瓦西娅从牝马的肩膀上滑下来，跪在大公头边。

他的盔甲七零八落，身上有十几个伤口在流血。她摘下他的头盔。

但他根本不是莫斯科大公，而是个垂死的陌生年轻人。

她瞠目而视。"大公在哪里？"她低声问。

血从年轻人唇间涌出，他几乎说不出话，睁开已看不见东西的眼睛。她不得不弯下腰去听他说。"在先锋部队，"他低声说，

"在前锋线。他把盔甲换给了我,所以鞑靼人认不出他。我很荣幸,我……"

光从他的眼里消失。

瓦西娅为他合上眼,转过身来。

"前锋线,"她说,"走吧!"

***

鞑靼人无处不在,箭从四面八方飞来。摩罗兹科与瓦西娅并辔前行,冷酷而坚韧地为她挡箭。他们和熊一起用雪、火和恐惧杀出一条血路。

"前线撑不住啦,"熊的口气像在跟人聊天儿。他的眼睛仍然闪闪发光,皮毛上沾满血。"季米特里只能——"

接着她听到季米特里在战场的喧闹声中精神抖擞地高喊:"撤退!"

"想得美。"熊说。

"他在哪里?"瓦西娅问,因为雪和混战的人群使她看不清四周。

"在那里。"摩罗兹科说。

瓦西娅看过去:"我看不见。"

"那就来吧。"他们肩并肩从人群中杀过去。现在她看见季米特里仍然骑在马上,身穿普通波雅尔的盔甲,手里拿着剑。他大叫一声把一个人撞倒,又用马的重量把另一个人从马鞍上撞飞。他的脸颊、手臂、马鞍和脖子上都是血。"撤退!"

鞑靼人仍在前进。箭矢乱飞,其中一支擦伤了她的胳膊,但她几乎感觉不到疼痛。"瓦西娅!"摩罗兹科厉声说,于是她意识到自己的上臂在流血。

"大公必须活下去，"瓦西娅说，"如果他死了，所有努力都要泡汤。"

波扎尔追上季米特里的马，人立起来，把另一个袭击者逼得连连后退。

季米特里转过身看见她，脸色立刻变了。他不顾两人身上的伤口，俯身抓住她的胳膊。

"萨沙，"他说，"萨沙在哪里？"

战斗使瓦西娅麻木，但他的话使她脑子里的迷雾散开一些，痛苦重新浮出水面。季米特里从她脸上看到了答案，于是他自己的脸也变得苍白。他抿紧嘴，再没对瓦西娅说一句话，又转向士兵们："撤退！并入第二战线，让他们冲上来。"

他们撤退得并不整齐。罗斯人正在溃退，逃向第二战线，而这条战线也摇摆不定。现在熊不见了，而且——

季米特里突然转过身来对她说："如果奥列格打算出手，现在正是时候。"

"我去找他，"瓦西娅说，"保护他。"后一句话是对摩罗兹科说的。

摩罗兹科看上去好像想对她破口大骂。他的脸上也有泥和血，牝马脖子上有一道长长的划痕，现在他不再是那个冷漠的严冬之王了。但他只是点点头，掉转马头跟上季米特里。

"如果奥列格还没出卖我们，叫他从马迈的右翼包抄过去。"季米特里转身离开去发号施令。

瓦西娅掉转马头，试图再次隐身，从推进的鞑靼人的防线中穿过去，寻找奥列格。

***

她发现梁赞大公正精神抖擞地站在小坡上观望。

"按理来说，"瓦西娅骑马向他走去，"如果你曾向大公发誓要去战斗，就不该是现在这个样子。"

奥列格只是朝她笑笑。"如果有人要孤注一掷，那么他会等待最佳时机。"他俯视原野，"就是现在。跟我一起冲下去吗，女巫？"

"快点儿。"瓦西娅说。

他下令，同时瓦西娅掉转马头。牝马在放光，像燃烧的煤球一样全身滚烫，但瓦西娅感觉不到。

梁赞的部下喊叫着全速冲下山坡，号角声大作。瓦西娅跑在奥列格的马镫旁边，费了点儿劲才使波扎尔跟上马群的速度。她看到鞑靼人震惊地转过身，迎战从意想不到的方向袭来的敌人，然后看到另一支军队从季米特里左翼的森林里冲出来，那是终于走出森林的弗拉基米尔的骑兵。熊也在他们中间，用恐惧驱使他们的马。她能听到他在高声大笑。

就这样，奥列格、弗拉基米尔和季米特里把鞑靼人夹在中间，把他们的防线撕成了碎片。

***

可是战斗仍然没有结束，人们的血流了一小时又一小时。她不知道已经战斗了多久。几个小时吗？几天吗？最后有个声音使她回过神儿来。"瓦西娅，"摩罗兹科说，"结束了。他们逃了。"

似乎有层薄雾在眼前消散。她环顾四周，发现所有人已在战场中央会师：奥列格、弗拉基米尔和季米特里，还有她、熊和摩罗兹科。

季米特里受了伤,差点儿晕过去;弗拉基米尔扶着他。奥列格看上去得意扬扬。在四周她只能看见罗斯士兵。他们赢了。

风已慢慢停止,初雪温柔而坚定地落下,轻盈、无声、沉重地盖住死去的敌人和盟友。

瓦西娅呆呆地盯着摩罗兹科,震惊和疲倦使她麻木。白马的脖子上有处擦伤,蒙着层薄薄的血丝。他看上去和她一样疲倦且悲伤,手上沾满泥土和鲜血。只有波扎尔没有受伤,仍然和那天早上一样神采奕奕。

瓦西娅只希望自己也能保持这个状态。她那被箭擦伤的手臂一阵阵抽痛,但与她灵魂的痛苦相比根本微不足道。

面色惨白的季米特里强挺着直起身向她走来,她滑下马迎向他。

"你赢了。"她说,声音里没有感情。

"萨沙在哪里?"莫斯科大公问。

第三十七章

死亡之水，生命之水

　　季米特里的士兵一路追击溃败的敌人远到五十千米之外。弗拉基米尔·安德列耶维奇、梁赞大公和特维尔大公领军乘胜追击，像兄弟一样并肩而行。他们各自的士兵也像水一样交融，光凭肉眼分不出谁是莫斯科人，谁是梁赞人，谁是特维尔人——他们都是罗斯人。他们带走马迈的牲畜，杀死他带来的傀儡汗王。他们把将军赶到卡法，让他再不敢回萨莱——如果回到那里，他就会没命的。

　　但莫斯科大公和瓦西娅都没有去追赶。相反，季米特里跟着瓦西娅来到离河不远的隐蔽小树林里。

　　萨沙仍然裹着瓦西娅的毛皮斗篷躺在原地。他的身体很干净，没有伤痕。

　　季米特里几乎是从马上跌下来的。他把他最亲爱的朋友的尸体抱在怀里，一言不发。

　　瓦西娅没有安慰他，因为她也在哭。

漫长的一天已过去，树林里一片沉寂，光线朦胧。雪还在温柔地下，铺天盖地而来。

最后季米特里抬起头来。"应该带他回圣三一修道院，"他的声音沙哑，"把他和同伴一起埋葬在圣地。"

"谢尔盖会为他的灵魂祈祷。"瓦西娅说。喊过、哭过后，她的声音和他的一样粗哑。她捂住眼睛。"他曾走遍这片土地，"她说，"他了解它，也喜欢它，但现在他将化为枯骨，被埋在冻土里。"

"会有人为他歌唱的，"季米特里说，"我发誓。他不会被遗忘。"

瓦西娅什么也没说，她无话可说。歌唱又能怎样？又不会让哥哥回来。

到了晚上，才有马车过来把哥哥的尸体运走。马车从黑暗中隆隆地驶来，伴着喧闹声和亮光。季米特里的随从们吵吵闹闹，个个喜气洋洋。瓦西娅无法忍受他们的吵闹，也无法忍受他们的欢乐。无论如何，萨沙已经不在了。

她吻吻哥哥的额头，站起来消失在黑暗中。

**

她不知道摩罗兹科和梅德韦季是什么时候出现的，只感到自己独自走了很长时间，不知道自己身在何处，也不知道要去哪里。她只想远离喧嚣和恶臭，远离血腥和悲伤，远离疯狂的胜利庆典。

但不知什么时候她抬起头来，发现他们正走在自己身边。

她小时候曾在林中空地上遇见这两兄弟。他们是她生命中的奇迹，也改变了她的生命轨迹。他们俩身上都沾满血。熊的眼睛仍然意犹未尽地闪烁着战斗的欲望；摩罗兹科则神情严肃，高深莫测。他们之间仍有敌意，但不知为何那种感觉与之前不再相同。

因为他们不再势不两立，她想，视线由于极度悲痛而模糊起来，上帝助我，让他们俩都属于我。

摩罗兹科首先开口——不是对瓦西娅，而是对他哥哥。

"你还欠我一条命。"他说。

熊哼了一声："我已经试过还这笔账。我曾把她的命捧在她面前，还给她哥哥活下去的机会，但凡俗人类都是傻瓜。这难道是我的错吗？"

"也许不是，"摩罗兹科说，"但你仍欠我一条命。"

熊看起来又要发脾气。"很好。"他说，"哪条命？"

摩罗兹科转向瓦西娅，目光似有所指，但她只是茫然地看着他。哪条命？她哥哥走了，而战场上到处是死人。现在她还想要谁复活呢？

摩罗兹科小心翼翼地把手伸进袖子里，拿出一个绣花小布包。他解开包裹，用双手把它递给瓦西娅。

里面有只死去的夜莺。它的身体僵硬完整，和生命之水一样完好无损，看起来就像那只她曾在漫长夜晚和艰难白天里一直带在身边的木雕。

她瞪着那夜莺，又瞪着严冬之王，说不出话来。"可能吗？"她低声说，觉得口干舌燥。

"也许可以。"摩罗兹科说，转身去看他哥哥。

***

她不忍看下去，也不忍听下去，于是从他们身边走开。悲伤之后希望接踵而来，几乎使她感到恐惧。她不忍看到他们成功，也不忍看到他们失败。

即使有马蹄声在身后轻轻响起,她也没有转身,直到有个柔软的鼻子轻轻贴在她的脸颊上。

她转过头去。

她瞪大双眼,简直不敢相信。她动弹不得,她不能说话,仿佛说话或行动会打破这幻觉,使她再次感到凄凉。她贪婪地看着眼前这一幕:他枣红色的皮毛在黑暗中也变成黑色,他的脸上有颗星星在闪烁,他温暖的黑眼睛看着她。她认识他,她爱他。"索洛维。"她低声说。

"我正睡着,"马说,"但熊和严冬之王把我吵醒了。我想你。"

她的心被疲惫和惊喜撕裂。瓦西娅搂着枣红马的脖子哭了。他不是鬼,他浑身暖烘烘的充满活力,身上散发着独特的气味。他的鬃毛紧贴她的脸颊,那种熟悉感令她痛苦。

"我不会再离开你。"牡马把头转过来,用鼻子蹭蹭她。

"我是那么想你。"她对马说,滚烫的眼泪滑进乌黑的鬃毛。

"我相信你,"索洛维说,同时用鼻子拱她,神气地甩甩鬃毛,"但我现在在这里。你现在是湖的守护人了吗?它已经很久没有女主人了,我很高兴继承人是你。但你应该有我在身边,这样你就会做得更好,比之前好得多。"

"我相信。"瓦西娅说。她发出断断续续的声音,几乎像是在笑。

***

她倚靠在他宽阔温暖的肩膀上,手指缠绕着马鬃,模糊地听到熊在说话。"嗯,这一切都很感人。但是我要走了,我有一整个世界要去看。她已经承诺放我自由,弟弟!"他谨慎地对摩罗兹科补上最后这句话。瓦西娅睁开眼睛，发现这位严冬之王正带着毫不掩饰的怀疑注视着孪生哥哥。

"你我的契约仍然有效，"瓦西娅对熊说，"但别忘了你的诺言：不许打扰死人。"

"没有我，人类制造的混乱也够多了，"熊说，"我只是要去享受它，也许会让某些人做噩梦。"

"如果你做得过分，"瓦西娅说，"精灵会告诉我的。"她举起金色的手腕——既是威胁，也是承诺。

"我不会做过头的。"

"我会再召唤你的，"她说，"如果需要的话。"

"你会的，"他说，"我也会应召而来。"他鞠了个躬，很快就消失在黑暗中。

***

战场已经空下来。在云层后面的某个地方，月亮渐渐升起。落霜后，原野的泥土被冻得硬邦邦的。死去的人和马大睁着双眼躺着，活人举着火把在他们中间走动，寻找死去的朋友，或者尽可能地偷东西。

瓦西娅看向别处。

精灵们已经溜走，带着季米特里、谢尔盖和瓦西娅的承诺回到森林和小溪里。

我们可以共享这片土地，这是我们共同守护的土地。

还有三个精灵依然在那里：一个是静静站着的摩罗兹科；第二个是个女人，苍白的头发斜披在黝黑的皮肤上；第三个是小蘑菇精，在黑暗中发出绿光。

瓦西娅向蘑菇爷爷和普鲁诺奇尼萨鞠了一躬,接着挺直背,表情严肃。她知道自己的脸肿得像个孩子,脸上满是悲伤和痛苦的喜悦。"我的朋友们,"她说,"你们回来了。"

"你赢了,女士。"午夜婆婆回答,"我们都是目击者。你做出承诺,也履行了承诺,所以我们现在真正属于你。我来是要告诉你,那位老太太很高兴。"

瓦西娅只能点头。无论最后是否能遵守诺言,她都曾为之耗尽心血,付出了过于高昂的代价。但是她舔舔嘴唇,又说:"告诉……告诉我的外曾祖母,如果她允许的话,我将在午夜到她那儿去,因为我还有很多东西要学。还有,谢谢你们。因为你们相信我,还教会了我很多东西。"

"今晚不行,"蘑菇爷爷用洪亮的声音很实在地指出,"你今晚什么也学不到,去找个干净的地方吧。"他用阴沉的目光盯着摩罗兹科,"你一定知道某个好地方,严冬之王,虽然你的王国太冷,长不出蘑菇。"

"我知道有个地方。"摩罗兹科说。

"月光下,湖边见。"瓦西娅对蘑菇爷爷和普鲁诺奇尼萨说。

"我们会在那儿等你。"午夜婆婆说,然后和蘑菇爷爷走了,就像出现时一样突然。

瓦西娅靠在索洛维的肩膀上,悲伤和欢乐交织,使她困惑不已。摩罗兹科双手合拢呈托举状。"我们走吧,"他说,"终于能走了。"

她一言不发,把一只脚放在他手里,让他把她举到索洛维背上。她不知道他们要去哪里,只知道那是灵魂告诉自己应该离开的方向:离开声音和气味,离开荣耀和徒劳。

索洛维弓着脖子，温柔地驮着她。波扎尔在黑暗中闪闪发光，用散发出的热量温暖她。

最后他们终于爬上一个小高地，清楚地看见整个血淋淋的战场在脚下铺开。瓦西娅下马，来到波扎尔面前。

"谢谢你，女士。"她说，"你现在能自由飞翔吗，就像你长久以来所希望的那样？"

波扎尔高昂起头，鼻孔张得大大的，好像在测风向。随后她优雅地垂下金色的头，用嘴唇碰碰瓦西娅的头发。"你回来时，我会在湖边等你，"她说，"有暴风雨的夜晚，你可以为我准备一个温暖的地方，让我梳理我的鬃毛。"

瓦西娅笑了。"没问题。"她说。

波扎尔把耳朵向后斜一点儿："不要忽视这个湖。因为它永远需要守护者。"

"我会保护它，"瓦西娅说，"而且也会守护我的家人。我会骑马走遍世界，在时光的间隙中穿越黑暗与白昼之间最遥远的国度，就这样度过一生也很好。"她停顿一下，"谢谢你，"她对牝马说，"语言表达不尽我的谢意。"

她退回去。

牝马抬起头，鬃毛尖端卷起细小的火焰，一只耳朵斜向索洛维，也许带着些狡黠的意味。他轻轻地对那匹牝马嘟囔，她用后腿直立起来，越飞越高。她张开翅膀，比早晨苍白的太阳还要明亮，把所有的雪花都镀上金色，旋转的雪花在地面上投下阴影。接着火鸟冲上天空，画出辉煌的曲线。从远处看到她的人后来告诉别人，说自己曾看到一颗彗星在天地之间飞行，这是上帝赐福的象征。

瓦西娅看着波扎尔离去，眼睛盯着那亮光，直到索洛维用鼻子顶她的腰，才低下头把脸埋在马鬃里，呼吸他那令人安心的气味。他没有波扎尔身上那种令人担忧的烟味。她甚至可以暂时忘掉血和污秽，忘掉火和铁的气味。

一阵凉意从背后袭来，她抬起头，转过身。

摩罗兹科的指甲缝里有污垢，脸上有道烟灰，身后的白马看上去和他一样疲惫，低垂着骄傲的头颅。她轻轻地用鼻子蹭蹭索洛维——她的小马驹。

摩罗兹科的确很疲倦，就像干了很长时间活儿的人。他的眼睛在她脸上搜索。

她握住他的手。"只要你活着，"瓦西娅问他，"你就会这样站在我们身边，为我们悲伤吗？"

"我不知道，"他说，"也许吧。但我想我宁愿感到痛苦，也不愿禁绝七情六欲。也许我终究会变成凡人。"

他的语调有些揶揄的味道，但随后他紧紧地搂住她。她也搂住他的脖子，把脸贴在他的肩膀上。他闻起来有泥土味、血腥味，还有对那天屠杀的恐惧，但在这些气味下面，一如既往地散发着凉水和松树的气味。

她昂起头，把他拉到自己身边恶狠狠地吻他，仿佛她终于可以忘记自我，忘记责任，忘记那天的一切恐惧。

"瓦西娅，"他低声对她说，"快到午夜了，你想去哪里？"他的手插在她乱蓬蓬的头发里。

"有干净水的地方，"她说，"血让我恶心得要死。然后我要去北方，去告诉奥尔加……"话音渐渐低下来，她不得不稳住声音才能继续,"也许以后我们可以一起骑马到海边去,看阳光洒在海面上。"

"是的。"他说。

她几乎露出笑容。"然后呢?哎呀,你在冬天的森林里有个王国,现在我也有我的,就在湖湾里。也许我们可以秘密建立一个国家,一个阴影中的国家,就在季米特里的罗斯背后。因为必须永远有块土地留给精灵、女巫和巫师,还有森林的追随者们。"

"是的。"他再次说,"但是今晚,应该有食物和凉爽的空气,还有干净的水和土地。跟我来吧,雪姑娘,我知道在冬天的森林里有所房子。"

"我知道。"她说,用拇指抹去眼泪。

她本来想说自己太累,无法爬到索洛维背上,但还是不由自主地爬了上去。

"我们得到了什么?"骑马离开时瓦西娅问摩罗兹科。这时雪停了,天空晴朗,霜冻季节才刚刚开始。

"未来,"霜魔回答,"因为在后来的岁月里,人们会说正是这场战争使罗斯人团结在一起,而精灵也会活下去,永不消亡。"

"即使是这样,代价也很高昂。"她说。

他没有回答。他们并肩而行,进入午夜之国狂野的黑暗。但在前面的某个地方,有束光穿透了树林。

后记

几乎是从最初动笔写《熊与夜莺》起，我就知道这三部曲将以库利科沃战役画上句号。在我看来，这场战争似乎自然而然地为三部书中的大量冲突创造了妥协点。上述冲突包括罗斯人与鞑靼人的矛盾、基督教与异教的对立，还有瓦西娅在自身欲望、野心，以及家人与国家的需求之间取得的平衡。

通向战场的路也许与起初相比曾几经改变，但目的地从未变化。

库利科沃战役是真实的历史事件。1380年，大公季米特里·伊凡诺维奇在顿河边率领数个罗斯大公国的军队对抗鞑靼贵族泰姆尼克·马迈率领的大军，自此获得了那个被载入史册的绰号"顿斯科伊"，即"顿河王"。

季米特里大获全胜。这是罗斯人民在莫斯科大公的领导下，首次联合击退外敌，有人认为该事件标志着俄罗斯民族精神的诞生。尽管在现实中，该战役的历史意义一直为人争论不休，但我还是倾向于上述说法。除了小说家，还有谁有权利挑选最适合自己的观点来诠释历史呢？

我以童话的形式描述这场战争，忽略了导致该战爆发的种种不可思议的政治和军事谋略因素，包括威胁、小规模冲突、死亡、联姻和延误。

但此版本中的重大事件均取材于正史中的库利科沃战役：

有位名叫亚历山大·佩列斯韦特的武艺高强的修士，同名叫切鲁贝的鞑靼战士进行一对一的战斗。前者胜利，却献出了生命。季米特里确实曾同手下某位地位低微的波雅尔交换位置，避免在战斗时被敌人盯上。梁赞大公奥列格在战斗中确实曾表现出模棱两可的态度。也许他背叛了罗斯人，也许他欺骗了鞑靼人，抑或他只是努力在两者间开辟自己的道路。

以上皆为史实。

也许在史书记载的战斗背后还有另一场战斗，发生在基督教徒和精灵们之间，旨在找到办法使两者能在同一片土地上共存。但谁知道呢？罗斯人的双重信仰确实一直延续到俄国革命为止，在此期间东正教与异教相安无事。谁能否认这是某个有着奇怪天赋和绿色双眼的姑娘的杰作呢？

最后，又有谁能说罗斯的三位守护者不是女巫、霜魔和混乱精灵呢？

某种意义上，我觉得这种说法才是完美答案。

感谢您一直读到文末。二十三岁时，我在夏威夷海滩的帐篷中动笔创作这个系列，现在您捧在手中的这部书是它的最后一部作品。

这段写作之旅仍使我惊讶，任何言语都无法说尽我对它的感激之情。

致谢

我在《冬夜三部曲》上花掉了数不清的时间，同时有数不清的人给我数不清的帮助。写作是条独行路，但若要完成并出版一本书，则需要许多人的共同努力。我感谢那些于2011年同瓦西娅和我进入那座森林的每个人。现在大家终于坚持到底，看到了那苦乐参半的结局。

感谢我曾就读过的，以及现在的明德学院俄语系。我认为这三部曲以略微离经叛道的方式应用了我曾在那里学到的知识。我要感谢过去岁月中在学院学到的历史、语法和词形变化。如果没有上述知识储备，我无法写作本系列。特别要感谢我的导师和密友塔蒂阿娜·斯莫罗丁斯卡雅和谢尔盖·达维多夫，感谢他们帮我核查普希金诗句的译文。

极其感谢我的经纪人保罗·卢卡斯。早在2014年，他就是除我母亲外第一个阅读本书并给出正面评价的人，同时还一直为之提出优秀建议并提供常识、知识。我还要感谢詹克洛和纳斯比特、卡伦·斯坦利国际文化公司的每个人，尤其是斯蒂芬妮·高文、布伦纳·英格利希-洛布和苏姗娜·纳赫-宾特利。

感谢大洋彼岸的伊伯里出版社的同仁：吉莉安·格林、斯蒂芬妮·纳尔斯和泰丝·亨德森。感谢你们把这部作品介绍给英国的读者，也感谢你们每次对我的热情款待和提供的蛋糕。特别要感谢弗拉德·塞弗及他在克罗地亚的团队制作了我见过的最华丽的《熊与夜莺》版本。

感谢戴尔·雷伊和巴兰坦出版社过去数年中的工作。这是作者及其作品所能拥有的最棒的出版社大家庭。感谢斯科特·香农、特里西娅·纳瓦尼、基思·克莱顿、杰斯·博尼特、梅丽莎·桑福德、大卫·芒什、安妮·斯派尔和伊琳·凯恩。

感谢才华横溢的编辑詹尼弗·赫尔希在我心灰意冷时对我的鼓励,还有四年来一直层出不穷的好主意。谢谢你一直陪我修正那些错误百出的草稿。没有你,就没有这一系列作品。

感谢"陋居"的室友RJ和波莱德(姑娘,你是荣誉会员)、加勒特、卡米拉和布卢,你们是我能拥有的最好的家人。你们在厨房里翻来翻去,讲些烂笑话,劝我再喝一瓶糟糕的啤酒,还因为床下的几箱书跟我过不去。这些事都曾使我保持清醒快乐。爱你们大家。

致约翰逊一家:彼得、卡罗尔·安妮、哈里森和格雷西,谢谢你们的热情款待。感谢阿布侬·莫里西,在需要休息时带我飞行(字面意思)。感谢洛克森达尔一家:比约登、金姆、乔希、大卫、伊莱扎、德纳、马里埃尔、乔尔、雨果,谢谢你们让我在沙发上胡乱涂写。感谢出色的艾莉·布鲁德尼尽可能参加每一场活动,愿我们大学时代的友谊长青。感谢佛蒙特书店的詹妮·莱昂斯和其他工作人员一如既往的支持。感谢石叶茶室的朋友们,因为我泡在你们店里写书,度过无数个冬夜。

感谢我的家人迈克·布尔斯、贝丝·布尔斯和贝丝·福勒、约翰·伯丁和斯特林·伯丁以及伊丽莎白·伯丁。爱你们大家。感谢你们所做的一切。

感谢埃文·约翰逊在我废寝忘食地写作时拖我去吃饭、睡觉。作为我的跑步和探险搭档,他是我的伙伴和最好的朋友。爱你。

最后,虽然我无法一一叫出大家的名字,但还是要感谢每位读过本书的书商,以及把本书推荐给朋友并撰写书评的读者。感谢所有与瓦西娅同行的人。

希望创作下一部书时,大家仍能与我同行。